DAGMAR BACH

ZIMT & ewig

DIE VERTAUSCHTEN WELTEN DER VICTORIA KING

Teil Drei

KJB

Alle Bände der ›ZIMT‹-Trilogie:

Band 1: *Zimt und weg*
Band 2: *Zimt und zurück*
Band 3: *Zimt und ewig*
Sequel: *Zimt und verwünscht*

Die Hörbücher zur Trilogie,
gelesen von Christiane Marx, sind im Argon Verlag, Berlin,
erschienen und im Buchhandel erhältlich.

MIX
Papier aus verantwor-
tungsvollen Quellen
FSC® C083411

5. Auflage: Oktober 2020

Erschienen bei FISCHER KJB

© 2017 S. Fischer Verlag GmbH, Hedderichstr. 114,
D-60596 Frankfurt am Main

Vignetten: Inka Vigh
Satz: Pinkuin Satz und Datentechnik, Berlin
Druck und Bindung: CPI books GmbH, Leck
Printed in Germany
ISBN 978-3-7373-4049-6

Für Martin – für alles!

Vickys Sommerferien-To-do-Liste

1) *Konstantin treffen*
2) *Konstantin küssen*
3) *Mit Konstantin schwimmen gehen*
4) *Ausschlafen*
5) *Mum im B&B helfen*
6) *Noch mehr ausschlafen*
7) *Noch mehr Konstantin treffen & küssen*
8) *Pauline treffen*
9) *Pauline fragen, was mit ihr und Nikolas ist*
10) *Pauline und Nikolas eventuell verkuppeln*
11) *In der Bäckerei aushelfen*
12) *Aber nicht zu oft, siehe Punkt 4)*
13) *Möglichst NICHT in eine Parallelwelt springen*
14) *Und wenn doch, dann dort sofort Konstantin suchen, um zusammen etwas über unsere Sprünge herauszufinden*
15) *Vielleicht noch mal mit Pauline durchgehen, was hinter den Sprüngen stecken könnte*
16) *Tante Polly und Franz im neuen Café helfen*
17) *Danach gleich wieder ausschlafen*
18) *Dad sehen, so oft wie möglich*
19) *Den Bürgermeister dafür umso weniger*
20) *Bürgermeister von Mum fernhalten bzw. rausekeln*
21) *Kein schlechtes Gewissen haben wegen der letzten beiden Punkte*
22) *Und noch mal Konstantin küssen – weil es so schön ist!*

1.

Die rosa Leuchtziffern meines Weckers zeigten 23.58.

Zum ungefähr hundertsten Mal an diesem Abend schlich ich auf Zehenspitzen zu meinem offenen Fenster und schaute in den dunklen Garten. Doch von Konstantin fehlte jede Spur. Ob er vergessen hatte, welchen Tag wir gleich hatten? Nein, bestimmt nicht.

Vielleicht stand er ja vor der Haustür? Aber er würde sicher nicht klingeln und das ganze *B&B* aufwecken, mitten in der Nacht. Selbst wenn ich um Mitternacht …

»Vicky!«, zischte da jemand von draußen, und im nächsten Moment flog ein kleiner Kieselstein durch die Luft und landete klackernd auf meinem Parkett.

Sofort lehnte ich mich aus dem Fenster.

»Komm zur Hintertür, da hört uns niemand!«

Ich zupfte mein Schlaf-T-Shirt und die süßen Shorts zurecht, die ich natürlich rein zufällig heute Abend angezogen hatte, lief über den Flur durch die Küche und schlüpfte hinaus.

Eine Gestalt lehnte am Geländer unserer überdachten Veranda, und mein Herz fing wie wild an zu klopfen. Konstantin und ich waren nun schon sechs Wochen zusammen, und ich war immer noch aufgeregt wie am ersten Tag.

Er kam zu mir herüber, nahm mich an der Hand und zog mich zu unserer Hollywoodschaukel. Die Luft war selbst jetzt um Mitternacht noch schwülwarm. Na ja, vielleicht lag es auch an Konstantins Gegenwart, dass mir ganz heiß wurde.

Das Licht der Straßenlampen reichte kaum in unseren Garten, aber der Mond schien so hell, dass ich sein Lächeln erkennen konnte, als er einen raschen Blick auf die Uhr warf.

»Noch zehn«, sagte er leise. »Neun, acht, sieben …«

Ich fühlte, wie mein Herz einen kleinen Sprung machte.

Auf das hier hatte ich mich seit Tagen gefreut.

»Fünf, vier, drei …«

Er beugte sich vor.

Es war einer dieser Momente, die ich am liebsten für die Ewigkeit eingefangen hätte. Vor mir Konstantin, seine Lippen fast an meinen, während irgendwo ein Käuzchen schrie und um uns herum die Blätter im lauen Nachtwind raschelten, der – hm – irgendwie komisch roch.

So ein ganz kleines bisschen nach –

»Eins!« Seine Augen glitzerten, als er mich federleicht auf den Mund küsste.

»Herzlichen Glückwunsch zum –« Konstantin hielt irritiert inne. »Vicky, kann es sein, dass …«

Ja – es konnte sein.

O Mann, war ja klar, dass das genau jetzt passieren musste!!!

»Viiiccc!«, kreischte im nächsten Moment jemand in mein Ohr, ehe ich von den Füßen gerissen wurde und unsanft auf meinem Hintern landete. Mit besagter Person um meinen Hals hängen. Die mir irgendwie bekannt vorkam.

»Alles Guuuhuuuhuuute zum Gäääbuuurtstaaag!«, säuselte Claire da auch schon, während mir ihre langen blondierten Haare ins Gesicht hingen.

Also, die ihres Parallel-Ichs.

In der Parallelwelt, in die ich gerade gesprungen war.

»Öh, danke«, sagte ich und tätschelte ihr automatisch den Rücken.

»Claire, du Schnapsdrossel, jetzt reiß dich mal zusammen, du zerquetschst Vic ja noch. Außerdem bin ich endlich dran mit Gratulieren!« Die Parallelversion meiner besten Freundin Pauline zog Claire unsanft von mir herunter und hielt mir die Hand hin, damit ich aufstehen konnte.

»Heute kann es regnen, stürmen oder schnei'n, denn du strahlst ja selber wie der Sonnenschein«, lallte Parallel-Claire währenddessen und hangelte sich wenig damenhaft auf Knien vom Teppich aufs Sofa, wo sie sich in die weichen Polster plumpsen ließ. »War meine Hose eigentlich immer schon so eng? Das hält ja kein Mensch aus«, murmelte sie und fummelte ihren Knopf samt Reißverschluss auf. »Ah, besser.«

»Claire, zieh dich wieder an«, zischte Pauline und drückte ihr vorsorglich ein Kissen auf den Schoß. »Wenn deine Eltern dich so sehen, sperren sie dich ein.«

»Ach, soll'n se doch. Die Pralinen waren's jedenfalls wert. Saulecker, die Dinger.«

»Die hättest du gar nicht essen dürfen!«

»Aber es waren doch Liebeszauberpralinen! Und wenn einer hier so was brauchen kann, dann ja wohl ich. Wo ihr alle so ekelhaft glücklich seid! Vor allem du, Pauline!«

Pauline verdrehte die Augen, und ich sah mich panisch um, in der Hoffnung, dass ich auch in dieser Welt ekelhaft glücklich mit Konstantin war. Denn ein anderer Freund könnte mega-peinlich werden.

Ich wusste, wovon ich sprach, denn ich hatte inzwischen reichlich Erfahrung in dieser Parallelspringerei, die immer mit einem intensiven Zimtgeruch einherging. Angefangen hatte das Weltentauschen mit meinen diversen anderen Ichs, als ich zwölf gewesen war, aber erst in der letzten Zeit waren die Sprünge länger geworden. Und während vermutlich mein armes verwirrtes Parallel-Ich in meiner echten Welt gerade nicht wusste, wie ihm geschah, handelte ich mittlerweile fast schon abgebrüht.

Mein kurzer Check ergab, dass ich mitten im Wohnzimmer meines Parallel-Ichs gelandet war oder, besser gesagt, meiner Parallelfamilie. Es hatte kaum Ähnlichkeit mit dem in unserem *B&B*, weil es um einiges größer war und das Haus moderner, aber den englischen Touch hatte es trotzdem. Eine riesige cremefarbene Couchlandschaft stand mitten im Zimmer mit passenden Brokatkissen (und einer immer noch lallenden Claire darauf), dazu grünrote Vorhänge, Bücherregale und zwei Sessel vor einem breiten Kamin. Alles in allem nicht so plüschig wie im *Bed & Breakfast*, in dem ich mit meiner Mum in meiner Welt lebte, aber dennoch klar erkennbar von ihr eingerichtet. Was allerdings viel wichtiger war – in diesem Wohnzimmer feierten wir offensichtlich in meinen Geburtstag hinein.

»So, Pauline, mach Platz, ich will jetzt auch!«

Das war Leonard aus meiner Klasse, der mich so fest an sich

drückte, dass ich mit den Beinen vom Boden abhob. »Alles Gute, Vic. Und danke, dass du Claire diese Pralinen gegeben hast. Das hätte ich auf gar keinen Fall verpassen wollen«, feixte er und schaute zum Sofa hinüber. Wo Claire sich gerade nicht sehr vornehm die Nase an ihrer Bluse abwischte und dann versuchte, die Flecken, die ihre Schminke dabei in unserem Kissen hinterlassen hatten, herauszurubbeln. Herrje.

Nach Leonard kamen noch Claires Freundinnen Charlotte und Chiara zum Gratulieren, außerdem Steffi, Susa, Xaver und natürlich Nikolas, Konstantins bester Freund. Und ganz eindeutig der Freund von Pauline in dieser Welt!

Mein kleines romantisches Herz schmolz sofort dahin, als ich sah, wie er sie an sich zog und sie ihn nicht wegschubste. Claire bemerkte das anscheinend auch, denn sie fing schon wieder an zu schluchzen. Noch lauter, als auf einmal David vor mir stand und mir die Hand hinhielt.

»Herzlichen Glückwunsch, Vic!«

»Äh, danke.« Oje, David. Ein anderer Freund von Konstantin – in den ich vor hundert Jahren mal in meiner Welt verknallt gewesen war.

»Ich hab dir als Geschenk einen Gutschein vom Elektronikmarkt mitgebracht. Wir können gerne zusammen hingehen, wenn du was brauchst.«

»Ich, äh –«

»Sie kann mit *mir* hingehen, wenn sie was braucht.«

Als ich die Stimme hinter mir hörte, bekam ich eine Gänsehaut.

Das war er.

Unverkennbar.

Ich wirbelte herum, und tatsächlich kam da gerade Konstantin durch das fremde Wohnzimmer, direkt auf mich zu.

Er grinste übers ganze Gesicht und zwinkerte verschwörerisch – und das war mir Hinweis genug. Das hier war *mein* Konstantin. Der, der seit Neuestem mit mir den Parallelsprungwahnsinn mitmachen musste.

Ehe ich etwas anderes tun konnte, als ihn anzuschmachten (was ich zugegeben oft machte, egal in welcher Welt), schob er mich sanft in die entgegengesetzte Ecke des Raumes, in der ein riesiger, glänzender Flügel stand. Wer von uns hier wohl Klavier spielen konnte? Mich juckte es direkt in den Fingern, es auszuprobieren. Ob meine Parallelhände die Bewegungen gespeichert hatten? Oder war es eine Sache des Kopfes?

Was genau passiert eigentlich bei den Sprüngen? Tauschen mein anderes Ich und ich nur die Körper, bis auf die Gehirne? Dazu hatte ich in all der Zeit keine Antworten gefunden. Ich fand das Ganze einfach nur schrecklich kompliziert. Aber immerhin war ich jetzt nicht mehr allein damit.

»Ist das cool oder was?«, zischte Konstantin in mein Ohr, während er seinen Blick durch unser Parallelwohnzimmer schweifen ließ. Seine Augen leuchteten dabei vor Aufregung wie zwei Gletschereisbonbons. Für ihn war die Springerei der Oberknaller.

»Hm, cool, ja. Aber ehrlich gesagt, war ich gerade sehr zufrieden in unserer echten Welt.« In der ich mit Konstantin allein gewesen war. Küssend. Aber das war nun mal mein Leben. Ewig diese Zimtunterbrechungen.

Ich sah mich vorsichtig um. »Und was machen wir jetzt?«

»Na, so viele Informationen sammeln wie möglich. Wir fragen die Leute einfach ganz unauffällig aus.«

»Okay, gut, aber … wir müssen aufpassen. Damit wir unsere Parallel-Ichs nicht in Schwierigkeiten bringen, du weißt schon … so wie ich neulich.«

Ich wollte immer noch im Boden versinken, wenn ich daran dachte, in was für peinliche Situationen ich meine unfreiwillige Tauschpartnerin gebracht hatte.

»Wir sind ganz diskret und vorsichtig. Keine Sorge.« Konstantin zwinkerte mir zu. »Du kennst mich doch.«

Hm, ja, ich kannte ihn. Mitsamt seiner Neugier und Abenteuerlust. Nicht unbedingt die beste Kombination, wenn es darum ging, sich unauffällig zu verhalten. Aber da mussten wir jetzt durch.

»Ich bin so froh, dass du seit Neuestem auch springst.«

»Und ich erst«, sagte Konstantin und beugte sich zu mir herunter, um mir einen sanften Kuss auf den Mund zu drücken. »Und jetzt entspann dich und lass dich ein bisschen feiern. Schließlich hast du Geburtstag!«

Ja, das war eine gute Idee. Außerdem wurde man nur einmal fünfzehn, oder? Und irgendwie fühlte ich mich tatsächlich gerade ziemlich erwachsen, als wir Hand in Hand zurück zu den anderen gingen, die vor der Couch standen.

Und die uns allesamt mit aufgerissenen Augen musterten.

Schräg.

Als ob wir uns in kleine grüne Männchen mit langen Antennen auf dem Kopf verwandelt hätten.

»Was ist los?«, fragte ich Pauline, deren Blick von meinem Gesicht langsam zu unseren verschränkten Fingern glitt.

»Wieso hast du nichts gesagt?« Sie starrte mich an.

»Was gesagt?«

»Na, dass es jetzt offiziell ist.«

»Hä?«

Sie rollte mit den Augen. »Dass du und Konstantin zusammen seid.«

»Wir, äh –«

O Gott, nein!

Das durfte echt nicht wahr sein!

Wie hatten wir einfach so annehmen können, dass unsere Parallelversionen genau wie wir ein Paar waren? Ich tat es schon wieder – ich brachte mein Parallel-Ich in eine unmögliche Situation!

Konstantin allerdings schien das völlig kalt zu lassen. Er nahm meine Hand, die immer noch in seiner lag, führte sie zu seinem Mund und hauchte einen sanften Kuss darauf.

»Ich weiß gar nicht, was ihr alle habt. War schließlich nur eine Frage der Zeit. Ich meine, jeder weiß doch, dass Vicky und ich füreinander bestimmt sind.«

Nachdem er das gesagt hatte, geschahen mehrere Dinge auf einmal.

Erstens: Pauline verdrehte die Augen. Schon wieder.

Zweitens: Meine Beine verwandelten sich in Yorkshire-Pudding, während mein Blutdruck gleichzeitig durch die Decke schnellte. Das war ja so lieb von ihm!

Drittens: Claire fing an zu heulen. Ebenfalls schon wieder.

»Ihr seid so-ho-ho-oooo süüüß«, schluchzte sie und drückte sich das verschmierte Sofakissen vors Gesicht. »Und ich wäre auch gerne so-ho-ho verliebt. Aber ich kann überhaupt nicht neidisch sein, weil ich euch so-ho-ho lieb hab.«

Jetzt war es beinahe an mir, die Augen zu verdrehen, wobei ich zugeben musste, dass ich diese Claire hier ziemlich drollig fand. Mit ihrem praktisch nicht mehr vorhandenen Make-up, der aufgeknöpften Hose und den glasigen, verheulten Augen sah sie ihrem affektierten Parallel-Ich nämlich so ähnlich wie ein Pfau einer Seegurke.

Doch plötzlich fesselte etwas anderes meine Aufmerksamkeit: Meine Eltern standen an der Schiebetür zur Terrasse und beobachteten mich. Sie mussten alles mitbekommen haben, was da gerade zwischen Konstantin und mir passiert war. Allein das jagte mir einen Adrenalinstoß durch die Adern – in meiner Welt war das genauso gewesen, als die beiden Konstantin kennengelernt hatten. Doch dann entdeckte ich noch etwas: Mum hatte einen Arm um Dads Taille gelegt! Und jetzt beugte Dad sich zu ihr hinunter und flüsterte ihr ins Ohr, so dass sie lächeln musste!

Ich schluckte. Ganz offensichtlich waren Mum und Dad in dieser Welt zusammen. *Glücklich* zusammen!

Mein Herz machte gleichzeitig einen Hüpfer und zog ein bisschen – ganz so, als ob es sich nicht für eine Emotion entscheiden konnte. Pures Glück, meine Eltern als Paar zu sehen, oder Trauer, weil die Situation bei mir zu Hause eine andere war. Trotzdem – oder vielleicht genau deswegen – musste ich mir die beiden unbedingt aus der Nähe ansehen.

Konstantin hielt immer noch meine Hand, deswegen zog ich ihn einfach hinter mir her. Außerdem war ich froh, dass er bei mir war – vielleicht musste er mich gleich auffangen, weil ich vor lauter Aufregung in Ohnmacht fiel.

»So, Konstantin«, sagte mein Dad und streckte ihm die Hand hin. »Werden wir dich nun öfter sehen?« Nicht, ohne ihn von oben bis unten mit seinem überaufmerksamen Anwaltsblick zu mustern.

»Na, das ist wirklich mal eine Überraschung«, mischte sich jetzt Mum ein, ehe sie mich kurz drückte. »Herzlichen Glückwunsch, mein Schatz. Auch zum Geburtstag«, flüsterte sie und warf dabei Konstantin genau wie Dad einen neugierigen Blick zu. »Dann ist es morgen wohl Zeit für ein Mutter-und-Tochter-Gespräch, du weißt schon. Die Sache mit den Bienen und den Blumen –«

»Mum!«

»Na ja, ich mein ja nur, wir haben darüber doch noch gar nicht richtig gesprochen, und –«

»Mum, wir haben schon *hundert Mal* darüber gesprochen«, zischte ich und drehte mich ein wenig von Konstantin weg, damit er nicht sah, wie rot ich wurde.

»Ach, wirklich? Na ja, einmal mehr schadet ja nicht, weißt du, als ich in deinem Alter war, da –«

»Meg, jetzt lass endlich deine Tochter los, damit ich ihr auch gratulieren kann!« Die unerwartete Hilfe kam von Tante Polly. Also, Parallel-Polly natürlich, aber sie hätte in keinem besseren Moment kommen können.

Erleichtert ließ ich mich von ihr in die Arme nehmen.

»Du bist meine Rettung!«, flüsterte ich ihr ins Ohr, und sie kicherte.

»Ich weiß. Alles Liebe zum Fünfzehnten, Vic. Und Glückwunsch zu deinem Freund.« Sie schob mich ein Stück von sich, um über meine Schulter zu linsen. »Der sieht ja wirklich niedlich aus. Vielleicht solltest du doch mit deiner Mutter sprechen, über –«

»Tante Polly! Jetzt fang du nicht auch noch an!«

»Schon gut, war nur Spaß.« Sie machte sich wieder los und gab den Blick frei auf jemanden, der gerade durch unseren Garten kam. Jemand, den ich definitiv nicht sehen wollte.

»Wer hat denn den Bürgermeister eingeladen?«

»Niemand«, seufzte Polly. »Er hängt schon seit Stunden hier herum, nachdem er von Hennie in der Bäckerei gehört hat, dass ihr eine Party schmeißt. Wenn du mich fragst, hat er es nur aufs Büfett abgesehen. Oder er will Freunde finden. Oder um Wählerstimmen werben, was weiß ich. Deine Großeltern sind hin und weg von ihm. Findest du nicht auch, dass er ein bisschen zwielichtig rüberkommt?«

Wenn du wüsstest!, schoss es mir durch den Kopf, aber ich hielt meinen Mund. Solange in dieser Welt meine Eltern zusammen waren, störte der Bürgermeister mich nicht. Sollte er doch rumschleimen, wie er wollte – Hauptsache, er ließ Mum in Ruhe.

Allerdings trabten nach dem Bürgermeister noch weitere Gäste heran. Und die waren nun wirklich der Supergau: die Cloppenburgs, Claires Eltern. Ausgerechnet!

Wie aufs Stichwort ertönte hinter mir aus dem Wohnzimmer ein herzzerreißendes Wimmern. Und ich brauchte nicht einmal nachzusehen, was die Ursache dafür war. Die Schnapspralinen hatten aus Claire ein rührseliges Häufchen Elend gemacht. (Gedankliche Notiz an mich selbst: keinen Alkohol trinken. Niemals. Wer weiß, was ich alles Peinliches anstellen würde!)

Blöderweise hatte Claires Mutter ziemlich gute Ohren, denn sie fragte, mit hochgezogenen, perfekt gezupften Augenbrauen: »Himmel, was war denn das?«

Mum reagierte am schnellsten. »Unser Meerschweinchen«, sagte sie. »Es hat sich in den Staubsauger verliebt, aber der will nichts von ihm wissen.« Sie hielt Clarissa das Tablett unter die Nase. »Eine Praline, meine Liebe? Streng limitierte Produktion, ich habe sie aus einer Brüsseler Manufaktur, die nur an Kunden auf Empfehlung verkauft.«

Es funktionierte prompt. »Die sind ja wirklich köstlich«, säuselte Claires Mutter und knabberte an einem Eckchen Konfekt, das ganz eindeutig meine Tante Polly hergestellt hatte. »Du musst mir unbedingt den Kontakt geben, vielleicht können die nächstes Jahr was zu unserer Party machen.«

Mum lächelte unverbindlich, legte den Arm um sie und bugsierte Claires Mutter unauffällig zurück zur Sitzgruppe auf der Terrasse, wo sie sie mit dem Rücken zum Wohnzimmer auf einen Stuhl drapierte. Und mir dann wild zufuchtelte, damit wir Claire verstecken sollten.

Das brauchte sie mir nicht zweimal zu sagen.

»Claire«, zischte ich. Ich hockte mich vor die Couch, auf der sie rumlümmelte. »Du musst jetzt mitkommen.«

»Meine Mutter darfmichnichsosehn …«, nuschelte Claire. »Sonst darf ich bis zum Abi niemals nichmehr vor die Tür.«

»Sag ich doch! Du musst schleunigst von der Bildfläche verschwinden. Pauline, hilf mir mal!« Ich schaute mich nach meiner Freundin um, die sich (unwillig – ha!) von Nikolas losmachte. Konstantin entdeckte ich allerdings nirgendwo.

»Wir bringen sie erst mal in mein Zimmer, dann sehen wir weiter«, sagte ich, nachdem wir Claire zwischen uns genommen hatten. Zum Glück war die Luft rein. Meine Mum plauderte angeregt mit Claires Mutter, und Tante Polly hatte Herrn Cloppenburg ein Glas Bowle in die Hand gedrückt. Neben ihr entdeckte ich Franks hochgewachsene Gestalt und musste lächeln. Offensichtlich war Tante Polly auch in dieser Welt mit ihrem Traummann zusammen – vom Aussehen her ein Verschnitt aus diversen Filmstars, vom Wesen her der begnadetste Konditor der Welt.

»Dasistotalliebvoneuch«, nuschelte Claire, während wir sie durch das Wohnzimmer hinaus in den Flur und die breite Holztreppe hochschleppten.

Obwohl nicht gerade der beste Augenblick dafür war, schaute ich mich reflexartig um, schließlich war ich hier in einer Parallelwelt, und zwar in einer, in der ich vorher noch nie gewesen war. Ich musste darauf bauen, dass sich wenigstens Pauline in diesem riesigen, modernen Haus auskannte.

»Komm schon, Claire, jetzt beweg mal deine Füße, das wirst du doch schaffen«, sagte sie jetzt und stöhnte.

»Diesindabersoschwer«, murmelte Claire und ließ ihren Kopf an meine Schulter sinken. »Du riechst gut, Vic.«

21

»Öh, danke.« O Mann. Keinen Alkohol, wiederholte ich innerlich mein Mantra. Wirklich niemals!

Oben angekommen, zögerte ich kurz. Ich hatte schließlich null Ahnung, wo das Zimmer meines Parallel-Ichs war, doch Pauline zog uns schon energisch den langen Flur entlang bis zu einer Tür auf der rechten Seite.

»Und jetzt legst du dich hin und ruhst dich aus. So lange, bis deine Eltern wieder nach Hause gegangen sind, okay?«

»Hmmm …«, machte Claire und ließ sich auf das breite Bett plumpsen, das mitten im Raum stand.

»Aber nachher schlafe *ich* bei Vic im Bett. Du hast deine Matratze da unten!«, sagte Pauline und deutete auf eines der Polster, die überall auf dem Boden ausgebreitet waren.

Wie cool! Eine Übernachtungsparty! Darauf hätte ich bei mir zu Hause kommen sollen. Ob die Jungs wohl auch hierblieben?

»Wo ist noch das Gästezimmer, in dem die Jungs schlafen?«, fragte in dem Moment Claire, als ob sie meine Gedanken gelesen hatte, während sie versuchte, sich ihre halsbrecherisch hohen Riemchensandalen von den Füßen zu streifen.

Pauline verdrehte die Augen. Das machte sie in dieser Welt fast noch öfter als bei mir zu Hause. »Gegenüber. Und wage es ja nicht, dich später heimlich rüberzuschleichen.«

»Aber wenn ich doch weiß, dass ER da liegt!«

»Wer *er*?«, fragte ich und biss mir im nächsten Moment auf die Zunge. So eine doofe Frage, zumindest für mein Parallel-Ich! Die wusste sicher, in wen Claire hier verknallt war.

»Jetzt streu nicht auch noch Salz in meine Wunden!«, heulte sie sofort auf und warf sich in einer theatralischen Bewegung auf den Bauch, um ihr Gesicht in meine Bettdecke zu drücken. Wo sie wahrscheinlich den letzten Rest ihres Make-ups loswurde.

»Claire, jetzt reiß dich zusammen. Du bist in David verknallt, schön. Aber der mag nun mal blöderweise Charlotte. Und sie ihn, glaub ich, aber sie traut sich wegen dir nicht, sich mit ihm zu treffen, was zwar überaus löblich ist, aber ziemlich doof. Und außerdem weißt du doch, wer in *dich* verliebt ist, oder?« Pauline grinste.

»Wer?«, schniefte Claire und lugte unter ihrem Arm zu uns herüber.

»Na, Leonard.«

»Waaas?«

»Yep. Weiß doch jeder.«

Tja, bis auf mich. Eigentlich passte es jedoch, wenn ich darüber nachdachte. Sogar in meiner eigenen Welt.

»Aber Leonard ist … ist … Leonard!«

»Und er ist sehr nett. Und lustig. Und kann über etwas anderes reden als Computer, im Gegensatz zu David.«

Ja, diese Erfahrung hatte ich auch schon machen müssen. Ich verstand heute überhaupt nicht mehr, was ich an David gefunden hatte. Mit dem ständigen Technikgeschwafel hätte er sich von vornherein disqualifizieren müssen. Hatte er sich ja auch, als Konstantin aufgetaucht war.

Plötzlich bekam ich ein ungutes Gefühl in der Magengegend. Konstantin! Was genau trieb er eigentlich gerade unten? Warum war er nicht in meiner Nähe geblieben? Ich musste dringend zu ihm.

»Pauline, ich –«

»Ja, geh nur wieder runter, Geburtstags-Vic. Ich ziehe unserer Schnapsdrossel hier noch die Schuhe aus und komme dann nach. Sag mal, schnarcht die etwa schon?«

Claire lag mittlerweile reglos in meinem Bett, während sie in regelmäßigen Abständen ziemlich undamenhafte Grunzlaute von sich gab.

Ich kicherte und versuchte, das Bild möglichst detailgetreu abzuspeichern. In meiner Welt ließ Claire keine Gelegenheit aus, mich in irgendeiner Weise zu schikanieren. Aber das hier machte so einiges wett.

Das Kichern verging mir allerdings sofort, als ich zurück ins Wohnzimmer kam. Dort saßen nämlich meine Mum und Konstantin zusammen auf der Couch, auf der gerade noch Claire gelegen hatte, und hatten die Köpfe verräterisch tief über ein Buch gebeugt.

Und es war nicht irgendein Buch – das erkannte ich sogar aus zehn Meter Entfernung. Es war eins unserer Familienfotoalben. Mit jeder Menge peinlicher Babybilder von mir.

»Konstantin, könntest du kurz mal mitkommen?« Meine Stimme war eher ein Krächzen. »Ich, äh, bräuchte dich sofort bei einer … Sache …«

Gott sei Dank wurde Mum in diesem Moment von meiner Tante gerufen, die mit dem Tablett wedelte, auf dem ihre Liebespralinen gelegen hatten.

Ja, genau. Hatten. Irgendjemand hatte die Dinger (und es waren viele gewesen) komplett aufgefuttert, und den glasigen Augen von Claires Vater nach zu urteilen, war er daran nicht ganz unbeteiligt gewesen.

Tja, dann konnte er heute Nacht gemeinsam mit seiner Tochter seinen Rausch ausschlafen.

Konstantin war mittlerweile aufgestanden und nahm meine Hand. »Was ist los?«, fragte er, als er mich weg von den anderen in die Küche nebenan schob. Er schien sich im Haus inzwischen besser auszukennen als ich.

Wenigstens waren wir hier ungestört.

»Wir sind in dieser Welt noch keine Stunde zusammen«, zischte ich. »Und du lässt dir von Mum schon die Babyfotos zeigen? Ist das nicht ein bisschen … ein bisschen …« Mir fehlten die Worte.

Konstantin grinste selbstbewusst. »Komm schon, Vicky, das war doch eine Superidee! Ich hab jede Menge coole Sachen herausgefunden. Zum Beispiel, dass du mit drei Jahren die Spitzenunterwäsche deiner Mutter als Schleier auf dem Kopf getragen hast. Und mit sechs Jahren hast du die Sigismund-Statue auf der Gemeindewiese als Sternenglitzer-Barbie verkleidet. Und mit acht, da –«

»Schon gut!« Herrje, musste er das alles wissen? Auch wenn es sich hier genau genommen um die Schandtaten meines Parallel-Ichs handelte, waren meine eigenen sehr ähnlich gewesen. Ähnlich peinlich. »Meinst du nicht, dass das ein bisschen wirkt, als ob du, na ja –«

»Als ob ich total verliebt in dich bin?« Seine Grübchen wurden tiefer. »Als ob ich alles, aber auch wirklich alles über dich erfahren möchte?«

»Äh, also –«

Hach.

Hatte er das echt gerade gesagt?

»Und pass auf – um mein Parallel-Ich hab ich mich auch schon gekümmert. Ich hab ihm ein paar Nachrichten hinterlassen. Per E-Mail, im Notizprogramm und als Post-it auf dem Display seines Handys.« Er zog ein Smartphone aus der Hosentasche, auf dem ein orangefarbener Zettel pappte, der ziemlich vollgekritzelt war.

»Da steht alles, was er wissen muss. Dass er und Parallel-Vic gerade in einer Parallelwelt waren, dass das ab und zu passiert, und dass man während dieser Sprünge unbedingt verantwortungsvoll handeln soll.«

»Streber! Das hast du in der kurzen Zeit geschrieben?«

Er grinste. »Na ja, ich hab es ein bisschen anders formuliert.« Er hielt mir die Nachricht hin, die er auf den Zettel geschrieben hatte.

Parallelweltsprung.
Zusammen mit Vicky King.
Ihr beiden seid bei uns ein Paar.
Seit heute Abend auch hier.
Bitte benehmen.
Danke.

»Und? Was sagst du jetzt?« Er sah mich stolz an.

»Ist das nicht ein bisschen, also, sehr forsch?«

»Wieso? Dann wissen sie wenigstens sofort, womit sie es zu tun haben. Du hättest doch auch gerne früher kapiert, was los ist, oder?«

»Ja, schon. Ich hoffe nur, sie verstehen –« Ich riss die Augen auf. »Zimtschneckenalarm!«

Genau. In diesem Moment stieg mir der dezente Zimtgeruch in die Nase, und im nächsten Augenblick waren Konstantin und ich – oder zumindest unsere Seelen – aus der Küche in diesem tollen großen Haus verschwunden.

2.

Ich hätte nicht das Geringste dagegen gehabt, in meiner wirklichen Welt genau dort weiterzumachen, wo wir kurz vor unserem Verschwinden um eine Sekunde vor Mitternacht aufgehört hatten. (Nur zur Erinnerung: mondhelle Nacht, Hollywoodschaukel, inniger Kuss ...) Aber wie so vieles in meinem Leben war mir das selbstverständlich nicht vergönnt.

Wir sprangen zwar zurück in unsere Welt – klar, so war es ja bisher immer gelaufen. Und das Gute an der Sache war tatsächlich, dass wir wieder gemeinsam landeten. Nicht so gut war allerdings, dass unsere Parallelversionen nicht auf der Veranda geblieben waren, sondern scheinbar mitten in der Nacht eine Entdeckungsreise durchs *B&B* unternommen hatten. Und das war offensichtlich nicht unbemerkt geblieben.

»Keine Bewegung, du mieser Schurke!«, rief Mum nämlich in genau diesem Moment und fuchtelte mir mit einem Federballschläger vor der Nase herum.

Erschrocken stolperte ich zurück und prallte gegen Konstantin, der mich gerade noch auffing.

»Du mieser Schurke?«, fragte ich und musste zweimal blinzeln, ehe ich kapiert hatte, was hier los war. Vor uns stand tatsächlich Mum, den Schläger im Anschlag, und neben ihr meine Tante Polly. Auch mit Schläger. Beide trugen Nachthemden und knautschige Schlaffrisuren, und Mum hatte sogar noch eine Taschenlampe in der Hand. Unsere Parallel-Ichs mussten sie aus dem Schlaf gerissen haben.

»Wer gewinnt?«, fragte ich in dem verzweifelten Versuch, das Ganze etwas aufzulockern, und deutete auf die Federball-schläger.

Mum atmete schnaubend aus, und Tante Polly ließ die Hand sinken und rieb sich über die Stirn.

»Siehst du, Meg, ich hab doch gesagt, dass es keine Einbre-cher sind. Wer will schon was aus eurem Keller klauen?«

»Was zum Kuckuck treibt ihr zwei hier unten?«, fragte jetzt Mum und pfefferte den Schläger in eine Ecke, wo er gegen ei-nen Stapel ausrangierter Brettspiele krachte.

Das würde ich auch gerne wissen.

Wir standen direkt vor der alten, großgeblümten Couch in Mums ehemaligem Partykeller. (Mit der Betonung auf *ehema-lig*. Seitdem es sich eine handtellergroße Spinne zwischen Mum und mir auf eben dieser Couch bequem gemacht hatte, wäh-rend wir einen Film anschauten, war uns hier unten nicht mehr nach Party zumute. Inzwischen hielten wir uns lieber oben in unserem Wohnzimmer mit den Gästen auf. Die waren zwar manchmal auch gruselig, aber wenigstens hatten sie nur zwei haarige Beine statt acht.)

»Ich, äh, kam zufällig vorbei und wollte Vicky schon mal zum Geburtstag gratulieren«, sprudelte Konstantin los. »Und dann haben wir darüber gesprochen, wie cool ich das *B&B* fin-de, und daraufhin wollte Vicky mir unbedingt das ganze Haus zeigen, und weil wir oben niemanden stören wollten, haben wir im Keller angefangen.«

Ich warf Konstantin einen Seitenblick zu. Was war das denn für ein ausgemachter Schwachsinn? Das übertraf ja sogar meine beklopptesten Parallelweltausreden.

Fand Mum anscheinend auch. Sie zog eine Augenbraue hoch (sie und mein Dad waren die einzigen Menschen, die ich kannte, die das mit annähernder Perfektion beherrschten). »Mein lieber Konstantin«, sagte sie tadelnd, »du kannst dir morgen gerne tagsüber das Haus zeigen lassen, aber nicht mitten in der Nacht. Auch wenn Vicky Geburtstag hat. Ich schlage vor, du fährst jetzt nach Hause, und wir sehen uns bei Tageslicht wieder. Und wir beide« – sie deutete mit dem Finger auf sich und mich – »unterhalten uns gleich noch.«

Och nö.

Ich warf Konstantin einen flehenden Blick zu, aber der lächelte Mum nur an, und ich bemerkte, wie sich ihre Gesichtszüge langsam entspannten. Diese Wirkung hatte Konstantin einfach auf Frauen in jeder Altersklasse. Er musste nur lächeln, und alle lagen ihm zu Füßen.

»Na kommt. Morgen müsst ihr fit sein!«, sagte Mum und schob uns Richtung Treppe.

»Damit ihr es gleich wisst, ich werde ausschlafen und nicht zum Geburtstagsfrühstück erscheinen«, maulte Tante Polly, ehe sie nach oben in ihr Gästezimmer im ersten Stock schlurfte, das sie seit einem Brand in ihrem Haus bewohnte.

Mum begleitete uns noch bis zur Haustür. Und weil es mir immer noch peinlich war, meinen Freund vor meiner Mutter zu küssen, konnte ich mich gar nicht richtig von Konstantin verabschieden.

»Okay, also dann – bis morgen!«, sagte ich, hielt meine Hand hoch und winkte schwach.

Konstantin schien es ähnlich zu gehen, denn auch er grinste nur ein letztes Mal, ehe er durch unseren Garten sprang und in der dunklen Nacht verschwand.

»Ihr seht euch ja in ein paar Stunden«, sagte Mum und tätschelte mir die Schulter, weil ich ihm nachstarrte und aufseufzte. Eine seltsame Angewohnheit. Sie betraf offenbar alle, die frisch verliebt waren, denn genauso seufzte Tante Polly, wenn ihr Blick auf Frank, ihren Traumtypen, fiel. Und weil die beiden seit drei Wochen ein Paar waren, seufzte sie in letzter Zeit ziemlich oft. Mum dagegen seufzte praktisch gar nicht. Aber die war ja mit dem beknackten Bürgermeister zusammen. Da wäre mir auch nicht nach Seufzen gewesen.

Neben mir hörte ich ein leises Kichern.

»Was?«

Jetzt brach meine Mum offen in Gelächter aus. »Ihr habt einfach zu süß ausgesehen, wie ihr eben so ertappt im Keller gestanden habt.« Sie zog mich in ihre Arme. »Herzlichen Glückwunsch zum Geburtstag, meine Große«, sagte sie liebevoll und gab mir einen dicken Schmatz. »Und denk das nächste Mal dran, wenn du heimlich mit Konstantin in den Keller schleichst: Die Spinne ist immer noch da. Und sie petzt alles weiter!«

Jetzt musste ich auch lachen. »Danke, Mum!« Dann murmelte ich an ihrer Schulter: »Tut mir leid. Das war eine ziemlich blöde Idee.«

Weil es genau genommen ja gar nicht meine war.

Aber Mum tätschelte mir nur den Rücken, ehe sie mich los

ließ. »Die Bienchen- und Blümchenrede erspar ich mir, okay?«, sagte sie. »Das hatten wir schon oft genug. Also ab ins Bett – du willst doch zu deiner Party fit sein!«

Tatsächlich war es nicht Tante Polly, die zu spät zu meinem Geburtstagsfrühstück kam, sondern ich. Nach all der Aufregung verschlief ich den halben Vormittag und wachte erst auf, als Mum, Tante Polly und meine Großeltern mir das schiefste *Happy Birthday* ins Ohr grölten, das die Welt je gehört hatte. Und zwar direkt vor meinem Bett.

Allerdings hatte ich nicht das Gefühl, um die verpassten Stunden betrogen worden zu sein, denn genau genommen hatte ich ja schon ziemlich viel von meinem Geburtstag erlebt – inklusive Party.

Meine eigentliche Geburtstagsparty sollte allerdings nicht wie in der Parallelwelt im *B&B* steigen, sondern am Badesee. Das hatten Pauline und ich uns ausgedacht, denn dort hatte eine neue Wasserskianlage eröffnet. Und da ich nichts mehr liebe als Schwimmen und Wasser, freute ich mich seit Wochen wie verrückt darauf. Trotzdem machte ich mir eine geistige Notiz, die Übernachtungsparty meines Parallel-Ichs an meinem sechzehnten Geburtstag nachzuahmen. Die hatte nämlich nach jeder Menge Spaß ausgesehen. (Von Parallel-Claire mal abgesehen.)

Da Mum noch auf neue Gäste des *B&B* warten musste und erst später nachkommen konnte, holte mein Dad mich gegen Mittag ab. Am See angekommen, führte er mich zu unserem

Stammliegeplatz, der festlich mit Luftballons und einer riesigen Geburtstagsgirlande geschmückt war – und von dem eine ganze Horde von Menschen auf mich zustürmte. Fast alle meine Freunde warteten schon.

Pauline, Nikolas, Leonard, Susa und Steffi und noch ein paar andere empfingen mich mit großem Hallo, gratulierten mir und reichten mich herum wie ein Hundebaby.

Konstantin war als Letzter dran. Er begrüßte mich vor allen anderen mit einem Kuss auf den Mund, und es machte mir praktisch überhaupt nichts mehr aus. Ich war wirklich seit gestern erwachsener geworden, fand ich, und küsste ihn dank meines neu gewonnenen Selbstvertrauens gleich mal zurück.

Nur mein Dad sah plötzlich merkwürdig angespannt aus. Ich wusste, er mochte Konstantin, aber es war ihm anscheinend wohler, wenn wir nur Händchen hielten. Er räusperte sich. »Ich hole schon mal die Tickets für die Wasserskirunden.« Und schon war er in Richtung Kiosk verschwunden.

Ich warf einen Blick auf den See. »Hoffentlich stelle ich mich nicht zu blöd an!«, sagte ich zu Konstantin. Ich deutete auf den Steg, der ein Stück weiter rechts lag und von dem aus die Leute versuchten, einen Start auf den beiden Skiern hinzulegen. Betonung lag auf *versuchen*. Es sah, zugegeben, ziemlich komisch aus – und nicht gerade einfach.

»Vergiss mal einen Moment den See. Gestern Nacht bin ich gar nicht mehr dazu gekommen …«, murmelte Konstantin und zog mich ein Stück von den anderen weg, bevor er mir ein kleines Päckchen überreichte.

Mein Herz begann, hektisch zu klopfen. Das erste Geburtstagsgeschenk meines Freundes! Ich war so aufgeregt, dass meine Finger ein bisschen zitterten, als ich die kleine Schleife löste. Was es wohl war? Sah ja fast aus wie ein Schmuckkästchen – hoffentlich hatte er nicht zu viel Geld ausgegeben!

Gespannt hob ich den Deckel ab. Und musste blinzeln. Zweimal.

»Was ist das?«, fragte ich, als ich das Figürchen aus der Schachtel nahm. Es war ein kleiner, türkisfarbener Plastikfisch, gerade so groß wie meine Handfläche, mit einem silbernen Ring daran.

»Das ist ein USB-Stick als Schlüsselanhänger. Damit kannst du deine Daten von deinem Computer immer gleich sichern, du weißt schon, die ganz wichtigen Sachen. Und der Fisch, ich meine, du schwimmst ja schließlich fast so gut wie einer, deswegen dachte ich, es passt gut zu dir.«

»Äh, danke!«, stotterte ich und biss mir auf die Unterlippe. Ich wusste zwar nicht, was ich erwartet hatte – aber zumindest nicht so etwas, na ja, *praktisches*.

»Gefällt's dir nicht?«, fragte Konstantin, und er guckte tatsächlich irgendwie unsicher. Was mich sofort dahinschmelzen ließ. Ich riss mich zusammen, lächelte ihn strahlend an und gab ihm einen Kuss auf die Wange.

»Doch, ich find's super. So sind meine Daten viel … sicherer.«

Ich bewahrte meine und Paulines Aufzeichnungen über die Sprünge auf meinem Computer auf, und einmal hatte Konstantin meine Festplatte retten müssen.

Er entspannte sich wieder. »Cool, da bin ich froh«, sagte er. Er schaute über meine Schulter zu den anderen, die es sich unter der Geburtstagsgirlande auf ihren Decken und Handtüchern bequem gemacht hatten. »Komm, Geburtstagskind, du darfst deine Gäste nicht warten lassen.« Er nahm meine Hand. »Und ich will dir auch noch Lara vorstellen.«

Ach ja. Die hatte ich ganz vergessen. Konstantin hatte mich schon vor ein paar Tagen gefragt, ob er die kleine Tochter von Freunden, die in den Sommerferien bei ihnen zu Besuch waren, zu meiner Party mitbringen könnte. Konstantin wohnte erst seit einem Jahr bei uns im Ort, die Freunde waren ehemalige Nachbarn von ihnen.

»Wie alt ist Lara denn eigentlich«, fragte ich, als wir schon fast beim Liegeplatz waren. Ich hoffte, die Kleine konnte schon schwimmen, sonst würden wir die ganze Zeit auf sie aufpassen müssen. Oder trug sie vielleicht noch Schwimmflügel?

»Wieso … äh …?« Konstantin sah mich verwirrt an.

In diesem Moment sprang ein fremdes Mädchen von einem der Handtücher auf. Sie war älter als ich, hatte wunderschöne schwarze Haare und ein herzförmiges Gesicht. Und gerade, als ich mich fragte, was Selena Gomez auf meiner Geburtstagsparty machte, sprach sie mich an.

»Hallo, du musst Vicky sein, ich bin Lara, Konstantins Ex. Super, dass ich mitkommen durfte. Ach ja, und natürlich alles Gute zum Geburtstag.«

Ehe ich etwas erwidern konnte, fand ich mich in ihren Armen wieder. Weil sie größer war als ich, konnte ich gerade so über ihre Schulter gucken, wobei mir ihre seidige Mähne in der Nase kitzelte.

»Wücks«, sagte ich. Oder so etwas Ähnliches. Sie roch nach

Kokos und Vanille, hatte riesige, mandelförmige Augen und winzige Poren. Ich wusste nicht, ob ich lachen oder weinen sollte.

Lara.

Von wegen kleine Tochter der Exnachbarn!

Sondern Konstantins *Exfreundin*.

»Oh, ist das dein Geschenk von Konstantin?«, zwitscherte sie mit glockenheller Stimme und deutete auf den USB-Fisch, den ich in der Hand hielt. »Der ist ja total süß. Und vor allem praktisch.« Sie schaffte es, das *praktisch* zu betonen, als meinte sie es auch so. »Also, mir hat er ja zu meinem letzten Geburtstag ein Armband geschenkt. Ich trage es übrigens immer noch!« Sie hob demonstrativ ihren Arm in die Höhe, an dem ich ein schickes Lederarmband mit einem winzigen Porzellananhänger entdeckte.

Hilfesuchend schaute ich zu Pauline, aber die zuckte nur leicht mit den Schultern und machte ein unglückliches Gesicht. So klug sie sonst war, in Beziehungssachen kannte sie sich leider noch weniger aus als ich. Allerdings hatte sie es so gewollt, im Gegensatz zu mir.

»Puh, echt total heiß!«, sagte Lara und tupfte sich mit ihrem T-Shirt die Stirn trocken – wobei sie ihren halben Bauch entblößte. Der perfekt flach und gebräunt war. »Ich brauche bald eine Abkühlung.«

Okay. Das musste ich jetzt erst einmal klären. Diesmal war ich es, die Konstantin hinter den nächsten Baum zog. »Hattest du mir nicht gesagt, du würdest die kleine Tochter eurer ehemaligen Nachbarn mitbringen?«, fragte ich halblaut.

Er schaute mich mit großen Augen an. »Ich hab gesagt, die jüngere Tochter. Lara hat noch eine ältere Schwester, aber die ist zu Hause geblieben.«

Ich biss mir auf die Lippen.

»Und die Tatsache, dass sie deine Ex ist, wolltest du mir wohl lieber verschweigen?«

Konstantin sah mich verdutzt an. »Nein, das wollte ich nicht. Aber wir haben vor über einem Jahr Schluss gemacht. Sogar schon eine ganze Weile, bevor wir überhaupt hierhergezogen waren. Was ist denn groß dabei?«

Ja, was war groß dabei? Ganz viel war dabei! Dass Konstantin vor mir eine Freundin gehabt hatte, wusste ich. Was ich nicht wusste, war, dass sie *so* aussah. Perfekt wie eine Disney-Prinzessin.

Offenbar konnte Konstantin meine Gedanken lesen, denn in seinem Blick funkelte es plötzlich. »Bist du etwa eifersüchtig?«, fragte er grinsend.

Na, das würde ihm wohl so passen!

Ich straffte meine Schulter. »Nein, natürlich nicht«, presste ich so hoheitsvoll wie möglich heraus. Was hätte ich sonst auch tun sollen? Ihm sagen, dass ich gerade im Begriff war, den größten Minderwertigkeitskomplex in der Geschichte der Teenager zu bekommen?

Niemals! So tief würde ich nicht sinken. Zumindest nicht heute, an meinem Geburtstag.

Pauline rettete mich. Sie wedelte von ihrem Platz mit ihrem Handtuch. »Konstantin, Vicky, kommt mal rüber! Dein Dad hat die Ausrüstung fürs Wasserskifahren organisiert.«

Ich zog Konstantin mit mir, und gemeinsam mit den anderen liefen wir zum Kiosk, wo mein Dad schon vor einer Kiste wartete, in der kurze Neoprenanzüge und Sturzhelme bereitlagen. Leonard stürzte sich darauf, und wenig später prusteten wir alle los, als er sich in einen Anzug mit Leopardenmuster zwängte und sich den Helm verkehrt herum aufsetzte. Was für ein Kindskopf! Aber eigentlich mochte ich genau das an ihm.

Ich erwischte zum Glück noch einen einfachen blau-schwarzen Anzug, fand dafür allerdings keinen passenden Helm in meiner Größe.

»Hier, probier den mal«, sagte ein Mitarbeiter der Anlage und hielt mir ein rosafarbenes Etwas hin.

»Ist das etwa Prinzessin Lillifee?«, rief ich und starrte entsetzt auf den Helm.

Entschuldigend zuckte er mit den Schultern. »Ohne Helm darfst du leider nicht fahren, tut mir leid.«

Na toll. Da konnte ich ja von Glück sagen, dass ich keinen Käpt'n-Sharky-Anzug erwischt hatte. Mein Blick fiel auf Lara. Sie sah sogar in Neopren super aus.

»Wo gab es denn die coolen Helme?«, fragte ich sie und deutete auf das schwarzglänzende Teil in ihrer Hand.

»Das ist mein eigener, vom Longboarden. Konstantin hat mich zum Glück vorgewarnt, so dass ich ihn noch einpacken konnte. Wäre ja schrecklich gewesen, wenn ich auf einen Leihhelm angewiesen wäre. Wer die schon alles aufhatte!«

Der rosafarbene Kinngurt meines Leihhelms brannte sich förmlich in meine Handfläche, und ich spürte, wie ich rot wurde. Hauptsächlich vor Verlegenheit. Und ein bisschen vor Wut.

»Aber deiner ist echt niedlich!«, säuselte sie weiter. »Schade, dass der mir nicht passt, sonst würde ich sofort mit dir tauschen!«

»Du hältst nichts von körperlicher Gewalt«, flüsterte mir Pauline zu. Gerade im richtigen Moment.

Also drehte ich mich nur wortlos um, in der Überzeugung, dass ich auf Lara gut und gern verzichten konnte. Und dieser Eindruck sollte sich hartnäckig im Lauf des Nachmittags halten.

Ich mach's mal kurz: Unsere tolle Wasserskiidee war der Reinfall des Jahrhunderts – obwohl Wasser eigentlich mein Element war. Wie waren Pauline und ich auf den hirnverbrannten Einfall gekommen, das könnte Spaß machen, ohne es vorher heimlich auszuprobieren?

Prinzessin Lillifee hätte es mit Sicherheit besser gemacht als wir beide, denn weder Pauline noch ich schafften eine einzige Runde. Von zwanzig Starts plumpste ich drei Mal direkt nach den ersten Metern ins Wasser, und bei den nächsten drei Malen musste ich die Zugstange spätestens vor der ersten Kurve loslassen, weil ich das Gleichgewicht verloren oder keine Kraft mehr in meinen Armen hatte. Pauline war noch schlimmer dran, bei ihrem dritten Mal legte sie eine Bauchlandung hin und wurde, da sie sich an die Stange klammerte, als ginge es um ihr Leben, einmal quer durch den See gezogen.

Weitere Male gab es nicht. Nach Paulines Rückkehr wechselten wir einen Blick, pfefferten gleichzeitig unsere Neoprenanzüge in die Ecke, ließen uns zum Trost von Dad einen Monster-Schokoladeneisbecher spendieren und verzogen uns damit auf den Bootssteg.

Von hier aus hatten wir wenigstens einen guten Blick auf Konstantin und Nikolas, auch wenn die kichernde, kreischende und perfekt aussehende Lara das schöne Bild trübte. Überflüssig zu sagen, dass sie ein Naturtalent im Wasserskifahren war.

Pauline nahm einen großen Löffel von der Schlagsahne und musterte Miss Perfect Body, die Xaver gerade den Vortritt ließ. »Ich bin ja froh, dass sie jetzt noch Spaß hat! Sie sollte es genießen.«

»Wieso?«, fragte ich leicht sauer. Normalerweise hielt Pauline anstandslos zu mir. Sie hatte doch mitbekommen, dass Lara für mich ein eher schwieriges Thema war.

»Einfache Psychologie, Vicky. Weißt du nicht, dass es ein totaler Entwicklungsnachteil ist, wenn einem mit sechzehn alles in den Schoß fällt? Dann ist man nicht gezwungen, die in diesem Alter eigentlich so notwendige aktive Integrationsarbeit zu leisten. Was wiederum gar nicht gut für die Persönlichkeits- und Identitätsbildung ist und manchmal sogar zur Isolation im Erwachsenenalter führt.«

Mein Mund blieb offen stehen. »Hä?«, fragte ich.

Pauline kicherte. »Soll heißen, die Wahrscheinlichkeit ist hoch, dass Baywatch-Lara hier später die ganze Zeit um sich selbst kreist, im Alltag versagt und kein Schwein sie mag.« Sie hob dozierend die Hand. »Laut Forschung greifen solche Leute oftmals verstärkt zu schlechten, kurzkettigen Kohlenhydraten, manchmal auch zu Alkohol, während sie sich immer mehr von ihrer Außenwelt zurückziehen. Gleichzeitig steigt die Anzahl ihrer Haustiere auf durchschnittlich achtzehn Komma zwei – dann sind sie zwar nicht mehr ganz so einsam, riechen aber dafür nach Katzenklo.«

Ich musste lachen und umarmte meine Freundin. Pauline fand einfach immer die richtigen Worte, um mich aufzuheitern.

Mit einem deutlich leichteren Gefühl ums Herz schwiegen wir einen Moment und widmeten uns unseren kurzkettigen Kohlenhydraten – den Eisbechern.

Und dann doch wieder dem guten Ausblick. Denn gerade war Nikolas an der Reihe, der mit seinem vom Rudern perfekt gestählten Oberkörper wirklich ziemlich anbetungswürdig aussah. Entgegen seiner sonst so lockerleichten Art hatte er allerdings vor dem Start die Augenbrauen zusammengezogen und schien sich total zu konzentrieren.

Wenn da mal nicht jemand gerade einen perfekten Start hinlegen wollte! Aber Jungs waren, glaube ich, einfach so. Sobald sie in eine Situation kamen, die auch nur im Entferntesten nach Wettbewerb roch, entflammte ihr Ehrgeiz.

Neben mir hörte ich Pauline leise seufzen.

»Was ist los?«, fragte ich meine beste Freundin, die die letzten Schokosplitter aus ihrem Becher kratzte. Ich konnte es mir natürlich denken, aber fragen wollte ich trotzdem.

»Wieso ist Nikolas nur so komisch zu mir?«, fragte sie dann und starrte auf den See, der in der Sonne schimmerte.

Konstantins bester Freund war halb Grieche und halb Teddybär (zumindest äußerlich), und seit etwa zwei Wochen hatte

41

sich sein Verhalten gegenüber Pauline radikal geändert. Davor hatte er jede Gelegenheit ergriffen, sie anzuflirten, doch Pauline hatte ihn eiskalt abblitzen lassen. Inzwischen hatte sich die Situation eher umgekehrt.

»Was macht er denn?«, erkundigte ich mich mitfühlend.

»Nichts«, sagte sie prompt. »Er ärgert mich nicht mehr. Und läuft mir nicht mehr hinterher.«

»War es nicht das, was du die ganze Zeit wolltest?«

»Hm …« Sie kaute auf ihrer Unterlippe herum, als lautes Kreischen unsere Köpfe herumfahren ließ. Gerade noch rechtzeitig sahen wir, dass Lara der Länge nach ins Wasser gefallen war. Endlich! Allerdings tauchte sie filmreif wieder auf. Ich hatte es ja gesagt – Arielle meets Pocahontas. Konstantin, Xaver und Nikolas halfen ihr – selbstverständlich! – fürsorglich heraus, und sie warf ihnen eine Kusshand zu.

Pauline und ich schwiegen.

»Alkoholikerin mit spätestens zwanzig«, sagte Pauline nach einer Weile düster.

Ich nickte, so fest ich konnte. »Und mit dreißig hat sie dreiundsiebzig Katzen und riecht nach Raubtierhaus.«

Wenig später tauchte meine Mum auf, die Tante Polly und ihren neuen Freund Frank im Schlepptau hatte. Während meine Tante Polly mit ihren bodenlangen, dunklen Kleidern an die fiese Bellatrix-Hexe aus Harry Potter erinnerte, war ihr Freund Frank eher der Typ lässiger Cowboy-Superheld-Verschnitt. (Polly hatte mal versucht, sein Gesicht aus diversen Promi-Körperteilen zusammenzusetzen, und tatsächlich hatte er irgendwie eine Mortensen-Pitt-Clooney-Gyllenhaal-Ähnlichkeit – zumindest, wenn man wusste, wonach man suchte.)

Am meisten an den beiden fiel allerdings auf, dass sie von innen heraus strahlten, als ob jemand in ihnen ein Licht angeknipst hatte, sobald sie sich gemeinsam in einem Raum aufhielten. Bei meiner Mum war es genauso – ihre Ausstrahlung rührte jedoch nicht daher, dass sie frisch verliebt war (ich weigerte mich, an solche Dinge zu denken, solange sie mit dem Bürgermeister zusammen war), sondern bei ihr war das schon immer so gewesen. Und auch heute guckten ihr wieder ganz viele Leute nach, als sie über die Liegewiese zu uns herüberkam. Auch weil sie in ihrem Outfit echte Ähnlichkeit mit Herzogin Kate hatte – und das nicht nur wegen ihrer ausgemachten England-Affinität. An diesem Tag trug sie ein knielanges, himmelblaues Kleid und einen passenden Hut mit kleinem Federaufsatz dazu. Trotzdem schaffte sie es, nicht overdressed zu wirken, sondern einfach nur sehr, sehr hübsch. (Ihre schicken Klamotten hinderten sie übrigens nicht daran, noch mal gemeinsam mit Pauline und mir in den See zu springen. Schneller, als wir gucken konnten, hatte sie Hütchen und Kleidchen an die Zweige eines Baumes gehängt, war in ihrem Bikini an uns vorbeigeschossen und mit lautem Gekreische ins Wasser gehüpft.)

Am frühen Abend lud Dad alle meine Freunde, Mum, Tante Polly und Frank zum Barbecue im Lokal am See ein, und im Laufe des Abends stieg mein Stimmungsbarometer glücklicherweise wieder auf den morgendlichen Stand, wie es sich für einen Geburtstag gehörte. Leonard und Tante Polly übertrafen sich mit ihren urkomischen Imitationen von Promis, die wir erraten mussten, und bald brüllten alle vor Lachen. Konstantin hielt die ganze Zeit meine Hand (wenn ich sie nicht gerade für meine Gabel brauchte), und die Krönung war, dass Lara, die ich geistesgegenwärtig ans andere Ende des Tisches zwischen Xaver und Steffi verfrachtet hatte, schon ziemlich am Anfang ihre Spareribs auf ihr blütenweißes Top fallen ließ und kurz darauf verschwand – ha! Die Zukunft begann vielleicht schneller, als ihr lieb war.

Und Konstantin sah ihr nicht mal hinterher, als sie abzog. Sondern lächelte nur mich an.

Als ich abends im Bett lag, wusste ich gar nicht mehr, was am Nachmittag in mich gefahren war. Wie hatte ich mich so kindisch verhalten können? Konstantin hatte recht. Er hatte diese Lara seit seinem Umzug nicht mehr gesehen, und überhaupt war er ja mit *mir* zusammen! Mit fünfzehn Jahren stand man über so etwas, schließlich war ich jetzt schon beinahe erwachsen.

Abgesehen davon musste man sich bei mir keine Sorgen machen, dass mir alles in den Schoß fiel – das war nämlich definitiv nicht der Fall. Noch dazu hielt ich mich ja zumindest zeitweise in mehreren Welten auf, so dass ich doppelt und dreifach Integrationsarbeit leisten musste – oder wie Pauline das genannt hatte. Mit ziemlicher Sicherheit würde ich deswegen mit zwanzig sexy und selbstbewusst sein, und jeder würde mir zu Füßen liegen.

Und mit diesem beruhigenden Gedanken schlief ich ein.

3.

»Ich werde mich auf gar keinen Fall von meinem Kopfkrauler trennen!«, rief Tante Polly, während sie versuchte, ein uralt aussehendes Didgeridoo abwechselnd mit einem Tuch und dem Zipfel ihres bodenlangen Rocks vom Staub der letzten Jahre zu befreien.

Aber Mum schüttelte nur den Kopf. »Den Kopfkrauler hast du bestimmt seit Ewigkeiten nicht mehr angerührt!«

»Gar nicht wahr, ich benutze ihn quasi täglich!«

Ich verdrehte die Augen und wischte mir mit dem Handrücken den Schweiß von der Stirn. So ging das schon den ganzen Tag zwischen Mum und Tante Polly hin und her, und ein Ende war nicht abzusehen.

Mum war heute früh aufgestanden, weil die neuen Gäste im B&B für diesen Tag einen Tagesausflug geplant und Lunchpakete bei ihr bestellt hatten. Ich allerdings hatte das Frühstück und damit die Familie verpasst, die sich für zwei Wochen bei uns eingemietet hatte, weil Mum mich hatte ausschlafen lassen. Erst gegen elf waren wir gemeinsam zu Tante Pollys altem Laden aufgebrochen, wo wir nun bis über beide Ohren in der Entrümpelungsaktion steckten.

In ihrem Haus hatte es vor ein paar Wochen gebrannt, aber meine verrückte Tante mit den langen Hexenkleidern und der explodierenden Frisur hatte Glück im Unglück gehabt: Während der Renovierungsarbeiten hatte sie ihren Frank getroffen. Ihr halbes Leben lang hatte Polly nach ihrem Traumtyp Ausschau gehalten, von dem sie immer behauptete, ihn vor etwa zehn Jahren schon einmal getroffen hätte (woran sich Frank heute allerdings nicht mehr erinnern konnte). Tausendmal hat sie ihre heißgeliebten Sterne dazu befragt, und sogar aufgezeichnet hatte sie ihn uns in ihrem Bemühen, ihn zu finden. Meine Mum und ich dachten irgendwann, dass sie sich vielleicht etwas eingebildet hatte, weil der Typ wie vom Erdboden verschwunden war. Doch schließlich hatte er plötzlich vor uns gestanden, in der Ludwig'schen Bäckerei: hochgewachsen, mit einem markanten Gesicht, leicht grauen Schläfen und Haaren wie Streicher aus *Der Herr der Ringe*.

Frank war neu in unserem kleinen Ort, er hatte wie Polly Physik studiert, aber im Gegensatz zu ihr war er nicht von der Uni geflogen, sondern hatte einen renommierten Lehrstuhl für experimentelle Physik innegehabt. Über die Zeit sprach er laut Polly nicht gern, was wohl daran lag, dass sie in einem Nervenzusammenbruch und Burn-out geendet hatte.

Mittlerweile hatte er beschlossen, seinen Kindheitstraum zu verwirklichen und Konditor zu werden. In Ludwigs Bäckerei hatte er in seiner präzisen wissenschaftlichen Art die köstlichen und innovativsten Leckereien gezaubert und seine Lehrmeister weit hinter sich gelassen. Allein wegen seiner Pralinen und Petits Fours lagen ihm die Familie King und der gesamte Ort inzwischen komplett zu Füßen, inklusive den Ludwigs, die ihn in jeder Hinsicht unterstützten.

Er allerdings hatte nur Augen für Tante Polly, und weil sie

seit ihrem allerersten Zusammentreffen unzertrennlich waren, hatten sie beschlossen, sich mit einem Café gemeinsam eine Zukunft aufzubauen.

Jetzt sofort.

»Dann lass mich wenigstens den Bananenbegradiger behalten«, rief Polly in diesem Moment und versuchte, eine widerspenstige Strähne wieder in ihrem zerzausten Haargebilde zu befestigen.

»Aber nur, wenn du dafür den halbautomatischen Nussknacker entsorgst.« Meine Mum sah erschöpft aus.

Tante Polly pfefferte genervt den Lappen in den Putzeimer zurück, woraufhin das Wasser in einem großen Schwall auf den alten Dielenboden ihres Ladens schwappte und sich in einer grauen Pfütze sammelte.

»Ich hasse umziehen«, murmelte sie.

Aber Mum ließ sich von ihrer Schmollerei nicht beeindrucken. »Du ziehst nicht um, du mistest aus und schaffst Platz, damit du dein Traumcafé mit deinem Traummann eröffnen kannst. Wenn es *das* nicht wert ist, dann weiß ich auch nicht.«

Tante Polly legte den Kopf schief. »So, wie du das sagst, hört es sich gleich viel besser an als *Wir entsorgen Pollys Erinnerungen und Arbeiten der letzten fünfzehn Jahre, in denen ihr ganzes Herzblut steckt.*«

»Ich dachte, du willst dein Herzblut ab jetzt in das Café stecken?«

»Na ja, ins Café auch. Aber vor allem in Frank«, sagte Polly, die auf einmal wieder diesen träumerischen Gesichtsausdruck bekam. Gleich würde sie wieder seufzen.

Mir war auch zum Seufzen zumute, allerdings diesmal nicht aus romantischen Gründen.

Warum hatte Polly sich in den Kopf gesetzt, ausgerechnet im Hochsommer und mitten in einer Hitzewelle zu renovieren? Die meisten Leute trauten sich im Moment nicht mal vor die Tür, wenn sie nicht wollten, dass ihnen das Gehirn zusammenschrumpelte.

»Ich bring mal den hier raus.« Meine Mutter hievte einen Müllsack hoch, um ihn in den großen Container vor dem Haus zu werfen.

»Vicky, schnell, verpack meinen Kopfkrauler und stell ihn ganz unten in die Kiste, wenn deine Mutter nicht hinschaut«, zischte Polly mir zu, sobald Mum außer Hörweite war. »Und diese kleinen Stoffpuppen behalten wir auch, die liebt Franks kleiner Hund so sehr, und er holt ihn bald wieder von seiner Schwester ab, wenn wir wieder mehr Zeit haben für ihn.«

»Aber ich hab kaum noch Platz hier in den Kartons, und ich muss noch den ganzen Kleinkram aus dem Reiseregal räumen«, jammerte ich.

Ich hatte den mehr oder weniger undankbaren Job erwischt, alle Sachen zu verpacken, die Tante Polly aufheben und in einer kleinen Verkaufsecke im neuen Café weiterhin anbieten wollte.

»Dafür darfst du dir eine von den Tassen aussuchen.« Sie deutete auf ihr raumhohes Wandregal, und ich stöhnte leise auf, denn an diesen Sachen hatte ich noch nie vorbeigehen können (Tante Polly besaß mindestens die Hälfte meines gesamten Taschengelds, so viel Kram hatte ich über die Jahre bei ihr gekauft).

»Okay, überredet. Ich nehme die SCHOKOLADE IST GOT-
TES ENTSCHULDIGUNG FÜR BROKKOLI.«

Ich schob Tante Pollys Krauldings unter die anderen Sachen
und deckte ihn mit einer Lage Seidenpapier ab, als Mum wieder
hereinkam und fröhlich erklärte:»Ich habe übrigens neulich
eine tolle Tischvitrine gesehen, die super auf deinen alten Verkaufstresen passen würde. Darin könnte Frank diese kleinen
Brioches und Florentiner anrichten, die er letztens gemacht
hat, oder die Petits Fours mit dem Himbeerguss, die waren ja
so dermaßen der Knaller …«, schnatterte sie los, ehe sie sich
wieder zwei Teile schnappte und draußen vor der Tür in den
großen Container schmiss, was Tante Polly schmerzhaft das
Gesicht verziehen ließ.»Und ich hab die Farbkarte dabei, du
weißt schon, für die Wandfarben. Was hältst du von einem
Taupe für die Wände hier am Eingang und ein *Ecru* da drüben
im Sitzbereich? Dazu würde super der Stoff passen, den ich in
diesem kleinen Laden hinter der Kirche aufgetan hab, der ist
sogar runtergesetzt, ich könnte dir daraus Vorhänge nähen,
wenn du magst, und Kissen …«

Mum war völlig in ihrem Element, sie liebte es, sich um diese
Einrichtungssachen zu kümmern, und dabei hatte sie außerdem
ein gutes Händchen, wenn auch sehr britisch angehaucht.

»Es soll aber nicht englisch aussehen!«, sagte Tante Polly
prompt, und Mum zog einen Schmollmund.

»Wird es nicht, eher so ein Vintage-Boho-Style-Mix.«

Ich hatte keine Ahnung, was das war, geschweige denn, wie
das aussehen würde, aber manchmal musste man Mum einfach
machen lassen.

»Vielleicht trotzdem mit so einem klitzekleinen britischen Einschlag …«

»Nein!«

»Oder wenigstens ein paar netten Accessoires aus diesem Versandhaus in Cornwall …«

Ich überlegte gerade, dazwischenzugehen, als Frank in der Tür erschien, dicht gefolgt von Pauline. (Von der ich mittlerweile sicher war, dass sie ein eingebautes Radar hatte, damit sie zur richtigen Zeit am richtigen Ort auftauchte.)

»Was würdet ihr zu Eistee und gekühlten Heidelbeertörtchen sagen?«

»Lebensrettende Maßnahmen!«, erwiderte Pauline prompt und schnappte sich eins der bildhübschen Teilchen, die Pollys Traummann auf einem Tablett balancierte.

»Du hast doch noch gar nichts gearbeitet«, sagte Tante Polly, zwinkerte ihr jedoch zu, und Pauline grinste.

»Mit dem Kopf schon. Ich habe nämlich eine Idee für die Küche.«

»Aber pass auf, dass es nicht zu englisch wird«, sagte meine Mum, allerdings mit einem Lächeln. Obwohl sie und meine Tante sich öfter streiten, waren sie doch nie böse aufeinander. Zumindest nicht lange.

Außerdem wurde Mum jetzt sowieso vom Klingeln ihres Handys abgelenkt. Hektisch wischte sie sich ihre klebrigen Finger an ihrem durchgeschwitzten, pastellgrünen Baumwollkleid ab, ehe sie in ihrer Handtasche wühlte. (Mum bestand auf altmodischen Klingeltönen, und im Moment spielte ihr Telefon die Melodie von *You are my Sunshine*, was ich leider Gottes als aktuellen

Status ihrer Beziehung zum Bürgermeister werten musste. Ich hätte lieber gehabt, dass sie *Time to say Goodbye* eingestellt hätte, aber ich war ja nur ihre Tochter und hatte null Mitspracherecht, was ihr Liebesleben anging. Die Erfahrung hatte ich schon in meiner Kindheit gemacht, als ich vergeblich versucht hatte, sie und Dad wieder zusammenzubringen. Sagte ich schon, dass ich den Bürgermeister einfach nicht ausstehen konnte?)

In der Zwischenzeit war Pauline zu mir hinübergekommen.

»Wollten Konstantin und Nikolas nicht auch helfen?«, fragte sie.

»Von Nikolas weiß ich nichts, aber Konstantin vielleicht schon. Eigentlich hätte er sich längst melden sollen, ich frage mich, was er –«

»Waaas?« Mums Schrei ließ uns mitten in der Bewegung erstarren, und wir guckten alle mit großen Augen zu ihr, während sie sich mit dem Handrücken über die Stirn wischte, was wegen einer ausgebüxten Heidelbeere einen dicken blauen Streifen hinterließ. Sie war immer noch am Telefon und ging jetzt nervös auf und ab.

»Ja, na ja, das sind schon meine Eltern … ja … aber … hm-hm … ich kümmere mich darum. Bald. Ja, Wiederhören.«

»Was haben sie denn diesmal angestellt?«, fragte Tante Polly, und als ob sie gewusst hätten, dass sie gerade Gesprächsthema waren, standen in diesem Augenblick meine Großeltern in der Tür.

»Tag zusammen! Oh, gibt's Kuchen?« Und ohne zu fragen, machten sich die beiden sofort über Franks fragile Kreationen her, die eigentlich für uns Helfer gedacht waren.

»Bedient euch nur«, murmelte Tante Polly und schüttelte genervt den Kopf.

Mum pfefferte ihr Handy zurück in ihre Tasche. »Ich habe eben einen interessanten Anruf bekommen. Der Chef vom Steakhouse wollte wissen, wann ihr endlich eure Rechnung bezahlt.«

»Welches Steakhouse?«, nuschelte Opa und stopfte sich ein ganzes Törtchen in den Mund.

»Das, in dem ihr letzte Woche gegessen habt und ohne zu bezahlen gegangen seid!«

»Ach, das war doch da, wo das Fleisch so zäh war.«

»Was kein Grund ist, nicht zu bezahlen. Außerdem, woher haben die meine Handynummer?«

»Von uns natürlich. Wir hatten unser Geld vergessen und gesagt, dass du dich darum kümmern würdest«, lenkte jetzt Oma ein und ließ sich stöhnend auf einen von Tante Pollys alten Korbsesseln fallen, der bedenklich unter ihr krachte.

Mums Wangen waren vor Zorn mittlerweile noch röter als ihr Heidelbeerfleck auf der Stirn. »Wie bitte? Ihr prellt die Zeche, und ich soll blechen? Habt ihr sie noch alle? Was soll das überhaupt, irgendwelchen wildfremden Leuten meine Handynummer zu geben? Letzte Woche hab ich auch schon komische Anrufe bekommen. Ich bin doch nicht eure Sekretärin!«

»Aber unsere Tochter. Die sich scheinbar überhaupt nicht um ihre armen, alten Eltern kümmern will«, seufzte Oma und fuchtelte mit ihrer Hand in meine Richtung, damit ich ihr einen Eistee einschenkte.

Ich schielte zu Mum. Normalerweise war sie die Freundlichkeit in Person, doch meine Großeltern, die auch bei uns im *B&B* lebten, schafften es immer öfter, sie so richtig auf die Palme zu bringen. Mum behauptete, sie hätten jetzt im Alter noch mehr verrückte Ideen als sonst, aber wenn ich recht darüber nachdachte, war es eigentlich schon immer so gewesen. Ich meine, ich hatte sie wirklich lieb und alles (und Mum auch, da war ich mir sicher), aber Zurückhaltung war leider ein Fremdwort für sie, und das machte uns das Leben oft schwer.

»Wir haben übrigens den Bürgermeister gerade getroffen, so ein netter junger Mann.« Meine Großmutter strahlte in die Runde. »Er wollte gleich vorbeikommen.«

Na toll. Der fehlte mir noch zu meinem Glück.

Pauline dachte scheinbar ähnlich, denn sie wendete sich den Tassen im Regal zu und schnitt eine fiese Grimasse.

»Da draußen fährt gerade Dad vorbei«, rief ich und kämpfte mich durch die wackeligen Kartonstapel zum Schaufenster neben der Tür. Aber sein Range Rover war schon um die nächste Straßenecke gebogen, ehe ich winken konnte.

Mein Opa sagte bissig: »Er hätte seiner Tochter ja ruhig mal hallo sagen können.«

War ja klar, dass er so einen Kommentar abgab. Meine Großeltern hatten meinen Dad nämlich noch nie leiden können und versäumten keine Gelegenheit, um einen fiesen Spruch abzugeben. Aber ich hatte ihn sehr lieb, schließlich war er mein Dad, und ich konnte nicht anders, als ihn zu verteidigen.

»Er hat mich heute Morgen angerufen«, sagte ich patzig. »Jetzt hat er keine Zeit, er ist auf dem Weg zum Flughafen, er muss geschäftlich nach London.«

Opa stopfte sich den Rest seines Törtchens in den Mund. »Soso, nach London. Bist du sicher, dass er da beruflich hinmuss?«

»Was soll das denn heißen?«

Mum schob sich zwischen uns. »Schluss jetzt!«, sagte sie in einem Tonfall, bei dem sich sogar meine Großeltern duckten. Ihre Augenbrauen bildeten eine Linie. »Suaheli«, presste sie hervor, zwar sehr leise, aber ich hatte es trotzdem verstanden. Und ich konnte förmlich spüren, wie meine Gesichtszüge die eines Autos annahmen.

Suaheli? Was sollte denn das bitte sein?

»Suaheli«, ereiferte sich mein Großvater. »Immer nur Suaheli! Dabei ist sie doch kein Kind mehr. Hast du vergessen, dass deine Tochter gestern ihren fünfzehnten Geburtstag gefeiert hat? Meinst du nicht, dass jetzt langsam mal Schluss ist mit Suaheli?«

Ich sah Pauline an, aber die zuckte nur hilflos mit den Schultern. Ich war es ja gewohnt, dass meine Familie in Rätseln redete, aber das toppte alles. Und irgendwie hatte ich das Gefühl, dass Suaheli etwas war, hinter dem mehr steckte.

»Wer oder was zum Teufel ist Suaheli?«, fragte ich.

Meine Mutter schüttelte wie wild den Kopf, und meine Oma schob sich nach vorn und knuffte Opa mit ihrem spitzen Ellbogen ordentlich in die Seite.

»Vicky, vergiss, was dein Großvater gesagt hat, er ist nicht ganz bei Sinnen«, sagte sie entschieden.

Das war mir zwar schon lange klar – aber heute war es tatsächlich das erste Mal, dass meine Großmutter so etwas behauptete. Normalerweise waren sie nämlich *beide* nicht bei Sinnen.

Ich wollte direkt noch mal nachbohren, als die Eingangstür mit einem Schwung aufflog und Laslo Müllerbeck-Albarese, unser Bürgermeister, hereinkam.

Im Gegensatz zu Pauline hatte dieser Typ echt null Gespür dafür, wann man erwünscht war.

»Da ist ja meine Lieblingsfamilie komplett beieinander!«, schleimte er schon los und baute sich mitten im Laden auf, wahrscheinlich, damit wir alle einen guten Blick auf seinen doofen Anzug (bei vierzig Grad im Schatten!) und sein selbstgefälliges Grinsen hatten. »Störe ich gerade bei irgendwas? Außer beim Entrümpeln, meine ich?«

Meine Mum sah ihn nicht mal an. Und erst jetzt fiel mir auf, dass sie unter ihrer Sommerbräune ganz blass war.

»Alles in Ordnung, Mum?«, fragte ich sie, doch sie war gar nicht richtig bei der Sache.

»Alles prima. Aber ich muss noch mal weg. Entschuldigt mich«, murmelte sie und verschwand durch die Eingangstür nach draußen – ohne den Bürgermeister auch nur zu beachten.

Was der offenbar so gar nicht gewohnt war.

»Nun, ja, ich geh dann auch mal zurück ins Rathaus, die Pflicht ruft, nicht wahr? Schönen Tag zusammen!«, sagte er, sichtlich aus dem Konzept gebracht, und trollte sich wieder.

Im selben Moment brach Polly in hektische Betriebsamkeit aus. Sie klatschte in die Hände. »So, liebe Leute, die Pause ist vorbei. An die Arbeit, wir müssen noch viel schaffen. Und ihr beide …« – ihre dunklen Augenbrauen zogen sich bedrohlich zusammen, als sie sich ihren Eltern zuwendete – »helft entweder mit oder verschwindet schleunigst, ehe ihr noch mehr dummes Zeug redet.«

Das ließen sich Oma und Opa nicht zweimal sagen. So schnell sie ihre knorrigen Beine trugen, waren sie aus dem Laden heraus, und ich hätte wetten können, dass ihr überstürzter Abgang etwas mit diesem Suaheli zu tun hatte. Und das nagende Gefühl in der Magengrube (und der Blick, den mir Pauline zuwarf) sagten mir, dass ich an dieser Sache dranbleiben sollte.

Und zwar ganz unbedingt.

4.

Der Rest dieses Tages verlief genauso seltsam, wie er begonnen hatte. Dass sich meine Großeltern in ihrer Wohnung unter dem Dach verbarrikadierten und mal wieder ihre scheußliche Schlagermusik viel zu laut aufdrehten, war ich ja mittlerweile gewohnt, aber das Verhalten meiner Mutter machte mir Sorgen. Als ich erschöpft und verschwitzt abends zu Hause auftauchte, glänzte sie nämlich durch Abwesenheit. Und das, obwohl wir eigentlich vorgehabt hatten, uns einen gemütlichen Mädelsabend zu machen – inklusive schmalzigen Liebesfilmen und Bananensplit-Wettessen. Aber sie antwortete mir weder auf meine Nachrichten, noch rief sie mich zurück.

Glücklicherweise schien die neue Familie, die seit gestern im *B&B* wohnte, pflegeleicht zu sein – jedenfalls hörte und sah ich nichts von ihnen.

Nachdem Mum gegen neun immer noch nicht aufgetaucht war, wurde ich nervös. Vielleicht war sie ja noch zum Bürgermeister gegangen – wegen ihres überstürzten Abgangs vorhin –, aber bei dem würde ich ganz bestimmt nicht nachfragen. Da nervte ich lieber Konstantin in regelmäßigen Abständen am Telefon, um ihm mein Leid zu klagen. Sein Angebot, noch zu uns rüberzukommen, schlug ich aber aus, da ich bei unserem letzten Telefonat schon eine Prise Hysterie in meiner Stimme ausmachte. Ich wollte nicht kindisch rüberkommen, zumal sich seine Ex Lara in so einer Situation bestimmt deutlich cooler verhalten hätte.

Also tigerte ich den ganzen Abend und die halbe Nacht durchs Haus, wobei ich die Bananensplitsache trotzdem durchzog. Eis beruhigt meine Nerven immer. Allerdings führte es in Verbindung mit einem Übermaß an Schokoladensoße auch zu einer Art Zuckerkoma, aus dem ich mich erschöpft von unserer Kücheneckbank aufrappelte, als ich kurz vor Mitternacht die Haustür hörte. Endlich!

»Wo bist du denn gewesen?«, fragte ich Mum, als sie hineinkam. Sie zuckte erschrocken zusammen. Offenbar hatte sie nicht damit gerechnet, mich hier vorzufinden.

»Ich war bei Mimi, Schatz«, antwortete sie und gab mir einen Kuss auf die Wange.

»Ich hab mir Sorgen um dich gemacht«, sagte ich, aber ich versuchte, nicht vorwurfsvoll zu klingen. So fertig wie Mum gerade aussah, schien sie das nicht gebrauchen zu können.

»Tut mir leid, Süße, mein Akku ist alle. Und auch wegen vorhin. Ich war abgelenkt.«

Ja, das konnte ich sehen.

»Ich geh mal ins Bett, ja?«, schob sie hinterher. »Ich bin hundemüde. Brauchst du noch irgendwas?«

Ja, Informationen!, hätte ich am liebsten gesagt, ließ es aber. Vermutlich war es schlauer, mit Mum am nächsten Tag zu sprechen.

Und zwar über Suaheli.

Denn ich war mir hundertprozentig sicher, dass ihr Verhalten etwas damit zu tun hatte. Und ich gewann immer mehr den Eindruck, dass dieses Suaheli etwas war, was mir nicht besonders gut gefallen würde.

Leider musste mein Plan, Mum am nächsten Morgen auszuquetschen, warten. Ich hatte nämlich total vergessen, dass ich den Ludwigs für diesen Tag versprochen hatte, in der Bäckerei auszuhelfen.

Normalerweise ging ich gerne dorthin, und die Arbeit machte mir echt Spaß, ehrlich – aber sieben Uhr war viel zu früh für mich, um zu funktionieren. Vor allem, nachdem ich die halbe Nacht auf Mum gewartet hatte. Und dazu Sommerferien waren.

»Du siehst aus wie ein Zombie«, bemerkte Pauline sehr einfühlsam, als sie gegen zehn im Laden auftauchte und sich von meiner Kollegin Hennie einen Avocado-Frischkäse-Bagel geben ließ. »Hoffentlich hast du diesmal nicht wieder aus Versehen Chilipaste draufgeschmiert wie neulich.«

»Es war Wasabi.« Ich seufzte beim Gedanken an meinen Fauxpas im Schülerpraktikum. Ein sehr unschönes und tränenreiches Intermezzo. Raimund Graf, unser Juwelier, bekam immer noch wässrige Augen, wenn ich ihm auf der Straße begegnete.

»Egal. Irgendetwas Neues?«, fragte Pauline leise über die Theke hinweg, und ich schüttelte den Kopf.

»Keine weiteren Sprünge und auch sonst keine besonderen Vorkommnisse. Außer Mums komisches Verhalten in Sachen Suaheli, du weißt schon.«

Pauline nickte. Wir hatten gestern zusammen versucht, Tante Polly auszuquetschen, doch die hatte uns unerbittlich durch den Laden gescheucht, statt Fragen zu beantworten.

»Mum ist abends noch ewig weggewesen«, fuhr ich fort. »Aber die schnapp ich mir, wenn ich nachher nach Hause komme. Und bei dir? Gibt's was Neues in Sachen Nikolas?« Ich senkte die Stimme zu einem Wispern, weil gerade Bruno Fleischmann und sein Cousin Fred hereingekommen waren. Und schließlich sollte niemand Paulines Privatangelegenheiten belauschen, noch dazu, wo in dieser Kleinstadt alle Leute schrecklich neugierig waren und Ohren hatten so groß wie afrikanische Elefanten. »Bei meinem Sprung vorgestern Nacht wart ihr so glücklich! Sogar Claire hat vor Eifersucht geheult.« Natürlich kannte Pauline jedes Details meiner anderen Geburtstagsparty, ich hatte die Zeit am Bootssteg genutzt, um sie auf dem Laufenden zu halten.

Pauline verdrehte die Augen. »Nein, er hat immer noch nicht mit mir gesprochen. Keine Beleidigungen, keine blöden Kommentare. Seit gut zwei Wochen. Was, wenn man sein vorheriges Verhalten betrachtet, eine halbe Ewigkeit ist.

»Vielleicht hat es sich nur nicht ergeben?«, fragte ich, aber Pauline schüttelte den Kopf.

»Das glaube ich nicht. Der hat irgendwas.«

»Ich kann ja mal Konstantin drauf ansprechen, wenn du magst.«

»Nein, lieber nicht, ich –«

In diesem Moment kam Frau Ludwig aus der Backstube und unterbrach unsere geflüsterte Unterhaltung. Auf einer Hand balancierte sie eine runde Kuchenform, die sie behutsam vor mich auf die Arbeitsplatte stellte, ehe sie sich mit einem weißen Stofftaschentuch den Schweiß von der Stirn tupfte.

»Wenn das so weitergeht, machen wir es wie in Italien und führen eine Siesta um die Mittagszeit ein. Ich bin schon fix und fertig, und es ist noch nicht mal elf!«

Ich nickte. Ich hatte mich so luftig wie möglich angezogen, aber selbst in meinem Trägertop und den dünnen Jerseyshorts schwitzte ich.

»Vicky, schneid doch bitte den Johannisbeerkuchen auf und stell ihn dann in die Auslage. Aber vorsichtig!«, sagte die Bäckerin, ehe sie dem Kuchen einen beinahe wehmütigen Blick zuwarf und wieder nach hinten verschwand.

»Was haben bloß immer alle?« Ich wandte mich Pauline zu. »So ungeschickt bin ich nun auch nicht!«

Meine beste Freundin biss sich auf die Unterlippe.

»Lach nicht. Mir ist seit Ewigkeiten nix Doofes mehr passiert«, sagte ich, nahm das scharfe Messer, das auf der Arbeitsplatte vor mir lag, und machte mich daran, den Kuchen zu zerteilen.

»Schau mal, ich kann ganz ordentliche Stücke schneiden, ohne dass auch nur ein Krümel runterfällt. Nicht eine einzige Johannisbeere ist runtergefallen! Alles heil!«

Pauline schielte über den Tresen und zog die Nase kraus.

»Und warum ist dann da so ein roter Fleck?«

Ich guckte auf den Tisch vor mir, wo sich tatsächlich eine kleine Lache gebildet hatte.

»Keine Ahnung. Der Kuchen ist es jedenfalls nicht, der sieht tipptopp aus.«

Dann fiel mein Blick auf meine Hand. Auf die, die *nicht* das Messer hielt. Und *die* sah nicht ganz so tipptopp aus.

»O nein, Pauline, ich kann doch kein Blut sehen, mir wird bestimmt gleich –«

Schummrig.

Ja, das wäre mir bestimmt gleich geworden.

Also, meinem Körper.

Ich allerdings war in genau dieser Sekunde in die Parallelwelt gesprungen. Die frischen Backwaren hatten den Zimtschneckengeruch überlagert (vermutlich hatte Herr Ludwig ausgerechnet jetzt Zimtgebäck in den Ofen geschoben), und in Sekundenschnelle war ich nicht mehr Vicky, die Ungeschickte, sondern einfach nur noch »Vic«.

Das Gute an der Springerei ist (zumindest manchmal), dass man komplett aus seinem echten Leben herausgerissen wird. Besonders praktisch, wenn man sich gerade in einer echt doofen Situation befindet, der man gerne entfliehen möchte. Oder wenn einem langweilig ist und sonst nichts Aufregendes erlebt. Oder wenn man sich mit einem höllisch scharfen Messer gerade tief in den Finger geschnitten hat.

Ja, da musste die arme Vic jetzt durch, aber Pauline und Frau Ludwig würden sich sicher gut um sie kümmern (Pauline hatte neulich einen Erste-Hilfe-Kurs belegt, und die Lehrerin hatte sie sehr gelobt, weil sie dank meiner Tolpatschigkeit schon irre viel praktische Erfahrungen hatte).

So oder so – in dieser Welt war mein Finger wunderbar in

Ordnung. Und ich stand auch nicht mehr in der stickigen Bäckerei hinter dem Verkaufstresen, sondern saß in einem weich gepolsterten Gartenstuhl unter einem geblümten Sonnenschirm. Pauline war auch da, und zwischen uns befand sich ein reich gedeckter Frühstückstisch.

»Gib mir doch bitte mal die Butter rüber«, sagte Parallel-Pauline und angelte sich ein Croissant aus dem Brotkorb.

Ich sah mich rasch um. Offenbar war das dieselbe Terrasse wie neulich bei meiner Übernachtungsgeburtstagsparty. Während ich nach der Butterglocke griff und sie über den Tisch schob, drehte ich mich möglichst unauffällig um. Hinter den großen Glasschiebetüren entdeckte ich das Wohnzimmer von neulich, mit dem Flügel und dem großen gemütlichen Sofa. Kein Zweifel, das war wieder dieselbe Welt wie beim letzten Sprung. Eine ausnehmend sympathische Welt.

»Claire ist übrigens immer noch krank«, sagte Pauline und brach ein kleines Stück ihres Hörnchens ab. »Die Pralinen deiner Tante wirken anscheinend drei Tage lang.«

»Mum hat mir deswegen schon vor Jahren eingeschärft, nichts von Tante Polly anzunehmen, wenn ich nicht hundertprozentig sagen kann, was es ist.« In unserer Welt war Mum auch aus diesem Grund extrem erleichtert gewesen, dass Frank aufgetaucht war – er hatte Polly auf seine sanfte Art nahegelegt, ihm das Selbstgemachte zu überlassen, bevor noch Menschen zu Schaden kamen.

»Ich wette, Claire hat ihre Lektion gelernt«, sagte Pauline.

Gerade als ich beschlossen hatte, mir ein weiteres Brötchen zu genehmigen (schließlich musste diese Vic hier ja auch was in den Magen bekommen, und beim Essen konnte ich wenigstens nicht viel falsch machen), summte das Handy meines Parallel-Ichs, das zwischen meiner Teetasse und dem Zuckerdöschen auf dem Tisch lag.

Ich schielte aufs Display, und als ich Konstantins Namen las, schoss mein Puls in die Höhe. Die Logik hinter diesen gemeinsamen Sprüngen hatten Pauline, er und ich mittlerweile etliche Male diskutiert, aber wir standen immer noch vor einem völligen Rätsel. Sicher war nur, dass Konstantin seit einigen Wochen zeitgleich mit mir sprang – und in derselben Welt landete. Höchstwahrscheinlich versuchte er gerade, mich zu erreichen.

»Na los, mach schon«, sagte Pauline, lehnte sich in die flauschigen Kissen zurück und wischte sich ihre Finger an einer Serviette ab.

»Äh, was denn?«

»Antworte ihm und sag ihm, dass ihr euch treffen könnt.«

Ertappt rutschte ich auf meinem Sessel hin und her. Parallel-Pauline konnte mich wie meine Pauline pfeilschnell durchschauen. »Meinst du echt? Aber wir wollten doch zusammen frühstücken, also, in Ruhe und so …« Das konnte ich zwar nur vermuten, aber weil meine Pauline und ich gerne ausgedehnte Frühstücke veranstalteten, war ich mal so frei und schloss von mir auf Vic in dieser Welt.

»Ich schreib ihm nur schnell zurück, ja?«

Er schrieb: *Bin sofort aufs Fahrrad gesprungen und auf dem Weg zu dir, bist du da?*

Ja, bin da, antwortete ich und drückte auf *Senden*. Wenigstens schien er zu wissen, wo genau sich dieses große tolle Haus befand.

Keine fünf Minuten später kam ein schwer atmender Konstantin den ordentlich gekiesten Gartenweg herauf, wo ich ihn schon an der Tür erwartete.

»Ich bin so schnell gefahren, wie ich konnte. Alles okay?«, fragte er, ließ sein Mountainbike in die Lorbeerbüsche neben der Auffahrt fallen und drückte mich an sich.

»Ja, alles klar. Pauline ist da«, wisperte ich, während wir gemeinsam durch das Wohnzimmer gingen, in dem vor zwei Nächten Claire ihren großen Auftritt gehabt hatte. Beziehungsweise Absturz.

»Herrje, jetzt wo ihr zusammen seid, könnt ihr wohl gar nicht mehr ohne einander. Muss Liebe schön sein!«, begrüßte uns Pauline, als Konstantin und ich auf die Terrasse kamen.

»Das sagt die Richtige«, antwortete ich und wurde wie erhofft mit einem Grinsen belohnt, was mir zeigte, dass sie ganz genau wusste, *wie* schön es war (ja, ich wurde wirklich so viel besser im Geschickte-Phrasen-Dreschen!).

»Schon gut. Ich versteh euch ja. Außerdem seid ihr beiden süß zusammen. Ihr erinnert mich an dieses berühmte Paar, ihr wisst schon, den Fußballer und die Tennisspielerin, die so ein Geheimnis um ihre Hochzeit gemacht haben. Wo haben die dann letztendlich geheiratet? Verona? Venezuela?«

»Ich glaube in Venedig.«

»Na, dann kann ja mit der Amore nix mehr schiefgehen. Apropos – ich bin jetzt weg. Falls ihr nachher noch zum See fahrt, sagt Bescheid.«

»Liebe Grüße an Nikolas!«, zwitscherte ich Pauline hinterher, die sich grinsend aus dem Polstersessel kämpfte und zum Abschied winkte, ehe sie durchs Wohnzimmer in Richtung Haustür verschwand.

Ich drehte mich zu Konstantin um, der mich von oben bis unten musterte.

»So, so, die Tennisspielerin also. Ich weiß sogar, welche sie meint. Aber wenn du mich fragst, siehst du viel besser aus. Sogar mit diesem Zopf«, sagte er und zog am Pferdeschwanz von Parallel-Vic. Der, wie ich erst jetzt bemerkte, dick und richtig, richtig lang war und weit den Rücken herunterfiel. Der Wahnsinn. Meine anderen Ichs schienen in Bezug auf Frisuren einen meilenweiten Wissensvorsprung zu haben. Warum trug ich eigentlich all die Jahre meine Haare nur schulterlang? Hätte mir ruhig mal jemand sagen können, dass sie länger so viel besser aussehen.

Konstantin sah hier auch irgendwie anders aus.

»Dafür sind *deine* Haare viel kürzer!«, sagte ich und legte den Kopf schräg. »Damit wirkst du größer.«

Er zwinkerte. »Und sehe ich auch besser aus?«

»Nee, nur größer. Ich mag deine Haare, wie sie sind. Also, deine echten, meine ich.«

Ich glaube, in diesem Moment standen wir beide ziemlich doof auf der Terrasse herum und schmachteten uns gegenseitig an. Hätte ich den ganzen Tag machen können. Allerdings lieber in unserer echten Welt als in einer, in der jede Sekunde etwas Außergewöhnliches passieren konnte.

»Was machen wir jetzt?«, murmelte ich, ehe ich komplett in

Versuchung geriet, zu testen, wie die kurzen Haare sich wohl genau anfühlten. »Wir müssen die Zeit hier nutzen.« Konstantin musste zweimal zwinkern, ehe er den Blick von meinen Lippen löste und sich verlegen den Nacken rieb. »Na ja, am besten fangen wir an zu recherchieren. Wer weiß, wie viel Zeit wir haben.«

»Die Handys!«, sagte ich. »Schau nach, ob Vic und Konstantin deine Botschaft bekommen haben. Vielleicht haben sie dir in der Notiz-App eine Antwort gegeben!«

Konstantin nickte, kramte in seiner Hosentasche nach dem Telefon seines Parallel-Ichs und fing dann hektisch an, darauf herumzutippen. Und tatsächlich dauerte es keine Minute, ehe er rief: »Hier ist es! Eine Notiz von gestern, siehst du? Hier steht: *An K und V: Sprachnachricht in Vics Handy anhören!*«

Sofort flogen meine Finger über die Tastatur das Smartphones von Vic, und wenig später staunte ich nicht schlecht.

»Ich würde sagen, die beiden haben das System der kompakten Kommunikation zwischen den Welten in kürzester Zeit revolutioniert«, sagte ich. »Hier ist die Sprachnachricht.«

Konstantin sah mir über die Schulter. »Bereit?«

Ich atmete tief ein. »Nö. Mach du.«

Er nahm das Handy und quetschte sich zu mir auf den Gartensessel. Seine Nähe war das einzig Beruhigende an der ganzen Sache, auch wenn er sich nervös eine Hand an seiner Shorts abwischte, ehe er seine Finger mit meinen verschränkte und mit der anderen Hand die Nachricht startete.

Und als ich zum ersten Mal in meinem Leben eines meiner Parallel-Ichs sprechen hörte, bekam ich am ganzen Körper eine

Gänsehaut. Das hörte sich nicht nur an wie ich – das war in gewisser Beziehung ich selbst.

O Gott! Wie unfassbar merkwürdig.

«Hallo, äh, Vic, ich meine, Vicky, und vermutlich Konstantin, wenn du auch da bist. Ich, nein, *wir* sind also eure anderen Ichs, oder wie sagt ihr dazu? Egal, jedenfalls ist das alles echt abgefahren, dieser Weltentausch oder was immer das war, und wir dachten, wir versuchen, euch schnell etwas über uns zu erzählen. Für den Fall, dass es noch mal passiert und ihr diese Nachricht findet, meine ich.«

Nach einem leisen Rascheln im Hintergrund meldete sich eine zweite Stimme. Die von Parallel-Konstantin. Mein Freund neben mir hielt merklich die Luft an.

»Ja, ich bin auch da, logisch. Also, ganz ehrlich, diese Springerei ist so was von cool! Ich bin echt neidisch, dass uns das nicht schon früher passiert ist, und ich kann's kaum erwarten, bis wir wieder tauschen! Seit wann genau läuft das denn? Und wie hat es angefangen? Habt ihr irgendwas Besonderes gemacht? Vermutlich, oder, sonst würdet ihr ja nicht springen. Springt ihr beide schon immer gemeinsam? Wodurch werden die Sprünge jeweils ausgelöst? Folgen sie zeitlich einem bestimmten Muster?«

Konstantin tippte mit seinem Daumen auf die Pausentaste und zog eine Augenbraue nach oben. »Der will ja ganz schön viel wissen.«

Trotz meiner Anspannung musste ich kichern. »Das wundert dich? Er ist schließlich du, beziehungsweise eine Variante von dir. Und du bist mindestens genauso neugierig. Erinnerst du dich noch, wie du mich mit Fragen bombardiert hast, als du von meiner Springerei erfahren hast?«

Er grinste schief. »Fühlt sich an, als ob das schon Ewigkeiten her wäre.«

Ja, da hatte er recht. Damals hätte ich nicht im Leben damit gerechnet, nur wenige Wochen später hier mit ihm Schulter an Schulter in einer Parallelwelt zu sitzen und eine Sprachnachricht anzuhören, die unsere anderen Ichs für uns aufgenommen hatten.

Dass die beiden das alles so schnell kapiert hatten! Der helle Wahnsinn. Ein bisschen stolz machte mich das schon.

»Ach ja, bevor ich es vergesse«, fuhr Parallel-Vic fort, als Konstantin das Memo weiterlaufen ließ, »vielleicht guckt ihr, wenn ihr hier seid, immer sofort in unsere Kalender im Smartphone. So wie wir es verstanden haben, geht es ja vor allem darum, in der jeweils anderen Welt nicht aufzufallen, zumindest nicht, bis wir wissen, was hinter der ganzen Sache steckt. So könnt ihr sehen, was bei uns auf dem Programm steht. Selbstverständlich werden wir uns bemühen, es bei euch genauso zu machen.«

Wieder ein Rascheln, diesmal lauter. Fast hörte es sich so an, als ob jemand das Mikrophon für einen Moment zuhielt. Dann meldete sich erneut Parallel-Konstantin.

»Genau, äh, also, lasst uns versuchen, uns unauffällig zu verhalten und uns gegenseitig so viel Informationen wie möglich zukommen zu lassen, okay? Gut, ich glaube, das war's dann für heute. Bis zum nächsten Mal, hoffentlich. Ciao!«

Konstantin und ich starrten noch eine Weile auf das Handy in seiner Hand, während wir verdauten, was wir gerade gehört hatten. Eine echte Sprachnachricht von unseren Parallel-Ichs!

»Und sie denken jetzt schon so mit! Das ist einfach unglaublich«, sagte ich und erinnerte mich beinahe schaudernd an frühere Episoden mit meinen Parallelausgaben. Die hatten nämlich ganz klar überhaupt nicht mitgedacht und mich durch ihre unbedachten Aktionen ziemlich oft in blöde Situationen gebracht. Wobei: Das mit dem Mitdenken – das war auch nicht immer meine Stärke gewesen.

Doch bevor ich weiterschwärmen konnte, überraschte Konstantin mich, indem er sich zu mir beugte, meinen Kopf zu sich zog und mir einen stürmischen Kuss gab. Einen, der mich unter seinen Händen schmelzen ließ wie neulich den Labello, den ich im Schwimmbad auf meinem Handtuch in der Sonne hatte liegen lassen. Und als er sich wieder von mir löste, glänzten seine Augen vor Aufregung.

»Ich glaube, das werden die allercoolsten Sommerferien, die wir je hatten!«, flüsterte er und küsste mich noch einmal.

5.

Die verbleibende Zeit des Sprungs nutzten wir für eine Antwort an unsere Parallel-Ichs – ebenfalls via Sprachnachricht. Obwohl ich, ehrlich gesagt, sehr damit geliebäugelt hatte, das Haus zu erkunden. Denn als ich kurz drinnen auf dem Klo war, erinnerte ich mich wieder an dieses Glücksgefühl, das mich durchströmt hatte, als mir bewusst wurde, dass ich in dieser Welt mit Mum und Dad unter einem Dach lebte. Als echte, glückliche Familie. Früher war das immer mein Traum gewesen, bis ich im Alter von zehn oder elf eingesehen hatte, dass ich es wohl niemals würde erzwingen können. Jahrelang hatte ich Mum gelöchert, ob es nicht doch eine Chance gäbe – ohne Erfolg. Selbst Tante Polly hatte es nicht geschafft, und die hatte mindestens so häufig probiert wie ich, Mum davon zu überzeugen, dass sie und Dad wie geschaffen füreinander waren.

Und genau das war auch der Grund, warum ich mich letztendlich dagegen entschied, mich umzusehen. Ich hatte Angst, dass es zu weh tun würde, herauszufinden, wie glücklich die Familie King zu dritt sein konnte. Lieber wusste ich nicht, was ich verpasste.

Und abgesehen davon hatten unsere Parallel-Ichs ja genug Fragen, um uns auf Trab zu halten. Konstantin und ich gaben uns wirklich Mühe, sie zu beantworten. Nicht, dass wir auch nur ansatzweise eine Erklärung für alles hatten. Aber zumindest versuchten wir, unsere bisherigen Erkenntnisse mit den beiden zu teilen.

Bis zu unserem Rücksprung etwa zwanzig Minuten später hatten wir einiges geschafft. Zwar war unsere Nachricht im Vergleich zu der unserer anderen Ichs ziemlich wild, weil Konstantin und ich uns ständig gegenseitig unterbrachen, wenn wir meinten, der andere habe bei seinen Ausführungen etwas vergessen, aber mir war das, ehrlich gesagt, ziemlich egal. Je mehr Informationen die beiden hatten, desto größer die Chance, dass unsere Sprünge so unauffällig wie möglich verliefen.

»Sobald wir wieder zu Hause sind, werde ich meine Termine in den Kalender eintragen«, sagte ich zu Konstantin, der nach dem Beenden der Aufnahme noch ein bisschen im Telefon herumscrollte. »Ich meine, nicht, dass ich viele hätte. Vielleicht muss ich noch ein-, zweimal in die Bäckerei, aber ansonsten – gähnende Leere.«

»Bei Parallel-Vic scheinbar auch«, sagte Konstantin und deutete auf deren Handykalender. »Schau mal, alles leer, bis auf jetzt gleich. Da hat sie einen Massagetermin.«

»Ach wirklich?«

»Hm. Sie schreibt: *Rückenmassage für Konstantin! Verfrühtes Geburtstagsgeschenk. Zwei Stunden lang.*«

»Echt? Zeig mal. Das glaub ich nicht!«

Konstantin fing an zu lachen und hielt das Handy so weit über seinen Kopf, dass ich nicht dran kam, obwohl ich wie eine Wilde nach oben hüpfte.

Er kicherte immer noch, als ich beim nächsten Hochspringen etwas unsanft landete – und zwar nicht mehr im Haus meiner

Parallelwelteltern, sondern in meinem Zimmer im *B&B*, wo Konstantin mich sofort in seine Arme zog und an sich drückte.

»Wir sind wieder zu Hause«, flüsterte er, und ich schlang ebenfalls meine Arme um seine Taille. Ja, ich war wieder zu Hause. Und für einen Moment machte sich ein komisches Gefühl in meinem Bauch breit – als ich daran dachte, dass sich allein Konstantins Umarmung schon nach einem Zuhause anfühlte, und zwar ganz unabhängig davon, wo wir uns gerade befanden.

Wir waren in meinem Zimmer gelandet, wie der Blick auf die vertraute Collage verriet, die über meinem Bett hing. Unverkennbar die Erinnerungen meines eigenen Lebens. Ob Vic auch so etwas hatte? Ein Bild aus Zetteln, Kritzeleien, gesammelten Postkarten und Fotos, das ihr komplettes Leben illustrierte? Ich hatte mich ja bewusst dagegen entschieden, mich in ihrem Haus umzusehen, aber jetzt bereute ich es doch ein bisschen.

»Wolltest du gerade ausmisten, ehe du gesprungen bist?«, fragte Konstantin.

Ich kuschelte mich noch ein bisschen enger an ihn. Ach, und er roch ja auch immer so gut, ein bisschen nach Waschmittel und nach Sonne auf der Haut …

»Nö, ich war in der Bäckerei«, nuschelte ich in sein T-Shirt. Apropos. Mein Finger fing ein bisschen an zu pochen.

»Dann hat scheinbar jemand anderes das vorgehabt. Oder zumindest, äh, damit angefangen …«

Verwirrt machte ich mich von ihm los – und dann traf mich beinahe der Schlag.

Mein Zimmer glich einem Schlachtfeld. Und zwar einem, bei dem offensichtlich jemand den Kampf gegen alles, was ich besaß, gewonnen hatte. Nichts, aber auch rein gar nichts, war noch an dem Platz, an dem ich es heute Morgen verlassen hatte. Mein Schreibtisch war leergefegt, und sämtliche Schulsachen, Hefte, Ordner, Zettel und Stifte waren über dem Boden verteilt, zusammen mit dem kompletten Inhalt meines Kleiderschranks. Mein pinkfarbenes Lieblingsshirt baumelte neben einer Jogginghose traurig von der Deckenlampe, und zwischen Socken und Schlafanzügen, die achtlos auf den Boden gepfeffert worden waren, blitzte sogar die ein oder andere Unterhose durch, denn auch die Schubladen meiner Kommode standen offen und waren praktisch leer. Über allem hing dieser penetrante Geruch – ich stöhnte laut auf, als ich in einer Zimmerecke meine Schwimmtasche entdeckte und die Duschgelflasche daneben, deren Deckel sich offenbar abgelöst und eine große Lache Kokos-Meeresbrise-Gel auf dem Parkett hinterlassen hatte.

Tatsächlich war das einzige Teil, das noch an Ort und Stelle war, meine Collage an der Wand über meinem Bett. Und wären jetzt noch die Kissen aufgeschlitzt gewesen, hätte ich sofort die Kripo angerufen. Aber so konnte ich nur dastehen und auf das Durcheinander starren, das um uns herum herrschte, und eins und eins zusammenzählen. Denn wer hierfür verantwortlich war, lag praktisch auf der Hand.

»Vic und Konstantin«, sagte Konstantin in diesem Moment in meine Gedanken hinein, und ich konnte nur kläglich nicken.

Ja. Genau.

Nur die beiden kamen in Frage.

Was immer sie sich dabei gedacht hatten.

Im Vergleich dazu war die Möbelrückaktion, die eines meiner anderen Ichs vor ein paar Wochen gestartet hatte, gar nichts.

»Was ist, bitte schön, so witzig daran?«

Konstantin schien sich auf die Zunge beißen zu müssen, damit er nicht weiterlachte. »Na ja, keine Ahnung, das kommt nur ein bisschen unerwartet, findest du nicht? Erst ihre Nachricht, von wegen bloß nicht auffallen, und dann machen sie aus deinem Zimmer praktisch Kleinholz.« Er legte den Kopf schräg.

»Vielleicht haben sie sich gestritten?«

Ich verschränkte die Hände vor meiner Brust. »Das glaube ich nicht. Wir streiten nicht.«

»Aber die beiden vielleicht schon?«

»Vermutlich nur, weil wir in der kurzen Zeit, die wir uns in ihrem Leben befanden, so viel Schaden angerichtet haben, dass ihnen keine andere Wahl bleibt«, schoss ich zurück. Ich war immer noch ganz durcheinander von dem Eingriff in meine Privatsphäre.

»Wir haben doch keinen Schaden angerichtet!«

»Zumindest haben wir sie vor die vollendete Tatsache gestellt, dass sie jetzt zusammen sind. Vielleicht wollten sie das gar nicht.«

»Wenn sie dagegen gewesen wären, hätten sie doch was gesagt in ihrer Nachricht. Außerdem hätten sie sich ja auch wieder trennen können.«

75

»Nicht ohne sich vor ihrem kompletten Freundeskreis lächerlich zu machen.«

Konstantin stemmte die Hände in die Hüften. »Jetzt übertreib mal nicht. Wer weiß, was hier gerade los war. Vermutlich war die Aktion sowieso nur als Ablenkungsmanöver für deine Familie gedacht, damit die beiden ungestört sein konnten. Solange sie bei dir im Zimmer geblieben sind, ist doch alles okay. Oh, guck mal, was ist denn das da über deiner Schreibtischlampe?«

Ich wirbelte herum und versank beinahe im Boden, als ich entdeckte, was er meinte: eine riesige, bunt geblümte Frottee-Oma-Unterhose, die ich mal gekauft und total vergessen hatte.

»Die war für Karneval gedacht!«, sagte ich, aber Konstantin hatte schon wieder angefangen, so laut zu lachen, dass ich mich schwer entscheiden konnte, ihn vor Wut gegen den Schrank zu schubsen oder einfach mitzulachen.

Allerdings ging genau in diesem Augenblick die Zimmertür auf, und meine Mum steckte den Kopf herein

»Oh, Vicky, ich habe gerade von Frau Ludwig gehört, dass du dir in den Finger geschnitten hast und nach Hause musstest – ach, Konstantin, du bist auch da? Aber sagt mal – was ist denn hier passiert???«

»Ich, äh …« Mein Blick fiel hilfesuchend auf Konstantin, doch der fixierte nur angestrengt einen Punkt hinter meiner linken Schulter. Vermutlich, um sich nicht vor Lachen auf dem Fußboden zu wälzen.

»Ich habe das Geschenk von Konstantin gesucht, und, äh, außerdem, ja … ich wollte schon mal für den Flohmarkt vorsortieren.«

»Für den Nachtflohmarkt?« Mums Augenbrauen schossen in die Höhe. Dann musste sie lachen. »Meinst du, bei Dunkelheit hättest du endlich eine Chance, die Frotteeunterhose loszuwerden?«

Ich schnappte nach Luft und spürte, wie meine Wangen sich rot färbten. »Du bist so gemein«, war leider alles, was mir einfiel.

Mum japste nach Luft, und auch Konstantin war mir keine Hilfe, weil er sich inzwischen vor Lachen bog.

»Wie schön, dass ihr euch auf meine Kosten amüsiert«, sagte ich möglichst würdevoll, während die beiden sich die Tränen von den Gesichtern wischten. Aber insgeheim war ich erleichtert, dass Mum sich verhielt wie immer und nicht mehr so durch den Wind war wie gestern Abend.

Es kam nicht oft vor, aber manchmal gab es so Tage, in denen Mum komisch war, zwei- oder dreimal im Jahr. Da verkroch sie sich bei Mimi, und danach war alles wie zuvor. Oder – mir kam ein Gedanke, der zu schön war, um wahr zu sein – vielleicht hatte sie gestern Abend ja mit dem Bürgermeister Schluss gemacht? Das würde erklären, warum sie so verschlossen gewesen war.

Mum wurde erst wieder ernst, als ihr der eigentliche Grund einfiel, weswegen sie gerade in mein Zimmer gekommen war. Nachdem sie sich (und ich bei der Gelegenheit gleich mit) überzeugt hatte, das ich mir a) den Finger nicht abgesäbelt hatte (jemand – vermutlich Pauline – hatte mir sogar einen Verband angelegt und fachmännisch mit Tape verklebt, so dass er aussah wie ein riesiges Tictac) und b) dass ich nicht kurz davor war, in

Ohnmacht zu fallen, wendete sie sich wieder den praktischen Dingen des Lebens zu.

»Vicky, könntest du mir kurz in der Küche helfen? Unsere neuen Gäste kommen gleich zum Tee herunter, und ich hab die Scones noch nicht fertig.«

»Ah, die ominösen neuen Gäste«, sagte ich und nickte. Die hatte ich immer noch nicht zu Gesicht bekommen.

»Ich muss sowieso los«, sagte Konstantin, und für einen Moment war ich hin- und hergerissen, wie ich das finden sollte. Eigentlich wollte ich mich dringend mit ihm über unseren Sprung und das, was wir hinterher vorgefunden hatten, austauschen. Andererseits konnte ich ihn beim Aufräumen eher nicht gebrauchen. Mir war nämlich eingefallen, dass es durchaus noch ein paar andere peinliche Sachen in meinem Reich gab, von der Oma-Unterhose mal abgesehen (meine Kollektion Panini-Alben zum Beispiel, oder die nie verschickten Liebesbriefe an diverse Schwärme, die ich leichtsinnigerweise irgendwo aufgehoben hatte – und ganz ehrlich, *das* wäre wirklich zu viel des Guten gewesen).

Also brachte ich ihn, ohne zu meckern, noch bis zur Tür, wo er mir einen letzten Kuss auf die Lippen hauchte, ehe er sich auf sein Mountainbike schwang und die Straße hinunterfuhr.

Als ich mich auf den Weg zurück in die Küche machte, war ich schon wieder in Gedanken bei Parallel-Vic und der Frage, was sie mit der Aktion in meinem Zimmer bezwecken wollte. Mich besser kennenlernen? Mehr über mich herausfinden? Aber warum dann das Chaos? In meinen Sachen hätten sie ja auch herumschnüffeln können, ohne alles durcheinanderzuwerfen.

Ich war so abgelenkt, dass ich gar nicht bemerkte, wie vor mir die Küchentür aufging. Was ein Fehler war, denn kurz darauf stieß ich mit solchem Schwung gegen ein Hindernis, dass ich rückwärts zurück in den Flur taumelte und unsanft auf meinem Hintern landete. Meine Hand mit dem verletzten Finger schonte ich instinktiv, was allerdings hieß, dass ich mich nicht abstützen konnte und schließlich wie ein Käfer auf dem Rücken zum Liegen kam.

»Ich wusste, dass ich umwerfend bin«, hörte ich jemanden sagen. Ich lag noch immer auf dem Rücken, den verbundenen Finger wie eine Lanze in die Höhe gereckt.

»Tut mir echt leid, komm, ich helfe dir aufstehen. Hallo? Geht's dir gut?«

Ich blinzelte. Über mich gebeugt stand ein Junge, etwas älter als ich, mit strohblonden strubbeligen Haaren, grünen Augen und einem selbstgefälligen Grinsen.

Ich runzelte die Stirn. »Wer bist du?«

»Ben. Ich bin Gast hier. Und du musst Vicky sein, deine Mutter hat schon von dir erzählt.«

»Oh. Aha.« Obwohl ich in der Kürze der Zeit nicht wusste, was ich von Ben halten sollte, ließ ich mir trotzdem von ihm auf die Beine helfen. Der Holzboden war mir auf die Dauer doch ein bisschen zu hart.

»Deine Mutter macht uns gerade Tee, glaub ich«, sagte er und deutete in die Küche, wo Mum gerade dabei war, Darjeeling in die weiße Porzellankanne zu füllen.

Sie drehte sich um. »Vicky, Schatz, was war denn das eben für ein Poltern? Ah, du bist Ben schon begegnet.«

79

»Ja, so könnte man sagen«, wich ich aus, und Ben kicherte.
»Ich habe sie im wahrsten Sinne des Wortes umgehauen«, ergänzte er.

Mum grinste. »Bens Eltern sind schon draußen. Vicky, kümmerst du dich bitte um die Scones? Sie müssen noch angerichtet werden. Ich bin gleich mit dem Tee fertig.«

Als Mum und ich wenig später mit Tee und Gebäck auf die Veranda kamen, wo Ben mit seinen Eltern saß, juckte es mir in den Fingern, ein Foto von den dreien zu schießen. Der Tourismusverband von Südkalifornien wäre mir auf ewig dankbar gewesen, denn selten hatte ich drei so gutaussehende blonde Menschen auf einem Haufen gesehen. (Und Claire und ihre beiden Freundinnen Chiara und Charlotte gehörten mit Sicherheit nicht dazu. Außerdem ging Claire zum Haarefärben, seit sie zwölf war.) Man hätte meinen können, die drei wären direkt von ihren Surfbrettern gestiegen, ehe sie zu uns ins *B&B* kamen.

Mum stellte mir Bens Eltern als Julia und Volker vor, und abgesehen davon, dass sie gut aussahen, schienen sie auch noch nett zu sein. Jedenfalls erkundigten sie sich sofort mitleidig nach meinem dick verbundenen Finger, der mir allerdings im Gegensatz zu meinem Steißbein gerade mal nicht weh tat. Ben grinste mir zu, als wüsste er, an welches schmerzende Körperteil ich gerade dachte, aber insgesamt schien die Familie im Gegensatz zu unserem letzten Gast im *B&B* erfreulich normal zu sein. Bis auf ihren Bewegungsdrang. Gleich nach dem Tee brachen Volker und Julia nämlich zu einer Radtour von hundertzwanzig Kilometern auf. So sportlich, wie sie aussahen, würden sie vermutlich in drei Stunden wieder zurück sein. Mir graute schon bei dem bloßen Gedanken an Bewegung, und ich ließ mich wieder in den Gartenstuhl fallen, nachdem ich Mum mit dem Geschirr geholfen hatte.

Ich brauchte echt eine Pause. Ich meine, ist doch verständlich, wenn man früh um sieben auf den Beinen ist, sich um zehn den halben Finger absäbelt, kurz darauf in eine Parallelwelt springt und um elf zurück ist, nur um sein Zimmer von Vandalen verwüstet vorzufinden und anschließend von der Küchentür und einem gut aussehenden Surfer niedergestreckt zu werden.

Außerdem hatte Mum gerade noch frischen und vor allem eiskalten Eistee auf den Tisch gestellt, so dass der Garten in Verbindung mit der leichten Brise, die durch die Büsche strich, ein wirklich guter Platz war. Und mein Zimmer aufräumen konnte ich später auch noch.

Ben schien das Gleiche zu denken, denn er hatte sich seinen Eltern nicht angeschlossen, sondern war sitzen geblieben und musterte mich neugierig von der Seite.

»Was kann man hier denn so unternehmen?«, fragte er. »Ich meine, wenn man unter hundert ist und auf Radtouren mit seinen Eltern verzichten möchte?« Er schob sich noch einen von Mums frisch gebackenen Scones in den Mund.

Ich schloss faul die Augen. »Na ja, bei dem Wetter gehen wir hauptsächlich schwimmen. Entweder ins Freibad oder zu einem See hier in der Nähe. Da kann man sogar Wasserski fahren.«

»Cool! Kann ich mitkommen, wenn du hinfährst?«

Ich zuckte zusammen. Die Wasserskianlage und ich waren

geschiedene Leute. Wobei sie bestimmt genau sein Ding war. Und vermutlich würde ihm sogar der Prinzessin-Lillifee-Helm stehen. »Ins Freibad jederzeit«, wich ich aus.

Er grinste. »Super. Oder macht es deinem Freund was aus?« Woher wusste Ben, dass ich einen Freund hatte? Hatte er Konstantin eben noch an der Tür gesehen?

»Er ist nicht so der eifersüchtige Typ.« Glaubte ich jedenfalls. Allerdings waren wir auch noch nie in die Situation gekommen, in der ich das hätte beurteilen können. Wir mussten uns schließlich mit Dingen wie Parallelwelt-Springerei herumschlagen. Im Gegensatz dazu hatten wir beziehungsmäßig bisher noch keine echte Prüfung zu bestehen gehabt. Und dass Konstantin seine Ex mit zu meiner Geburtstagsfeier mitgebracht hatte, war ja schließlich überhaupt kein Problem, oder?

Warum ich ausgerechnet jetzt wieder an sie denken musste, wusste ich auch nicht so genau. Vielleicht, weil Ben das Wort *Eifersucht* erwähnt hatte. Aber leider war es bei so einer langbeinigen Amazone schwer, sein gesundes Selbstvertrauen zu behalten, auch wenn ich wusste, dass sie keine Gefahr war (und mit spätestens dreißig ein Eremit sein würde). Außerdem war sie, objektiv betrachtet, an meinem Geburtstag nett zu mir gewesen.

Ich sollte mir wirklich keine Gedanken machen.

Und Konstantin vertraute ich schließlich blind.

»Ich geb dir am besten meine Handynummer, dann kannst du mir eine Nachricht schicken, wenn du schwimmen gehst, ja?«, sagte Ben eifrig. »Eigentlich wollte ich mit meinen Kumpels ins Surfcamp am Atlantik fahren, aber dann hat unsere

Kohle nicht gereicht, und meine Eltern wollten mir nicht viel dazugeben, weil ich dieses Schuljahr wegen Chemie und Mathe durchgefallen bin.« Er seufzte. »Aber ein bisschen Action wäre schon schön.«

Ich lächelte verbindlich, gratulierte mir innerlich zu meinem messerscharfen Auge (was sein Hobby anging) und tippte brav seine Nummer in mein Telefon. Er konnte ja nicht ahnen, dass es in meinem Leben gerade absolut nicht an Action mangelte.

In dem Moment kam meine Mum in den Garten zurück.

»Ach, Vicky, weil du vorhin gesagt hast, dass du am Sonntag beim Flohmarkt verkaufen willst – ich habe im Keller noch zwei Kisten, verscherbelst du die bitte mit, ja?«

»Äh, was?«

»Dafür zahle ich dir auch die Standgebühr. Ich muss nachher sowieso noch mal ins Rathaus zum Bürgermeister, da erledige ich das gleich für dich.«

»Danke. Das ist total, äh – super.«

Mum grinste mich breit an, ehe sie uns zuwinkte und wieder im Haus verschwand. Ich konnte nicht genau sagen, ob sie mir vorhin meine Ausrede abgenommen hatte oder nicht. Sicher war nur, dass ich jetzt um den doofen Flohmarkt nicht mehr herumkam. Das kam davon, wenn man schwindelte. Letztendlich fiel es einem immer auf die Füße. Immer.

Und zudem hatte ich mich mit meiner Vermutung, dass Mum mit dem Bürgermeister Schluss gemacht haben könnte, offenbar gründlich geirrt.

»Echt, du verkaufst auf dem Flohmarkt? Ist das nicht total mühsam?«

Ich warf Ben einen genervten Blick zu. »Ist es, danke für den Kommentar. Du darfst dich gern anschließen.«

Er legte den Kopf schief und grinste mich an. »Du scheinst zu wissen, dass es mir wahnsinnig schwerfällt, hübschen Mädchen etwas abzuschlagen.«

Unabsichtlich musste ich kichern. Der Typ war genauso ein Sprücheklopfer wie Nikolas. Aber abgesehen davon gab es tatsächlich keinen Grund, ihn nicht für diese doofe Aktion einzuspannen, wenn er sich schon anbot.

»Gut, dann machen wir den Stand gemeinsam.«

Zufrieden lehnte er sich in seinem Gartenstuhl zurück und verschränkte die Hände hinter dem Kopf. »Die Ferien hier scheinen doch besser zu werden, als ich dachte.«

Dass er mir dabei einen ähnlichen Blick zuwarf wie vorhin dem Gebäck, das meine Mutter aus dem Ofen geholt hatte, machte ich mir in diesem Moment leider nicht bewusst. Vielleicht hätte ich sonst einen Teil des Chaos, das mir noch bevorstand, zu verhindern gewusst.

6.

»Echt krass, wie es bei dir aussieht!«, rief Pauline so laut ins Telefon, dass ich die Hand, die mein Handy hielt, weit von meinem Ohr strecken musste, damit ich keinen Tinnitus bekam. »Und du bist ganz sicher, dass es Konsti und Vic waren?« Von meinem anderen Ich wusste ich ja, dass sie Vic genannt wurde, aber Parallel-Konstantin hatte ich mittlerweile selbst einen Spitznamen verpasst. Weil ich nämlich immer noch sauer auf die beiden war.

»Wer sollte es sonst gewesen sein? Die Heinzelmännchen bestimmt nicht.« Zurück in meinem Zimmer stand ich wieder mitten in dem Durcheinander, das wir nach dem Sprung vorgefunden hatten. Ich hatte Pauline ein Foto vom Tatort geschickt und jammerte sie jetzt am Telefon voll.

Pauline allerdings fand das Chaos gar nicht so schrecklich – *sie* musste ja auch nicht aufräumen. Im Gegenteil, sie sah es als Teil ihrer wichtigen Forschungsarbeit Schrägstrich Chance auf den Nobelpreis für Parallelweltforschung.

»Könnten es vielleicht deine Großeltern gewesen sein? Oder deine Tante? Möglicherweise haben die was bei dir gesucht?«

Der Gedanke war mir ebenfalls schon gekommen, doch ich hatte ihn innerhalb kürzester Zeit wieder verworfen. Meine Familie war zwar verrückt, grundlos Zimmer zu verwüsten gehörte allerdings nicht zu ihren Fehlern.

»Nein, Quatsch«, sagte jetzt auch Pauline. »Das ergibt keinen Sinn. Und es wäre ein aberwitziger Zufall, wenn sie genau während eures Sprungs die Idee gehabt hätten ... Warte mal ...« Ich hörte es im Hintergrund rascheln und knistern, dann ein kurzer Austausch mit ihrer Mutter. »Hör zu, Vicky, ich muss los, ich hab meiner Mama versprochen, mit ihr shoppen zu gehen, aber ich komme später vorbei, okay? Dann sprechen wir alles noch mal in Ruhe durch.«

»Okay«, sagte ich seufzend, legte auf und ließ mich erschöpft auf mein Bett plumpsen. Was leider nicht so klug war, denn Vic und Konsti hatten darauf offenbar den Inhalt meiner Nachttischschublade ausgekippt. Und ein überdimensionierter, uralter Micky-Maus-Wecker, der sich mir zwischen die Schulterblätter bohrte, war wirklich schmerzhaft. Mühsam rollte ich mich ein Stück zur Seite und zog das Folterwerkzeug unter mir heraus. Dabei streifte mein Blick meine Erinnerungscollage an der Wand. Praktisch das einzige Teil in meinem Zimmer, das noch an seinem Platz war, und wie fast immer sprang mir sofort mein Lieblingsspruch ins Auge:

Die Antwort auf alles liegt in der Bonbondose.

Wenn es doch nur so einfach wäre wie bei Sprüchen auf alten Postkarten ...

Bis ich wieder einigermaßen Ordnung hergestellt hatte, war es später Nachmittag, und meine Laune dümpelte gefährlich Richtung Nullpunkt. Mein Finger pochte unter dem dicken Verband, meine Augen brannten, und mein dünnes Top klebte wie eine zweite Haut an mir, obwohl das Fenster in meinem Zimmer weit geöffnet war. Aber die Hitze stand so undurchdringlich im Haus wie Manuel Neuer im Tor der Nationalelf, so dass ich beschloss, mein Leben für die nächste Zeit nach draußen zu verlegen. Da war es zwar genauso heiß wie drinnen, aber wenigstens hatte man frische Luft.

Doch gerade, als ich bewaffnet mit Eistee, einem Buch und meinem Handy in eine schattige Ecke im Garten gegangen war und eine der Gartenliegen ins Visier genommen hatte, hörte ich, wie die Haustür klappte und Mum und meine Großeltern wild durcheinanderredend durchs Haus auf die Veranda kamen.

Ich tat so, als ob ich sie nicht hörte, drapierte mich schnell auf meiner Liege und stellte mich schlafend.

Brachte leider nix. Nicht bei *der* Familie.

»Vicky? Wo bist du? Vicky! VIIIEEECCCKKKYYY!!!«

So schreien konnte auch nur Mum. Unsere Nachbarn hielten uns tatsächlich nicht ohne Grund für wunderlich, was weder Mum noch mich je gestört hatte – schließlich kam es von Leuten, die entweder lila Haare hatten oder die mit ihren Rollatoren Unfälle im Straßenverkehr verursachten.

Aber nachdem Mum noch dreimal angesetzt hatte, wurde mir das Geplärre zu viel. Ich raffte mich seufzend auf und schlurfte völlig erschlagen zurück zur Veranda. Wo Oma und Opa schon in der Hollywoodschaukel saßen und aufgeregt diskutierten und dann anfingen, irgendwelche komischen Lieder zu singen. Heute waren alle noch schräger drauf als sonst.

Meine Mum fand ich schließlich in der Küche. Sie war genau wie Oma und Opa irritierend gut gelaunt.

»Ah, da bist du ja! Hol mal die guten Sektgläser aus der Vitrine im Wohnzimmer, es gibt was zu feiern!«, trällerte sie und verschwand in der Vorratskammer.

»Was feiern wir denn? Den Geburtstag von Tiffy aus der Sesamstraße?«

»Quatsch. Deine Großeltern haben beim Preisausschreiben von neulich gewonnen!«

»Oh, das ist ja, äh, *super*. Was ist denn der Gewinn? Eine Küchenmaschine? Staubsauger? Oder ein praktisches Campingbesteck?«

Mum schnaubte. »Eine Reise! Sie haben eine Reise gewonnen, den Hauptgewinn! Wo ist nur der Schampus? Ich hatte doch noch einen im Kühlschrank versteckt, hinter den eingemachten Gurken ...«

Eine Reise, aha. Allerdings – wenn sie verlost worden war, konnte sie so toll nicht sein.

»Ist das nicht ein bisschen übertrieben? Champagner für eine doofe Kaffeefahrt?«, fragte ich, während Mum den Kopf wieder in die Küche steckte.

»Schatz, die *doofe Kaffeefahrt* ist eine Schlagerkreuzfahrt nach Namibia und dauert mindestens sechs Wochen. Sechs lange Wochen, die wir hier dann sturmfrei haben. Und nächsten Mittwoch geht's schon los. Ich glaube also schon, dass das ein Grund zum Feiern ist!«

Bei dem Wort *sturmfrei* hatte ich endlich auch kapiert. »Ich hole die Gläser!«

Den Rest des Nachmittags saßen wir auf der Veranda und feierten. Das heißt – meine Großeltern feierten. Mum und ich hielten ihr Gesinge und Getanze nur aus, weil wir uns beide immer wieder vor Augen hielten, was das für uns bedeutete. Sechs Wochen Freiheit! Es war zu schön, um wahr zu sein! Tante Polly und Frank schienen das übrigens genauso zu sehen wie wir, denn sie kamen kurze Zeit später dazu, brachten herrlich kühle Zitronenschnitten vorbei und ertrugen geduldig die endlosen (und todlangweiligen) Ausführungen meiner Großeltern, wer von den Schlagergrufties wann wo auftreten würde und so weiter. Für mich hörte sich die Reise wie ein lebendig gewordener Albtraum an, doch ich hütete mich, ein Wort darüber zu verlieren. Heute war ein Feiertag im Hause King, und ich hatte Mum sogar schon dabei beobachtet, wie sie verträumt lächelnd ihren Handyklingelton umänderte. Auf *Holiday* von Madonna.

Nach der Flasche Schampus kam zwar nicht viel mehr Alkohol auf den Tisch, aber anscheinend reichte der bei dem schwülen Wetter völlig aus, um die Erwachsenen außer Gefecht zu setzen. Das Abendessen fiel aus, stattdessen lagen die Mitglieder meiner Familie entweder in der Hollywoodschaukel oder in einer der Hängematten herum, und alle waren weit davon entfernt, ein halbwegs vernünftiges Gespräch führen zu wollen, geschweige denn die nervigen Schlager zu singen – ich natürlich ausgenommen. Wie gesagt, für mich war Alkohol kein Thema und würde auch lange keines sein – so peinlich, wie Claire sich neulich benommen hatte.

Vermutlich war mir deswegen ziemlich langweilig, als ich

mich unterhalb unserer Veranda auf einen freien Liegestuhl neben meinen Opa setzte, der von allen noch am fittesten aussah und gerade in einem Reiseführer blätterte.

Ich lehnte mich ein Stück zu ihm, um ebenfalls einen Blick in das Buch zu werfen.

»Und, wie ist es so in Namibia?«

»Das versuche ich gerade herauszufinden«, murmelte Opa und schlug wahllos die Seiten um.

»Was isst man denn da so? Haben die irgendwelche ekligen Nationalgerichte, die ihr dort nicht ablehnen dürft, um die Leute nicht zu beleidigen?«

»Soweit ich weiß, sind wir zum Essen immer auf dem Schiff oder in einem Hotel. Aber ich fürchte, so etwas wie unsere leckere Schweinskopfsülze hier haben sie dort –«

»Uuuäää, alles klar! Themawechsel!«, sagte ich und schüttelte mich leicht. An diese unsägliche Sülze wollte ich bitte nicht mehr erinnert werden.

Doch plötzlich schoss mir etwas völlig anderes durch den Kopf. Und obwohl ich eigentlich keine Hoffnung hatte, dass Opa mir eine Antwort geben würde, fragte ich trotzdem.

Natürlich ganz subtil.

»Du, sag mal – und welche Sprache spricht man denn in Namibia? Vielleicht … Suaheli?«

Opa drehte sich zu mir um. »Suaheli?« Er sah mich aus leicht geröteten Augen an. »Wie kommst du denn jetzt darauf?«

Ich schluckte. Jetzt oder nie.

»Weil ihr neulich in Tante Pollys Café davon gesprochen habt. Beziehungsweise, eher *nicht* gesprochen habt. Was hatte das zu bedeuten? Suaheli ist ein Codewort für irgendetwas, oder?«

Als ich meine Frage aussprach, begann mein Herz wie wild zu klopfen, auch wenn ich nicht wusste, ob mein Großvater etwas verraten würde, das mir weiterhalf. Aber einen Versuch war es trotzdem wert.

Opa klappte mit Schwung den Reiseführer zu, so dass ich erschrocken in meiner Liege zuckte.

Dann sagte er: »Suaheli ist tatsächlich ein Codewort. Und ich bin es wirklich leid, immer nur die Klappe halten zu müssen. Du bist schließlich schon fünfzehn, und langsam solltest du die Wahrheit wissen.« Ohne mich aus den Augen zu lassen, angelte er mit einer Hand nach seinem Glas, das irgendwo neben ihm stand, und nahm noch einen großen Schluck. Es sah aus, als brauchte er Mut, um weiterzusprechen.

»Suaheli ist die Bezeichnung für das, was damals zwischen deiner Mutter und deinem Vater passiert ist, vor zehn Jahren.« Er räusperte sich und wurde dann lauter: »Wenn du mich fragst, ein total bekloppes Wort für etwas, das deine Mutter schon längst hätte beim Namen nennen sollen! Suaheli bedeutet nämlich nichts anderes, als dass dein Vater deine Mutter aufs Übelste betrogen hat. So, jetzt weißt du es!«

»Das kann nicht sein«, flüsterte ich, aber Opa nickte so kräftig mit dem Kopf, dass ihm seine Lesebrille von der Nase rutschte.

»Doch, es war aber so. Was haben wir uns in dem Mann getäuscht!« Er schnaubte verächtlich. »Mit seinem ach so britischen Charme hat er uns damals alle rumgekriegt. Aber dann haben wir es mit eigenen Augen gesehen. Deine Großmutter und ich, am Tag deines fünften Geburtstags! Empörend!« Sein Gesicht war jetzt knallrot angelaufen, und das lag nicht mehr am Alkohol. »Er hat diese … diese *Person* am helllichten Tag geküsst, auf der Terrasse von *Toni's*, vor aller Augen. Und herumgefummelt hat sie an ihm, halb nackig haben sie sich gemacht. Deine Großmutter und ich mussten alles mit ansehen, als wir zufällig dort vorbeikamen. Widerlich.«

Hinter mir hörte ich ein Klirren, gefolgt von einem Aufschrei. Allerdings war das plötzliche Rauschen in meinen Ohren so laut, dass es sich ganz dumpf anhörte.

»Nein«, flüsterte ich.

»Doch, es war aber genauso.« Er sah über meine Schulter auf jemanden hinter mich. »Das Luder war seine Assistentin. Katrin. Oder Karina? Karola? Egal, jedenfalls ist es eine Schande, Meg, dass das Kind nicht viel früher davon erfahren hat!«

Ich folgte Opas Blick und drehte mich langsam um.

Auf der Veranda, nur ein paar Schritte von uns entfernt, standen Mum und Tante Polly mit vor Schreck aufgerissenen Augen, und zu ihren Füßen lagen ein Tablett und die Scherben von ein paar Tellern und Gläsern.

»Stimmt das?«, fragte ich meine Mutter, und als sie ein paar Sekunden lang nicht antwortete, wurde ich lauter. »Stimmt das, Mum?«

Und dann sah Mum zu Boden, die Hände fest vor sich verschränkt, mit versteinerter Miene.

»Tante Polly?«

Doch auch meine Tante sagte nichts, sondern schaute nur unsicher zwischen Mum und meinem Opa hin und her.

So viel zum Thema Familie und Ehrlichkeit.

Und dann ertrug ich die Situation in unserem Garten nicht mehr.

Ich sprang von der Liege auf, schnappte mir mein Handy, das noch auf dem Polster lag, und rannte an allen vorbei ins Haus in mein Zimmer.

7.

Dad hat Mum betrogen.

Die Worte schwirrten in meinem Kopf, und ich zitterte am ganzen Körper, als ich mich aufs Bett fallen ließ.

Mum – und alle anderen aus meiner Familie – hatten zehn Jahre lang ein riesiges Geheimnis vor mir gehütet. Ein Geheimnis, das mir jetzt den Boden unter den Füßen wegzog.

Dad hatte Mum hintergangen, auf die schlimmste Weise, die man sich vorstellen konnte. Mein Dad, der alles für mich tat und den ich so lieb hatte! Natürlich hatte ich sie immer wieder gefragt, warum genau sie sich getrennt hatten, aber sie hatten nur gesagt, dass sie sich auseinandergelebt hätten und dass es zu viele Spannungen gegeben hätte.

Zu viele Spannungen! Von wegen!

Ich spürte, wie der Kloß in meinem Hals mir die Luft abzudrücken drohte, aber trotzdem musste ich handeln. Sofort.

Denn wenn ich etwas von meinen (beiden!) Eltern gelernt hatte, dann war es, dass man stets alle Seiten anhören muss, ehe man sich ein Urteil bildet.

Ich konnte einfach nicht glauben, dass mein Dad meiner Mum so etwas angetan hatte. Und das würde ich auch nicht, ehe er es selbst zugab!

Meine Finger fanden trotz meines Zitterns die richtigen Tasten auf meinem Smartphone, und in Sekundenschnelle baute sich die Verbindung auf. Im nächsten Moment hörte ich meinen Vater am anderen Ende der Leitung.

»Vicky, hey, wie geht's dir? Ich bin gerade gelandet und stehe noch am Gepäckband am Flughafen. Alles in Ordnung, Darling?«

Ich schluckte schwer und schloss die Augen. »Nein, nichts ist in Ordnung. Können wir uns sehen? Sofort?«

»Was ist los, Vicky, was ist mit dir?« Er klang plötzlich sehr besorgt, und ich biss mir fest auf die Unterlippe. Jetzt nicht weinen, bitte, Vicky!

Meine Stimme war kaum noch ein Flüstern, als ich antwortete: »Kannst du mich abholen kommen?«

»Natürlich, ich … ich bin da, so schnell es geht. Ist etwas passiert? Geht es dir gut? Ist was mit deiner Mum?«

»Alles okay.« Glatte Lüge. »Aber wir müssen uns wirklich sehen. Bis gleich«, sagte ich und beendete das Gespräch.

Im nächsten Augenblick klopfte es leise an meiner Zimmertür. Ohne auf meine Antwort zu warten, kam Mum herein und blieb unbeholfen mitten im Raum stehen. Sie war aschfahl im Gesicht, noch schlimmer als am Tag zuvor im Café, als das erste Mal das Wort *Suaheli* gefallen war. Eigentlich hätte ich da schon wissen müssen, dass etwas Größeres dahintersteckte.

Aber obwohl *sie* zu *mir* gekommen war, schwieg sie, und ich wischte eine kleine Träne aus dem Augenwinkel. Mein Körper erlitt offenbar gerade so eine Art Kreislaufkollaps, so dass ich mich nicht traute, aufzustehen oder mich sonst wie zu bewegen.

Mit zittriger Stimme wiederholte ich meine Frage von vorhin: »Stimmt das, Mum? Stimmt es, was Opa gesagt hat?«

Mum schluckte, mehrmals, und ich konnte ihr ansehen, dass ihre Kehle genauso eng war wie meine.

Und dann nickte sie.

Sie *nickte*.

Also war es wahr?

Mein Dad hatte meine Mum betrogen?

»Warum habt ihr mir das verschwiegen?«, flüsterte ich, und ich spürte, wie mir immer mehr Tränen heiß die Wangen herunterliefen. Aber ich konnte sie nicht wegwischen, denn ich hatte die Finger ins Bettlaken gekrallt, um mich aufrecht zu halten.

»Ich … ich … wollte nicht, dass du schlecht von deinem Dad denkst. Trotz allem, was er getan hat, ist er so ein liebevoller Vater«, kiekste Mum. Sie hatte die Hände so fest vor sich verschränkt, dass ihre Knöchel weiß hervortraten und vor ihrem marineblauen Sommerkleid unnatürlich leuchteten. »Ich habe jedem aus der Familie das Versprechen abgenommen, dir nichts zu sagen. Und ein Codewort erfunden, sozusagen als ultimative Warnung«, murmelte sie, und ihr Kinn begann zu zittern. Doch obwohl ich es normalerweise nicht ertrage, wenn Mum weint, und sie immer und überall sofort trösten will, saß ich jetzt wie versteinert auf meinem Bett.

»Es tut mir leid, Vicky, schrecklich leid! Du hättest es nie so erfahren dürfen.«

Ich nickte. »Das stimmt. Ihr hättet es mir sagen müssen.« Ich weinte nicht mehr, aber meine Kehle war staubtrocken, und ich räusperte mich. »Dad holt mich gleich ab. Ich muss es auch von ihm hören. Und bis dahin wäre ich gern alleine.«

Mum riss betroffen die Augen auf, respektierte jedoch meine Bitte. Sie kannte mich zu gut, um mir in diesem Augenblick zu widersprechen. Deshalb nickte sie nur, als sie langsam aus meinem Zimmer ging und leise die Tür hinter sich schloss.

So saß ich schließlich alleine da und wartete auf meinen Vater. Es war der schlimmste Moment in meinem ganzen Leben.

Exakt achtundvierzig Minuten später hielt Dads Range Rover vor unserem Haus. Leider hatte die Wartezeit, die ich erst in meinem Zimmer und dann vor der Haustür verbracht hatte, nicht dazu beigetragen, dass ich mich von dem Schock über das gerade Gehörte erholen konnte. Im Gegenteil.

Der Schock hatte sich nämlich in der Zwischenzeit in blanke Wut verwandelt. Wut, dass Dad meiner Mutter und mir so etwas antun konnte. Und Wut, dass der Rest meiner Familie mir nicht früher davon erzählt hat – vor allem Mum.

Draußen war es inzwischen fast dunkel, aber ich war froh darum, denn ich wollte wirklich nicht, dass unsere neugierigen Nachbarinnen Frau Hufnagel oder Frau Rabe, die sensationslüstern den halben Tag am Fenster verbrachten, auf mein verheultes Gesicht aufmerksam wurden. Doch auf der Straße und auch in unserem Garten war es ganz ruhig. Offenbar waren Polly und Frank nach Hause gegangen, während meine Großeltern sich in ihr Dachgeschoss zurückgezogen hatten.

Ich konnte Dad kaum in die Augen sehen, als ich zu ihm ins Auto stieg und mich wie ferngesteuert anschnallte.

»Vicky, jetzt erzählst du mir sofort, was los ist. Du machst mir wirklich Angst!«, sagte er, als er den Wagen startete und wir in Richtung seines Apartments im Nachbarort fuhren.

Ich presste die Lippen zusammen. Eigentlich hatte ich vorgehabt, zu warten, bis wir in seiner Wohnung angekommen waren. Aber jetzt platzten die Worte einfach so aus mir heraus.

»Opa hat behauptet, dass du Mum betrogen hast!«

Dad, der gerade dabei war, an einer grünen Ampel anzufahren, würgte fast den Motor ab.

»Wie bitte?«

»Dass ihr euch deswegen getrennt habt. Mum und du.« Eigentlich hatte ich vorgehabt, mein Anliegen sachlich und ruhig vorzubringen, ein bisschen so, wie Dad solche Dinge in seinem Anwaltston machen würde – aber ich versagte kläglich. Die Worte purzelten einfach aus meinem Mund, ohne einen Hauch rhetorischer Raffinesse oder angebrachten Timings. Und als Dad mich daraufhin sprachlos anstarrte, spürte ich, wie meine Unterlippe zitterte und meine Augen wieder begannen, vor Tränen zu schwimmen. Die ganze Sache nahm mich so sehr mit, ich konnte einfach nichts dagegen tun. Schließlich ging es um meine Eltern, die ich beide unendlich lieb hatte, und für einen Moment wünschte ich mir, dass ich niemals nach diesem blöden Suaheli gefragt hätte. Vielleicht war Unwissenheit manchmal doch besser, als mit der Wahrheit konfrontiert zu werden.

Wenn es denn die Wahrheit *war*.

»Dad?«, fragte ich.

Doch er reagierte nicht. Er saß einfach nur da. Erst nach etlichen Sekunden riss er sich aus seiner Schockstarre.

»Wir werden bei mir zu Hause darüber reden«, sagte er mit verschlossener Miene und gab Gas.

In seiner Wohnung ging Dad schnurstracks in die Küche und setzte Wasser auf. Ich folgte ihm, platzierte mich allerdings auf der anderen Seite der Kücheninsel auf einem Barhocker. Ich brauchte ein wenig Abstand von meinem Vater. Und etwas, woran ich mich festhalten konnte. Warum sprach er nicht mit mir? Wieso stritt er nicht alles ab? Was sollte das bedeuten?

Dad füllte die Teeblätter in eine mintfarbene Kanne, ehe er tief durchatmete und mich ansah.

»Vicky, ich werde dir die Wahrheit sagen, das verspreche ich. Aber vorher musst du mir einen Gefallen tun. Du musst mir genau erzählen, was deine Großeltern behauptet haben.«

Ich wusste nicht, ob es an der absoluten Entschlossenheit in seiner Stimme lag oder an dem kleinen Wort *behauptet*, aber ich wurde plötzlich ruhiger.

Und fing ganz vorne an. Mit Suaheli, das zum ersten Mal am Tag zuvor in Tante Pollys Café gefallen war. Mit Mums komischem Verhalten. Bis hin zu dem Moment an diesem Abend, als Opa mich über die Vorkommnisse von vor zehn Jahren aufgeklärt hatte.

Dad schwieg, während ich berichtete, er unterbrach mich kein einziges Mal. Erst als ich geendet und er uns beiden den mittlerweile fertigen Tee eingeschenkt hatte, seufzte er.

»Dein Großvater hat dir nicht die Wahrheit erzählt, Vicky.« Er wirkte unendlich erschöpft, als er das sagte.

»Dann stimmt es nicht?« Ich hielt den Atem an.

»Erst einmal: Ich habe deine Mutter niemals betrogen.« Langsam, ganz langsam stieß ich die Luft wieder aus. Das war genau das, was ich hören wollte. Die Anspannung allerdings ließ nicht wirklich nach.

»Aber warum haben dich Oma und Opa dann mit dieser Frau gesehen?«

Mein Dad vergrub seinen Kopf in den Händen. Endlich sah er hoch. »Das Problem ist, ich war tatsächlich an diesem Tag bei Toni's zum Essen. Mit meiner Assistentin Frau Körber. Toni war damals einer meiner Klienten. Wir hatten eine Besprechung, und nach dem Meeting hat er uns beide eingeladen. Es wäre unhöflich gewesen, abzulehnen, obwohl ich an deinem Geburtstag natürlich am liebsten so schnell wie möglich nach Hause wollte.«

»Aber Opa hat gesagt, ihr hättet euch geküsst! Und sogar halb ausgezogen dabei.«

Mein Dad ballte die Hand zur Faust. »Ich weiß, dass er das gesagt hat«, erwiderte er. »Aber es war nicht so. Und ich frage mich seit Jahren, aus welchem Grund deine Großeltern so lügen konnten.«

Ich starrte ihn an. Oma und Opa waren schräg drauf, ja sicher. Sie machten mir und Mum oft das Leben schwer. Dass sie allerdings so fies sein könnten, über meinen Dad solche Lügen zu verbreiten, das konnte ich mir einfach nicht vorstellen.

Abgesehen davon musste ja auch Mum einen Grund gehabt haben, ihren Eltern zu glauben und nicht Dad, oder?

Mein Vater sprang auf und tigerte in der Küche auf und ab.

»Vicky, du ahnst gar nicht, was ich alles in Bewegung gesetzt habe, um zu beweisen, dass es ein schlichtes Arbeitsessen war, wie ich es auch mit einem meiner Kanzleipartner gehabt hätte. Und erst dachte ich, mir gelingt es. Es gab Ungereimtheiten – deine Großeltern behaupteten nämlich, mich erst am Nachmittag gesehen zu haben. Tatsächlich war ich aber schon mittags gegen halb eins dort. Und sie sagten, ich hätte Spaghetti mit Scampi gehabt. Dabei hatte ich Spaghetti mit Jakobsmuscheln. Aber ich hatte nichts Aussagekräftiges in der Hand – es war wie verhext. Keine Quittungen mit Uhrzeit, weil Toni uns ja eingeladen hatte. Keine sonstigen Belege. Die Bedienung erinnerte sich angeblich an nichts, weil sie so im Stress gewesen wäre. Ich habe sogar mal einen Privatdetektiv engagiert, um meine Unschuld zu beweisen.«

Ich schluckte. »Und was hat der rausgefunden?«

»Leider nichts, was mich entlasten konnte. Kurz nach dem Vorfall habe ich wirklich alles getan, um deine Mutter von meiner Unschuld zu überzeugen, aber die Beweise sprachen ganz klar gegen mich.«

»Welche Beweise?«, fragte ich nach. »Es waren doch nur die Behauptungen von Oma und Opa, oder? Also – Aussagen gegen Aussage.«

Mein Dad ließ seinen Kopf hängen. »Nein, das war leider nicht alles. Sie hatten tatsächlich einen Beweis, oder so etwas Ähnliches jedenfalls, und ich kann mir bis heute nicht erklären, wie sie an den gekommen sind. Sie haben angeblich an jenem Tag mein ...« – er sah beschämt aus – »also, mein Tattoo gesehen. Angeblich als mein Hemd bei ... bei dieser Angelegenheit hochgerutscht wäre. Sie haben es deiner Mum in allen Details beschreiben können.«

»Dein Tattoo?« Ich starrte ihn an.

Das Tattoo war Mums und Dads Jugendsünde. Ich kannte es. Mum hatte das gleiche, an einer ähnlichen Stelle. Ich hatte meinen Eltern schwören müssen, niemals jemandem davon zu erzählen. (Und selbst hier bringe ich es nicht fertig, es zu beschreiben. Nur so viel: Kein Erwachsener dieser Welt würde damit herumlaufen wollen.) Vor allem Dad achtete immer streng darauf, dass man es nie zu Gesicht bekam, und er kaufte nur Badehosen (und Unterwäsche), die es verdeckten.

Dass meine Eltern ausgerechnet Oma und Opa mit ihrem Drachen- und Tigertattoo irgendwann davon erzählt hatten, hielt ich für ausgeschlossen.

Dad setzte sich wieder zu mir. Er sah unendlich gequält aus.

»Die Sache mit dem Tattoo hat deiner Mutter bewiesen, dass an der Geschichte ihrer Eltern etwas dran war. Und ich wiederum verstand nicht, warum Meg mir nicht genug traute, um meine Version zu glauben. Wie konnte sie im Ernst annehmen, dass ich sie betrügen würde? Ich hab sie angebetet.«

Er schwieg einen Moment und starrte auf den Wasserkocher.

»Irgendwann wurde unsere Meinungsverschiedenheit so ernst, dass ich Angst hatte, mein Verhältnis zu dir könnte darunter leiden. Dass ich dich vielleicht nicht mehr sehen dürfte, wenn ich weiter auf die Barrikaden ging.«

»Also hast du es zugegeben und in die Scheidung eingewilligt?«

»Nein. Ich würde niemals eine Schuld für eine Tat eingestehen, die ich nicht begangen habe. Aber ich habe einen anderen Fehler gemacht: Ich habe aufgehört, um meine Familie zu kämpfen.«

»Du hast dich komplett zurückgezogen«, schlussfolgerte ich.

Dad nickte. »Damit ich dich weiterhin sehen durfte, regelmäßig. Um dir ein guter Vater zu sein, der für dich da ist.« Blind vor Tränen malte ich mit den Fingern die Maserung der Thekenplatte nach. Ich konnte Dad in diesem Moment nicht anschauen, sonst wäre ich in tausend Stücke zerbrochen.

»Ich habe bis heute keine Ahnung, wen deine Großeltern da beobachtet haben und wie sie von dem Tattoo erfahren konnten. Ich habe Karola Körber niemals berührt und sie mich auch nicht. Unser Verhältnis war ausschließlich beruflich.« Er lachte freudlos auf. »Wobei ein weiteres Problem war, dass sie das gern geändert hätte. Als sie von den Vorwürfen gehört hat, hat sie – ich sag mal so: nichts getan, um das Gerücht zu entkräften.«

Ich setzte mich auf. »Sie hat gelogen und behauptet, du hättest was mit ihr gehabt, damit du *tatsächlich* was mit ihr anfängst?«

»Ja. Diese Logik muss man nicht verstehen, oder? Ich musste sie entlassen, was deine Großeltern als weiteres Eingeständnis meiner Schuld gewertet haben. Kurze Zeit später ist sie nach Neuseeland ausgewandert. Ich habe nie wieder etwas von ihr gehört.«

»Aber vorher hat sie noch eine Ehe zerstört.«

Dad beugte sich über den Tresen und nahm meine tränennassen Hände in seine.

»Vicky, mir ist klar, welch ein Schock das heute für dich war.

103

Aber ich bitte dich, mir zu glauben. Ich habe deine Mutter nicht betrogen. Nie. Ich konnte nur nicht das Gegenteil beweisen. Und am Schluss war ich einfach nur noch niedergeschlagen und so tief getroffen, dass sie mir kein Vertrauen schenken konnte, dass ich das Feld geräumt habe. Heute denke ich manchmal, das war mein eigentlicher Fehler. Ich hätte länger kämpfen sollen.« Er strich mir eine Strähne aus der Stirn. »Aber die Sorge, dich zu verlieren, war noch viel größer als alles andere.«

Wir schwiegen lange Zeit. Mein Tee war eiskalt, als ich endlich daran nippte. Irgendwann räusperte sich Dad. Ich schaute zu ihm auf.

»Vicky, glaubst du mir?«, fragte er. Noch nie hatte ich ihn so gehört. So ängstlich und unsicher.

Ich nickte langsam. Einmal. Dann noch einmal. Ich konnte sehen, wie Dads Schultern nach unten sackten, als ein Teil der Anspannung von ihm abfiel.

»Aber ich kann mir leider auch nicht vorstellen, dass Oma und Opa bewusst gelogen haben«, schob ich schuldbewusst nach.

»Ich bezweifele gar nicht, dass sie etwas gesehen haben«, sagte er schnell. »Für mich ist es eher die Frage, *wen* sie gesehen haben.«

»Aber wer könnte denn noch so ein – entschuldige – dämliches Tattoo haben? Der dir außerdem noch ähnlich sieht?« Ich kaute auf meiner Unterlippe. »Meinst du, Hugh Grant war vor zehn Jahren in unserer Stadt und bei Toni zum Mittagessen?«

Dad schüttelte leicht verlegen den Kopf. »Äh, nein. War er nicht.«

Zum ersten Mal an diesem Tag musste ich beinahe lächeln.

»Du hast nachgefragt!«

Seine Mundwinkel zuckten. »Na ja, wie gesagt, ich hab nichts unversucht gelassen – aber mein Privatdetektiv konnte beweisen, dass zumindest *er* es nicht war.«

»Schade«, murmelte ich. »Wir müssten also deine Unschuld einfach hieb- und stichfest beweisen.«

»Ja. Aber das ist mir damals schon nicht gelungen – und ich bezweifle sehr, dass heute, zehn Jahre später, die Chancen besser stehen.«

»Hast du die Hoffnung komplett aufgegeben?«

»Nein«, sagte er entschieden. »Und das werde ich auch den Rest meines Lebens nicht tun. Ich habe nämlich nie aufgehört, dich und deine Mutter zu lieben.«

Fast hätte ich sofort wieder angefangen zu weinen. Dad liebte Mum immer noch und hatte die Hoffnung nicht verloren. Aber gab es die wirklich?

»Was kann ich tun, um zu helfen?«, wisperte ich und wischte mir mit dem Handrücken über das Gesicht.

»Ich weiß es nicht, Vicky.«

»Ich könnte Opa noch mal ausquetschen«, schlug ich vor. »Vielleicht fallen ihm noch ein paar Details ein, die beweisen, dass du es nicht gewesen sein kannst.«

Dad nickte, machte allerdings ein zweifelndes Gesicht.

Ich rutschte von meinem Stuhl runter und umarmte ihn. »Ich versuche es, ja?«

Er strich mir über die Haare. »Ich weiß nicht, womit ich dich verdient habe«, flüsterte er.

Ich verschwieg ihm, dass ich es für *mich* tun musste. Ich musste absolute Sicherheit in dieser Sache haben. Egal, wie es ausgehen würde.

Ich hätte ahnen können, dass Mum mich schon erwartete, als Dad mich kurz vor halb elf wieder vor dem *B&B* absetzte. Dass sie mir allerdings schon entgegenlief, als ich die Haustür aufschloss, überraschte mich dann doch.

»Hey Mum!«, sagte ich und fand mich eine Sekunde später in einer festen Umarmung wieder.

»Es tut mir alles so leid, Vicky«, murmelte sie wieder und wieder an meinem Scheitel und strich mir über den Rücken.

Für einen Moment genoss ich ihren Trost, aber die innere Unruhe erfasste mich trotzdem kurze Zeit später, so dass ich mich von ihr losmachte.

»Wie war es bei deinem Vater?«, fragte sie schließlich, und ich konnte sehen, dass ihr das sehr schwerfiel.

Mir allerdings fiel es vor allem schwer, meine Gedanken zu sortieren, deswegen wich ich aus. »Ich hab jede Menge zum Nachdenken.«

Mum schluckte. »Das kann ich mir vorstellen. Magst du darüber reden?«

Ich schüttelte den Kopf. »Nein. Danke. Zumindest nicht jetzt. Ich glaube, ich geh einfach schlafen, ja?«

Mum versuchte, nicht allzu verletzt auszusehen. »Gut, okay. Melde dich, wenn du was brauchst, ja? Ich bin immer für dich da, das weißt du, oder?«

»Ja, das weiß ich.« Ich lief an ihr vorbei den Flur entlang zu meinem Zimmer.

In der Tür drehte ich mich noch mal um. »Ich hab dich sehr lieb, Mum.«

Mum gab ein schniefendes Geräusch von sich. »Ich dich auch, mein Schatz! Ich hab dich auch sehr lieb!«

Ich rang mir ein kleines Lächeln ab und verschwand in mein Zimmer, wo ich mich völlig erschöpft von innen gegen die Tür lehnte.

Ohne Zweifel war heute der schlimmste Tag in meinem ganzen Leben. Eine Million Parallelweltsprünge waren nichts gegen das hier.

Ich war verwirrt. Ich war verunsichert.

Und ich hatte keine Ahnung, wem ich glauben sollte.

8.

Obwohl am nächsten Morgen keine Frühschicht bei den Ludwigs anstand, fühlte ich mich wie eine matschige Apfelsine, als ich mich gegen neun in Richtung Gemeindewiese schleppte. Wie auch die letzten Tage war der Himmel wieder tiefblau, die Hitzewelle machte immer noch keine Pause, und ich war nach ein paar hundert Metern durchgeschwitzt.

Eigentlich hatte es für mich keinen echten Grund gegeben, das Haus so früh zu verlassen – zumal ich heute Nacht kaum ein Auge zugetan hatte und mein Körper ganz dringend nach Schlaf schrie.

Aber zum allerersten Mal in meinem Leben wollte ich Mum nicht begegnen. Ich wusste einfach nicht, wie ich ihr gegenübertreten sollte. Mir war klar, dass ich das nicht ewig durchziehen konnte und mit ihr über die ganze Sache reden musste. Aber wenn ich ihr sagte, dass ich Dad glaubte, dann unterstellte ich ihr, dass sie (und meine Großeltern) völlig falsch lagen. Allerdings – wenn ich Mum glaubte, verriet ich Dad.

Im Moment tendierte ich eher dazu, Dad zu glauben. Vielleicht, weil ich so unbedingt wollte, dass seine Geschichte wahr war und nicht die meiner Großeltern.

Mittlerweile verstand ich, wie es war, wenn ein Kind zwischen den Eltern stand, die sich trennten. Und ich musste schon wieder gegen die aufsteigenden Tränen kämpfen, als mir klar wurde, dass Mum mir mit ihrem irrsinnigen Codewort genau das hatte ersparen wollen.

Ich hatte kurz überlegt, zu Pauline oder Konstantin zu flüchten und ihnen alles zu erzählen, aber letztendlich entschied ich mich dagegen. Ich musste erst einmal selbst mit dem Gehörten klarkommen, ehe ich die beiden mit meinen Problemen belastete. Damit helfen konnte mir im Moment sowieso keiner.

Erschöpft und übermüdet ließ ich mich auf dem Sandsteinsockel vom Denkmal unseres Stadtgründers, Sigismund dem Schönen, nieder und streckte die Beine von mir. Die Morgensonne stand noch so schräg, dass ich fast komplett unter den Schatten seiner riesigen Nase passte, und zum ersten Mal war ich dankbar, dass er so einen Mordszinken hatte.

Aber auch nachdem ich eine Viertelstunde nur dagesessen und nichts getan hatte, außer zwei Mitarbeitern der Stadt dabei zuzusehen, wie sie unsere Gemeindewiese für den Flohmarkt am kommenden Wochenende absteckten, fühlte ich mich kein bisschen besser.

Es war einfach zu viel. Meine Sorgen mit Mum und Dad allem voran. Aber auch der Rest. Die ständige Springerei und der Stress mit unseren offenbar hochbegabten Parallel-Ichs, die mein Zimmer verwüstet hatten. Unvermittelt fiel mir das Telefonat mit Pauline gestern ein. Ich musste sie noch –

BAMMM!

Und von einer Sekunde auf die andere schlief ich einfach so ein. Jedenfalls gab es keine andere Erklärung als ein Traum, denn plötzlich lag ich in Konstantins Armen.

Versunken in einen tiefen, innigen Kuss.

Sicherheitshalber blinzelte ich – aber nein, kein Zweifel. Das war Konstantin. Und weil ich mich mit einem Mal federleicht fühlte und auf keinen Fall aufhören wollte mit dem Küssen, schlang ich meine Arme noch fester um seinen Hals.

»Vicky«, murmelte er irgendwann an meinen Lippen, aber ich hatte keine Lust zu reden. In meinem Traum wurde bitte weitergeküsst, und zwar bis zur letzten Sekunde. Und der Rest wurde einfach ausgeblendet.

Aber Traum-Konstantin war leider ein bisschen rebellisch.

»Vicky, ich glaube, wir sind gesprungen«, sagte der nämlich und machte Anstalten, sich von mir loszumachen.

»Ich bin endlich eingeschlafen und träume, und das ist ein Kusstraum. *Mein* Kusstraum. Also mach weiter und red nicht so viel!«

Ich spürte ein Zittern an meiner Schulter, und als ich widerwillig die Augen öffnete und den Kopf ein bisschen anhob, sah ich, dass Konstantin vor Lachen gluckste. »Okay, meinetwegen. Dein Kusstraum. Aber *mein* Parallelweltsprung.«

Och nö. Hatte ich vor lauter Sorgen den Zimtschneckengeruch verpasst?

»Wir sind wieder dort?«, fragte ich noch mal ziemlich doof, aber ich schrieb meine Verwirrtheit den aktuellen Ereignissen zu. Und dem Geknutsche. Wie sollte man denn da noch klar denken können?

»Sieht so aus. Ich war gerade auf dem Weg zu Nikolas. Ich hoffe, mein anderes Ich ist vor Schreck nicht vom Fahrrad gefallen, ich habe nämlich keine Lust auf aufgeschlagene Knie in den Ferien.«

»Und ich war – auf der Gemeindewiese«, murmelte ich. Sollte ich die Gelegenheit nutzen und Konstantin erzählen, was gestern Abend passiert war? Aber ich hatte nach wie vor das Gefühl, noch nicht so weit zu sein. Gestern war so viel geschehen, und ich hatte so viel zu verarbeiten, ich brauchte einfach eine Pause.

Und da dämmerte es mir. Eine Pause! Genau die war es doch, die mir das Schicksal schenkte. In einer anderen Welt, in der mein Körper ausgeschlafen war und sich erstaunlich fit anfühlte. Ausnahmsweise war der Sprung einmal zur richtigen Zeit gekommen. Hier war alles in Ordnung. Mum war mit Dad zusammen, und meine größte Herausforderung bestand darin, mich möglichst unauffällig zu verhalten. Das erschien mir im Gegensatz zu dem, was zu Hause passierte, kinderleicht.

Allerdings hatte ich nicht mit meinem hyperaktiven Freund gerechnet.

»Okay, wir brauchen einen Plan«, sagte Konstantin und brachte entschlossen Abstand zwischen uns.

Ich seufzte schwer. »Können wir nicht einfach damit weitermachen, womit unsere Parallelversionen gerade angefangen haben? Ich meine, wenn die einfach ein bisschen küssen wollen …«

»Küssen können wir auch zu Hause! Wir wollten uns hier doch umschauen und so viel wie möglich herausfinden, schon vergessen?«

»Na schön«, sagte ich und ließ Konstantin aufstehen. Und kapierte im gleichen Augenblick, warum es sich so anfühlte, als ob ich auf einer Wolke schwebte. Konstantin und ich lagen in einer Hängematte, und erstaunlicherweise schaffte er es, auszusteigen und mir dann zu helfen, ohne dass wir gemeinsam auf den Boden krachten.

Als ich festen Boden unter den Füßen hatte, zupfte ich mein (wirklich tolles!) Sommerkleidchen zurecht und strich mir über die Haare, die wieder zu einem dicken Pferdeschwanz nach hinten gebunden waren. In meiner Welt hatte ich nicht mal den Nerv gehabt, darauf zu achten, was ich anzog, und gekämmt hatte ich mich auch nicht. Aber hier fühlte ich mich von Sekunde zu Sekunde besser.

Konstantin war mittlerweile schon längst in seinem (Parallelsprung-)Element. Die Hände in die Hüften gestemmt, guckte er sich neugierig in alle Richtungen um, ehe er sich mit einer Hand durch die ungewohnt kurzen Haare fuhr.

»Wir sind bei uns zu Hause«, schloss er messerscharf. »Vermutlich sind meine Eltern unterwegs, sonst hätten wir nicht in aller Seelenruhe geknutscht.« Er drehte sich zu mir um. »Ich geh mal kurz rein und sehe mich um, du kannst aber gerne hierbleiben, wenn du magst. Schau doch schon mal in dein Handy, ob es da was Neues gibt, bin gleich wieder da!«

Damit war er praktisch augenblicklich im Haus verschwunden, und ich stand alleine da.

»Wäre ja auch wirklich zu schön gewesen«, murmelte ich und warf einen letzten sehnsüchtigen Blick auf die blaurotgestreifte Hängematte, die leicht im heißen Sommerwind schaukelte. Es sollte einfach nicht sein.

Okay, das Handy. Zum Glück entdeckte ich sofort meine Umhängetasche auf einem der Gartenstühle auf der Terrasse.

Ich ließ mich in einen Sessel fallen, griff nach dem Telefon und scrollte mich durch die Programme.

Keine Sprachnachricht, keine Textnachricht in der Notiz-App, auch keine E-Mails an mich selber oder an Konstantin. Keine Entschuldigung, warum sie mein Zimmer verwüstet hatten. Nur der normale Nachrichten-Chat mit diversen Verabredungen zum Schwimmen und obligatorischem Sommerferienklatsch.

Im Kalender wurde ich schließlich fündig. Hier hatte Parallel-Vic fein säuberlich ihre Termine eingetragen. Und im Gegensatz zum letzten Mal, als wir nachgesehen hatten, war er richtig vollgepackt!

Für heute stand da:

10.30: Sonnencreme kaufen
11.30: Großeltern im Garten helfen (mit Konstantin!)
12.30: Zu Claire (mit Konstantin!)
13.30: Fahrrad zu Eddie zum Kundendienst bringen
16.00: Neue Bücher aus der Bücherei holen
18.00: DVD-Abend bei Pauline, Knabberzeug mitbringen!

O Mann, hatte ich wirklich beim letzten Sprung gedacht, Vic lebte ein so langweiliges Sommerferienleben wie ich selbst? Das war aber ein ziemlich eng gesteckter Zeitplan!

»Und, hast du was rausgefunden?«, fragte Konstantin in diesem Moment, als er wieder durch die Terrassentür nach draußen kam.

»Und ob! Meine Parallelversion ist erstens total organisiert und zweitens mittlerweile schwer beschäftigt!« Ich hielt ihm das Smartphone mit den Terminen unter die Nase. »Wenn wir rechtzeitig zu meinen Großeltern kommen wollen, müssen wir uns beeilen! Es ist schon kurz vor halb!«

Konstantin stöhnte, folgte mir aber, als ich aufstand, durch das Haus ging und schließlich mein Fahrrad vor der Haustür aufschloss.

»Meinst du das ernst, dass wir die Arbeit unserer Parallelversionen machen sollen? Hast du schon vergessen, was sie mit deinem Zimmer angestellt haben?«

Nein, hatte ich nicht. Aber wir konnten ja schlecht aus purer Rache dasselbe hier anstellen.

»Komm schon, wir sollten mit gutem Beispiel vorangehen. Wer weiß, wie lange wir überhaupt noch hier sind. Außerdem kriegen wir dann vielleicht etwas Neues über meine Familie heraus. Hast du bei euch was Spannendes gefunden?«

Er schüttelte den Kopf. »Nein, alles ist ziemlich so, wie ich es von zu Hause kenne. Hoffentlich ist bei den Kings mehr geboten!«

Ich war mir nicht sicher, ob man das wirklich hoffen sollte.

Der Weg von Konstantin zu meinen Großeltern war nicht besonders weit, und trotzdem klebte mein Kleid wie eine zweite Haut an mir, als wir unsere Fahrräder vor dem *B&B* abstellten. Also, vor dem Haus, das in *unserer* Welt das *B&B* war. In dieser Welt gab es das nicht, denn Mum arbeitete in einem schicken Hotel im Nachbarort. (Das hatte Konstantin in meiner Geburtstagsnacht hier herausgefunden, während ich mit der angeschickerten Claire beschäftigt war. Er war in diesen Forschungsdingen tatsächlich sehr viel effektiver als ich.) Weil wir schon spät dran waren und ich hier ja praktisch zu Hause war, hielt ich mich nicht damit auf, an der Tür zu klingeln, sondern ging um das Haus herum direkt nach hinten in den Garten. Ehrlich gesagt, fürchtete ich mich ziemlich davor, meinen Großeltern zu begegnen – auch wenn das hier »nur« ihre Parallelversionen waren und sie nichts damit zu tun hatten, was in unserer Welt passiert ist. Hier waren sie bestimmt die nettesten Menschen, die es gab, und hatten nicht das Geringste verbrochen –

Huch! Na ja, vielleicht doch!

Vor Schreck stolperte ich beinahe und konnte mich gerade noch rechtzeitig fangen, um die Hände vor die Augen zu schlagen. »Ich hab nix gesehen!«, quietschte ich und drehte mich panisch um.

O Gott, hoffentlich wurde ich das Bild wieder los, das sich gerade in meinen Kopf gebrannt hatte. Meine Großeltern saßen nämlich zusammen in einem riesigen, aufblasbaren Kinderplanschbecken. In rosa. Und ich hatte auf den ersten Blick nicht erkennen können, wo das Becken aufhörte und die Haut meiner Großmutter anfing.

»Vic, jetzt stell dich nicht so an, wir sind nicht nackt. Obwohl mir eigentlich sogar in meinem Bikini zu heiß ist«, sagte in diesem Moment meine Oma, und ich drehte mich erleichtert um. Tatsächlich war sie gerade aufgestanden und machte einen umständlich großen Schritt über den Beckenrand, während sie mit einer Hand nach ihrem Handtuch angelte.

Hinter meinem Rücken hörte ich Konstantin die Luft anhalten. Ja, obwohl Oma einen Bikini anhatte, musste man doch zweimal hingucken – oder zumindest darauf gefasst sein, dass sie, na ja – mit der Mode ging. Oma trug einen knappen Zweiteiler mit Leopardenmuster, der tatsächlich gar nicht so schlecht zu dem riesigen Tattoo auf ihrem Oberarm passte. Nur leider nicht so gut zu ihrem Alter und der Beschaffenheit ihrer Haut.

»Ist das ein Drache?«, fragte Konstantin, während er unverhohlen meine Oma anglotzte.

»Ein Seeadler, Dummerchen«, antwortete Oma und rollte mit den Augen. »Ist doch einwandfrei zu erkennen. Ihr Stadtkinder solltet wirklich mal in den Zoo gehen. Kennen die einfachsten Tiere nicht.«

»O ja, Vicky, lass uns in den Zoo gehen. Hab ewig keinen Drachen mehr gesehen«, flüsterte mir Konstantin zu, und ich musste kichern.

»Übrigens schön, dass ihr schon heute kommt«, sagte da meine Oma, während sie langsam zurück zur Veranda schlurfte. »Ich hatte eigentlich erst übermorgen mit euch gerechnet. Aber ihr könnt direkt loslegen, der Rasenmäher steht im Schuppen. Und mäht einfach um Opa drumrum, der bleibt den ganzen Tag im Wasser sitzen, so wie ich ihn kenne.«

Konstantin und ich schauten uns fragend an, aber ich zuckte nur mit den Schultern. *Großeltern im Garten helfen*, so war der Kalendereintrag. Fast sah es so aus, als wollte mein Freund noch einmal protestieren, aber schließlich machte er sich auf den Weg und holte den Rasenmäher.

»Ach, und Vic – du könntest da hinten im Beet noch das Unkraut zupfen, ja? Mein armer alter Rücken spielt da leider nicht mehr mit. Ich bin derweil im Keller und mache mein Kettlebell-Workout, wenn du mich suchst. Tschüssi«, zwitscherte sie und war schon verschwunden.

»Wie nett«, murmelte Konstantin, der inzwischen den Uraltmäher auf die Wiese bugsiert hatte und mit dem kleinen Benzinkanister hantierte, um den Tank zu befüllen.

»Bitte, lass uns das schnell durchziehen, ja?«, flehte ich ihn leise an, darauf bedacht, dass Opa unsere Unterhaltung nicht hören konnte (wobei der sich mittlerweile die Kopfhörer seines Mp3-Players in die Ohren gefummelt und ziemlich laut ziemlich schlechte Musik angemacht hatte).

Konstantin stöhnte. »Na gut. Aber wie konnten unsere beiden anderen Ichs nur auf die glorreiche Idee kommen, bei der Hitze Gartenarbeit zu machen? Und das freiwillig?«

»Weil sie genau wie wir zwei ganz reizende junge Leute sind«, imitierte ich den Tonfall meiner Oma, und Konstantin musste lachen.

»Schön. Aber versuch wenigstens, was Neues über diese Welt herauszufinden, während ich hier draußen schuften muss. Wenn ich fertig bin, können wir tauschen.«

»Abgemacht«, sagte ich, stellte mich auf die Zehenspitzen und hauchte Konstantin einen Kuss direkt auf den Mund.

Und als er mich aus seinen blauen Augen anstrahlte, ehe er sich noch mal zu mir herunterbeugte und den Kuss für ein paar Sekunden vertiefte, wurden mir mal wieder die Knie weich.

»He, Kinder, nicht knutschen! Erst die Arbeit, dann das Vergnügen!«, plärrte Opa aus dem Planschbecken, und wir lösten uns wieder voneinander. Und als ich merkte, wie schwer das Konstantin fiel, war der Vormittag für mich gerettet. Gartenarbeit hin oder her.

Nach einer knappen Stunde war der Rasen gemäht, das Unkraut gezupft, Konstantin und ich tropfnass durchgeschwitzt und nervlich beinahe am Ende – aber leider kein bisschen schlauer. Ich hatte nichts Besonderes herausgefunden, außer, dass Oma und Opa so viel Plunder im ganzen Haus verteilt hatten, dass es mindestens so voll war wie in unserem *B&B*, obwohl sie nur zu zweit darin wohnten.

Als einziges Highlight der Aktion hatte sich Konstantin irgendwann beim Rasenmähen das T-Shirt ausgezogen, weil er es vor Hitze nicht mehr aushielt.

Aber Neuigkeiten aus der Parallelwelt?

Fehlanzeige.

Deswegen ließen Konstantin und ich auch Punkt 12.30 Uhr alles stehen und liegen und verließen fluchtartig den Garten, ehe meinem Opa, der sich gerade ins Haus verkrümelt hatte, noch irgendwelche Aufgaben für uns einfielen.

Schließlich stand schon der nächste Punkt in Vics Kalender, und ich war tierisch stolz, mit gutem Beispiel voranzugehen und mich als erfahrenste Parallelspringerin von allen vorbildlich zu verhalten. Ich meine, ich hatte schließlich eine Verantwortung.

»Und was genau wollen die beiden wohl bei Claire?«, fragte Konstantin, als wir uns auf den Weg zu unseren Fahrrädern machten, die wir vor dem Haus hatten stehen lassen.

Ich zuckte mit den Schultern. »Wir werden es gleich erfahren. Zum Glück wohnen sie hier im gleichen Haus wie bei uns, das hab ich vorhin noch in den Kontakten nachgesehen.«

Konstantin stöhnte, als er sich das T-Shirt missmutig wieder überzog. »Na schön. Aber das ist der letzte Termin für heute. Bin jetzt schon fix und fertig.«

Er sprach mir aus der Seele, Gartenarbeit bei gefühlten hundert Grad im Schatten war einfach nicht so prickelnd. Auf der anderen Seite war das immer noch besser, als sich der Realität meiner Welt stellen zu müssen. Der Preis dafür war allerdings nicht gerade niedrig.

Eine Viertelstunde später standen wir vollends zerzaust vor der Cloppenburg'schen Haustür und wurden von einer kleinen, fülligen Dame mit weißer Schürze begrüßt, die mit spanischem Akzent sprach.

»Hola, Vic und Freund von Vic!« Sie grinste, während sie Konstantin von oben bis unten musterte, dann zu mir sah und schließlich anerkennend mit dem Kopf nickte (allein diese Geste reichte mir, um sie sofort in mein Herz zu schließen).

»Claire ist draußen am Pool, ihr kennt euch ja aus!«

»Klar, wir, äh – gehen direkt durch«, sagte ich und zog Konstantin hinter mir her. Da wir jedes Jahr auf die Riesenparty von Claire und ihren Eltern eingeladen waren, kannte ich diese gigantische Hütte so gut wie unser B&B. Na ja, zumindest so gut, dass ich durch die vielen Salons und Wohnzimmer (wo genau war eigentlich der Unterschied?) in den Garten fand. Tatsächlich lag Claire auf einem zweimal zwei Meter großen Strandbett unter einem Sonnenschirm, neben sich auf einem Beistelltisch ein Schirmchendrink und ein Früchteteller. Sie sah aus wie aus einem dieser Ferienhauskataloge, die Mum sich hin und wieder bestellte (um dann doch zu Hause zu bleiben).

»Krass«, sagte Konstantin, aber weil er nicht Claire in ihrem ultraknappen Bikini musterte, sondern den Pool und die ganzen Schickimickimöbel außenrum, verzieh ich ihm.

Claire richtete sich auf. »Was macht ihr denn hier? Ich dachte, frisch Verliebte hätten was Besseres zu tun als ihre arme, einsame Singlefreundin zu besuchen.«

Tja, das dachten wir auch. Aber unsere Parallel-Ichs offenbar nicht.

Konstantin ließ sich auf die nächstbeste Liege fallen und stöhnte zum wohl hundersten Mal, seitdem wir gesprungen waren. »Wir besuchen dich nur, weil du einen Pool hast.«

»Wenigstens ist er ehrlich«, sagte Claire, anscheinend null beleidigt, und guckte mich über den Rand ihrer Sonnenbrille an. »Habt ihr euch eigentlich in einem Misthaufen gewälzt?«

»Gartenarbeit. Großeltern. Viel zu heiß«, japste ich, und wie auf Befehl tauchte wieder die nette spanische Hausdame im Garten auf, mit einem Tablett voller kühler Getränke. Wäre ich nicht so geschafft gewesen, ich wäre ihr um den Hals gefallen.

»Ich dachte, ihr wärt vielleicht hier, um mich aufzumuntern. Oder um mir zu sagen, was David die nächsten so Tage macht.«

»Hä? David?«, fragte Konstantin, schnappte sich dankbar den Krug Eistee und goss die Gläser voll.

Claire schaute ein bisschen pikiert. »Dein Freund David. Dunkle Haare, braune Augen, geschmackvoll angezogen. Im Gegensatz zu den meisten anderen. Der, der sich so gut mit Computern auskennt.«

»Was ist mit dem?«

»Ich habe Interesse an ihm, was sonst?«

Eins musste man Claire lassen: Sie war zur Abwechslung mal gnadenlos ehrlich. Und hatte anscheinend keine Probleme damit, vor anderen über ihre Gefühle zu sprechen.

Konstantin schien das leider weder zu überraschen noch zu interessieren.

»Das wird jetzt hier aber nicht so ein Mädelsgequatsche über Jungs, oder? Da steig ich nämlich echt aus. Außerdem rede ich nicht über meine Freunde.«

»Aber wenn er doch selbst nicht spricht? Irgendjemand muss es ja machen!«

»Vielleicht will er nicht mit dir reden?«

»Aber mit Charlotte redet er sehr wohl!«

Konstantins plötzliches Schweigen kam mir sofort verdächtig vor. Und als er sich hilfesuchend zu mir drehte, kapierte ich auch, wieso: David stand einfach nicht auf Claire. Sondern auf Charlotte. Und zwar hier in dieser Welt – ganz offensichtlich – und genauso zu Hause.

Wow. Das war mal eine spannende Info!

Aber leider keine, die Claire allzu gut aufnehmen würde.

Da half nur eins: Ablenkung.

»Hast du eigentlich mal wieder was von Leonard gehört?«, fragte ich deswegen unschuldig und pflanzte mich auf die Matratze neben Claire, während ich mit letzter Kraft mein Glas anhob und nach dem Strohhalm angelte.

»Leonard«, legte Claire los, »Leonard bringt mich auf die Palme, sobald er mich nur anschaut. Der redet nur dummes Zeug und zwinkert immer so blöd, wenn ich die Augen verdrehe. So was von überzeugt von sich, das gibt's gar nicht! Und letztens, da hat er doch tatsächlich zu mir gesagt, ich wäre noch eingebildeter als seine große Schwester, die kennst du auch, die ist in der Zehnten, die mit der roten Miu-Miu-Handtasche, und das fand ich so eine Frechheit. Weißt du, und dann hat er noch gesagt, ich soll nicht – hey, Konstantin, dusch dich gefälligst ab, bevor du in den Pool springst!«

Was Konstantin allerdings nicht mehr hörte, denn er trieb schon unter der Wasseroberfläche. Vermutlich hatte er Claires Ergüsse über Leonard nicht mehr ausgehalten.

Und fast wäre ich ihm hinterhergesprungen, ließ es aber dann doch bleiben, weil ich keinen Bikini anhatte. Konstantin hatte zwar auch keine Badehose, aber das war ihm total egal. Er hatte nur sein T-Shirt auf den Boden gepfeffert, Handy und Schlüssel aus der Hosentasche genommen und war einfach gesprungen.

Außerdem war es mittlerweile fast halb zwei. Und laut Vics Kalender hieß das, dass der nächste Termin anstand. (Ich muss zugeben, dass mich diese Kalendersache wirklich nervte. Allerdings war da dieses schreckliche Verantwortungsgefühl, ein Vorbild für Vic sein zu müssen. Abgesehen von meinem schlechten Gewissen über das, was ich früher in den Parallelwelten fabriziert hatte. Ich hatte schließlich meine Parallel-Ichs derart in Verlegenheit gebracht, dass mein Sprungkarma dringend ein paar Pluspunkte gebrauchen konnte.)

»Warum bist du denn auf einmal so hibbelig? Entspann dich und genieß die Aussicht«, sagte Claire und deutete auf den Pool und den wunderschönen Garten. Oder auf Konstantin, der in langsamen Zügen durch das türkisfarbene Wasser schwamm, so genau konnte ich es nicht sehen.

»Ich hab, äh, ich muss mein Fahrrad noch zum Kundendienst bringen. Wäre doof, wenn ich den Termin verpasse. Eddies Werkstatt ist sonst nämlich in nächster Zeit total, äh, ausgebucht.«

»Ahhaaaa«, sagte Claire langsam und guckte wieder so komisch über den Rand ihrer Sonnenbrille, und ich musste ihr beinahe zustimmen, wie dämlich das klang. Die Vicky in meiner Welt (also ich) würde nämlich nie auf die Idee kommen, ihr Fahrrad zum Kundendienst zu bringen. Ich hatte bisher ja noch nicht einmal gewusst, dass es so was für Fahrräder überhaupt gab.

Wieder eine Sache, die Vic mir scheinbar voraus hatte. Tatsächlich schien sie viel reifer und umsichtiger zu sein als ich. Schade eigentlich, dass ich nie persönlich mit ihr würde reden können, also in echt, ohne Notizapp und Sprachmemo. Vermutlich konnte ich doch eher etwas von ihr lernen als umgekehrt.

Neben mir seufzte Claire auf ihrer Liege, und diesmal war ich mir hundertprozentig sicher, dass sie Konstantin meinte und nicht das mediterrane Ambiente ihres Elternhauses. Der hatte sich mittlerweile nämlich filmreif aus dem Wasser gestemmt und saß jetzt am Beckenrand, mit dem Rücken zu uns, so dass wir ihn ungeniert von hinten anglotzen konnten.

Ausnahmsweise hatte ich nichts dagegen, dass Claire auch guckte – beziehungsweise Parallel-Claire, denn die fand ich tatsächlich ein ganzes Stück netter als ihre garstige Version in unserer Welt, die glücklicherweise noch mit ihren Eltern in Paris war und uns frühestens ab morgen wieder mit ihrer Gesellschaft beglücken würde.

Bei Konstantins Anblick jedenfalls vergaß ich in null Komma nichts sogar den blöden Fahrradtermin. Dann kamen wir eben zehn Minuten zu spät, so schlimm würde das schon nicht sein.

Aber gerade, als ich noch einen großen Schluck Eistee nehmen und mich voll und ganz meiner hervorragenden Aussicht widmen wollte, war alles vorbei.

Der türkise Pool verschwamm vor meinen Augen, in Claires Kokos-Sonnenmilchgeruch mischte sich eine feine Zimtnote, und im nächsten Augenblick waren wir wieder weg.

Und ich landete – im Himmel.

9.

Schon wieder im Himmel. Im siebten, mindestens. Ich wusste nicht, womit ich es verdient hatte, aber nach unserem Rücksprung fand ich mich tatsächlich wieder in Konstantins Armen. Meine Hände hingen zwar irgendwo halb in der Luft, doch nachdem ich zu mir kam, schlang ich sie einfach um seinen Hals, weil es vermutlich genau das war, was die andere Vic gerade vorgehabt hatte. (Zumindest war das die einzig sinnvolle Bewegung, wenn man an seinen Freund gelehnt dastand und nicht wusste, wohin mit den Händen.)

Konstantin blinzelte ein paarmal, ehe sein Griff um meine Taille fester wurde. »Wieder zurück?«

»Hm«, machte ich und hielt mich nicht weiter mit Rumgequatsche auf. Ich zog seinen Kopf zu mir herunter und küsste ihn – was er bereitwillig geschehen ließ.

Allerdings nur, bis er sich einmal kurz von mir löste, um Luft zu holen. Und dann blöderweise einen Blick auf unsere Umgebung warf (die mich nicht die Bohne interessierte, so lange dieses Siebte-Himmel-Gefühl noch anhielt!).

»Was zur Hölle ist denn hier los?«

Plötzlich wurde mir ziemlich kalt. Was daran lag, dass Konstantin sich von mir losgemacht hatte, um sich verzweifelt um sich selbst zu drehen und die Haare zu raufen. Und leider sah ich nun selbst, was ihn so aus der Fassung gebracht hatte.

»Heilige Zimtschnecke!«

»Wohl eher unheilige! Was zum Geier haben die beiden denn jetzt wieder getrieben?«

»Ein bisschen mehr Knutschen wäre auf jeden Fall besser gewesen, als, äh, das hier«, sagte ich.

Wir standen mitten in Konstantins Zimmer. Und das konnte ich nur deshalb so genau sagen, weil ich schon einmal dort gewesen war und mich an die beiden großen Bildschirme auf seinem Schreibtisch erinnerte.

Was im Übrigen so ziemlich das Einzige war, was seit meinem letzten Besuch unverändert war.

Der ganze Rest – das reinste Chaos.

Beinahe noch schlimmer als in meinem Zimmer, nach dem letzten Sprung.

Und obwohl ich wusste, dass es für diese Situation nicht wirklich passend war, musste ich kichern. Weil das hier so absurd war und weil Konstantins Haare so lustig vom Kopf abstanden.

Was der wiederum überhaupt nicht witzig fand, denn er sagte: »Was gibt's denn da zu lachen?«

Ich bemühte mich um einen halbwegs ernsten Gesichtsausdruck, ehe ich antwortete. »Als wir das letzte Mal zurückgesprungen und im Chaos in *meinem* Zimmer gelandet sind, hast du auch gelacht!«

»Weil ich gedacht habe, dass das eine einmalige Aktion war! Aber scheinbar sind unsere anderen Ichs total unberechenbar. Wenn du mich fragst – mit denen stimmt was nicht!«

»Wieso? Weil sie neugierig sind?«

»Neugierig? Vicky, *wir* beide sind neugierig. *Die* beiden sind verrückt!«

Ehe ich Vic und Konsti verteidigen konnte, wurde ich unterbrochen, denn plötzlich riss jemand die Tür zu Konstantins Zimmer auf.

»Hey, ich wollte nicht stören, ich hab nur so laute Stimmen hier oben gehört, und da musste ich mal schauen, ob alles … ihr streitet euch aber gerade nicht, oder? Oh, Konstantin, was ist denn mit deinem Zimmer passiert?«

Ich musste mich zurückhalten, um nicht laut aufzustöhnen. Denn was ich jetzt im Moment am allerwenigsten brauchen konnte, war jemand, der sich in Konstantins und meine Diskussion einmischte.

Vor allem nicht Lara.

Vor allem nicht eine so *gutaussehende* Lara.

»Hey, Lara, alles klar?«, fragte Konstantin. Erstaunlicherweise konnte er jetzt auch wieder lächeln. »Wir streiten nicht. Obwohl, na ja, vielleicht schon ein bisschen. Weil Vicky viel zu neugierig ist und deswegen mein Zimmer komplett auf den Kopf gestellt hat.«

Wie bitte?!

»Ich hab ihr schon gesagt, dass ich ihr Verhalten unmöglich finde, aber manchmal kann sie ein ganz schöner Kindskopf sein«, fügte er hinzu.

Ich stand da wie vom Donner gerührt. Selbst als er mir kurz zuzwinkerte, konnte ich nicht fassen, wie dreist er war. Ja, klar, er wollte unsere Parallel-Ichs decken. Dass das jedoch auf meine Kosten gehen sollte, fand ich mehr als unfair.

Aber gut, wenn er mich schon Kindskopf nannte, konnte ich ihm auch zeigen, wie sich ein echter Kindskopf verhielt.

»Das hab ich nur gemacht, weil Konstantin mein richtiges Geburtstagsgeschenk hier irgendwo versteckt hat und es nicht mehr findet. Ich meine, dass ein USB-Fischstäbchen nicht das echte Geschenk sein konnte, war ja eigentlich logisch, oder?«, sagte ich zuckersüß und klimperte übertrieben mit den Augen.

Damit war die Botschaft glasklar angekommen. Und obwohl ich Konstantin gerade nur das zurückgegeben hatte, was er für seinen doofen Spruch verdient hatte, sah er plötzlich richtig sauer aus. Was Lara natürlich nicht entging.

»Oh«, sagte sie und schaute zwischen uns hin und her. »Aber der Fisch war doch total süß, ich weiß gar nicht, was du hast.«

Mieses Biest!

Konstantin nickte prompt. »Siehst du, Vicky? Lara findet ihn süß«, schob er hinterher und gab mir damit den Rest.

Ich musste hier raus.

»Mein Finger tut weh, ich muss jetzt leider gehen«, sagte ich deshalb schwach und hielt als Beweis meinen Verband hoch.

Aber weder Konstantin noch Lara beachteten mich. Konstantin schaute niedergeschlagen auf seine Sachen, die im ganzen Zimmer verteilt waren, und Lara schaute auf Konstantin.

»Soll ich dir vielleicht beim Aufräumen helfen?«, fragte sie jetzt auch noch, und ich betete, dass Konstantin die richtige Antwort geben würde.

»Nein«, sagte er. »Das mach ich alleine.«

Ich atmete auf. Wenigstens etwas.

Und ehe Lara und ich gucken konnten, hatte er uns beide

zu seiner Tür hinausgeschoben und sie uns vor der Nase zu-
gemacht.

Tja, damit waren wir wohl entlassen.

Das mit meinem Finger war übrigens nicht gelogen – er tat tatsächlich höllisch weh. Vermutlich, weil Parallel-Vic nicht auf
die Schmerzen geachtet hatte, als sie Konstantins Zimmer auf
den Kopf gestellt hatte. Wobei – vielleicht war sie ja unschuldig. Vielleicht war es Konstantin (beziehungsweise sein anderes
Ich) sogar selber gewesen.

So oder so – auf *meinen* Konstantin war ich ähnlich sauer.
Mir war zwar klar, dass ihm diese Ausrede vor Lara vermutlich
einfach nur als Erstes eingefallen war – trotzdem brodelte es in
mir vor Wut, wie blöd er mich hatte dastehen lassen.

Willkommen zurück, dachte ich bitter. Die kurze Auszeit in
der Parallelwelt schien sich doppelt und dreifach zu rächen.
Was mich wieder schmerzhaft an die Sache mit meinen Eltern
erinnerte.

Ich musste unbedingt mit Mum reden. Und mit meinen
Großeltern auch. Vor beiden Gesprächen fürchtete ich mich,
allerdings wusste ich, dass sie unvermeidlich waren.

Seufzend machte ich mich durch die Mittagshitze zurück auf
den Weg zur Stadtmitte. Natürlich zu Fuß, ich war ja heute früh
ohne Fahrrad aufgebrochen.

Schon nach wenigen Metern musste ich wieder an Claire
und ihre superbequemen Strandbetten am Pool ihrer Eltern
denken. Vielleicht sollte ich mich in dieser Welt einfach auch

mit ihr anfreunden. Dann durfte ich bestimmt in ihren Pool springen. Andererseits müsste ich dann mehr Zeit mit ihr verbringen.

Ich nahm die Abkürzung über den Fußweg hinter der Grundschule und am Blumenladen vorbei, was sich leider als Fehler herausstellte. Denn obwohl hier selten jemand unterwegs war, stieß ich auf unsere Nachbarin Frau Hufnagel. Als sie mich sah, schaltete sie den Turbo an ihrem Rollator an und stellte sich mir in den Weg. O Gott. Ich würde Ewigkeiten brauchen, um hier wegzukommen. »Kindchen, das mit deinem Finger sieht aber nicht gut aus«, trompetete sie auch schon los, als sie meinen Verband entdeckt. »Man darf solche Sachen nicht auf die leichte Schulter nehmen. Als ich neulich mit meiner Hüfte bei Dr. Zollwein war, sagte der …«

Ich sah mich nach einer Rettung um – und da entdeckte ich das rettende Schild. Natürlich.

»Das ist ja schlimm, Frau Hufnagel, aber ich muss ganz schnell in die Apotheke. Neues Verbandsmaterial kaufen.« Was noch nicht mal gelogen war.

Ich schlug rechts einen Haken am Rollator vorbei, der mich direkt in die klimatisierte, wohlriechende Apotheke von Bettina transportierte, einer Freundin meiner Mum und einer guten Seele.

Anstatt mich sofort an einem der Verkaufstresen anzustellen, ließ ich mich auf einen der roten Ledersessel fallen, die zwischen einem Ständer mit Sonnencreme und einer überdimensionalen Personenwaage standen. Auf einmal fühlte ich mich unendlich schwach.

»Hallo, Vicky, ist dir nicht gut? Warst du etwa in der prallen Mittagshitze? Und wie geht es deinem Finger? Warte, ich komm mal gucken!«, sagte da auch schon jemand zu mir, und ich schloss kurz die Augen. Wenigstens einmal an diesem Tag hatte ich Glück. Bettina hatte tatsächlich Dienst!

»Nein, nicht so gut. Mein Finger tut so weh, mir ist heiß, und Hunger hab ich auch!«, fing ich an zu jammern, ohne mich stoppen zu können. Ich war mit den Nerven am Ende, und plötzlich hatte ich Sehnsucht nach Mum.

»Ach, herrje. Frau Ludwig hat mir schon erzählt, dass du dich gestern so böse geschnitten hast, wobei ich mich frage, warum sie dir überhaupt ein Messer in die Hand gibt, schließlich wissen wir alle, dass du ein bisschen ungeschickt … na ja, lassen wir das. Warte hier, ich bin gleich wieder da!« Sie verschwand kurz hinter den Regalen mit den vielen Schubladen, die fast die komplette Breite des Ladens einnahmen.

»Ich bin nicht ungeschickt. Sondern einfach ganz arm dran«, murmelte ich, ehe sie kurz darauf wiederkam, bewaffnet mit diversen Fläschchen und Kompressen.

Ich bin nämlich ein kleines, unglückliches Scheidungskind, das von seiner gesamten Familie zehn Jahre lang belogen wurde! Und das heute keine Ahnung hat, was es tun soll! Wo es doch beide Eltern so dringend braucht! Und das außerdem in Parallelwelten springt und dort in der Mittagshitze Gartenarbeit machen muss! Und sich zu Hause dann mit Verwüstungen und Anschuldigungen seines Freundes und dessen Exfreundinnen herumschlagen muss!

Ich fand mich in meiner Jammerei fürchterlich, aber es half

nichts, die Gedanken kreisten nur so in meinem Kopf. Wenigstens besaß ich den Anstand, nicht leise vor mich hinzuwimmern, obwohl mir durchaus danach war.

»Bleib sitzen, ich versorge deinen Finger erst einmal neu«, sagte Bettina. »Und ich hab dir Traubenzucker mitgebracht und ein Glas Wasser, vermutlich ist dein Blutzuckerspiegel im Keller, du bist viel zu blass.«

»Du bist meine Rettung«, stöhnte ich, hielt ihr meinen Finger hin und versuchte, mich zu entspannen.

Während Bettina mich verarztete, kniff ich fest die Augen zu. Ich konnte nicht nur kein Blut sehen, sondern auch keine offenen Wunden, vor allem nicht, wenn es meine eigenen waren. Aber bei Bettina war ich in besten Händen. In null Komma nichts hatte ich einen blütenweißen, perfekt sitzenden Verband um meinen linken Zeigefinger. Und es hatte noch nicht mal weh getan.

»Tausend Dank, ich wusste gerade echt nicht, wo ich hinsollte.«

»Kein Problem, Liebes, für dich doch immer gerne. Sag deiner Mum vielleicht nur, dass sie – oh!«

Ich folgte Bettinas Blick, der zur Ladentür geschnellt war. Und ließ mich kurz darauf stöhnend noch tiefer in den Sessel sinken.

Am liebsten hätte ich Bettina gebeten, mich durch die Hintertür hinauszuschmuggeln. Ihrem Gesichtsausdruck nach zu urteilen, wäre sie wahrscheinlich sofort mitgekommen.

Denn niemand anders als meine Großeltern, dicht gefolgt von meiner Mum, waren im Begriff, die Apotheke zu betreten.

»Meg, ich weiß gar nicht, warum du so einen Aufstand machst! Wir sind auf einem Kreuzfahrtschiff, da gibt es doch alles, was wir brauchen!«, keifte meine Oma schon los und baute sich mitten im Laden auf.

»Ihr fahrt in ein afrikanisches Land und werdet nicht immer auf dem Schiff sein. Deswegen müsst ihr eine Reiseapotheke mitnehmen.« Mum behielt offenbar nur mit Mühe die Nerven, das konnte ich ihr und ihren Händen ansehen, die sie in den seitlich aufgesetzten Taschen ihres brombeerfarbenen Jerseykleids gekrallt hatte. »Ansonsten kann ich gern dem Reiseveranstalter sagen, dass ihr körperlich nicht in der Lage seid, die Reise anzutreten.«

»Willst du uns etwa erpressen?«, keifte Oma.

»Ich will euch zur Vernunft bringen. Und nach euren diversen Aktionen und bei dem, was Papa sich gestern geleistet hat, hab ich noch einiges gut!«

Ihre Drohung gegenüber den Großeltern schien tatsächlich zu wirken. Mürrisch trotteten die beiden zum Tresen und bauten sich vor Bettina auf, die verzweifelt schaute.

Mum wandte sich zu mir um. Ihr Gesichtsausdruck wurde weicher, und jetzt erst wurde mir klar, dass sie mich sofort bemerkt hatte, als sie den Laden betreten hatte. Natürlich. Es handelte sich schließlich um meine Mum.

Ich riskierte ein leises Lächeln, und sie sah plötzlich ungeheuer erleichtert aus. Sie streckte ihre Hand aus, ich griff danach und ließ mich von ihr hochziehen.

Oma und Opa hatten sich inzwischen bereits mit Bettina wegen der mitzunehmenden Menge an Durchfallkapseln in die

Haare bekommen. Und wir? Wir nutzten den Moment, um auf Zehenspitzen aus der Apotheke zu schleichen.

Draußen auf dem Bürgersteig atmeten wir beide auf. »Entkommen, zum Glück!«, sagte Mum. »Die arme Bettina, jetzt kriegt sie alles ab. Und wie ich deine Großeltern kenne, wird die Diskussion noch eine ganze Weile dauern.« Mum war nervös, das spürte ich. »Wie geht es dir, Schatz? Und ich meine damit nicht deinen Finger«, fügte sie leise hinzu.

Ich zuckte mit den Achseln. »Ehrlich gesagt, weiß ich es nicht so genau.« Ich holte tief Luft, um Mut zu fassen. »Mum, könnten wir jetzt reden? Ich meine, so richtig reden? Über diese Sache mit Dad?«

Meine Mutter biss sich kurz auf die Lippen, nickte dann aber. »Natürlich. Komm, wir gehen aus der Sonne und suchen uns einen ruhigen Platz. Ohne Großeltern oder sonstige Störungen.«

Ich versuchte, meine Nervosität wegzulächeln, und hakte mich bei ihr unter. So schlenderten wir gemeinsam durch ein paar Nebenstraßen, weg von der Gemeindewiese, bis wir an der Kirche ankamen. Hier war es um diese Zeit wie ausgestorben, und die riesigen Kastanien auf dem Vorplatz spendeten angenehmen Schatten.

Wir setzten uns nebeneinander auf eine Bank und schlüpften gleichzeitig aus unseren Schuhen, um es bequemer zu haben. Ich musste schmunzeln. Wir dachten so oft dasselbe.

»Wo sollen wir anfangen?«, fragte Mum unsicher, und ich nahm ihre Hand.

»Erzähl mir einfach die Geschichte aus deiner Sicht. Was an meinem fünften Geburtstag passiert ist.« Ich schluckte. »Und danach.«

Mums Blick ging in die Ferne. »Na schön. Zunächst mal – an deinem fünften Geburtstag war ich überglücklich! Du warst so aufgeregt, dass wir alle ganz kribbelig waren! An dem Tag hatte ich dir ein süßes getupftes Kleid angezogen, und wir haben den ganzen Vormittag Lieder gesungen und mit dem Puppenhaus gespielt, das du geschenkt bekommen hast. Es war ein Samstag, aber dein Vater hatte trotzdem leider einen Vormittagstermin. Irgendwann am späten Mittag kam er kurz heim, um gegen drei Uhr noch mal loszufahren, angeblich hatte er etwas im Büro vergessen. Etwa eine halbe Stunde später kamen deine Großeltern aus der Stadt nach Hause. Selbst für ihre Verhältnisse waren sie völlig durch den Wind. Sie zerrten mich in die Küche und erzählten eine wirre Geschichte von deinem Vater, den sie gesehen hatten, und zwar nicht im Büro, sondern bei *Toni's*. Gemeinsam mit einer Frau.« Bei der Erinnerung seufzte sie leise und schob sich eine Haarsträhne hinter das Ohr.

»Hast du ihnen geglaubt?«, fragte ich atemlos.

»Erst mal nicht. Ich hab sie ziemlich schnell abgewürgt – ich konnte keine schlechte Stimmung gebrauchen, und die Gäste waren auch schon im Anmarsch. Wenig später kam dein Vater wieder nach Hause, und er verhielt sich wie immer. Der fürsorglichste Dad, den man sich vorstellen kann.«

Mums Stimme zitterte leicht, als sie das sagte, und ich drückte ihre Hand, um sie zum Weitersprechen zu ermutigen. Ich hing an ihren Lippen und nahm jedes Detail auf. Obwohl jetzt ohne Zweifel der schlimme Part kommen würde.

»Am Abend, nachdem du im Bett warst, wiederholten deine Großeltern ihre Anschuldigungen. Dass sie deinen Dad mit Karola Körber beim Essen gesehen hatten.«

»Was an sich ja noch nichts Schlimmes ist«, warf ich ein, und Mum nickte.

»Stimmt, sie war damals seine Assistentin, und sie hatten viele Termine miteinander. Aber das, was deine Großeltern dann erzählten ...« Meine Mum stockte. »Sie schilderten sehr plastisch, wie die beiden ... nun ja, in aller Öffentlichkeit herumgeknutscht haben. Und dabei ist wohl das Hemd deines Dads hochgerutscht, und sie konnten ... sein Tattoo sehen.« Sie schaute mich an. »Vicky, sie haben es mir in allen Einzelheiten beschrieben. Es war ein furchtbarer Moment.«

»Gut, Oma und Opa haben das Tattoo gesehen«, warf ich ein. »Aber ist das der Beweis dafür, dass er fremdgegangen ist?«

»Es ist der Beweis dafür, dass es wirklich dein Vater war, den sie auf der Terrasse des Restaurants beobachtet hatten«, sagte Mum niedergeschlagen. »Und da hat er nun mal Karola geküsst.«

»Oder sie ihn!«

»Was ihn so abgelenkt hat, dass er nicht mal mehr darauf geachtet hat, wie sie ihn in aller Öffentlichkeit halb auszog?« Sie knetete ihre Finger. »Damals ist für mich eine Welt zusammengebrochen. Mir kam es so vor, als ob deine Großeltern von einem völlig anderen Mann sprechen würden.«

So kam es mir auch vor.

Mum seufzte. »Ich habe deinen Vater natürlich zur Rede gestellt – woraufhin er alles abgestritten hat. Selbst als die Sache mit dem Tattoo auf den Tisch kam, hat er vehement geleugnet, sie geküsst zu haben.«

»Aber das ergibt doch keinen Sinn«, murmelte ich und biss mir auf die Unterlippe.

»Der Höhepunkt war, als Karola mir am nächsten Tag nach unserem gemeinsamen Yogakurs steckte, dass ich deinen Dad nun endlich für sie freigeben solle. Seitdem hasse ich Yoga«, fügte Mum düster hinzu. Sie schwieg einen Moment. »Es passte einfach alles zusammen. Und deinen Großeltern traue ich zwar viel zu, aber dass sie Lügen über deinen Vater verbreiten, das geht selbst für ihre Verhältnisse zu weit.«

So etwas Ähnliches war mir gestern auch durch den Kopf gegangen.

»Zumal sie ihn bis dahin durchaus mochten«, ergänzte meine Mutter bitter. »Er hat nämlich immer klaglos gezahlt, wenn sie mal wieder nicht flüssig waren.«

Ich sah Mum ratlos an. Mein Kopf schwirrte von all den Details und Informationen.

»Dad hat es mir anders erzählt«, sagte ich. »Zumindest die Sache mit dem Küssen. Er hat erzählt, dass er mit Frau Körber beim Essen war, genau wie es Oma und Opa gesehen haben – bei *Toni's*. Und er hat Pasta gegessen, allerdings ohne Scampi. Außerdem meinte er, er war schon mittags gegen halb eins dort gewesen und nicht erst gegen drei.«

»Tja, das hat er behauptet, aber er konnte es nie beweisen. Und ich hätte es schwarz auf weiß sehen müssen, verstehst du, Vicky? Ich war völlig verunsichert, und dein Dad hat sich furchtbar aufgeregt über die Sache. Es hat mich so belastet, dass ich irgendwann nicht mehr konnte.«

»Und dann hat Dad sich zurückgezogen«, murmelte ich, und Mum nickte.

»Ja. Ab dem Moment konnten wir nicht mehr vernünftig miteinander reden. Das war der Anfang vom Ende.«

Der Anfang vom Ende.

Dem Ende unserer Familie.

Eine ganze Weile saßen wir still da, und ich versuchte zu verarbeiten, was Mum gesagt hatte. Leider hatte ihre Sicht der Dinge für mich kein Licht in die Sache gebracht, im Gegenteil. Ich war völlig durcheinander. Mein größtes Problem war nämlich: Ich glaubte beiden.

Ich glaubte Mum, dass sie nicht anders gekonnt hatte, als Dad zu misstrauen. Und ich glaubte Dad, dass er Mum nie betrogen hatte und ein Opfer der Geschichte meiner Großeltern geworden war.

Meine Wut auf Oma und Opa wuchs plötzlich ins Unermessliche. Ohne ihre blöde Geschichte wäre es nie dazu gekommen, dass meine Eltern sich getrennt hätten. Sie hatten unsere Familie zerstört – weiß der Geier, was sie damals gesehen hatten. Meinen Dad in aller Öffentlichkeit mit seiner Assistentin herumknutschend? So dass man sein Tattoo sehen könnte? Never ever!

»Es tut mir so leid, Vicky, dass es so gelaufen ist. Und auch, wie du es erfahren hast. Und dass ich es dir so lange verschwiegen habe. Es tut mir alles schrecklich leid«, murmelte Mum so niedergeschlagen, dass ich den Arm um sie legte und mich an sie kuschelte.

»Mir auch. Aber weißt du was? Nachdem, was Dad gestern erzählt hat – ich glaube ihm, Mum. Und ich habe ihm versprochen, ihm zu helfen, neue Beweise für seine Unschuld zu finden.«

Mum rückte ein Stück von mir ab und sah mich an. »Vicky, das ist ja sehr nobel von dir, aber ich kann mir nicht vorstellen, dass das etwas bringt.«

»Hoffst du denn nicht, dass wir womöglich doch seine Unschuld beweisen könnten?«

»Ich will nicht, dass du enttäuscht wirst, wenn dem nicht so ist«, sagte sie vorsichtig. »Und ich weiß auch nicht, ob ich das noch einmal durchstehen kann.«

Ehe ich ihr widersprechen konnte, dass sie sich zumindest um mich keine Sorgen machen musste, fing Mums Handtasche an, *Holiday* zu spielen – besser gesagt, ihr Handy.

»Das ist der Bürgermeister«, sagte Mum, und ich verzog das Gesicht, während sie ihr Telefon aus der Tasche zog.

Doch nicht jetzt, du Blödmann!

Der Typ hatte wirklich das mieseste Timing aller Zeiten.

Mum schien das ebenfalls zu denken. »Tut mir leid, jetzt ist es gerade nicht gut«, sagte sie in seinen Redeschwall hinein, den ich bis zur anderen Seite der Parkbank hören konnte.

Ob der Bürgermeister noch etwas erwiderte, sollte ich nicht mehr erfahren, denn Mum hatte bereits aufgelegt. Den hatte sie mal ganz klar abblitzen lassen.

Das gefiel mir so gut, dass ich grinsen musste.

»Was ist?«, fragte Mum, als sie meine Miene sah.

»Ach, nichts … Gibt's Probleme mit dem Bürgermeister?«, fragte ich unschuldig, und Mum zuckte mit den Schultern. »Er braucht meine Hilfe im Rathaus, mal wieder, aber unser Gespräch hier ist wichtiger. Sehr viel wichtiger. Obwohl ich eigentlich zu dem Thema alles gesagt habe.«

»Schon okay, Mum. Als Nächstes will ich mit Oma und Opa sprechen.«

»Dann hoffen wir, dass sie in der Apotheke fertig sind. Und dass Bettina ihren Besuch dort ohne Nervenzusammenbruch überstanden hat.«

Langsam machten wir uns auf den Heimweg. Mum hatte sich wieder bei mir untergehakt, und ich war so erleichtert, dass wir uns ausgesprochen hatten, dass meine Stimmung trotz der aufreibenden Allgemeinsituation deutlich besser war.

Sogar, als Mum mich nach Konstantin fragte.

Natürlich erzählte ich ihr auch von Lara und wie sehr sie mich verunsicherte. Und dass ich zu Konstantin ganz schön fies gewesen war eben in seinem Zimmer.

»Ich wollte nur vor Lara nicht doof dastehen, und da ist es einfach aus meinem Mund gekommen«, versuchte ich zu erklären.

»Das kannst du ihm ja genauso sagen.« Mum lächelte, als sie mir in die Seite knuffte. »Die Liebe lässt einen ziemlich komische Sachen machen, oder?«

Als Mum das Wort *Liebe* aussprach, fiel mir noch etwas ein. Das Allerwichtigste hatte ich in unserem Gespräch vergessen, zu erwähnen!

»Dad hat gesagt, er liebt dich immer noch.«

Neben mir stolperte Mum über eine vorstehende Platte im Gehweg.

»Wie bitte?«

»Als ich mit ihm gesprochen habe. Da hat er gesagt, dass er die Hoffnung nicht aufgibt, noch einen Beweis für seine Unschuld zu finden. Weil er dich immer noch liebt. Na ja, und mich.«

Mum schluckte und schaute schnell weg. Trotzdem konnte ich sehen, dass ihre Augen plötzlich feucht wurden.

Wusste ich es doch! Ihr war Dad genauso wenig egal wie sie ihm, und ich hätte am liebsten einen kleinen Luftsprung gemacht. Denn wo noch Gefühle waren, gab es Hoffnung.

Auf unserem Rückweg ins *B&B* beobachtete ich Mum aus den Augenwinkeln. Sie wirkte ziemlich angeschlagen, ging aber trotzdem um einiges schwungvoller als vorhin. Zumindest der Volant ihres Kleids schwang sehr viel mehr als gerade eben noch, und sie hatte wieder ihre königliche Haltung angenommen, für die ich sie unter anderem so liebte.

Das wertete ich mal als gutes Zeichen und hoffte inständig, dass ihr plötzlicher Stimmungswandel tatsächlich mit Dad zu tun hatte.

Und der Hoffnung auf Hoffnung.

10.

Der nächste Tag begann ausnahmsweise mal so entspannt, wie der Tag davor aufgehört hatte. (Und das war dringend notwendig. Vielleicht sollte ich mich für die Herbstferien bei einem Iron-Woman-Kurs anmelden? Im Gegensatz zu diesen Ferien vermutlich die pure Erholung.)

Nachdem ich mich mit Mum ausgesprochen hatte, war ich so erleichtert, dass ich Konstantin noch einmal anrief, der offensichtlich meine Bemerkung über sein Geschenk schon wieder vergessen hatte. Jedenfalls regte er sich nur über den Schaden an seinem teuren Video-Equipment auf, das einer unserer Parallel-Ichs im Eifer des Gefechts vom Schreibtisch gewischt haben musste. (Wobei, dass Vic es gewesen war, hielt ich für ausgeschlossen, so ungeschickt war ich nun wirklich nicht und mein Parallel-Ich bestimmt auch nicht.) Konstantin musste lachen, als ich ihm meine Unschuld versicherte, und am Schluss war eigentlich alles fast wie immer. Nur dass ich nicht ganz aus dem Kopf bekommen konnte, wie er mich vor Lara bloßgestellt hatte, doch eher hätte ich mir die Zunge abgebissen, als ihm das zu sagen.

So oder so war ich froh zu hören, dass er und Nikolas am nächsten Vormittag ein Treffen ihres Ruderteams hatten, da hatte Baywatch-Pocahontas wenigstens keinen Zutritt. Und ich wollte den Tag sowieso mit Pauline verbringen.

Über Nacht hatte ich meine Akkus zum Glück wieder auftanken können, und jetzt sehnte ich mich nach mehr Zeit mit meiner besten Freundin. Wir hatten so viel nachzuholen! Da war einmal die Sache mit Mum, Dad und meinen Großeltern. Aber auch unsere Parallelsprungforschung erforderte dringenden Austausch sowie die Causa Nikolas, in der sich Pauline – völlig untypisch für sie – keinen Rat mehr wusste. Deswegen ging es in der Hauptsache auch um ihn, als wir an diesem Morgen gemeinsam auf unserer Veranda frühstückten, wobei ich zugeben musste, dass ich nicht gerade eine große Hilfe war. Aber wenigstens konnte ich mit Franks Schokofruchtspießen Trost spenden – eisgekühlt und zu lustigen Tierfigürchen zusammengesteckt ließen die uns unsere Sorgen fast vergessen.

Meine Großeltern gingen mir die ganze Zeit auffallend aus dem Weg (sogar die Fruchttierchen konnten sie nicht aus ihrer Wohnung locken, das war noch nie da gewesen). Aber sie würden mir nicht entkommen, das war so sicher wie der Tee, den Mum jeden Tag um Punkt fünf Uhr kochte. Pauline riet mir, noch ein paar Tage abzuwarten und sie dann kurz vor der Reise aus dem Hinterhalt zu überraschen, damit rechnete meine kluge Freundin sich die besseren Chancen aus.

Zwischendurch schaute noch Tante Polly bei uns vorbei, die mit diversen Farbkarten für ihr Café durch die Gegend rannte und sich verzweifelt die Haare raufte, weil sie sich nicht entscheiden konnte. Sie hörte erst auf zu jammern, als ich ihr versprach, an einem der nächsten Tage mit ihr zum Baumarkt zu fahren. Und als Claire dann noch eine gehässige Rundnachricht schickte, sie wäre aus Paris zurück und ob uns eigentlich klar wäre, wie provinziell wir alle wären, stieg das wohlige Gefühl von Alltag wieder in mir auf.

Und das Beste – kein einziger Zimtgeruch weit und breit. Kein Parallelsprung, kein Stress mit meinem anderen Ich – stattdessen echte Sommerferien. Was dazu führte, dass ich am Nachmittag so tiefenentspannt war, dass ich mein frisch gewaschenes Handtuch von der Wäscheleine holte und in meinen Rucksack zu meinen Badesachen stopfte. Die Hitzewelle würde laut Wetterbericht noch mindestens drei Tage halten, und Pauline und ich hatten beschlossen, unser Lager auf der Veranda zu verlassen und ins Schwimmbad zu gehen, um uns ganz der Fertigstellung eines Nikolas-Masterplans zu widmen.

Kurz hatte ich überlegt, ob ich Konstantin anrufen sollte, aber bei Paulines und meinen Mädchengesprächen würde er nur stören. Außerdem fand ich, dass er an der Reihe war mit Anrufen. Warum er sich wohl heute noch nicht gemeldet hatte?

»Hey, fährst du zum Baden? Was dagegen, wenn ich mitkomme?«, hörte ich eine Stimme hinter mir, als ich meinen Rucksack zumachte. Es war Ben, den ich in den vergangenen zwei Tagen ein paarmal zu Gesicht bekommen hatte, wobei seine weißblitzenden Zähne und seine Augen bei meinem Anblick immer um die Wette gestrahlt hatten, was mich total verunsichert hatte. Er wartete meine Antwort gar nicht ab, sondern sprintete nach drinnen.

»Nein, kein Problem, komm ruhig mit«, murmelte ich und seufzte. So viel zu Mädchengesprächen. Aber vielleicht konnten Pauline und ich uns im Freibad ein eigenes schattiges Plätzchen suchen.

Eine halbe Stunde später wurde mir klar, dass ich *Plätzchen* heute wohl wörtlich nehmen musste. Und *schattig* konnte ich mir auch abschminken. Das Freibad war nämlich völlig überfüllt, und als wir drei endlich ein paar Quadratzentimeter für unsere Handtücher ergattert hatten, waren wir dem Erstickungstod nahe. Selbst Ben sah ziemlich ermattet aus und schien nicht mal mehr Kraft zu haben, Pauline anzuflirten, wie er das heute Morgen nach allen Regeln der Kunst getan hatte. Offenbar war das so etwas wie sein natürlicher Zustand. Pauline allerdings hatte seine Versuche hartnäckig ignoriert und versuchte nun, ihr Handtuch auf dem verbrannten Rasenstück auszubreiten, das zwischen einer sechsköpfigen Familie mit einem plärrenden Kleinkind, einer überdimensionierten Schwimmbrezel und einem älteren Ehepaar mit Campingstühlen übrig war.

Besorgt sah Pauline sich um. »Sagt mal, sind wir nicht zu weit weg vom Notausgang? Ich habe neulich eine Dokumentation im Fernsehen gesehen, da ging es um diese Großveranstaltung, wo eine Massenpanik ausgebrochen ist, das war so schrecklich!« Unbehaglich drehte sie den Kopf in alle Richtungen. »Ich fühle mich nicht so richtig wohl hier.«

Ich zog den Kopf ein, weil das Kleinkind inzwischen aufgehört hatte zu schreien, stattdessen aber mit matschigen Weintrauben um sich warf und mich schon an der Schulter getroffen hatte. »Du hast recht, der sicherste Platz ist das nicht. Aber ich habe keine Kraft, mir einen neuen zu suchen. Ich bin fix und fertig.« Ich warf mich rücklings auf mein Handtuch und schloss die Augen. Jetzt ein kleiner Sprung in die Parallelwelt, an Parallel-Claires Pool – das wär's!

»Vicky!«

Einen Moment dachte ich, dass irgendjemand meinen Namen gerufen hatte. Aber vielleicht war es nur Einbildung, denn hier war es lauter als in einem Fußballstadion.

»Vicky!«

Nein, das war tatsächlich mein Name.

Träge richtete ich mich auf meine Ellbogen auf – und musste blinzeln. Mehrmals. Vor mir waren nämlich endlos lange Beine aufgetaucht. Und braungebrannte schlanke Arme mit Porzellananhänger-Armband. Und ein herzförmiges Gesicht. Und Pocahontas-Haare. (Das alles von unten nach oben gesehen.)

Lara.

»Huhu, Vicky, das ist ja toll, dass wir dich hier treffen! Ich hab zu Konstantin gesagt, dass er dich doch anrufen soll, ob du nicht mitkommen möchtest zum Schwimmen, aber er meinte, das wäre nicht nötig.«

»Ach, meinte Konstantin das?« Paulines Stimme klang ätzend wie Salzsäure.

Ruckartig setzte ich mich auf. Konstantin und Nikolas standen drei, vier Meter von uns entfernt und versuchten, sich ihren Weg durch die Menge zu bahnen. Dabei sah Konstantin eindeutig – ja, was? Schuldbewusst aus? Oder eher bedröppelt? Panisch? Peinlich berührt? Ich konnte es nicht sagen, und ich hatte auch echt keine Lust, mir darüber Gedanken zu machen.

Die letzten Tage hatte ich mein ungutes Gefühl, das Lara anging, etwas verdrängt, aber plötzlich war es mit aller Macht wieder zurück. Warum war Konstantin heimlich mit seiner

Ex im Schwimmbad? Wobei, heimlich traf es ja nicht ganz, schließlich war helllichter Tag. Aber ohne mich!

Und in diesem Moment bekam ich eine Ahnung, wie Mum sich damals gefühlt haben musste, als ihre Eltern ihr erzählten, was sie auf Terrasse bei *Toni's* gesehen hatten. Denn so viel anders war das hier auch nicht.

Ich wechselte einen Blick mit Pauline, die die Augenbrauen zusammengezogen hatte. Natürlich war bei unseren Gesprächen auch Lara ein Thema gewesen. Um ehrlich zu sein, hatten wir uns die Sache mit ihrem verkorksten Erwachsenenleben in aller Herrlichkeit ausgemalt. Leider war damit aber die Sache in der Gegenwart noch lange nicht ausgestanden.

»Lass mich das machen«, zischte Pauline mir zu und sprang auf – gleichzeitig mit Ben, der seiner Natur zu folgen schien, wenn ein weibliches Wesen vor ihm auftauchte. Aber ausnahmsweise war ich ihm sehr dankbar dafür.

»Ich bin Ben, und deinen Namen würde ich liebend gern wissen«, hörte ich ihn zu Lara sagen. »Kommst du mit ins Wasser?«

Lara war sofort abgelenkt, und ich atmete auf. Pauline walzte derweil ohne Rücksicht auf das weintraubenwerfende Kleinkind und seine Schwimmtiere alles platt, um zu Nikolas und Konstantin zu gelangen.

Was sie dann zu den beiden sagte, konnte ich zwar nicht verstehen, aber es wirkte zweifellos. Sie zogen mit ihr ab, auch wenn Konstantin sich mehrfach zögernd nach mir umsah und mir zuwinkte. Aber das konnte ich auch nur aus den Augenwinkeln erkennen, ich starrte nämlich konzentriert geradeaus auf eine Gruppe von Mädels, die unter lautem Gekreische gerade eine Million Selfies schossen. Konstantin sollte bloß nicht denken, dass ich ihn jetzt begrüßte, als wäre nichts passiert.

Endlich waren sie außer Sichtweite.

Wie war ich dankbar für Pauline! Sie hatte messerscharf erkannt, dass ich niemals cool mit dieser Situation hätte umgehen können. Also hatte sie mir eine Auszeit verschafft, um zu mir zu kommen. Ich ließ mich stöhnend auf mein Handtuch fallen und schlug die Arme über den Kopf.

Was sollte ich denn jetzt machen? Einfach beleidigt nach Hause zu gehen war uncool. Den Triumph würde ich Lara nicht gönnen. Aber genauso wenig konnte ich so tun, als wäre nichts geschehen. Dann würde Konstantin nie verstehen, wie mich so ein Verhalten verletzte.

Verdammt. Was hatte Mum vorgestern gesagt? Dass die Liebe einen manchmal ziemlich komische Dinge machen ließ? Blieb nur zu hoffen, dass Konstantin aus Liebe zu *mir* so komisch war. Und nicht wegen Lara.

Ich schloss die Augen und sehnte mich zur Abwechslung nach einem gemütlichen Parallelsprung, als jemand plötzlich zu mir sagte:

»Mach dich mal nicht so breit, Vicky, ich will auch noch einen Platz!«

Ich stöhnte unter meinen Armen. Die fehlte mir jetzt echt noch. Warum hatte sie nicht noch ein paar Tage in Paris bleiben können?

»Los jetzt, rutsch rüber.«

»Wie heißt das Zauberwort, Claire?«

»Dalli!«

»Ich glaube, du bist wirklich von Wölfen großgezogen worden.«

»Nein, von fünf verschiedenen Kindermädchen. Dafür kann ich Chinesisch und Italienisch und Russisch, das aber nicht fließend, denn meine Eltern haben Irina rausgeschmissen, als sie sich heimlich an ihrer Weinsammlung vergriffen hat.«

Als ich Claires Ellbogen in meinen Rippen spürte, rutschte ich mürrisch ein kleines Stück.

»Was machst du hier? Ich dachte, du liegst lieber am heimischen Pool, statt dich unter den Pöbel zu mischen.«

»Theoretisch schon. Nur gibt es zu Hause nicht so viel zu gucken. Also, für die anderen natürlich. Deswegen bin ich hier. Um mich zu zeigen.«

»Hä?«

»Na, ab und zu kommen Scouts von Modelagenturen in die Schwimmbäder. Die dürfen mich ruhig sehen. Meine Mutter und ich waren in Paris auf einer Modenschau, da haben wir uns ein bisschen informiert.«

»Willst du ernsthaft Model werden?«

Claire zuckte die Schultern, ehe sie sich in einer total übertriebenen Pose auf ihr Handtuch stellte und auf mich herabsah.

»Geeignet wäre ich dazu allemal. Außerdem wollte ich abchecken, was jungstechnisch so geboten wird. Die Kindsköpfe aus unserer Klasse gehen ja gar nicht.«

Ich überlegte, ob ich ihr durch die Blume sagen sollte, dass der Oberkindskopf Leonard sie gut fand. Also, in der Parallelwelt zumindest. Und wenn ich eine Sache während der Sprünge gelernt hatte, dann die, dass viele Dinge absolut ähnlich verlaufen können, wenn man sie nur in die richtige Richtung schubst.

Claire und Leonard zusammen, das wäre schon …

»Wer ist denn der Blonde da drüben neben Pauline?«, unterbrach Claire meine Gedanken und stellte sich auf ihre pedikürten Zehenspitzen, um besser sehen zu können.

»Das ist Ben. Der macht mit seinen Eltern bei uns im B&B Urlaub. Langweilt sich tierisch, deswegen hab ich ihn eingeladen, mitzukommen.« Na ja, so ungefähr.

»Hm«, sagte sie und starrte weiterhin ganz ungeniert hinüber zum Becken, in dem sich unsere Freunde tummelten.

»Und wer hat die Pocahontas da drüben eingeladen, die neben Konstantin steht?«

»Konstantin selber«, grummelte ich und kramte in meinem Rucksack nach meiner Wasserflasche.

»Aha. Und wieso?«, fragte sie und kniff die Augen zusammen, als sie Lara dabei beobachtete, wie sie sich neben ihn auf den Beckenrand hochzog und lachend den Kopf in den Nacken warf.

Ich antwortete nicht.

»Die steht auf ihn«, stellte Claire fest und sah mich dann von der Seite an.

Ich zog die Schultern hoch. »Lara ist seine Exfreundin. Sie waren früher Nachbarn. Er hat zwar gesagt, dass schon länger Schluss war, schon vor dem Umzug, aber irgendwie –«

»Irgendwie sieht es so aus, als ob sie ihn gerade tierisch angraben würde.«

»Danke für die Zusammenfassung!« Claire schaffte es einfach immer, einen aufzuheitern. Also ehrlich.

»Und was machen wir jetzt?«, fragte sie nach einer Weile.

»Wie: *Was machen wir jetzt?*«

»Na, willst du dir das etwa gefallen lassen?« Sie sah mich an, und obwohl ich wirklich lange suchte, konnte ich in ihrem Gesicht weder Zynismus noch Spott entdecken. Sondern nur ehrliches Interesse.

Ich linste noch einmal zu Lara.

Die Konstantin mittlerweile eine Hand aufs Bein gelegt hatte, während sie ihm irgendwas scheinbar total Wichtiges erzählte. *Würg.* Sie trug einen leuchtorangenen Bikini, dessen Oberteil raffiniert im Rücken geschnürt wurde. Er sah leider toll aus.

»Mit so einer wirst du nie fertig, dazu bist du viel zu naiv«, sagte Claire.

»Aber mit dir werde ich doch auch fertig«, konnte ich mir nicht verkneifen zu sagen.

Claire grinste. »Das ist was völlig anderes. Mich kennst du seit Jahren. Bei mir weißt du, womit du es zu tun hast. Diese Lara da«, sie zeigte mit ihrem blutrot lackiertem Zeigefinger in ihre Richtung, »ist wie ein Eisberg. Wir sehen nur die Spitze, die ein bisschen in der Sonne angeschmolzen ist und aussieht wie ein zuckersüßes Capri-Eis, aber unter der Oberfläche ist sie nichts anderes als ein riesiger spitzer, todbringender Eiszapfen. Ohne Orangengeschmack.«

»Meine Güte, da hat aber jemand in Deutsch bei den Metaphern gut aufgepasst.«

»Es war ein Vergleich, keine Metapher.«

Unwillkürlich musste ich kichern, obwohl mir angesichts der Lara-Lage nicht so richtig danach war. Aber hier mit Claire zu sitzen und über Lara zu reden, machte es mir leichter. Und als ich zu ihr hinüberguckte und sie ganz einfach grinste, ohne sich affektiert an ihren Haaren herumzufummeln, erinnerte sie mich an ihr Parallel-Ich in der anderen Welt. Und ich schloss sie doch tatsächlich auch hier ein klitzekleines bisschen ins Herz.

Was ich ihr natürlich nie im Leben verraten würde.

Irgendwann kam Ben wieder zurück, während sich Nikolas, Pauline, Konstantin und Lara weiter im Wasser tummelten. Wie selbstverständlich ließ er sich neben Claire und mir auf sein Handtuch fallen und fing an, uns vollzutexten, was ziemlich schnell langweilig wurde, weil er die ganze Zeit von seinem letzten Surfcamp erzählte, wo er quasi olympiareife Stunts vollbracht haben wollte.

Ich nahm meine Zeitschrift aus dem Rucksack, rollte mich auf Paulines Handtuch, das neben meinem lag, und versuchte, ein bisschen abzuschalten.

Ben war offensichtlich einer dieser Typen, die immer reden konnten, auch wenn sie die Leute um sie herum überhaupt nicht kannten. Ich bewundere das ja immer, denn im Gegensatz zu ihm bin ich oft ein wenig befangen. Mum ist auch so ein offener Typ, und jede mag sie dafür auch sofort.

Bei Ben war ich mir da nicht ganz so sicher. Denn Claire guckte bei seinem Surfgeschichten auch ziemlich skeptisch.

»Vicky?«

Ich wurde aus meinen Gedanken gerissen und blinzelte.

Konstantin. Ich hatte ihn nicht kommen sehen. Pauline, die noch am Becken stand, zuckte entschuldigend mit den Schultern.

Schnell starrte ich wieder in meine Zeitschrift.

»Vicky, was ist denn los?«, fragte er und berührte mich vorsichtig am Arm, damit ich ihn endlich ansah. »Du hast mich noch nicht mal richtig begrüßt.«

»Das liegt vielleicht daran, dass du es nicht für nötig gehalten hast, mich zu fragen, ob ich mit dir schwimmen gehen wollte«, murmelte ich. »Aber du hast ja auch andere Gesellschaft, ist schon klar.«

Meine Hände zitterten ein bisschen, weil mich die Sache so aufregte. Aber was machte Konstantin? Er lachte! Was mich nur noch mehr auf die Palme brachte, während ich gleichzeitig wie gebannt auf seine niedlichen Grübchen starren musste. Ich war hin- und hergerissen zwischen Ihm-um-den-Hals-Fallen und Ihn-weiterhin-Angiften. Dabei wollte ich gar nicht so sein, so trotzig und schlecht gelaunt, aber diese doofe Pocahontas rief einfach diese Empfindungen in mir hervor, ohne dass ich etwas dagegen tun konnte! Abgesehen davon war ich sowieso noch emotional geschwächt wegen der Sache mit meinen Eltern – ich wollte Konstantin eigentlich schon längst davon erzählt haben, aber ich kam ja nicht dazu.

»Du hast mich auch nicht gefragt, ob ich mitkommen möchte«, sagte da Konstantin. »Und genau wie ich hast du andere Gesellschaft mitgenommen.« Er deutete mit dem Kinn auf Ben.

Hups. Na ja, wenn man es so betrachtete … ja, ich hatte tatsächlich Ben mitgenommen, ohne Konstantin anzurufen.

Aber Ben war auch nicht mein Exfreund, außerdem hatte er sich aufgedrängt und mich nicht mal – ach, Mist, ich konnte Konstantin schlecht zwischen nackten Kleinkindern, überdimensionierten Schwimmbrezeln und Claire und Ben direkt neben uns erklären, was mich wirklich störte. Warum kapierte er das denn nicht?

Deswegen rettete ich mich mit einer gemurmelten Entschuldigung, ich müsste mich abkühlen. Was aber nicht gelang, weil das Wasser so warm war, dass ich Kreislaufbeschwerden bekam. Pauline winkte mir vom Sprungturm zu, wo sie hinter Nikolas stand. Kurz überlegte ich, ob ich sie fragen sollte, mit mir nach Hause zu kommen, aber das brachte ich auch nicht übers Herz. Vielleicht war heute der Tag, an dem sie sich endlich traute, mit Nikolas zu sprechen. Also schleppte ich mich zurück zu unserem Platz. Von Konstantin war nichts mehr zu sehen. Stattdessen lächelte mir Ben entgegen und schüttelte fürsorglich mein Handtuch auf.

»Da bist du ja endlich«, sagte er. »Ich wollte dich gern zu einem Eis einladen.«

»Nur Vicky, oder was?«, fragte Claire und guckte empört.

»Na ja, immerhin hat sie mich mitgenommen. Und sei mir nicht böse«, sagte er zu Claire und zwinkerte mir verschwörerisch zu, »du bist lustig, aber ich stehe eher auf Brünette.«

Noch ehe ich mich vor Scham auf meinem Handtuch winden konnte über diesen ziemlich eindeutigen und megapeinlichen Anmachspruch, hatte Claire schon wieder die Oberhand.

»Für den Spruch musst du uns jetzt Eis *und* nachher Pommes holen. Und zwar uns *allen*, du Macho!«

Ben grinste übers ganze Gesicht. Anscheinend war er es gewohnt, so genannt zu werden, denn es schien ihn null zu stören, im Gegenteil. Er strich sich seine blonden Surfersträhnen aus dem Gesicht, stemmte die Hände in die Hüften und funkelte uns herausfordernd an.

»Wir könnten doch alle gemeinsam Eis holen gehen!«

Claire stöhnte. »Gib uns endlich die Chance, in Ruhe hinter deinem Rücken über dich zu reden. Hol jetzt das blöde Eis, und lass dir bitte Zeit!«

Bens Augenbrauen wanderten in die Höhe, aber dann sagte er grinsend: »Ganz, wie die Ladys wünschen.«

Damit drehte er sich um und ging betont langsam (und lässig) in Richtung Kiosk davon.

»Der ist genauso gefährlich wie die Pocahontas da vorne«, sagte Claire, konnte ihren Blick aber keine Sekunde von ihm lösen, als er über die Liegewiese ging.

Ich ließ mich rücklings auf mein Handtuch fallen. »Nie und nimmer. Der ist bloß ein Sprücheklopfer. Genau wie Nikolas früher. Im Grunde zahm wie ein Hündchen, das manchmal bellt.«

»Gegen den ist Nikolas ein mit Weichspüler gewaschener Teddybär.«

»Nikolas ist nicht mit Weichspüler gewaschen!«, sagte Pauline, die in diesem Moment zu uns stieß. Natürlich hatte sie Claires letzten Satz aufgeschnappt. »Ach, hallo, Claire! Wieder aus Paris zurück?«

»Zurück und über alles im Bilde«, konterte Claire.

»Was da wäre?«, erkundigte sich Pauline.

»Dass du nicht mehr zu verheimlichen brauchst, wie verknallt du in Nikolas bist! Wissen doch eh alle Bescheid.«

Pauline machte ein Geräusch irgendwo zwischen Nebelhorn und Nilpferd, als sie sich neben mich fallen ließ. »Ehrlich?«

»Ja, na ja, kann schon sein. Ist aber nicht schlimm«, beeilte ich mich zu sagen und warf Claire einen tadelnden Blick zu. Sie musste wirklich nicht immer so direkt sein.

Pauline fing auch prompt an zu jammern. »Ist *wohl* schlimm. Weil ich die letzten Wochen so gemein war zu ihm, will er jetzt nichts mehr von mir wissen. Dabei wollte ich gar nicht gemein sein, ich wusste nur nicht, was ich sonst zu ihm sagen sollte, ohne schleimerisch zu sein.«

»Es heißt schleimig.«

»Halt die Klappe, Claire!«

»Ich sag's ja nur.«

»Und außerdem wollte ich mich doch überhaupt nicht verlieben! Ich hatte so viele andere Pläne! Meine wissenschaftlichen Experimente kommen schon seit Wochen viel zu kurz, und ich hab noch nicht mal Vickys Sprünge –«

»Pauline!!!«

Erschrocken hielt sich Pauline die Hand vor den Mund. Über ihr ganzes Nikolas-Gejammer hatte sie scheinbar wirklich vergessen, dass außer ihr (und Nikolas und natürlich Konstantin) *niemand* von meiner Parallelweltspringerei wusste.

Und Claire war ganz sicher der allerletzte Mensch auf Erden, den ich noch einweihen wollte!

»Was denn für Sprünge?«, fragte die jetzt auch noch und guckte uns beide interessiert an.

Ungewöhnlicherweise war es diesmal Pauline, die vor Schreck total erstarrt war. Wo sie sonst eigentlich eher diejenige war, die Nerven wie Stahlseile hatte.

Deswegen stotterte ich:»Wir machen in der Schwimmmannschaft einen, äh, kleinen Wettbewerb. Wer wie viele Sprünge vom Sprungturm macht und so. Pauline wollte mir helfen, eine Liste anzulegen. Stimmt doch, oder, Pauline?«

»Ja, genau, ich, äh – die Liste. Kriegst du. Klar«, murmelte die und sah mich dankbar an.

Aber der Schlenker wäre gar nicht notwendig gewesen. Spätestens beim Wort *Schwimmmannschaft* hatte Claire schon wieder das Interesse verloren und beschäftigte sich lieber damit, möglichst cool auszusehen: Sie hatte sich auf ihrem Handtuch drapiert, als ob sie bei einem Fotoshooting wäre. Halb sitzend, die Ellbogen angewinkelt, die Füße wie bei einer Ballerina durchgestreckt und das Kinn hochgereckt. Hoffentlich kriegte sie keine Nackenzerrung, ehe diese Scouts sie entdeckten.

»Pauline, jetzt mach dich mal locker«, sagte sie dann und verdrehte die Augen, ehe sie sich wieder ihre riesige Sonnenbrille auf die Nase schob. »Herrje, also haben wir noch eine Baustelle.«

»Baustelle?«, fragte Pauline und sah Claire jetzt wieder giftig an.

»Na ja, jetzt müssen wir überlegen, wie wir den Pocahontas-Verschnitt wieder loswerden, und gleichzeitig sehen, dass Nikolas zur Vernunft kommt und sich nicht an irgendeine andere ranschmeißt. Wobei: Eigentlich fände ich ihn und Lara zusammen ja gar nicht so –«

»Hey!«, rief Pauline, und ich musste kichern.

»Ja, schon gut«, sagte Claire. »Aber wir müssen uns definitiv was einfallen lassen.«

Pauline glotzte Claire an wie ein Auto. »Wer bist du, und was hast du mit Claire gemacht?«

»Sehr witzig.« Sie streckte die Arme über den Kopf und räkelte sich noch ein bisschen mehr, bis auch wirklich jedes männliche Wesen, das sich im Umkreis von zehn Metern zu ihr befand, sie anglotzte. »Jedenfalls scheint der Rest der Ferien nicht so uninteressant zu werden, wie ich gestern noch dachte«, sagte sie.

Da hatte sie allerdings recht.

Leider für meinen Geschmack ein bisschen *zu* interessant.

Und wenn ich genauer darüber nachdachte, hätte ich es doch nicht mehr ganz so schlimm gefunden, wenn die Schule bald wieder angefangen hätte.

11.

»Ah, die Lieblingsnichte. Ich dachte, du versetzt mich!«, sagte Tante Polly, als ich am frühen Abend aus dem Schwimmbad zurückkam.

O Mist, die hatte ich über den ganzen Lara-Konstantin-Stress fast vergessen. Ich hatte ihr ja versprochen, mit ihr in den Baumarkt zu fahren und die Farben für das neue Café auszusuchen.

Polly warf theatralisch die Hände hoch. »Ich weiß nicht, wie lange ich es hier noch ausgehalten hätte.«

Ich wusste, was sie meinte, denn als ich an ihr vorbei in unseren Flur schielte, entdeckte ich meine Oma, die dort sämtliche Koffer und Taschen aufgestapelt hatte, die sie im Haus finden konnte, und dabei »Griechischer Wein« sang. Ich erinnerte mich, wie Pauline mir geraten hatte, meine Großeltern in einem unerwarteten Moment mit meinen Fragen zu konfrontieren, aber für heute hatte ich genug Aufregung gehabt.

»Ich zieh mich nur kurz um«, sagte ich zu meiner Tante und sprintete ins Bad. »Dann können wir sofort los.«

Wir fuhren mit Mums altem Volvo direkt zum Baumarkt, wo Tante Polly in ihrem Element war. Als wir gemeinsam durch die Gänge schoben und an den Rasenmähern und elektrischen Sensen vorbeikamen, seufzte sie sehnsüchtig.

»Ach, meinen Laden vermisse ich jetzt schon.« Ihr Blick glitt über eine merkwürdige Gerätschaft, die ich nicht gleich zuordnen konnte. »Schau mal, sieht der nicht aus wie mein elektrischer Schlauchaufroller?«

Polly hatte mit ihren verrückten Erfindungen immer den Vogel abgeschossen, verkauft hatte sie allerdings so gut wie nie etwas.

»Aber sicherer ist so ein Café für dich schon«, sagte ich vorsichtig. Wie leicht ihr bei dem Brand neulich etwas Schlimmeres hätte zustoßen können!

Tante Polly war ein Genie in Naturwissenschaften und hatte eine Wahnsinnsdoktorarbeit hingelegt (bei der ich bis heute noch nicht mal das Thema verstand), aber sie hatte es mit ihren Experimenten schon ihr ganzes Leben lang zu weit getrieben. Deswegen war sie auch aus dem Institut geflogen, an dem sie nach ihrer Promotion gearbeitet hatte.

»Aber vielleicht kann ich im Keller doch noch das ein oder andere zusammenschrauben, oh – hoppla!«

Ein ohrenbetäubendes Scheppern unterbrach Tante Pollys Satz, und ich sprang vor Schreck samt Einkaufswagen ein paar Schritte zurück.

Tante Polly war mit ihrem langen Rock an einem Dekoaufbau hängengeblieben – eine mannshohe Pyramide aus Spachtelmassedosen, die irgendjemand in Fleißarbeit kunstvoll aufeinandergetürmt hatte. Und die sich daraufhin entschieden hatten, alle auf einmal umzufallen und laut polternd durch die Reihen zu rollen.

»Wer stellt denn auch hier mitten im Gang das Zeug auf?«, schimpfte sie. »Uns hätte ja sonst was passieren können.«

Erschrocken schaute ich mich um, doch glücklicherweise war im Baumarkt wenig los. »Die standen extra hier auf dem Podest *neben* dem Gang«, sagte ich und deutete auf den Holzblock, der jetzt – ohne besagte Deko – ziemlich verlassen dastand.

»Die sollen ihre Sachen in die Regale stellen wie jeder vernünftige Laden. So, und wo sind jetzt hier die Farben und Lacke?« Ohne sich noch einmal umzusehen, nahm Polly mir den Einkaufswagen ab und schob in die entgegengesetzte Richtung davon.

Unschlüssig blieb ich stehen. »Tante Polly, wir müssen das hier aufräumen!«

»Papperlapapp, wir werden nix aufräumen. Die sollen froh sein, dass wir nicht erschlagen worden sind und wir sie deshalb nicht verklagen müssen.«

»Aber – das hat doch sicher ewig gedauert, das so aufzubauen«, murmelte ich und klaubte halbherzig ein paar Dosen auf, die mir vor die Füße gekullert waren.

»Vicky, jetzt komm!«

»Ich wollte doch nur –«

»Nix da, du lässt das jetzt liegen. Dafür haben wir keine Zeit. Ich kenne eine der Kassiererinnen, der werde ich nachher beichten, versprochen. Und jetzt suchen wir uns jemanden, der sich hier auskennt. Oh, schau mal, Vicky, da vorne ist schon einer, den wir fragen können. Huhu, Baumarktberater, wir bräuchten Sie mal kurz!«

Und ehe der arme Mann die Flucht ergreifen konnte, hatte Tante Polly ihm schon den Weg abgeschnitten und bombardierte ihn mit hunderten Fragen. Welche Farbe am besten für welchen Stuhl geeignet sei und ob man den Thonet-Kaffee-hausstuhl auch lasieren statt lackieren könne und den Alustuhl aus den Siebzigern lieber vorher anschleifen sollte oder nicht. Oder umgekehrt? Jedenfalls blickte ich nach kürzester Zeit überhaupt nicht mehr durch, was Tante Polly eigentlich wissen wollte, und der Baumarkttyp anscheinend auch nicht, denn er nickte nur und schielte dabei immer wieder auf den ausgefransten Saum von Tante Pollys langem Kleid, in dem sich schon ein paar Sägespäne verfangen hatten und zwei kleine Schrauben. Vermutlich wusste er ganz genau, wem er das Spachtelmassen-massaker aus Gang zwölf zu verdanken hatte, und ich betete, dass er uns deswegen nicht irgendeine fiese Strafe aufbrummen würde. Oder Hausverbot erteilte.

Gott sei Dank ließ er uns aber doch ziehen – vermutlich hatte er Angst, was Tante Polly sonst noch so alles einfallen würde. Eine halbe Stunde später hatten wir jedenfalls unseren Einkaufswagen gefüllt mit diversen Farbdosen, Walzen, Schaumstoffrollen, Pinseln und Schleifpapierbögen in verschiedenen Körnungen.

Nachdem wir alles an der Kasse bezahlt und in den Volvo geladen hatten, ließ ich mich seufzend auf den Beifahrersitz fallen. »Was für ein Tag«, stöhnte ich und ließ noch für einen Moment die Tür offen. Ich wusste nicht, ob ich in der Hitze die Autofahrt ohne Klimaanlage überstehen würde.

»Was meinst du damit, Schätzchen?«, fragte Polly und ließ den Motor an. »Kummer wegen deinem Dad und deiner Mum?«

Ich nickte. Gut, mein aktueller Kummer betraf eher Konstantin und Lara, aber ob Tante Polly dafür die beste Ratgeberin war, wagte ich zu bezweifeln. Vermutlich würde sie mir versprechen, rasch einen Lara-Abschreckapparat zu erfinden, der sich leider selbst in die Luft jagen würde, bevor er Lara erwischte. Oder noch Schlimmeres. Aber in Sachen Mum und Dad kannte sich Polly aus.

Ich schlug die Autotür zu. »Die Situation ist so verfahren«, sagte ich.

Tante Polly atmete hörbar aus, als sie den Blinker setzte und auf die Hauptstraße bog, die zu unserem Ort führte. »Meg war gestern bei mir. Sie macht sich riesige Vorwürfe, dass du es so erfahren hast.« Sie seufzte. »Ich hab all die Jahre nicht verstanden, warum sie das alles so furchtbar schwer genommen hat. Ich meine, hätte sie nicht einfach über die Geschichte hinweggehen können? Sie liebt Kenneth schließlich, und er sie.«

Ich starrte sie an. Das aus Tante Pollys Mund zu hören war merkwürdig. Nicht das mit der Liebe, das sagte Tante Polly schon immer. Sondern, was sie da von meiner Mum verlangte. Ich konnte nur zu gut verstehen, dass Mum nicht darüber weggehen konnte. Schließlich glaubte sie wirklich, dass es passiert war. Und ich hatte heute im Schwimmbad erlebt, wie sich so etwas anfühlte. Zumindest ein bisschen.

»Dad hat mir versichert, dass er weder mich noch Mum je verlassen wollte. Und dass es vielleicht Hoffnung gibt.«

Tante Polly sah mich überrascht an. »Ehrlich?«

»Ja, Wahnsinn, oder? Ich hatte den Eindruck, dass er immer noch beweisen will, wie es wirklich war. Oder vielleicht – jetzt erst recht. Ich musste ihm haarklein erzählen, was Opa über meinen fünften Geburtstag gesagt hat.«

»Dein fünfter Geburtstag ...« Tante Pollys Blick glitt in die Ferne. Zum Glück standen wir gerade an einer roten Ampel, denn sie wirkte auf einmal gedanklich komplett woanders.

»Natürlich versuche ich, mir nicht allzu viele Hoffnungen zu machen«, fuhr ich fort. »Aber alleine, dass Dad zugegeben hat, er hätte Mum nie verlassen wollen, ist doch der Knaller. Stell dir mal vor, was passiert wäre, wenn Oma und Opa an dem Tag beispielsweise gar nicht in der Stadt gewesen wären. Oder Dad nicht noch nachmittags in die Kanzlei gemusst hätte. Wie würde mein Leben heute aussehen –«

Ich unterbrach meinen Redeschwall, ehe ich ausplauderte, was mir wirklich im Kopf herumging.

Nämlich, welche unendlichen Möglichkeiten es für mein Leben ab diesem Zeitpunkt gegeben hätte – höchstwahrscheinlich genauso viele, wie es Parallelwelten gibt.

Tante Polly sagte langsam: »Wenn an deinem fünften Geburtstag etwas anders gewesen wäre, dann hätte dein Leben einen anderen Verlauf genommen. Ich meine, du hättest das gleiche Leben, aber unter leicht veränderten Voraussetzungen. Und das wiederum bedeutet, dass alles hätte anders sein können. Alles.«

Mit klopfendem Herzen guckte ich meine Tante Polly an und suchte in ihrem Gesicht nach dem entscheidenden Hinweis.

Einem Hinweis darauf, dass sie nicht gerade wirklich die Theorie der ganzen Parallelweltsache beschrieben hatte. Nämlich, dass es – vermutlich unendlich viele – unterschiedliche Varianten meines Lebens gab, das nur abhängig war von den jeweiligen Voraussetzungen.

Ich hatte Tante Polly schon einmal verdächtigt, mit der Parallelspringerei zu tun zu haben, aber im Lauf der Zeit waren Pauline und ich wieder davon abgekommen. So viele Andeutungen wir auch gemacht hatten, Polly hatte nicht reagiert. Und als ich sie schließlich direkt gefragt hatte, sehr überzeugend geleugnet.

Ich schluckte. Und musste es plötzlich unbedingt herausfinden.

»Glaubst du daran?«

»Woran?«

»Na, dass es unterschiedliche Leben geben könnte, je nachdem, welche Entscheidung man wann in seinem Leben trifft? Beziehungsweise – dass es generell unendlich viele verschiedene solcher Leben wirklich gibt?«

Tante Polly legte den Kopf schräg. »Du meinst, dass multiple Universen existieren, die parallel zu unserem stattfinden und aus den Entscheidungen resultieren, die wir während unseres gesamten Lebens treffen?«

»Genau«, quiekte ich und war unfähig, mich zu bewegen.

»Ja, das glaube ich auf jeden Fall. Das ist eine ganz gängige Theorie in der Physik«, sagte Polly, und in diesem Moment war ich ganz kurz davor, ihr alles zu sagen.

Alles über meine Sprünge.

Und den ganzen Ärger, den mir das gebracht hat. Aber ich brachte es trotzdem nicht über mich.

Als die Ampel auf Grün sprang und wir wieder in Richtung *B&B* fuhren, fragte ich mich, ob Konstantin und ich wirklich die Einzigen waren, die solche Sprünge machten.

Oder ob Tante Polly doch viel mehr wusste, als sie mir sagte.

12.

Eigentlich hatte ich gehofft, dass der nächste Parallelweltsprung noch ein wenig auf sich warten lassen würde. Ich hatte zwar nachts endlich mal wieder durchgeschlafen und am Morgen darauf in Ruhe mit meiner Mum gefrühstückt – aber danach holten mich die Zimtschnecken ein. Und zwar als ich mir im Bad die Zähne putzte.

Im Gegensatz zu den letzten Malen landete ich bei diesem Sprung alleine in meinem Zimmer. Also, in Vics Zimmer. Die es sich zum Zeitpunkt des Sprungs mit einem Buch auf ihrem weichen, riesigen Bett bequem gemacht hatte. Vielleicht hätte ich sogar genau dort weitergemacht – wenn ich den Schmöker nicht schon gekannt hätte. Trotzdem blieb ich noch kurz liegen und starrte an die Decke. Ich fühlte mich von meinem Leben gerade erheblich erschöpft und ging im Geist die Optionen durch, die ich hier hatte:

Erstens: Auf Vics Bett bleiben, bis ich wieder zurücksprang. Und einfach NICHTS tun.

Zweitens: Vics Handy überprüfen auf Nachrichten und dringende Termine im Kalender.

Drittens: Konstantin kontaktieren.

Vor Letzterem fürchtete ich mich ein wenig, weil wir die Sache aus dem Schwimmbad noch nicht aus der Welt geschafft hatten und ich keine Ahnung hatte, wie ich mich verhalten sollte. Aber faul herumliegen wollte ich auch nicht – dazu war meine Neugierde viel zu groß.

Also das Handy.

Mit fliegenden Fingern tippte ich darauf herum, fand allerdings weder einen Brief noch eine Sprachnachricht. Nur im Kalender wurde ich fündig:

10.30: Einkaufen gehen für Mum (Liste am Kühlschrank)
11.30: Friseurtermin bei Priscilla (nur die Spitzen!!!)
12.30: Mit Dad zu Mittag essen (in Kanzlei abholen)
13.30: Oma und Opa mit dem Satellitenreceiver helfen
14.30: Claire den neuen Frankreich-Krimi vorbeibringen
15.30: Bei Ludwigs nach neuem Ferienjob fragen
16.30: Mums vorbestelltes Buch in Bücherei abholen

Da es gerade kurz vor elf war und Vic hier herumhing und nicht im Supermarkt war, ging ich mal davon aus, dass sich das mit dem Shoppen erledigt hatte. Wenn mein anderes Ich sich noch nicht mal auf den Weg gemacht hatte, war es offenbar nicht so dringend gewesen.

Bei Friseurterminen war das etwas anderes, vor allem bei Priscilla. Sie war die einzige Friseurin in unserem Ort – ungefähr so alt wie meine Oma und kein bisschen weniger schrill. Wo meine Großmutter allerdings immer munter alle möglichen Stile mischte oder durchprobierte, fuhr Priscilla seit ihrem fünfzehnten Lebensjahr auf der Rockabilly-Schiene. Rote Lippen, schwarz gefärbte Haare mit hochtoupierter Bienenkorbfrisur, dazu bunt gepunktete Kleider mit Petticoats und Highheels. Also alles in allem ziemlich furchteinflößend. Aber das Allerschlimmste bei ihr war, wenn man zu spät kam. Absolutes Todesurteil. Dann ließ sie *Jailhouse Rock* auf Dauerschleife laufen und war persönlich beleidigt.

Und das konnte die schrecklichsten Folgen für das persönliche Aussehen haben. Als der kleine achtjährige Felix mal ihre heilige CD-Sammlung im Laden durcheinandergebracht hatte, da hatte sie ihm einen Topfhaarschnitt verpasst, der Prinz Eisenherz alle Ehre gemacht hätte. Laut seiner Mutter hatte er drei Tage lang bitterlich geweint.

Das konnte ich meinem Parallel-Ich auf keinen Fall antun. Wobei es eigentlich eine gerechte Strafe für Vic, die Zimmerverwüsterin, gewesen wäre. Aber wer wusste schon, wie oft ich noch hierher sprang – ich wollte definitiv nicht mit Glatze oder Dauerwellen Konstantin gegenübertreten müssen.

Es half also nichts. Ich war gerade auf halbem Weg nach unten, da klingelte das Handy. Als ich Konstantins Namen auf dem Display sah, wurde mir flau im Magen. Trotzdem nahm ich das Gespräch an – lange würde ich ohnehin nicht vermeiden können, mit ihm zu sprechen. Und vielleicht war da eine Lara-neutrale Parallelwelt gar nichts so schlecht.

»Hey Vicky!« Konstantin klang ein wenig atemlos, und mein Herz machte einen kleinen Hüpfer.

»Hey du«, sagte ich und biss mir auf die Unterlippe.

»Hör mal.« Er räusperte sich hörbar. »Tut mir leid wegen der Freibadsache gestern. Ich, na ja, ich hätte dich fragen sollen, ob du mitkommen magst.«

Ich war so perplex, dass ich kein Wort herausbrachte.

»Vicky?«

»Äh, ja?«, piepste ich.

»Vertragen wir uns wieder?«

»Klar«, hauchte ich ins Telefon und hätte am liebsten laut gejubelt. Endlich löste sich mal ein Problem von selbst. Wie gerne wäre ich ihm jetzt sofort um den Hals gefallen!

»Wo bist du? Treffen wir uns?«

»Bin noch bei Vic zu Hause, aber sie hat um halb zwölf einen Friseurtermin, da muss ich für sie hin. Nicht, dass ich große Lust hätte«, fügte ich hinzu, »diese Termine nerven ziemlich. Aber du kennst ja Priscilla.«

Konstantin stöhnte leise am anderen Ende. »Okay, ich treffe dich da«, sagte er. »Mach mich gleich auf den Weg.«

Ich tat das Gleiche, und auf meiner Fahrt quer durch die Stadt kam mir ein Einfall. Der Salon lag in einer kleinen Nebenstraße südlich der Gemeindewiese und damit schräg gegenüber von *Toni's*. Ich könnte doch die Gelegenheit nutzen und mir einmal den Schauplatz des angeblichen Tattoogeknutsches ansehen. Das hier war zwar die falsche Welt, aber auch in meiner war das Ganze zehn Jahre her, so gesehen machte es vermutlich keinen Unterschied.

Seit dem Gespräch mit Tante Polly war ich wieder etwas mutloser geworden, was Mum und Dad anging, denn so positiv meine Tante auch sonst war, sie schien nicht recht daran zu glauben, dass es Hoffnung gab. Und sie hatte ja recht. Ich musste mir noch meine Großeltern vorknöpfen, aber ansonsten hatte ich bisher keine Idee gehabt, was ich unternehmen konnte, um zu beweisen, dass Dad unschuldig war. Wenn er und dieser Privatdetektiv es schon nicht geschafft hatten, wie sollte mir das jetzt gelingen?

Und dennoch. Ich musste es einfach versuchen.

Das Restaurant in dieser Parallelwelt hatte erstaunlich wenig mit dem in unserer Welt gemeinsam – so wie es hier aussah, noch nicht mal den Besitzer. Denn bei genauerem Hinsehen stand da nämlich *Tino's* auf dem Schild über dem Eingang, und nicht *Toni's*. Und was bei uns zu Hause ein gepflegtes italienisches Lokal mit hübschen runden Tischen, karierten Tischdecken und einer roten ausladenden Markise über dem Gastgarten war, ähnelte hier eher so was wie einem besseren Schnellimbiss.

Im Außenbereich gab es keinen einzigen Blumentopf, dafür Plastiktische und -stühle und hässliche grüne Sitzpolster. Und nur ein paar ausgeblichene Sonnenschirme mit dem Logo einer Brauerei darauf. Von gemütlichem Ambiente nicht die geringste Spur.

Merkwürdigerweise war ich enttäuscht. Natürlich war die Tragödie in meiner Welt passiert, aber insgeheim hatte ich gehofft, dass mir beim Anblick des Restaurants irgendeine zündende Idee kommen würde.

Seufzend drehte ich mich in Richtung Friseur, nur um an der Stelle einen Blumenladen zu entdecken. Okay, so viel dazu. Ich ließ meinen Blick schweifen und entdeckte endlich ein paar Häuser weiter das unverkennbare Salonschild mit den markantem Schriftzug *Hair 66*. Bei uns war an der Stelle der Kurzwarenladen der Schröders, und überhaupt schien mir in dieser Parallelwelt unser Städtchen ein kleines bisschen anders aufgeteilt. Vermutlich hatte hier jemand auf dem Immobilienmarkt eine völlig andere Abzweigung genommen.

Auch Konstantin sah etwas irritiert aus, als er wenige Minuten später aus der anderen Richtung kam. Ich winkte ihm zu.

»Hey, Zimtschnecke«, begrüßte er mich, nachdem er sein Fahrrad an die Hauswand gelehnt hatte. Er hauchte mir einen federleichten Kuss auf die Lippen. Gott, war ich froh, dass wir uns vorhin am Telefon schon wieder vertragen hatten! Genau wie ich war er ziemlich durchgeschwitzt vom Fahrradfahren, aber er roch trotzdem sauber und nach Sommer und ein kleines bisschen nach Heu. Als ob er bis eben im Gras gelegen hätte.

Ich fing an, dämlich zu grinsen. »Du solltest diesen blöden Zopf aufmachen. Also, wenn du schon auf dem Weg zum Friseur bist, meine ich«, sagte er.

Schnell zerrte ich am Haargummi und schüttelte die seidige Mähne meines Parallel-Ichs auf. »Gefallen dir die langen Haare von Vic nicht?«

Konstantin musterte mich mit schräg gelegtem Kopf ein paar Sekunden aufmerksam, ehe er sagte: »Die Haare sind der Wahnsinn. Nur der Zopf eben nicht.«

Das war ein Kompliment, oder? Oder hieß es eher, dass er meine halblangen Haare in unserer Welt hässlich fand? Oder langweilig?

»Magst du Vics Haare lieber als die von Poca-, äh, von Lara?«

Konstantin zog die Augenbrauen hoch. »Wie kommst du jetzt auf Lara?«

Weil sie seit einer Woche praktisch den ganzen Tag mit dir verbringt und bei dir wohnt.

Weil du sie einfach so ins Schwimmbad mitnimmst.
Weil sie deine Exfreundin ist.
Und weil ich eifersüchtig bin auf sie.
Und auf ihre Haare.

»Ach, nur so«, beeilte ich mich zu sagen, denn ich wollte nicht wie die keifende, eifersüchtige Freundin klingen. Das würde er nämlich vermutlich noch weniger leiden können als meine kürzeren Haare.

Konstantin sah sich um. »Warum wartest du eigentlich vor *Toni's*? Äh –« Er schaute sich den Schriftzug genauer an. »Tino's, meine ich. Ich dachte, du wolltest zum Friseur.«

»Wollte ich auch, aber …«

Ich brach ab, weil mir auffiel, dass Konstantin ja immer noch nichts von der Sache mit Mum und Dad wusste.

Und plötzlich hielt ich es nicht mehr aus. »Weißt du was?«, sagte ich zu Konstantin. »Ich schwänz den Friseur. Pfeif auf Petticoat-Priscilla mit ihrem Elvisfimmel. Soll sie Vic doch meinetwegen das nächste Mal einen Bürstenschnitt verpassen. Verdient hätte sie es.«

Konstantin nickte begeistert. »Gute Idee! Rache für mein Videoequpiment und die durchwühlten Zimmer. Komm, lass uns zu euch nach Hause fahren und versuchen, etwas herauszukriegen. Ich glaub immer noch, dass deine Familie in dieser Parallelweltsache mit drinhängt.«

Ich runzelte die Stirn. »Warum ausgerechnet meine Familie?«, fragte ich.

»Nur so ein Gefühl.«

Ich schnaubte durch die Nase. »Aha. Na, wenn das so zuverlässig ist, kann mir dein Gefühl vielleicht bei einer anderen Sache weiterhelfen. Ich muss dir dringend etwas erzählen.«

Der Gott der Parallelweltsprünge war uns diesmal wohlgesinnt, denn er ließ mir genug Zeit, um Konstantin die Sache mit Mum und Dad beizubringen. Und tatsächlich reagierte Konstantin toll. Nachdem ich völlig unzusammenhängend die wichtigsten Einzelheiten herausgesprudelt hatte (ich wusste ja nicht, wie lange wir noch hierbleiben würden), nahm er meine Hand und drückte sie fest. Dann zog er mich auf die Terrasse bei *Tino's* und bestellte bei der Bedienung, die wir nicht kannten, zwei Cola. Nachdem die Getränke gekommen waren, sagte er: »So. Jetzt noch einmal ganz langsam. Und von vorn.«

»Aber wolltest du dich nicht hier umsehen und so viel wie möglich über diese Welt erfahren?«

Er beugte sich vor und hauchte mir einen Kuss auf die Wange. »Das hier ist jetzt wichtiger. Viel wichtiger.«

Was mich spätestens jetzt mit ihm versöhnt hätte, wenn ich es nicht schon längst gewesen wäre.

Ich holte also tief Luft, und dann erzählte ich ihm die ganze Geschichte noch einmal in aller Ausführlichkeit. Und als ich schließlich geendet hatte, sah ich Konstantin kläglich an, der ununterbrochen meine Hand gehalten hatte.

»Meinst du, es gibt noch Hoffnung?« Es war die gleiche Frage, die ich schon Pauline und Tante Polly gestellt hatte. Mir war selbst nicht klar gewesen, wie sehr ich mir wünschte, dass meine Eltern sich wieder vertrugen.

»Was für eine verworrene Geschichte«, sagte Konstantin nachdenklich und schaute mich mitfühlend an. »Es ist, als ob jeder seine eigene Wahrheit hätte.«

»Ja.« Ich ließ den Kopf hängen. »Damit hast du den Nagel auf den Kopf getroffen.« Ich erwiderte seinen Blick. »Danke, dass du mir zugehört hast.« Und ich meinte es auch so. Es war ein erleichterndes Gefühl, dass Konstantin endlich Bescheid wusste. In der Lara-freien Parallelwelt war es viel leichter – alles zwischen uns war wie immer.

Ich schaute auf die Uhr. »Was wollen wir denn jetzt machen?«, fragte ich. »Zu mir nach Hause?«

»Liebend gern. Allerdings, äh –«, sagte Konstantin und sah plötzlich sehr abgelenkt aus, »das muss wohl noch ein wenig warten. Weil du dich nämlich sofort unter den Tisch ducken musst. Schnell, Vicky, jetzt!!!«

Ich gehorchte instinktiv, wobei ich mir den Kopf empfindlich an der Kante stieß. »Warum sitze ich hier?«, flüsterte ich leise, als ich meine Beine einigermaßen untergebracht hatte.

»Konstantin schob seinen Plastikstuhl etwas näher an den Tisch heran und winkte dann lächelnd in Richtung andere Straßenseite. »Weil Priscilla gerade vor ihren Salon getreten ist. Sie scheint jemanden zu suchen. Und sie sieht gar nicht gut gelaunt aus.«

Der Rücksprung war diesmal unspektakulär. Konstantin und ich nahmen den Zimtschneckenduft ganz deutlich wahr, als wir gerade mit seinem Mountainbike in Richtung meines Zuhauses unterwegs waren. Wir waren also vorbereitet. Allerdings nicht auf das, was uns dort erwartete.

Im Gegensatz zu den vorherigen Malen wirbelte ich diesmal beim Rücksprung sofort um meine eigene Achse, um mir so schnell wie möglich einen Überblick zu verschaffen. Und dass der dringend nötig war, bestätigte das Durcheinander um uns herum.

Wir standen mitten in Tante Pollys Zimmer, das sie in den letzten Wochen in unserem *B&B* bewohnt hatte. Und Überraschung!!! – auch hier sah es so aus, als ob eine Bombe hochgegangen wäre.

Nicht schon wieder.

»Womit immer klarer wird, dass es was mit deiner Familie zu tun haben muss!«, sagte da auch schon Konstantin, der wieder direkt neben mir stand. Diesmal hatten wir offensichtlich nicht geknutscht, aber das war mir ausnahmsweise mal egal. Dazu ärgerte ich mich zu sehr über das unglaubliche Chaos, dass Parallel-Vic und ihr Konsti jedes Mal hier veranstalteten.

»Was suchen die nur? Worauf genau sind die so scharf?«, fragte Konstantin und kaute auf seiner Unterlippe.

»Bei dir zu Hause waren sie doch auch!«

»Ja, und haben offensichtlich nix gefunden. Also sind sie zurückgekommen.« Unglücklich schaute ich auf die am Boden verstreuten Nachthemden, Socken, Schuhe und undefinierbare Rüschenteile, die Vic und Konsti wahllos aus dem Schrank gezerrt hatten. Okay, selbst *ich* glaubte mittlerweile, dass die beiden hier keine Kostümparty veranstaltet hatten.

Die suchten tatsächlich etwas.

»Wir müssen jedenfalls schleunigst wieder aufräumen, sonst macht Tante Polly mich einen Kopf kürzer!«, sagte ich.

Zum Glück hatte meine Tante den Großteil ihrer Habseligkeiten schon wieder in ihr eigenes Häuschen an der Gemeindewiese gebracht. Die Renovierungsarbeiten nach dem Brand waren zügig vonstatten gegangen, und außer den Kleidern und ein paar Büchern war das Gästezimmer schon ziemlich leer gewesen.

Deswegen brauchten wir auch nur eine Viertelstunde, bis wir uns unbemerkt aus dem Zimmer auf den Flur im ersten Stock unseres *B&B* schleichen konnten.

Doch gerade, als ich die Treppe runtergehen wollte, hielt mich Konstantin am Arm fest.

»Warte. Vielleicht ist das, was die beiden gesucht haben, ja gar nicht bei deiner Tante.« Er fing an zu grinsen und deutete mit dem Finger zur Decke. Wo die Wohnung meiner Großeltern war, direkt über uns im Dachgeschoss.

»Du wirst da doch jetzt nicht raufgehen. Nein, hey, bleib hier, du kannst nicht einfach –«, zischte ich, aber Konstantin war schon, immer zwei Stufen auf einmal nehmend, die Treppe hinaufgesprungen.

Ohne zu überlegen, rannte ich ihm hinterher und bekam gerade noch einen Zipfel seines weißen T-Shirts zu fassen, an das ich mich klammerte, als wir oben angekommen waren.

»Bitte nicht«, flüsterte ich und guckte nervös zur Treppe. Ich wollte nicht von meinen Großeltern erwischt werden. Sie mochten es noch viel weniger als Tante Polly, wenn man bei ihnen herumschnüffelte. Das letzte Mal, als ich hier oben war, hatte ich meinen Taschenrechner gesucht, und als ich in Omas Schreibtischschublade nachschaute, warf sie aus Wut ihren gerade angebissenen Apfel nach mir. Seitdem hielt ich mich lieber fern. Nicht, dass sie das nächste Mal zufällig ein Fleischermesser in der Hand hatte.

»Meine Oma kann echt rabiat werden, wenn sie uns erwischt.«

»Dann dürfen wir uns eben nicht erwischen lassen«, gab Konstantin zurück und drückte beherzt die Klinke zum Wohnzimmer hinunter. Offenbar machte ihm das hier Spaß. »Wir gucken uns nur ein bisschen um und gehen dann wieder.«

»Wir wissen doch gar nicht, wonach wir suchen sollen!«

»Aber vielleicht wissen wir es, wenn wir es sehen. Ups!«

Ja.

Ups.

Tja, zumindest *wussten* wir jetzt, dass jemand schon vor uns da gewesen war. Hier oben herrschte nämlich ein noch größeres Chaos als im Zimmer meiner Tante eben. Oder in meinem und Konstantins Zimmer neulich.

»Mit der Wohnung scheinen sie schon durch zu sein«, sagte Konstantin überflüssigerweise und hatte wenigstens den Anstand, sich verlegen am Kopf zu kratzen.

»Ich bring die beiden um«, sagte ich. »Ich meine, wenn mich meine Großeltern nicht vorher erwischen und kaltmachen. He, hast du das gehört?«

Ich rannte durch das völlig verwüstete Wohnzimmer zum Giebelfenster, das auf die Straße herausging, und bekam einen Riesenschreck.

Logischerweise mussten genau in diesem Moment Oma und Opa die Straße herunterkommen. Sie schleppten schwere Einkaufstaschen und zankten sich um irgendetwas, worüber genau, das konnte ich von hier oben nicht verstehen.

Sicher war nur, dass sie jeden Moment zu Hause waren.

»Raus hier, sonst sind wir tot!«, rief ich panisch und packte Konstantin an der Hand. Das ließ er sich zum Glück nicht zweimal sagen, und gemeinsam rannten wir die Treppe runter.

Ich stieß ihn in mein Zimmer, gerade noch rechtzeitig, bevor meine Großeltern ins Haus polterten. Zitternd lehnte ich mich von innen gegen meine Tür. Wenigstens waren meine Großeltern immer so laut wie eine Horde Elefanten, so dass man vorgewarnt war.

Nicht so glücklich war allerdings, dass sie sofort nach oben in ihre Wohnung gingen. Die Holztreppe ächzte unter ihren Schritten, und es konnte sich nur noch um Sekunden handeln, ehe sie sahen, was passiert war.

»Wir sollten machen, dass wir wegkommen. Der erste Zorn ist immer der schlimmste. Heute Abend geht's dann sicher schon wieder.«

Konstantin schien den gleichen Gedanken gehabt zu haben, denn er war schon auf dem Weg zu meinem Zimmerfenster, das seit der Hitzewelle praktisch Tag und Nacht offenstand.

»Gut, dass du im Erdgeschoss wohnst! Das schaffen wir locker, ohne uns die Beine zu brechen.«

Um die Sprunghöhe machte ich mir, ehrlich gesagt, weniger Gedanken. Mehr um das große Rosenbeet, das Mum in den letzten Jahren vor meinem Zimmerfenster angelegt hatte.

Direkt unter uns stand Lady Emma Hamilton, eine besonders besondere englische Zuchtrose, deren apricotfarbene Blüten ziemlich trocken und knittrig aussahen. Und deren Dornen besonders spitz waren.

Konstantin hatte bereits seine Beine über das Fensterbrett geschwungen, drückte sich am Fensterrahmen ab und landete keine Sekunde später auf seinen Füßen im Rosenbeet.

»Aua! Die pieksen ja wie verrückt.« Er drehte sich um. »Komm, ich fang dich auf!«

»Ich glaube, ich geh lieber außenrum –«

Im gleichen Moment hörte ich meine Großmutter einen Schrei ausstoßen. Und wie eine Verrückte die Treppe runter-rennen.

»WER ODER WAS IN UNSERER WOHNUNG WAR, KOMMT SOFORT HIERHER! POLLY! VICKY!!! MEG!!!«

»Oneinoneinonein«, jammerte ich, kniff aber trotzdem die Augen zu und sprang Konstantin hinterher.

Alles, nur nicht die wütende Oma.

Aber das, was jetzt folgte, war nicht weniger schmerzhaft.

Vielleicht hätte ich doch lieber die Großmutter genommen, wenn ich vorher gewusst hätte, was mich erwartete.

13.

»AAAUUUAAA!«, schrie ich auf und klammerte mich an Konstantin, der reflexartig die Arme um meine Taille schlang und mich hochhob – leider zu spät.

Denn während des Sprungs aus meinem Fenster hatte sich einer meiner Flipflops klammheimlich verabschiedet, und ich war mit dem blanken Fuß in den Rosen gelandet.

Inmitten von Millionen stecknadelscharfen Dornen.

In Filmen sah es immer so cool aus, wenn Leute aus dem zweiten oder dritten Stock kletterten, Bäume hinunterhüpfen und dann sanft in Hecken landeten, die offenbar allesamt die Federungen dieser dicken Turnmatten hinter den Hochsprungstangen auf dem Sportplatz hatten.

Unsere Rosenhecke allerdings war weit entfernt davon.

Ich war zwar *nur* mit einem Fuß und den Beinen darin gelandet, aber ich war nicht imstande, auch nur einen einzigen weiteren Schritt zu laufen, ohne erstens vor Schmerzen laut aufzuschreien und zweitens mir die Stacheln nicht noch tiefer in die Fußsohle zu treten.

Anscheinend gaben Konstantin und ich ein ziemlich eindeutiges Bild ab, wie wir da aneinandergeklammert im Rosenbeet standen, denn Mum, die schon angerannt gekommen war, brauchte nur drei Sekunden, um die Hände über dem Kopf zusammenzuschlagen.

»Kinder, wie seht ihr denn aus? Schnell, raus da, auf die Veranda! Ich hole den Erste-Hilfe-Kasten! Schafft ihr das überhaupt alleine? Herrje, wie ist denn das passiert? Sieht ja aus, als wärt ihr vor jemandem – Mutter!!!«

O nein, das nicht auch noch.

Konstantin war gerade dabei, mich unbeholfen aus dem Beet zu tragen (unbeholfen deshalb, weil ich so jammern musste und ihm deswegen offenbar wie ein Sack Zement in den Armen lag), als meine Großmutter mit hochrotem Kopf nach draußen stürmte, dicht gefolgt von Opa.

»Was habt ihr zwei Vandalen in unserer Wohnung gemacht?«

»Gar nichts«, sagte ich und biss die Zähne zusammen. Konstantin hatte mir bis zum nächsten Gartenstuhl geholfen, wo Mum schon mit dem Verbandskasten auf mich wartete und mir half, mein Bein auf den Tisch zu hieven.

»Das könnte jetzt ein bisschen ziepen«, sagte sie, als sie sich mit einer spitzen Pinzette über meinen Fuß beugte.

Ziepen? Was für ein niedliches Wort für solche Höllenqualen!

»Herrje, Vicky, das sind ja, äh – ach, gar nicht so viele«, sagte sie nach einem Blick auf mein Gesicht. Vermutlich war ich mittlerweile so weiß wie die Mullbinden in ihrem Kasten. Ich biss fest die Zähne zusammen, als sie anfing, die ersten langen Dornen aus meiner Fußsohle zu ziehen – um keinen Preis wollte ich vor Konstantin anfangen zu heulen.

»Ich warte auf eine Antwort!«, keifte da meine Oma, die ich kurzzeitig total vergessen hatte.

»Lass sie doch bitte in Ruhe!«, sagte Mum und kaute konzentriert auf ihrer Unterlippe, während sie meinen Fuß bearbeitete.

Eigentlich wäre das jetzt ein super Zeitpunkt gewesen, um einfach mal ohnmächtig zu werden. Ich meine, wer hielt das denn im Kopf aus? Ständig diese Parallelweltsprünge, unsere wildgewordenen Parallel-Ichs samt ihrem Chaos, das sie hinterließen, meine Großeltern, die uns einen Kopf kürzer machen wollten – da war das Blut, das wegen der tiefen Dornenkratzer gerade an meinen Beinen herunterlief, das Harmloseste.

Zum Glück hatte es Konstantin nicht so schlimm erwischt. Wie alle Jungs trug er auch im Hochsommer feste Turnschuhe, und seine Haut an den Beinen schien um einiges robuster zu sein als meine. Er hatte zwar ein paar Kratzer, aber nichts, was wirklich der Rede wert war. Er hatte sich auf einen freien Stuhl fallen lassen und schaute mit gerunzelter Stirn zu, wie Mum meinen flipflopfreien Fuß verarztete.

Meine Oma hatte sich auf die andere Seite gesetzt – wie in diesen Krimis, wo der einzige Zeuge gerade dabei ist, aus dem Koma aufzuwachen, und der genervte Polizist auf einem klapprigen Stuhl neben dem Bett hockt und auf die eine klare Minute wartet, in der er ihn mit Fragen zuballern kann.

Nur mit dem Unterschied, dass meine Oma nicht wartete.

Manchmal zweifelte ich wirklich, dass wir miteinander verwandt waren. Kein Funken Mitgefühl, die Gute.

»Jetzt raus mit der Sprache!«

Mum guckte immer noch echt böse, aber wahrscheinlich wusste sie genau wie ich, dass ihre Eltern praktisch nicht aufzuhalten waren, weswegen sie schließlich doch mit den Achseln zuckte und in bester Krankenschwestermanier sagte: »Aber nur fünf Minuten. Vicky soll sich nicht aufregen und vor allem nicht bewegen, wenn ich die letzten Biester hier rauskriegen soll. Also nehmt euch zusammen!«

Von Zusammennehmen wollte Oma allerdings nix wissen.

»Jetzt verrat mir endlich, was ihr da oben gesucht habt!«, keifte sie los.

»Wir … äh –«

»So ein Saustall! Wir hatten schon so viel für die Reise zurechtgelegt, aber jetzt können wir wieder von vorne anfangen!« Fast erwartete ich, dass ihr kleine Rauchschwaden aus den Ohren kamen, weil sie so aufgeregt war. »Und warum, um Himmels willen, habt ihr unsere Süßigkeitenschublade aus dem Schrank gerissen? Die ist jetzt nämlich hin! Außerdem fehlen alle Glühweinbonbons!«

Glühweinbonbons? Litten unsere Parallel-Ichs etwa an Unterzucker?

Egal, jetzt war erst mal Schadensbegrenzung angesagt.

»Wir haben etwas gesucht«, fing ich an und sah mich nach Hilfe um. Doch Mum war zu sehr darauf konzentriert, mich zu verarzten, und Konstantin sah mich nur verunsichert an. Kein Wunder, er hatte ja auch null Ahnung, wie er mit dieser Familie umgehen musste.

Ich allerdings schon.

Irgendwie war bei mir nämlich ein kleines Licht angegangen (oder vielleicht auch eine Sicherung durchgebrannt, je nachdem, von welchem Standpunkt aus man es betrachtete). Als ich jedenfalls meine Oma ansah, wie sie so dasaß in ihrer ganzen Abgedrehtheit und mich vorwurfsvoll anstarrte, nur weil mein

Parallel-Ich ein paar Schubladen ausgeräumt haben sollte, wusste ich, wie ich vorgehen würde.

»Ja, ich hab etwas gesucht«, sagte ich und hoffte, dass mein Geistesblitz sich am Ende irgendwie auszahlte. »Ich habe ein Fotoalbum gesucht. Genauer gesagt, das Album, in dem die Bilder von meinem fünften Geburtstag sind.«

Schlagartig senkte sich Stille über unseren Garten. Außer einer Amsel, die in einem der Nachbargärten leise vor sich hinschimpfte, machte niemand einen Mucks.

Mit dem abrupten Themenwechsel hatte niemand gerechnet, und ich wusste sofort, dass ich den richtigen Riecher gehabt hatte, was mein Ablenkungsmanöver betraf.

»Ich suche nämlich nach Antworten, wisst ihr? Nachdem Opa neulich so einfühlsam das Familiengeheimnis ausgeplaudert hat, muss *ich* jetzt damit klarkommen, dass ihr mich zehn Jahre lang belogen habt! Ich dachte, ich könnte mich vielleicht an irgendwas erinnern, wenn ich mir die Fotos ansehe. Vielleicht gibt es ja doch einen Beweis für Dads Unschuld!«

Meine Lüge klang so überzeugend, weil ich in dem Moment wünschte, ich hätte *wirklich* nach diesen Alben gesucht.

Meinen Großeltern jedenfalls stand der Mund offen, und Mum blinzelte ein paarmal so heftig, ehe sie wegguckte, dass ich fürchtete, sie würde sofort in Tränen ausbrechen. Es tat mir schrecklich leid, sie schon wieder so nah am Rande ihrer Selbstbeherrschung zu sehen.

Aber dann gab es kein Zurück mehr, und nachdem ich diesen Weg eingeschlagen hatte, wollte ich das auch gar nicht.

Das hier war viel mehr als ein Ablenkungsmanöver von irgendwelchen durchgeknallten Parallel-Ich-Aktionen. Hier ging es um meine Familie, meine Eltern.

Ich brauchte wirklich diese Antworten.

Oma hatte sich wieder als Erste gefangen. »Die Fotoalben sind alle im Wohnzimmerschrank, ganz links oben im Regal. Wie eh und je!«, sagte sie bissig.

»Da hab ich sie nicht gefunden.« Das war natürlich ebenfalls gelogen, ich hatte ja noch nicht mal nachgesehen. Aber egal, wie das hier ausging – das schlechte Gewissen, das meinen Großeltern ins Gesicht geschrieben stand, gab mir zu hundert Prozent recht, dass sie mir eine Erklärung schuldeten.

Ich starrte meine Oma so herausfordernd an, wie ich es hin bekam – was sie leider nicht wirklich beeindruckte.

»Dann hat es sich vielleicht ein Gast genommen. Wir haben es ganz sicher nicht. Stimmt doch, Dietrich, oder?«, fragte sie meinen Opa, der in seinen schlackernden Nylonshorts heute ziemlich verknittert aussah und auf Omas Frage hin wie ein Wackeldackel mit dem Kopf hin und her schaukelte.

»Ich hab es.«

Zum zweiten Mal innerhalb von wenigen Minuten wurde es in unserem Garten still, und ich schnappte nach Luft.

»Mum?«

»Ja«, sagte meine Mutter und rieb sich mit beiden Händen über die Augen. Sie sah furchtbar müde aus. »Ich hab das Fotoalbum in meinem Zimmer. Ich wollte es mir genau wie du anschauen, Vicky.«

Ich schluckte. »Oh. Okay. Leihst du es mir, wenn du damit fertig bist?«

»Natürlich«, sagte sie und seufzte dann tief. »Aber du wirst nichts sehen, was dir weiterhilft.«

»Das würde ich gerne selbst entscheiden.«

»Nein, das meinte ich nicht. Ich will damit sagen, dass die Fotos aus dieser Zeit nicht mehr im Album sind.«

Stille, die dritte.

»Wie bitte?«

Mum zuckte kläglich mit den Achseln. »Irgendjemand hat sie rausgerissen.«

»Aber, wer – wer sollte denn so was machen?«, stotterte ich und sah von einem zum anderen.

»Schau nicht uns an«, sagte Oma mit verschränkten Armen, »wir waren es nicht. Ehrlich.« Und auch Opa schüttelte den Kopf.

Und tatsächlich war ich davon überzeugt, dass meine Großeltern (ausnahmsweise mal) nicht schuld waren.

Aber wer sonst?

Etwa meine Parallelversion? Das war eigentlich ausgeschlossen, denn sie konnten ja nichts in ihre Welt mitnehmen. Und weder Konstantin noch ich hatten die Bilder bei uns, als wir wieder in unsere Körper geschlüpft waren.

Es schien, als ob mein Leben es gerade darauf angelegt hatte, Geheimnisse zu sammeln.

Am Samstag, 30.07. um 14.39 Uhr schrieb Vicky King
<therealvickyking@gmail.com>:

Lieber Dad,

meinem Fuß geht es heute schon viel besser, danke
der Nachfrage. Musste mich aber die ganze Nacht über
die GROSSELTERN aufregen. Hab sie mir heute Morgen
kurzerhand noch einmal wegen DAMALS vorgeknöpft.
Und dabei heimlich mit dem Handy aufgenommen. Anbei
die Sprachdatei. Ist nicht viel, aber vielleicht
ist was Brauchbares dabei??? Hab dich lieb!

Vicky

🔊 »Vicky, was platzt du hier einfach so herein? Wir sind immer
noch sauer auf dich wegen gestern!«
    »Und ich bin sauer auf euch wegen dieser Sache mit Dad.«
    »Dein Vater? Der hat sich doch das ganze Kuddelmuddel selbst
eingebrockt mit seiner Fremdgeherei.«
    »Dad sagt, er hat Mum nicht betrogen.«
    »Das wäre ja auch noch unverschämter, wenn er es zugeben
würde.«
    »Jetzt erzählt mir noch einmal ganz genau, was damals passiert ist.
Und zwar in allen Einzelheiten.«
    »Das haben wir doch neulich schon getan.«
    »Ihr seid also am Nachmittag meines fünften Geburtstages durch

187

die Stadt gelaufen und habt dann Dad gesehen. Um wie viel Uhr war das etwa?«

»So gegen halb vier, das sagten wir doch schon. Und ja, dein Dad saß da mit dieser Frau auf der Terrasse vom Restaurant, ganz sicher. Und hat, na, du weißt schon.«

»Und was hatte Dad an?«

»Himmel, Vicky, du bist ja noch neugieriger als deine Mutter damals!

»WAS HATTE DAD AN?«

»Na, einen dunklen Anzug und so eines seiner altmodischen pastellfarbenen Hemden. Und diese Karina Dingsbums hatte ein leuchtend rosafarbenes Schlauchkleid an. Migräneverdächtig. Es biss sich furchtbar mit der gelben Markise und den Tischdecken im Restaurant.«

»Gelbe Markisen? Seid ihr sicher? Bei *Toni's* ist doch alles immer in Rot gehalten.«

»Ja und? Das ist ewig her.«

»Und das ist alles?«

»Natürlich ist das alles! Sollen wir dir auch noch das Tattoo beschreiben?«

»Nein danke. Kein Bedarf.«

14.

»Meinst du, deinem Dad fällt dazu wirklich etwas ein?«, fragte Pauline, nachdem ich ihr von der Mail erzählt hatte. »So viel Neues haben deine Großeltern ja nicht von sich gegeben.«

Ich zuckte mit den Schultern. »Immerhin ist es ein Anfang.«

Ich lehnte mich neben Pauline in der Hollywoodschaukel zurück und schloss für einen Moment die Augen. Wir hatten den Vormittag im Keller verbracht, wo wir zusammen die letzten Kisten und die Deko für den Nachtflohmarkt zusammengepackt hatten. So wenig Lust ich auf das Event morgen hatte, im Keller war es wunderbar kühl gewesen, die Spinne hatte sich nicht blicken lassen, und es tat gut, ausnahmsweise mal meiner Mum einen Gefallen zu tun, statt umgekehrt.

Die Ereignisse um Dad hatten sie erschüttert, und sie schien sich gar nicht mehr richtig zu fangen. Heute Morgen hatte sie statt Tee einen dreifachen Espresso getrunken und war dann ohne Hut aus dem Haus gegangen. Ich wollte ihr einfach ein bisschen helfen.

Zudem hatte der Keller noch weitere Vorteile zu bieten gehabt. Schutz vor dem dauerflirtenden Ben, der ständig etwas mit mir unternehmen wollte. Und Privatsphäre für Paulines Nikolas-Seufzer. Nur bei der Frage um Konstantins und meine Parallelversionen und die verschwundenen Fotos waren wir nicht weitergekommen.

Dafür aber hatte ich die Idee mit der geheimen Großelternabhöraktion gehabt, und danach waren wir dann erschöpft in den Garten umgezogen.

»Na, ihr trüben Tassen?«

Ich öffnete ein Auge.

Eine braungebrannte Gestalt mit einem engen hellblauen Sommerkleid, riesiger Sonnenbrille und übertrieben hohen Absätzen kam in unseren Garten gestöckelt.

»Wir lieben dich auch, Claire«, sagte ich müde.

Sie ließ sich zwischen Pauline und mir auf der Hollywoodschaukel nieder. »Macht mal Platz!«

Pauline grummelte etwas Unverständliches, zog aber die Beine an, damit Fräulein Cloppenburg sich zwischen uns drapieren konnte.

»Was machen eure kindsköpfigen Jungs?«, erkundigte sie sich. »Und der Pocahontasverschnitt?«

Na toll. Heute hatte ich ausnahmsweise noch nicht an Lara gedacht.

»Ihr dürft mich gleich in alle Details einweihen«, sagte Claire gönnerhaft. »Aber bevor ich es vergesse – hier.«

Sie hielt uns eine hellblaue Papiertüte mit einer hübschen Schleife hin. »Katzenzungen. Von Ladurée. Eine der besten Konditoreien von Paris. Nicht, dass euch das was sagt«, fügte sie hinzu, aber ich reagierte nicht auf ihren Seitenhieb.

Denn ich *liebe* Katzenzungen.

»Danke, das ist echt total süß!«, sagte ich und umarmte Claire aus einem Impuls heraus. Nur kurz, aber dennoch war sie danach so perplex, dass Pauline und ich anfingen zu kichern. Wenn Claire so schaute wie gerade jetzt, musste ich sofort wieder an ihr Parallel-Ich denken. Und dass sie uns etwas mitgebracht hatte, das war ein wirklich neuer Zug.

»Dein Handy summt«, sagte Pauline und deutete auf den kleinen Gartentisch. Aber nicht mein Dad schrieb, wie ich erst dachte, sondern Konstantin.

> Hey, Vicky, alles klar? Wie geht's deinem Fuß? Ich würde dich gerne sehen, hast du nachher Zeit? Bin noch bei Nikolas, aber so ab fünf? x K

Ich lächelte. Nicht nur wegen Konstantin. Sondern auch, weil mir bei dem Stichwort Nikolas ein guter Einfall gekommen war.

> Klar, bin da! Und bring auf jeden Fall Nikolas mit! Wir können zusammen Volleyball spielen. Freu mich! x V

Die Antwort folgte sofort.

> Nikolas muss arbeiten, aber er kommt nach.

»Du wolltest doch Details zu den kindsköpfigen Jungs«, wandte ich mich an Claire. »Konstantin kommt nachher vorbei.«

Pauline biss sich sichtlich auf die Lippen. »Ach, das ist ja … schön für dich«, presste sie hervor.

Ich musste lachen. Eigentlich hatte ich sie überraschen wollen, aber so lange würde ich es nicht aushalten.

»Er bringt ihn natürlich mit«, sagte ich.

»Wen denn?«, fragte Pauline.

Claire und ich stöhnten im Chor. »Nikolas«, rief ich.

»Mensch, Pauline, hast du irgendwo deinen IQ abgegeben?«, fragte Claire. »Und kann ich mir die fehlenden Punkte leihen? Ich brauche sie dringend in Mathe und Französisch.«

Pauline musste trotz ihres Kummers lachen. »Okay, okay«, sagte sie und hob die Hände. Sie warf einen Blick auf mein Handy. »Und was ist mit Pocahontas? Die lässt er aber zu Hause, oder?«

Ich zuckte zusammen. Von Lara hatte Konstantin nichts geschrieben. Aber wenn er sie doch anschleppte? Dann lief ich wieder Gefahr, als die naive eifersüchtige Freundin dazustehen. Davon hatte ich ein für alle Mal genug.

Ich warf einen Blick auf Claire, die an den Glitzersteinchen auf ihren Fingernägeln herumspielte. Was würde sie in dieser Situation tun? Plötzlich wusste ich es.

Ich griff nach meinem Handy und begann, wild drauf los zu tippen, ehe ich es mir anders überlegen konnte.

Bring Lara mit. Nicht, dass die Arme sich langweilt!

Senden. Ich lehnte mich zurück. Ha! Wie kam ich mir erwachsen und vernünftig vor. Geradezu souverän war dieser Schachzug, fand ich. Das würde Konstantin zeigen, wie cool ich mit Lara umgehen konnte. Dass ich sie auf den Platz verwies, der ihr zustand – als Konstantins Ex. Und er würde jegliches Interesse an ihr verlieren.

Den Rest des Nachmittags sonnte ich mich in meinem neuen erwachsenen, total lässigen Ich, für das Eifersucht ein Fremdwort war. Bis Lara am frühen Abend vor mir stand, in roten Hotpants, einem knappen Trägertop und Augen nur für Konstantin. Es verging keine Sekunde, da bereute ich, sie mit eingeladen zu haben.

»Hey, Vicky, wie cool, dass ich mitkommen konnte! Hier wohnst du? Das ist ja ein süßes Häuschen! Das meiner Großeltern sieht so ähnlich aus, nur ist es irgendwie größer. Konstantin sagte was von Volleyballspielen? Da hätte ich total Lust drauf, ich bin nämlich in der Schule in der Beachvolleyballmannschaft, und wir spielen sogar Turniere.«

»Wie schön«, sagte ich und lächelte verkrampft.

Es war ein schlimmer Fehler, dieses Mädchen eingeladen zu haben.

Ein schlimmer, schlimmer Fehler.

Egal, wie cool ich mich vorhin gefühlt hatte – alle Souveränität war wie weggeblasen.

Glücklicherweise hatte ich Pauline und Claire an meiner Seite. Wobei sie mich beim Volleyballspielen eher nicht würden unterstützen können, denn da waren beide ziemliche Nieten. (Claire hasste Ballsportarten, weil sie Angst um ihre Nase und Fingernägel hatte, und Pauline war von Haus aus unsportlich.)

Ich war zwar sportlich – aber winzig im Vergleich zu Miss Hotpants und den Jungs. Ich würde mir Mums Trittleiter aus der Abstellkammer borgen müssen, um am Netz auch nur einen einzigen Ball blocken zu können.

Es sei denn …

»Ich könnt ja schon mal das Netz aufbauen, es ist im Schuppen gleich neben der Tür. Ich muss nur schnell was holen.«

Oder besser gesagt: *Jemanden.*

Denn wie es der Zufall wollte, hatte ich vorhin gehört, wie Ben und seine Familie ins *B&B* zurückgekommen waren. Und da er sowieso ständig betonte, wie gern er etwas mit mir unternehmen würde, konnte er das direkt jetzt tun.

»Hoffentlich bist du gut in Volleyball«, sagte ich ein paar Minuten später zu ihm, als ich ihn in den Garten zu meinen Freunden führte.

»Meine zweitliebste Beschäftigung nach dem Surfen«, sagte er und zwinkerte mir zu. »Das heißt aber auch, dass wir in einem Team spielen, oder?«

Ich sah zu Lara, die dicht neben Konstantin stand und ihm etwas ins Ohr flüsterte.

»Klar«, sagte ich. »Nichts lieber als das.«

Ich sollte Recht behalten, dass ich von Pauline und Claire rein spieltechnisch gesehen keine Hilfe erwarten konnte. Die beiden erklärten nämlich sofort, nachdem das Netz fertig aufgebaut war, dass sie als Schiedsrichter fungieren würden, und platzierten sich taktisch klug auf Liegestühlen neben dem Spielfeld.

Wobei Pauline sich nie und nimmer auf das Spiel würde konzentrieren können, so hibbelig wie sie war.

»Du, äh, Konstantin, wollte Nikolas nicht auch kommen?«, fragte sie, und mir tat sie entsetzlich leid, weil ihre Stimme verräterisch piepsig klang.

»Der muss gleich da sein.« Er warf einen Blick zu Ben und mir, während er den Ball auf den Fingern drehte.

»Sollen wir?«

Ich nickte so selbstbewusst wie möglich. »Klar.«

Konstantin und Lara nahmen auf der anderen Seite des Netzes ihre Stellung ein.

»Irgendwelche Tipps?«, fragte ich Ben, der sich in einer fließenden Bewegung sein T-Shirt über den Kopf streifte und zur Seite warf. Und dann übers ganze Gesicht grinste, als ich für einen Moment auf seine nackte Brust glotzte.

»Lass uns erst mal ein bisschen einspielen, dann sehen wir, wie gut sie sind.«

Tja, leider *waren* sie gut. Nicht, dass ich etwas anderes erwartet hatte. Schließlich war Konstantin supersportlich, und Lara – na ja, Lara war in der Beachvolleyballmannschaft und spielte Turniere. Alles klar, oder?

Nach etwa zehn Minuten, in denen wir den Ball locker hin- und hergespielt hatten und meine Anspannung tatsächlich ein wenig wich, weil ich ein paar ganz gute Aufschläge machte, kam Nikolas in den Garten.

»Pause!«, rief Lara überflüssigerweise und rollte ihr Top am Bauch nach oben. Weil sie so schwitzte. Und jetzt drei Jungs anwesend waren, die sie beeindrucken musste.

Bei Nikolas allerdings schien das nicht besonders gut zu funktionieren, im Gegenteil. Er runzelte die Stirn, als er bemerkte, wie sie sich kichernd an Konstantins Arm hängte, und fing an, in seinem Rucksack herumzukramen.

Schließlich zog er eine weiße Papiertüte hervor, kam zu Pauline, Claire und mir herüber und hielt sie uns unter die Nase. »Hier, griechisches Gebäck, hat meine Tante selbstgemacht.«

»Für uns?«

»Für alle. Los, greift zu, bevor die besten Sachen weg sind.«

Ich zögerte keinen Moment, sondern schnappte mir beherzt eins der Blätterteigteilchen und biss gierig hinein.

»Danke, den Energieschub kann ich jetzt wirklich brauchen«, nuschelte ich und rieb mir mit der freien Hand über die Stirn. Wir hatten noch nicht mal richtig angefangen zu spielen, und ich war schon völlig fertig.

Dann hielt Nikolas Pauline die Tüte hin. »Hier, such dir was aus.«

Pauline starrte ihn an, ehe sie schüchtern fragte: »Ich bekomme auch was?«

Nikolas sah ihr eine halbe Ewigkeit in die Augen, ehe er schließlich leise sagte: »Natürlich bekommst du auch was.«

Claire machte hinter seinem Rücken hektische Zeichen, indem sie sich auf den Mund deutete, aber Pauline angelte sich nur mit zittrigen Fingern ein Gebäckstück und blieb stumm wie ein Fisch. Und dann waren auch schon Konstantin, Lara und Ben heran, die Nikolas in ein kompliziertes Gespräch über den Unterschied von normalem Volleyball zu Beachvolleyball verwickelten.

Ich zog Pauline zur Seite, ehe Claire über sie herfallen konnte. »Das war doch schon mal kein so schlechtes Zeichen«, flüsterte ich ihr zu.

Sie sah unschlüssig auf ihr Gebäck. »Vielleicht kein schlechtes. Aber auch wirklich ein gutes?«

Tja, das konnte ich ihr leider auch nicht sagen. Vor allem nicht, als Lara sich in diesem Moment Nikolas an den Hals warf und ihm einen schmatzenden Kuss auf die Wange gab, ehe sie sich aus seiner Tüte bediente.

»Brandgefährlich«, zischte Claire uns zu, und Pauline und ich seufzten gleichzeitig. Sie musste noch nicht mal sagen, wen genau sie meinte. Das sahen wir auch so.

Dooferweise musste Nikolas sich relativ schnell wieder verabschieden, weil im Restaurant seines Onkels eine der Kellnerinnen ausgefallen war. Und er nahm ein Stück meiner guten Laune mit. Denn Lara wollte jetzt unbedingt anfangen, *richtig* zu spielen. Mit Punkten und so. Und ich hatte das dumme Gefühl, dass sie mit Konstantin schon mal gespielt hatte. Die beiden wirkten unerträglich vertraut, als sie ihre Taktik besprachen und mit dem Finger in verschiedene Richtungen deuteten, was wohl Spielzüge andeuten sollte.

Noch schlimmer wurde es allerdings dann beim Spielen.

Mir war vorher gar nicht bewusst, dass man beim Volleyball so viel quatschen musste. Lara quasselte nämlich die ganze Zeit, gab Konstantin Anweisungen, feuerte ihn an oder klatschte mit ihm unter lautem Gejohle ab, wenn sie einen Punkt gemacht hatten.

Es war kaum zum Aushalten.

Ben wollte auch nach jedem Ball mit mir abklatschen, wobei er meine Hände jedes Mal einen Ticken länger festhielt. Ich fühlte mich immer unwohler.

Wer hatte eigentlich diese blöde Idee gehabt, alle hierher einzuladen?

Selbst Mum flüchtete wieder aus dem Garten, nachdem sie uns einen großen Schwung Getränke herausgebracht hatte. Offenbar hatte sie Angst, von der übereifrigen Lara einen Ball an den Kopf zu bekommen.

Wenigstens waren Ben und ich nicht vollkommen verloren. Ich machte die Aufschläge und spielte hauptsächlich die langen Bälle, und er blieb am Netz, um seine Größe auszunutzen und zu blocken. So schafften wir es, uns mit nur einem Punkt Rückstand in die nächste Pause zu retten.

Total verschwitzt schnappte ich mir eine Wasserflasche von Mums Tablett und ließ mich ins Gras fallen. Konstantin und Lara allerdings schienen weder eine Pause noch Getränke zu brauchen. Die beiden waren so vertieft in ihr Gespräch über was auch immer, dass sie uns überhaupt nicht beachteten.

»Dein Freund scheint ja heute nicht besonders viel Zeit für dich zu haben«, bemerkte Ben, als er sich neben mich setzte, und sprach damit genau das aus, was ich gerade gedacht hatte.

»Wir verbringen genug Zeit miteinander.« Ich versuchte, möglichst cool zu klingen und die Verbitterung aus meiner Stimme zu verbannen. Denn: Natürlich verbrachten wir viel Zeit miteinander – allerdings nur, wenn man die Sprünge in die Parallelwelt mitrechnete. In der es keine Lara gab, wo wir allerdings von einem Termin zum nächsten hetzten und hinterher das Chaos beseitigen mussten, das unsere anderen Ausgaben hinterlassen hatten. Nicht die romantischsten Voraussetzungen für ein frisch verliebtes Pärchen – so viel war mir leider auch klar. Aber dass Ben so darauf herumritt, störte mich mehr, als ich zugeben wollte.

Mein Schweigen animierte ihn dummerweise nur, weiterzureden und neues Salz in meine Wunden zu streuen.

»Ich glaube, Konstantin weiß überhaupt nicht, was er an dir hat. Und ganz ehrlich, wenn du *meine* Freundin wärst, würde ich mich mehr um dich kümmern«, sagte er, ziemlich laut und beunruhigenderweise ohne das Lächeln auf den Lippen, mit dem er sein Geflirte sonst ins Harmlose zog.

»Ich meine es ernst«, bestätigte er. »Ich fand dich toll, seit ich dich das erste Mal gesehen habe.«

Was?

»Aber, äh – da lag ich wie ein Käfer auf dem Fußboden, weil wir so blöd zusammengestoßen sind.«

»Auf dem Fußboden siehst du großartig aus. Am süßesten bist du allerdings morgens nach dem Aufstehen, im Schlafanzug und mit Tigerpfotenhausschuhen.«

»Ich, öhm, ich … also …«, stotterte ich, und meine Wangen begannen zu brennen. Aber ehe ich sonst noch irgendwas erwidern konnte, kam mir jemand zuvor.

»Woher weißt du, was Vicky zum Schlafen anhat?«

Das war Konstantin. Er hatte sich, ohne dass ich es bemerkt hatte, neben mich gesetzt, so dass er jetzt zu meiner Rechten saß.

O Gott, hatte er vielleicht noch mehr von dem gehört, was Ben gerade gesagt hatte?

Ben allerdings schien im Gegensatz zu mir die Situation null unangenehm zu sein.

Im Gegenteil.

Über meinen Kopf hinweg grinste er Konstantin an, als er sagte:»Ich weiß, was sie anhat, weil wir viel Zeit miteinander verbringen. Stimmt doch, Vicky? Wir hängen abends oft noch gemeinsam in ihrem Zimmer rum und reden. Stundenlang.«

Wie bitte?

Vor lauter Schreck ließ ich mich rücklings ins Gras fallen und täuschte vor, mich ganz dringend – äh, hinlegen zu müssen. Konstantin allerdings warf mir einen Blick zu, der mir sagte, dass er mein Ablenkungsmanöver durchschaut hatte.

»Ach, ihr sitzt nachts zusammen und redet? Worüber denn?«, fragte er und funkelte mich mit zusammengekniffenen Augen an. Na toll.

Ben schien die Situation allerdings zu gefallen, denn er grinste mir überheblich über seine rechte Schulter zu, ehe er antwortete.»Tja, weißt du, sie erzählt mir, dass sie sich manchmal ganz schön einsam fühlt. Aber ich sag ihr dann immer, hey, ich bin ja da, und dann machen wir es uns gemütlich. Stimmt doch, Vicky, oder?«

»Äh, na ja, also –«

»Und wie genau sieht das aus, wenn ihr es euch *gemütlich* macht?« Konstantins Stimme war so schneidend wie neulich das Messer in der Bäckerei.

»Na ja, wir liegen halt auf ihrem Bett und schauen uns Videos auf meinem iPad an. Manchmal sitzen wir auch die halbe Nacht in der Hollywoodschaukel auf der Veranda.«

Ich war so perplex, dass ich kein Wort herausbrachte. Der Typ log wie gedruckt!

»In der Hollywoodschaukel?«, wiederholte Konstantin ungläubig, und ich schluckte. Die Schaukel war eigentlich unser Platz, ich glaube, er liebte sie genauso sehr wie ich. Und mit Ben hatte ich dort genau einmal gesessen, irgendwann vor ein paar Tagen für ungefähr zehn Minuten (und in Anwesenheit von Mum und seinen Eltern). Dann wurde mir sein Gerede zu anstrengend, und ich war ins Bett gegangen. Aber dass er es jetzt so darstellte, als ob wir quasi nichts anderes taten, verschlug mir total die Sprache. Entweder, er wollte Konstantin eifersüchtig machen (und bei dem Blick, den mir mein Freund jetzt über die Schulter zuwarf, hatte es offensichtlich schon gewirkt), oder er meinte es tatsächlich so. Dass er mich gut fand, meine ich.

Ich wusste gerade nicht, welche Option von beiden ich schlimmer finden sollte.

»Spielen wir nun weiter, oder was?« Anscheinend konnte Lara es nicht vertragen, wenn sich niemand um sie kümmerte, denn sie stand mit verschränkten Armen vor uns und zog eine gekünstelte Schnute.

»Natürlich«, sagte Konstantin, warf mir einen letzten grüblerischen Blick zu und ging mit Lara auf die andere Seite des Netzes, wo gleich wieder dieses dämliche Abklatschen zwischen den beiden losging.

Und kurz darauf begann die eigentliche Show. Denn offenbar hatte Lara beschlossen, aus diesem Volleyballspiel einen Krieg zu machen, den sie gewinnen wollte. Und zwar mit allen Mitteln.

Zuerst zog sie ihr Top noch ein ganzes Stück weiter nach

oben, so dass es fast aussah, als ob sie nur einen Bikini anhatte. Was Ben dazu veranlasste, vor lauter Starren den ein oder anderen Ball nicht richtig zu erwischen und damit Punkte zu verschenken. Und das, obwohl er munter weiter an mir herumbaggerte, wann immer sich die Gelegenheit ergab.

Gleichzeitig wurde Laras Spielweise aggressiver. Sie scheuchte uns hin und her, rief Konstantin Befehle zu und wurde immer verbissener, als Ben und ich wider Erwarten ganz gut mithalten konnten.

»Eigentlich ist es ziemlich unfair, dass ich dauernd gegen Ben blocken muss, er ist viel größer und stärker als ich!«, maulte sie da auch schon. Ben hatte gerade einen erfolgreichen Pass gespielt, und wir hatten auf Gleichstand aufgeholt.

Während des Spiels hatte ich es vermieden, Konstantin anzusehen. Weil er mich ablenkte, in erster Linie (denn sogar mit T-Shirt machte er eine Spitzenfigur beim Volleyball), und weil ich nicht zusehen wollte, wie er dauernd mit Lara sprach oder ihr ominöse Fingerzeichen gab. In diesem Moment allerdings suchte ich seinen Blick.

Doch nun, wo ich ein bisschen Unterstützung gebrauchen konnte, wich er mir aus. War er noch sauer wegen Ben? Aber schließlich war er in Sachen Lara auch nicht viel besser.

Vielleicht lag es an Konstantins Miene oder an meiner Naivität – jedenfalls beschloss ich tatsächlich, es allen zu zeigen, unsere Spieltaktik zu ändern und ans Netz zu gehen.

Lara grinste, als sie sah, was ich vorhatte.

Das hätte mich eigentlich warnen sollen.

Aber ich war ja nun mal Vicky, das Schaf – und ließ mich

gleich bei meinem ersten Versuch, einen Ball zu blocken, von Laras Ellbogen unsanft auf den Rasen befördern. Auf wundersame Weise hatte der nämlich genau durch das Netz einen Weg in meine Rippen gefunden. Ich verlor das Gleichgewicht und krachte auf den Boden – linkes Knie voraus.

Und das tat richtig weh.

»Foul!«, riefen Pauline und Claire, und Lara schlug gespielt entsetzt die Hand vor den Mund.

Sofort war Konstantin an meiner Seite.

»Alles in Ordnung, Vicky?« Seine Miene war besorgt, als er mir die Hand hinhielt, um mir aufzuhelfen. Und obwohl ich sogar, ohne hinzusehen, wusste, dass meine Kniescheibe nicht besonders gut aussah, quetschte ich ein Lächeln heraus und ließ mich von ihm wieder auf die Beine ziehen. Seine Fürsorge tat gut.

»Alles okay, ist nur ein Kratzer.«

Urgs. Ein riesiger Kratzer, wie ich leider feststellen musste. Mit viel Blut, zerfetzter Haut und allem.

»Sollen wir aufhören?«, fragte auch Ben hilfsbereit, aber Konstantin warf ihm einen Blick zu, der sogar Surferboy die Sprache verschlug.

»Nein, geht schon. Kommt, wir spielen noch den Satz zu Ende, es dauert ja nicht mehr lange. Weil wir nämlich gleich gewonnen haben«, fügte ich aus Spaß hinzu, während ich hoffte, wegen des Bluts, das an meinem Schienbein herunterlief, nicht in Ohnmacht zu fallen.

Aber ich wollte mir vor Lara keine Blöße geben und stellte mich auf.

Ben machte die Angabe, direkt auf Konstantin, der den Ball wieder zu uns zurückbaggerte. Ich erwischte ihn gerade noch so und baggerte zurück. Dann kam Lara. Mit einem elfenhaften Sprung hechtete sie zum Ball, verfehlte ihn knapp – und ließ sich dann auf den Boden fallen.

»Autsch, mein Fuß!!!«

Ich guckte zu Pauline und Claire. Die konnte sich doch nie im Leben bei dem Manöver weh getan haben, oder? Die zuckten beide mit den Schultern.

»Ich glaube, ich habe mir die Bänder gedehnt oder vielleicht sogar angerissen«, jammerte da Lara und streckte ihren perfekt manikürten Fuß von sich – direkt zu Konstantin. Der war schon neben ihr in die Hocke gegangen und tastete vorsichtig den Knöchel ab.

»Tut das hier weh?«

»Ja, autsch!«, stöhnte Lara herzzerreißend, und am liebsten hätte ich laut geschrien: Simulantin!!!

Doch zumindest bei den Jungs kam sie mit ihrer Masche hervorragend durch.

Jetzt kniete nämlich auch noch Ben neben ihr und hielt ihr die Hand. Herrje, sahen die denn nicht, dass sie gar nichts hatte?

Nein, offensichtlich nicht.

»Ich sollte lieber nach Hause, wenn das in Ordnung ist«, hauchte sie jetzt und wischte sich mit dem Handrücken über die Augen. Wenn sie jetzt noch ein paar Tränen herausdrückte, würde ich wirklich anfangen zu schreien.

So weit ging Lara allerdings nicht. Ihr reichte es, dass die Jungs ihr aufhalfen und eilig eine Flasche Wasser reichten.

»Ich glaube, ich kann nicht radfahren.« Sie blinzelte Konstantin aus ihren riesigen Augen an. »Aber ich setze mich auf deinen Lenker, das haben wir doch früher immer gemacht, oder? Das müsste gehen.«

Konstantin murmelte etwas, das ich nicht verstand, und nickte dann, ehe er zu mir herüberkam.

»Ich bringe Lara zu mir nach Hause, okay? Sie kann nicht auftreten.«

»Ich glaube, sie *will* nur nicht auftreten«, zischte ich, aber Konstantin schüttelte den Kopf.

»Sei nicht so fies. Ihr Knöchel ist wirklich ganz warm.«

»Ja, weil du ihn eben gewärmt hast. Und weil es ungefähr dreißig Grad im Schatten sind.«

»So zickig kenne ich dich ja gar nicht!«, sagte er, ehe er sich umdrehte und sich um seine Ex kümmerte.

Nein, so zickig kannte ich mich auch nicht, und ich seufzte schwer, als Konstantin kurz darauf mit Lara auf dem Lenker balancierend davonfuhr.

So wollte ich auch eigentlich überhaupt nicht sein. Und ich hoffte inständig, dass ich bald Gelegenheit haben würde, das Konstantin zu beweisen.

Hey, Vicky, alles klar? Was geht?

Hi, Leonard. Geht so. Hab gestern Volleyball gespielt. Mein Knie sieht aus wie ein Stück von Mums Hackbraten.

Uuuääähh!!!

Danke für dein Mitgefühl.

Sorry ☺ Kommst du heute Abend zum Flohmarkt?

Ja. Muss leider selber verkaufen.

Kommt Claire auch?

Sie wollte mal kurz vorbeischauen, glaube ich. Wieso???

Nur so ☺

Ha! Dann wünsche ich mal viel Glück!

Glück brauche ich nicht. Bin schon umwerfend genug!

Hoffentlich sieht Claire das auch so.

Ich halte dich auf dem Laufenden! ☺

15.

Am nächsten Morgen fühlte ich mich wie eine Fliege nach einem Zusammenprall mit einer Windschutzscheibe. Meine neue Schürfwunde hatte meinen Finger und meine Ferse offenbar daran erinnert, dass sie auch noch frisch verletzt waren, und zusammen taten sie höllisch weh. Aber es half ja nichts, der Nachtflohmarkt stand an, und trotz allem freute ich mich auch ein bisschen darauf. Pauline hatte erzählt, dass unsere Standesbeamtin Frau Stokke ihr Gesangsdebüt mit der Band von Bruno Fleischmann (seines Zeichens Leiter des Ordnungsamts) geben würde, das wollte ich auf keinen Fall verpassen.

Obwohl wir für unsere Verhältnisse früh dran waren, herrschte auf der Gemeindewiese schon ordentlich Trubel. Die meisten Leute hatten ihre abgesteckten Parzellen bereits bezogen und dekorierten jetzt fröhlich ihren alten Plunder auf Tapeziertische und Rollständern. Wir winkten Pauline und ihren Eltern zu und entdeckten neben den Ludwigs und Raimund Graf auch noch den übereifrigen Andreas Böhme mit seinem Fotoapparat, der über alle örtlichen Events für das hiesige Käseblättchen berichtete.

Die Sonne war noch nicht untergegangen, aber es war nicht mehr ganz so heiß, und überall roch es nach gegrilltem Essen und Süßigkeiten und Sommerabend. Direkt vor dem Rathaus war eine kleine Bühne aufgebaut, wo Bruno und Band gerade ihren Soundcheck hatten und eine erstaunlich gute Coverversion von *Hotel California* anspielten.

Lichterketten aus weißen und bunten Kugeln wippten fröhlich im Wind, und ich ertappte mich dabei, mich das erste Mal seit dem gestrigen Volleyballdesaster zu entspannen.

Unser Stand war relativ in der Mitte, direkt neben dem von Tante Polly.

»Schau mal, ich stelle dir den Stuhl samt Hocker auf«, sagte Mum. »Dann kannst du dich direkt an den Tisch setzen und dein Knie hochlegen, während ich unsere Sachen dekoriere. Nachher muss ich nur kurz ins Rathaus schauen, danach kann ich dir sofort helfen.«

Mum hatte mir heute Morgen schon gebeichtet, dass sie sich mit dem Bürgermeister verabredet hatte. Sie hatte ziemlich herumgedruckst, vermutlich ging sie davon aus, dass mich das nach der Sache mit ihr und Dad aufregte, was auch stimmte. Aber auch an ihr ging das alles nicht spurlos vorbei, das konnte ich an den Tag für Tag dicker werdenden Schichten Concealer, die sie morgens auftrug, sehen.

Zu meiner Unterstützung hatte sie allerdings Polly und Pauline engagiert, von denen mich Letztere umsorgte wie eine zweite Mutter.

»Vicky, jetzt setz dich endlich hin«, wies sie streng an.

Ich tat, was Pauline sagte, wuchtete meinen geschundenen Körper auf den Klappstuhl, um dann vorsichtig mein Bein auf einem Hocker zu drapieren. Was natürlich sofort bei den Bewohnern unserer Stadt eine kleine Mitleidswelle auslöste. Von unserer Nachbarin Frau Schirmbeck bekam ich eine Tafel Nussschokolade zugesteckt, und von Tobias, meinem Babysitterkind, eine alte Powerrangerfigur. (Er sagte, er hätte heilende Kräfte. *Ich* denke allerdings, er wollte ihn einfach nur loswerden.)

»Ich hol dir gleich etwas zu trinken«, versprach Pauline, »aber erst muss ich noch ein Foto machen. Euer Stand ist so was von cool geworden.«

Sie hatte recht. Die Dekokünste meiner Mum machten auch vor einem Flohmarkt nicht halt, egal, wie schlecht es ihr ging. Das ausrangierte Teeservice war blitzblank poliert und hübsch angerichtet, die verbogene Etagere mit frischem Gebäck aufgefüllt, und in die angeschlagene pastellrosa Keramikvase hatte sie einen Bund weißer Ranunkeln gesteckt. Die nicht ganz so schicken Sachen waren in dekorativen Holzkisten um den Tisch drapiert. Am tollsten fand ich die Laternen und Lampions, die sie überall verteilt hatte – die würden wir später gut brauchen können, wenn es dunkel war.

Das schöne Bild wurde allerdings ein bisschen zerstört durch Tante Pollys Stand, der gleich rechts von unserem lag. Denn da herrschte das pure Chaos.

»Wie sonst hätte ich bitte schön meinen alten Laden auf vier Quadratmetern ausstellen sollen?«, fragte sie mich, nachdem Pauline losgezogen war, um Getränke zu holen.

»Weniger ist manchmal mehr, würde zumindest Mum sagen«, kicherte ich.

Polly schnaubte nur.

»Wie läuft's denn so mit der Renovierung? Ich würde dir gern mehr helfen, aber irgendwie –« Ich brach mitten im Satz ab und deutete unglücklich auf mein Knie.

»Mach dir bloß keine Gedanken, Schätzchen.« Sie fixierte mich auffallend lange von der Seite, ehe sie fragte: »Sag mal, Vicky, stimmt etwas im Moment nicht? Also, abgesehen von der Sache mit deinen Eltern.«

»Du meinst die Tatsache, dass ich es gerade ständig schaffe, mich selbst zu verstümmeln?«

»Nein, das ist es nicht. Manchmal – sei mir nicht böse – bist du irgendwie merkwürdig in letzter Zeit.« Sie setzte ihren Adlerblick auf. Der, dem nichts entging.

»Äh – inwiefern merkwürdig?« Das fehlte jetzt noch, dass Tante Polly anfing, mich zu analysieren. Ich musste mich wirklich zusammenreißen, nicht genervt aufzustöhnen.

»Na ja, zum Beispiel, als du dir neulich in der Bäckerei in den Finger geschnitten hast und dann bei uns auf der Baustelle warst, da hast geguckt, als ob gerade Ostern und Weihnachten gleichzeitig sind, obwohl ein mächtiges Aufschnittmesser im Spiel war.« Tante Polly kam immer näher, und anders als sonst sprach sie sehr leise. Als ob sie nicht wollte, dass jemand unser Gespräch belauschen konnte. »Und du hast mich ganz komische Sachen gefragt, ich dachte schon, du veräppelst mich. Ich hab mich ja fast wie bei einem Verhör gefühlt, so hast du mich mit Fragen gelöchert.«

»Äh, also …«, fing ich an zu stottern, aber ich brachte kein Wort über die Lippen. Ein ungutes Gefühl breitete sich in meiner Magengegend aus.

»Ich habe fast den Eindruck, als ob du dich daran gar nicht erinnern kannst. Aber das kannst du doch, oder?«

Verdammt, natürlich konnte ich mich nicht daran erinnern –

denn ich war zu diesem Zeitpunkt ja gar nicht da gewesen. Direkt nach meinem kleinen Unfall in der Bäckerei war ich in die Parallelwelt gesprungen. Das, wovon Polly sprach, ging komplett auf Parallel-Vics Konto. Aber das konnte ich schlecht erklären.

»Was ist los mit dir, Vicky?«, fragte sie leise. »Ich sehe doch, dass etwas nicht stimmt.«

»Das kann ich dir nicht sagen«, presste ich hervor und verschränkte meine Arme vor der Brust.

Abwehrhaltung.

Bloß nicht weich werden.

Aber bitte, Tante Polly, schau mich nicht so verständnisvoll an, sonst muss ich dir alles erzählen! Und bei deinen verrückten Ideen und deinem Glauben an alles Natürliche und Unnatürliche würdest du mir meine Geschichte wahrscheinlich sogar abnehmen …

»Vicky, sprich mit mir.« Die Sanftheit in ihrer Stimme ließ mich beinahe einknicken.

»Ich … ich … also, ich bin manchmal … also manchmal passiert es, dass –«

»So, da bin ich wieder! Mann, da ist vielleicht schon was los, man könnte meinen, die Leute hätten seit Wochen nix mehr zu trinken bekommen. Eistee war schon aus, aber ich hab Apfelschorle gekauft, ich hoffe, das war okay! Alles in Ordnung, Vicky?«

Pauline war meine Rettung. Wie so oft.

»Na klar, alles bestens«, sagte ich und nahm meine Flasche entgegen.

Tante Polly seufzte. »Na schön. Aber du weißt, dass du mit

mir über alles reden kannst. Wirklich über *alles*.« Sie warf mir einen letzten, bedeutsamen Blick zu, ehe sie sich zu ihrem Stand umdrehte.

»Über was sollst du mit ihr reden?«, wisperte mir Pauline zu, als Tante Polly ein Gespräch mit einem Herrn anfing, der sich für ihr altes Schweißgerät interessierte.

Meine Stimme zitterte, als ich antwortete: »Wir haben uns geirrt. Ich glaube, Polly weiß doch etwas. Über die Sprünge.«

»Was?«, quiekte Pauline, was meine Tante sofort wieder zu einem verdächtig wissenden Seitenblick veranlasste.

»Später«, murmelte ich und schenkte den vorbeischlendernden Flohmarktbesuchern ein Lächeln. Dabei war mir das Lachen komplett vergangen. Ich hatte einen Knoten im Magen und klammerte mich so fest an meine Getränkeflasche, dass mir die Hand weh tat. Und mein Knie, meine Ferse, mein Finger und sonst irgendwie auch alles.

»Aber wie – «

»Später, Pauline. Sie beobachtet uns.« Ich rückte eine Ranunkel zurecht. »Was ich noch fragen wollte: Gibt's was Neues zu Nikolas?«

Ich spürte, wie Pauline sich neben mir versteifte.

»Du musst dich endlich trauen, mit ihm zu reden.«

»Aber wann denn?«, fragte Pauline kläglich. »Gestern im Garten musste er ja sofort wieder los, und heute Nachmittag war ich mit meiner Mutter unterwegs, als ich ihn mit Konstantin und Lara in der – «

Das Blut sackte aus meinem Kopf.

»Mit Konstantin und Lara – *was*?«

Pauline biss sich verlegen auf die Unterlippe. »Ich hab die beiden heute Nachmittag in der Eisdiele gesehen, als ich mit meiner Mum vorbeikam. Sie haben sich, äh – nur unterhalten. Und Nikolas war dabei.«

»Haben sie sich *unterhalten* … mit oder ohne Körperkontakt?« Meine Zähne knirschten geradezu bei der Frage.

Pauline zuckte unwohl mit den Schultern. »Wie definierst du Körperkontakt?«

»Schon gut. Ich will es gar nicht wissen!« Ich wollte wirklich nicht wissen, wie Lara ihn wieder angegrapscht und angebaggert hat. Trotzdem war mir, als ob mir gerade jemand eine Ohrfeige gegeben hatte – obwohl ich natürlich nicht von Konstantin erwarten konnte, seine kompletten Freizeitaktivitäten auf mich auszurichten. Aber dass er so viel Zeit mit Lara verbrachte, die ihn derart manipulierte, tat mehr weh, als ich zugeben wollte.

Pauline schien genau zu wissen, was in mir vorging, denn sie sackte neben mich auf eine umgedrehte Holzkiste und nahm meine Hand in ihre.

»Es tut mir leid. Ich hätte es dir früher sagen sollen. Oder gar nicht.«

»Schon okay«, murmelte ich. Ich konnte an ihrem Blick erkennen, dass sie mir meine Worte keine Sekunde abnahm, aber sie war wie immer die allerbeste Freundin, die es auf der Welt gab – sie sagte nichts mehr dazu, sondern hielt mich einfach nur fest.

In genau diesem Moment fing mein Handy an zu vibrieren, und mit meiner freien Hand fummelte ich es aus meiner Tasche.

Konstantin ruft an.

Ein klitzekleiner Teil von mir wollte nicht rangehen. Der, der jetzt gerade verletzt war.

Der sehr viel größere Teil von mir vermisste Konstantin allerdings ganz schrecklich, so dass ich das Gespräch mit laut klopfendem Herzen annahm.

»Hey, wo bist du? Ich bin gerade bei dir zu Hause, aber da macht niemand die Tür auf.«

Ein Lächeln stahl sich auf meine Lippen. Er wollte mich sehen!

»Ich bin beim Flohmarkt. Wir haben einen Stand, auf den ich gerade aufpasse. Ziemlich in der Mitte von der Wiese, gegenüber vom Rathaus.«

»Ich bin in fünf Minuten da!«

»Na, siehst du«, sagte Pauline, nachdem ich aufgelegt hatte, »es ist alles in Ordnung mit euch. Ich kann für dich übernehmen, meine Eltern brauchen mich erst nachher. Wenn du mit Konstantin alleine sein willst, meine ich.«

»Danke!« Und ich meinte es aus tiefstem Herzen. Sobald er kam, würde er dafür sorgen, dass der gestrige Nachmittag nie stattgefunden hatte. Und alles wäre wieder in Ordnung.

Das Problem war nur, dass er eben *nicht* kam.

Nicht nach zehn Minuten und auch nicht nach zwanzig.

Nach einer halben Stunde (und wenigstens ein paar recht erfolgreichen Verkäufen von Mums Sachen) stand dafür jemand anderes vor unserem Tisch.

»Hey, Nikolas!«, sagte ich, und Pauline, die gerade in einer von Mums Kleinkramkisten wühlte, fuhr mit hochrotem Kopf nach oben.

Konstantins bester Freund strotzte wie immer vor Selbstbewusstsein. Die Hände in die Taschen seiner Shorts geschoben stand er vor uns, mit tiefschwarzen, funkelnden Augen und einem spöttischen Grinsen auf den Lippen.

Pauline neben mir schnappte nach Luft, sagte aber kein Wort.

»Wie laufen die Geschäfte?«, fragte er und deutete auf unseren halbleeren Teegesellschaftstisch.

»Ganz prima«, sagte ich. »Du könntest noch die alten Muffinformen haben oder drei verschiedene Tortenretter. Oder den Steinkrug mit den Fischen drauf, den Mum von meiner Oma bekommen hat, aber ich glaube, der fällt mir nachher aus Versehen runter. Das Ding schleppen wir jedes Mal nach dem Flohmarkt wieder nach Hause.«

Ich knuffte Pauline in die Seite, damit sie endlich etwas zur Unterhaltung beisteuerte, aber sie war neben mir zur Salzsäule erstarrt. Allerdings warf ihr Nikolas immer wieder einen Blick zu.

Interessant.

Auf meine Frage, ob er wüsste, wo Konstantin sei, zuckte er leider nur mit den Schultern. »Er wollte eigentlich zu dir.«

»Na, dann wird er sicher gleich kommen«, sagte ich und spähte, so gut es ging, von meinem Sitzplatz über die Gemeindewiese. Aber kein Konstantin weit und breit in Sicht.

Nikolas verabschiedete sich wieder, und Pauline starrte ihm nach, bis er in der Menschenmenge verschwunden war.

»Ich bin verloren«, murmelte sie und strich sich verzweifelt eine Haarsträhne aus dem Gesicht. »Ich glaube, ich werde in meinem Leben keinen Jungen mehr gut finden.«

»Außer ihm.«

Sie nickte. »Außer ihm.«

Wir seufzten gleichzeitig, und ich wusste ganz genau, wie sie sich fühlte. Ich glaubte auch nicht, dass ich mich jemals in jemand anderen verlieben konnte außer Konstantin.

»Mädels, ich bin endlich fertig im Rathaus. Wie geht es deinem Bein, Vicky? Oh, super, ihr seid sogar die alte Küchenwaage losgeworden!«

Meine Mum war zurück – viel früher, als ich erwartet hatte, was meine Laune etwas aufheiterte.

»Wäre doch gelacht, wenn wir den übrigen Plunder nicht auch noch an den Mann bekommen.« Sie klatschte in die Hände. »Oh, und schaut mal, wen ich mitgebracht habe! Noch mehr Verstärkung!«

Leider war es wieder nicht Konstantin, der hinter meiner Mum hervortrat.

Sondern Ben. In seinen üblichen California-Surferstyle-Klamotten und dem beunruhigenden Funkeln in den Augen, als er mich sah.

»Ich hab doch versprochen, dass ich dir beim Verkaufen helfe!«, sagte er, kam um den Tisch herum und gab mir einen Kuss auf die Wange. Sofort wurde ich knallrot.

»Oh, das hab ich völlig vergessen«, sagte ich und versuchte, ein bisschen Abstand zwischen uns zu bringen, indem ich von meinem provisorischen Krankenlager aufstand. »Außerdem war Pauline da, die mir geholfen hat«.

»Die jetzt aber leider gehen muss«, mischte Pauline sich ein und schob gerade wieder ihr Handy in die Tasche. »Meine Eltern haben eine SOS-Nachricht geschickt. Sie brauchen einen Schiedsrichter bei der Abrechnung. Ist es okay, wenn ich gehe?« Besorgt sah sie zwischen Ben und mir hin und her.

»Kein Problem, alles bestens«, sagte ich, humpelte zu ihr hinüber und zog sie in eine ungelenke Umarmung. »Wir reden später, okay?«, flüsterte ich ihr noch ins Ohr, und sie nickte, ehe sie in der Menge verschwand.

»Vicky, ich löse dich hier ab. Magst du dir was zu essen holen? Die Ludwigs haben vor der Bäckerei einen Flammkuchenstand aufgebaut.« Mum hielt mir einen Geldschein hin, den ich dankbar einsteckte. Wie auf Befehl fing mein Magen an, kräftig zu knurren.

»Und du sagst mir einfach Bescheid, wenn du nicht mehr gehen kannst. Dann trage ich dich«, bot Ben großspurig an, als wir Mum den Rücken kehrten und langsam zwischen den Ständen über die Gemeindewiese gingen.

»Keine Sorge, so weit wird es nicht kommen.«

Mir war immer noch unwohl wegen seiner Erklärung von gestern, dass er mich gut fand – egal, ob ich es wirklich ernst nehmen konnte oder nicht. Fest stand nur, dass ich Konstantin keinen Grund geben wollte, eifersüchtig zu sein, egal, was Claire sagte. Ich wollte ihm keins auswischen. Denn im Grunde genommen war mir doch klar, dass jegliche Aktion von Lara ausging. Oder?

Aber es war auch klar, dass ich Ben jetzt so schnell nicht loswurde, und deswegen versuchte ich, das Beste aus der Situation zu machen. Am besten wäre es, wenn Konstantin jetzt käme, dann hätte sich die Sache sowieso erledigt.

Ben und ich holten uns bei Ludwigs etwas zu essen, und eine Weile saßen wir einfach nur an einem der kleinen Tische und sahen den Leuten zu, die sich um uns herumschoben und lachten und den neuesten Tratsch austauschten. Die Band machte so viel Stimmung, dass die Ersten bereits ausgelassen tanzten.

Irgendwann spürte ich, wie Ben immer näherrückte und anfing, mir lange Blicke zuzuwerfen, und trotz kaputtem Knie katapultierte mich das schneller vom Stuhl hoch als Bruno *Take a Chance on Me* anzählen konnte, das er im Duett mit Frau Stokke singen wollte.

»Komm, wir schauen uns noch ein bisschen um«, sagte ich hastig. »Ich will jetzt endlich Konstantin finden.« So, ich hoffte, die Botschaft war angekommen.

Wir gingen in Richtung Bühne. Es dämmerte bereits, und die bunten Strahler der Lichtanlage warfen überall rote und gelbe Kreise auf den Boden.

»Hast du Lust zu tanzen?«, fragte Ben, was mich zum Lachen brachte.

»Nein, danke. Ich kann ja kaum laufen.«

»Ich würde dich festhalten.« Er hatte sich zu mir heruntergebeugt, so dass sein Mund an meinem Ohr kitzelte, als er sprach. »Versprochen.«

Ich rückte ein Stück von ihm ab und lächelte schwach.

Vielleicht würde er mich nicht fallen lassen. Aber ich wollte einfach nicht von ihm gehalten werden.

Ich wollte, dass Konstantin mich beim Tanzen hielt, und sonst niemand. Aber den hatte ich ja den ganzen Abend noch nicht gesehen, und an sein blödes Telefon ging er auch nicht. Hoffentlich war alles in Ordnung mit ihm.

Frau Stokke verließ unter Applaus die Bühne, und Brunos Band spielte die ersten Takte eines neuen Lieds. *Every Breath you Take* von *The Police*. Eines von Mums absoluten Lieblingsliedern, das ich selbst total gern mochte.

Bis zu diesem Abend. Seitdem hasse ich es.

Denn gerade, als ich angefangen hatte, im Takt so gut es ging mitzuwippen, sah ich sie.

Von der gegenüberliegenden Seite kämpfte Lara sich durch die tanzende Menge, direkt auf uns zu, ohne mich zu sehen. Sie war viel zu sehr damit beschäftigt, Konstantin hinter sich herzuziehen, und hielt seine Hand fest umklammert, bis sie die Mitte der Tanzfläche erreicht hatten. Dann ließ sie ihn los, allerdings nur, um die Arme um seinen Hals zu schlingen und ihn eng an sich zu ziehen.

Und Konstantin?

Der machte mit.

Einfach so.

Ich konnte mich keinen Zentimeter mehr von der Stelle rühren und leider auch nicht wegsehen. Ich starrte die beiden an und wollte am liebsten sterben.

Natürlich hatte Lara schon die ganzen Ferien versucht, sich an Konstantin ranzumachen, hatte geflirtet, und er hatte es geschehen lassen. Vielleicht sogar unabsichtlich, ohne dass es ihm bewusst war.

Aber das hier war anders.

Und als er seine Hände um ihre Taille legte und ihr irgendwas ins Ohr flüsterte, war es genau wie in einem furchtbar kitschigen Liebesfilm, bei dem man als Zuschauer aufspringen und dem tragischen Liebespaar auf der Leinwand zurufen möchte, dass sie sich zusammenreißen sollten, dass alles nur ein Missverständnis sei, dass sie füreinander geschaffen seien und jetzt keinen Fehler machen dürften. Ich war in diesem Fall das arme betrogene Ding, das ihren Freund erwischte und mit dem das Publikum Mitleid hatte.

Und Sting sang dazu, und ich hätte mir am liebsten meine Ohren zugestopft.

Oh can't you see
You belong to me
My poor heart aches
With every step you take.

Aber das hier war kein Film, und man konnte nicht vorspulen zu der Stelle, wo das Paar sich wieder in die Arme fiel.

Während Konstantin eng umschlungen mit Lara tanzte, wusste ich, dass es schon lange passiert war.

Ja, ich liebte Konstantin. Ich war nicht nur in ihn verliebt, schwärmte nicht nur für sein gutes Aussehen oder seine coolen Sprüche. Ich liebte ihn mit jeder Faser meines Herzens, meinen Konstantin, mit dem ich in den letzten Wochen und Monaten so viel erlebt hatte und der mit mir ein Geheimnis teilte, von dem niemand auch nur ahnen konnte. Uns gehörten die Sprünge, die Parallelwelten und unser Leben hier. Er saß so tief in meinem Herzen, dass er mittlerweile wie ein Teil von mir war.

Aber er schien das offenbar nicht so zu sehen.

Sonst würde er mich nicht so behandeln.

Und als er mit Lara das ganze Lied durchtanzte und noch nicht mal meine Anwesenheit zu bemerken schien, weil er nur Augen für sie hatte, zertrümmerte er mein Herz genauso, wie der vertrocknete Boden das gestern mit meinem Knie getan hatte.

Da würden keine kühlen Umschläge und kein Eisbecher helfen. Und anders als mein Knie würde das hier vielleicht auch nie wieder heilen.

16.

Erstaunlicherweise hatte ich es trotzdem irgendwie geschafft, Haltung zu bewahren und nicht in aller Öffentlichkeit loszuheulen. Noch während Konstantin mit Lara auf der Tanzfläche war, hatte ich mich umgedreht, als ob nichts geschehen wäre, und war schnurstracks nach Hause gehumpelt. Ben war dabei die ganze Zeit neben mir hergelaufen, aber nachdem ich kein Wort mit ihm sprach und seine nervigen Ich-hätte-dir-das-nie-angetan-Sprüche hartnäckig ignorierte, hielt er irgendwann den Mund. Vermutlich ahnte er, dass ich ihn, wenn er nicht aufhörte, ernsthaft verletzt hätte – und zwar zur Not mit meinen bloßen Händen.

Zu Hause verschanzte ich mich sofort in meinem Zimmer. Ehrlich gesagt, dachte ich, dass ich spätestens dann zusammenbrechen und die ganze Nacht in mein Kopfkissen weinen würde.

Aber Tränen kamen keine.

Nur Wut und Enttäuschung und Fassungslosigkeit.

Und irgendwann Mum, zum Glück. Ich hatte zwar gedacht, dass ich vor lauter Schmerz noch nicht mal darüber würde reden können, aber als sie sich zu mir auf mein Bett setzte und mich in die Arme nahm, sprudelte es aus mir heraus, ohne dass ich etwas dagegen tun konnte. Und wie so oft in solchen Situationen war sie der allerbeste Trost, den ich mir wünschen konnte.

An Einschlafen war allerdings nicht zu denken. Das Bild von

Konstantin und Lara hatte sich in meinen Kopf gebrannt wie die verkokelte Schokolade neulich in Mums Emailletopf. Ständig sah ich die beiden vor mir, wie sie so eng umschlungen tanzten.

Und wenn ich versuchte zu schlafen, war es noch schlimmer. Deswegen machte ich die Nacht praktisch kein Auge zu.

Dafür versank ich am nächsten Mittag in einen komaartigen Schlaf, aus dem ich am frühen Abend erwachte und erst dann sah, dass ich Konstantins Anrufe verpasst hatte.

Genau – Anrufe. Er hatte es fünfmal versucht, zweimal auf dem Handy, dreimal auf unserem Festnetzanschluss.

Ich war heilfroh, dass ich sie verpasst hatte, denn auch jetzt, fast vierundzwanzig Stunden später, hatte ich nicht den leisesten Schimmer, wie ich ihm je wieder gegenübertreten sollte.

»Was kann man gegen Liebeskummer tun?«, fragte ich Mum, nachdem ich mich in ihrem Zimmer in den großen Ohrensessel hatte fallen lassen und gedankenverloren in dem kürzlich gefledderten Fotoalbum blätterte.

»Ich weiß es nicht, Schatz. Die Frage stelle ich mir schon seit zehn Jahren, aber bisher habe ich kein Heilmittel dafür gefunden.« Sie saß vor ihrem Schminkspiegel und tupfte sich mit der Puderquaste über ihr Gesicht. Im Gegensatz zu mir sah sie aus wie das blühende Leben.

»Wenn es denn überhaupt Liebeskummer ist. Ich hab eher eine Liebeswut. Ich meine, was hat er sich dabei gedacht? Sind wir jetzt noch zusammen? Oder ist es aus, und ich hab es nicht mitbekommen?«

»Ach, Süße, die Liebe ist kompliziert und Jungs erst recht. Er hat es sicher nicht so gemeint.«

»Dann möchte ich wissen, was genau er *überhaupt* damit gemeint hat.«

»Das wirst du ihn schon selbst fragen müssen.«

»Ich spreche nicht mehr mit ihm. Und wenn er noch mal anruft, sagst du ihm bitte, dass ich nicht da bin.«

»Na schön. Aber dann komm doch wenigstens mit zum Essen. Der Bürgermeister hat mich eingeladen. Er hat in der Stadt einen Tisch im *Hu's Mandarin* bekommen.«

»Mum, sei mir nicht böse, aber ich mag nicht mit. Ich will einfach nur wieder in mein Bett und sauer sein.«

»Aber du hast den ganzen Tag sowieso schon nichts gegessen. Vicky, bitte. Außerdem hat er dich extra mit eingeladen.«

»Doch nur, um dir einen Gefallen zu tun!«

Mum nahm ihr Rougedöschen aus dem Spiegelschrank und sah mich an. »Ich meine, klar, du kannst natürlich hier bleiben ... die Chancen stehen ja gut, dass Konstantin gleich vor der Tür steht, wenn du nicht ans Telefon gehst. Und dann kannst du dich mit ihm aussprechen ...«

Verdammt, Mum kannte mich einfach zu gut. Nach dieser Drohung sprintete ich schneller zurück in mein Zimmer, als ich es je mit zwei gesunden Knien getan hatte.

»Ich bin in fünf Minuten fertig!«

Das Restaurant, in das uns der Bürgermeister schleppte, lag in der nächstgrößeren Stadt etwa eine halbe Stunde Fahrzeit von zu Hause. Für meinen Geschmack ganz schön weit, nur um essen zu gehen. Von mir aus hätten wir auch zu *Toni's* gehen können oder zu Nikolas' Onkel. Da gab's den weltbesten Tsatsiki.

Wobei es mir eigentlich egal sein könnte, ich würde sowieso keinen Bissen herunterbekommen. Trotzdem wollte ich Mum den Gefallen tun. Wir unternahmen in letzter Zeit viel zu wenig gemeinsam. Und so sehr ich den Bürgermeister auch hasste, Mum schien leider immer noch viel von ihm zu halten, wie ich an der Aktion heute Abend erkannt hatte.

»*Mongolische Spezialitäten*«, las ich auf dem großen Schild über dem Eingang, als ich zusammen mit Mum dem Bürgermeister in das Lokal folgte. »Was isst man denn so in der Mongolei?«, flüsterte ich ihr zu.

»Alles Mögliche, es ist der chinesischen Küche sehr ähnlich. Aber es gibt sowieso Büfett, da kannst du alles in Ruhe durchprobieren.«

Misstrauisch beäugte ich die Elefantenfiguren neben der Eingangstür, die ein riesiges Aquarium bewachten, in dem herrlich bunte Koikarpfen schwammen. Fisch würde ich heute auf jeden Fall nicht bestellen, so viel stand fest.

Das Restaurant war tatsächlich voll, ich konnte auf den ersten Blick keinen einzigen freien Platz entdecken.

»Wir sitzen oben«, sagte der Bürgermeister und deutete auf eine Treppe am anderen Ende des Raumes, die auf eine kleine Galerie hinaufführte.

Ich wiederum sah an mir herunter – mein Knie tat zwar nicht mehr so weh, aber ich konnte es nicht richtig anwinkeln, und Treppensteigen war so ziemlich das Letzte, wonach mir war.

»Das ist vielleicht nicht so praktisch für Vicky«, sprang Mum mir zur Seite, und ich nickte. »Vielleicht könnten wir doch irgendwo hier unten sitzen?«

Der Bürgermeister warf mir einen Blick zu, als ob ich nicht die Tochter seiner Freundin wäre, sondern eine Bettwanze. »Oben ist die Aussicht viel besser.«

»Aber Vicky ist nun mal gerade gehandicapt«, warf meine Löwenmutter ein, deren Stimme einen leicht missmutigen Tonfall angenommen hatte. Ich dagegen lächelte mein Armesgehandicaptes-Mädchen-Lächeln und freute mich diebisch, dass Mum langsam die Geduld verlor.

»Na schön, ich frage mal«, nuschelte der Blödmann endlich und ging zu einer Bedienung, um sie vollzutexten.

Leider ohne Erfolg.

»Es ist alles reserviert, nur noch unser Tisch oben ist frei. Aber das kriegen wir schon hin, Vicky, wir können dir ja mit dem Teller helfen«, sagte er und winkte Mum und mir, ihm zu folgen. »Dafür haben wir dort oben die allerbeste Aussicht, versprochen!«

»Also, das Einzige, was man von hier oben aus richtig gut sehen kann, ist sein Auto«, sagte ich mit Blick aus dem Fenster, als wir eine Stunde später mit halbwegs vollen Mägen auf der Empore saßen. Der Bürgermeister war zum gefühlt fünfzigsten Mal nach unten gegangen, um sich seinen Teller vollzuladen. Er als Athlet hätte nämlich einen sehr hohen Grundumsatz, sagte er. Mir war nicht klar, welche Art von Athlet er sein wollte, aber egal, viel essen konnte ich auch – vorausgesetzt, mir schmeckt es.

Was hier nicht so ganz der Fall war. *Mongolische Spezialitäten* waren nämlich unter anderem Froschschenkel, Haifischfleisch und noch ein paar andere ganz furchtbare Dinge. Mir war fast komplett der Appetit vergangen, als ich am Büfett vorbeigehumpelt war, und ich hatte es letztendlich Mum überlassen, mir etwas auszusuchen. Die wusste zum Glück genau, was ich mochte, und hatte mit einer Engelsgeduld Frühlingsrollen, vegetarisches Curry und gebackene Bananen aus dem Wust merkwürdiger Speisen zusammengefischt, so dass ich trotzdem gut satt geworden war.

Und dass der Bürgermeister so viel am Büfett unterwegs war und vergleichsweise wenig am Tisch saß, war eigentlich gar nicht so schlecht. So konnten Mum und ich ganz in Ruhe Leute beobachten – und raten, was sie sich gleich auf die Teller laden würden.

»Der Typ mit dem Schnauzbart isst bestimmt die Froschschenkel«, sagte ich und deutete unauffällig mit dem Kopf in seine Richtung.

Mum kicherte. »Davon wird der doch nicht satt. Ich tippe bei ihm eher auf die im Schaffett frittierten Teigtaschen. Und als Beilage Krokodil in mongolischer Knoblauchsoße.«

»Und dazu trinkt er einen halben Liter Wodka.«

»Aber seine Frau isst dafür fast gar nix, schau mal. Die hat sich nur den Kaviar von den gekochten Eiern abgekratzt.«

»Ich dachte, das wäre die Deko!«

»War es auch! Und schau mal, der andere Mann da drüben – oh, Laslo, schon zurück?«

Der Bürgermeister hatte sich in der Zwischenzeit von uns

unbemerkt auf seinen Platz sinken lassen, auf seinem Teller vor ihm ein riesiger Berg gebratenes Fleisch.

»Worüber habt ihr gerade gesprochen?«, erkundigte er sich misstrauisch.

»Übers Essen«, flötete ich. »Du glaubst ja gar nicht, was Essen über die Menschen aussagt.«

Er guckte von mir zu seinem Teller. »Und was sagt mein Zickleincurry über mich aus?«

»Zicklein …«, sagte Mum gedehnt und sah mich vielsagend an.

»Was denn?« Der Bürgermeister klang schon ein bisschen genervt.

»Magst du eigentlich Kinder?«

Er hob seine dunklen Augenbrauen und setzte sein Politikerlächeln auf. »Natürlich. Ich bin davon überzeugt, wir tun viel zu wenig für Kinder, allein ihre Stellung in der Gesellschaft sollte gestärkt werden. Ich habe mich in der letzten Amtszeit extrem für die Kinderbetreuung eingesetzt, um die berufstätigen …« Plötzlich zuckte er zusammen. »Oder meintest du … Kinder im Speziellen?« Sein Blick wurde panisch. »Wie *eigene*?«

Ich prustete los.

Der Typ hatte so was von keine Ahnung, wie Mum tickte.

»Nein, keine Sorge«, sagte sie gelassen.

Und ich ergänzte, weil er immer noch nicht kapierte. »Wir essen sie nur nicht so gern. Tierkinder, meine ich. Guten Appetit.«

»Ich habe übrigens mitgezählt«, zischte ich, als Mum und ich eine weitere Stunde später auf dem Gehweg vor dem Lokal standen. »Er hat siebenunddreißig Mal zum Fenster hinausgesehen, ob seine Karre noch da ist. Mit dem stimmt doch was nicht.«

Mum lächelte schwach. »Ich glaube, diese Autosache ist typisch Mann. Er ist sicher nicht der Einzige, der da so versessen ist.«

»Unsinn. Er sollte *dich* anschauen anstelle seiner sündhaft teuren Schüssel.«

Mums Blick bestätigte mir, dass sie dasselbe dachte wie ich. Allerdings mussten wir unsere Unterhaltung unterbrechen, denn der Bürgermeister lenkte in eben jenem Moment das Corpus Delicti in die Parkbucht und ließ uns einsteigen.

Die Fahrt zurück nach Hause verlief sehr schweigsam, und von meiner Position auf der Rückbank aus konnte ich Mums Gesicht im rechten Außenspiegel sehen. Und das sprach Bände. Der Bürgermeister hatte an diesem Abend ganz offensichtlich ein paar Sympathiepunkte eingebüßt.

Nach dem Schulfest, an dem er Mums Rede einfach so als seine eigene ausgegeben hatte, hatte sie ähnlich ausgesehen. Und ich hoffte inständig, dass er sich langsam, aber sicher sein eigenes Beziehungsgrab schaufelte.

Das einzig Gute an diesem Ausflug war, dass ich ein bisschen von meiner Wut auf Konstantin abgelenkt worden war. Erst als der Bürgermeister uns wieder vor dem *B&B* absetzte, ertappte ich mich dabei, nach Konstantins Fahrrad Ausschau zu halten, das er normalerweise immer irgendwo in die Buchenhecke lehnte, wenn er mich besuchte.

Aber keine Spur – weder von ihm noch von seinem Rad. Ich war hin- und hergerissen. Wünschte ich mir, dass er da war? Dass wir endlich miteinander sprachen? Oder war meine Wut zu groß, um ihm begegnen zu können? Plötzlich erregte etwas anderes meine Aufmerksamkeit. »Ist das da vorne nicht Dads Auto? Vor dem ehemaligen Glockengießer-Haus?« Ich deutete auf das Haus, das nur ein Stück bei uns die Straße hinunter stand, und Mum, die mir gerade beim Aussteigen half, hielt in ihrer Bewegung inne.

»Ich glaube, er hat Frau Glockengießer beim Verkauf geholfen. Aber so spät kann es kaum um etwas Geschäftliches gehen, oder?« Im selben Augenblick stieg Dad aus dem Auto und kam mit langen Schritten auf uns zu. Er trug helle Leinenhosen und ein zartrosa Hemd, aber trotz der legeren Kleidung sah er immer noch total anwaltsmäßig aus.

»Hallo, Dad!«, rief ich und humpelte ihm ein paar Schritte entgegen. »Du machst heute ja wirklich einen auf Hugh Grant!«, sagte ich und ließ mich von ihm in die Arme nehmen.

Im Hintergrund hörte ich, wie der Bürgermeister den Motor aufheulen ließ und sich offensichtlich verdünnisierte. Mein Dad hatte diesen Effekt auf ihn – dass der Bürgermeister die Flucht ergriff, wenn er ihn sah, meine ich.

Ich fand das außerordentlich praktisch.

»Hallo, Meg«, sagte Dad, als er mich losließ und meiner Mum zunickte. »Habt ihr beiden einen Augenblick Zeit?«

»Wozu?«, fragte Mum und zupfte plötzlich ziemlich nervös an ihrem Ärmel herum. Dabei sah sie so hübsch aus in ihrem hellblauen Sommerkleid.

»Ich muss mit euch sprechen.« Er sah Mum an, ihm war klar, dass nur sie diejenige war, die überzeugt werden musste. »Bitte.« Sein Blick fiel auf unser *B&B*. »Aber nicht hier. Kommt doch mal kurz mit.« Er drehte sich um und ging wieder zurück zu seinem Auto – beziehungsweise zum Glockengießer-Haus, und Mum und ich folgten ihm, ich für meinen Teil total neugierig.

Was hatte Dad vor? Was konnte er uns Wichtiges sagen wollen?

Beim Haus angekommen, öffnete er uns das Gartentor.

»Ich möchte euch etwas zeigen.«

Ich war schon eine ganze Weile nicht hier gewesen, denn Frau Glockengießer, der das Haus gehört hatte, war seit etwa einem halben Jahr im Altersheim. Deswegen staunte ich nicht schlecht, wie verändert es im Garten des Hauses aussah.

»Die Veranda ist ja der Hammer! Ist das Teakholz? Und Mum, schau mal, sie haben den Pool wieder hergerichtet. Dabei ist das Haus doch noch gar nicht so lange verkauft!«

Dad zuckte nur mit den Schultern.

»Ich habe gesehen, dass Handwerker da waren«, murmelte Mum und strich mit einer Hand über das glattgeschliffene Holz des Verandageländers. Ich konnte trotz des schummrigen Lichts genau sehen, wie sehr es ihr gefiel.

»Die neuen Besitzer sind noch nicht eingezogen«, erklärte Dad. »Und ich brauchte einen Platz, um mit euch zu reden. Ohne Gesellschaft.« Es war klar, auf wen Dad anspielte. Auf Oma und Opa.

Ich für meinen Teil hatte nicht das Geringste dagegen. Ich

genoss es, mit meinen beiden Eltern zusammen zu sein und sonst niemandem. Und ich betete in diesem Moment, dass dieser Augenblick möglichst lange dauern würde.

Bitte, bitte keine Parallelweltsprünge jetzt oder sonstige Ablenkungen!

Ich setzte mich auf einen Holzstuhl und streckte mein steifes Knie vorsichtig durch.

Dad rückte zwei weitere Stühle und einen wackeligen Klapptisch dazu, die einzigen Möbel, die auf der Veranda standen, und bedeutete meiner Mum, sich neben mich zu setzen.

Ich wusste nicht warum, aber plötzlich bekam ich ziemlich starkes Herzklopfen. Irgendetwas in mir sagte mir, dass das hier ein wichtiger Moment sein würde, und ich versuchte, mir alles um mich herum einzuprägen: die schwüle Abendluft, das laute Zirpen der Grillen und die kleine Fledermaus, die ab und zu im Tiefflug durch den Garten schoss.

Dad saß ganz aufrecht vor uns, mit diesem ernsten Blick, dem nie etwas entging. Genauso entschlossen musste er auch vor Gericht sein – und ich glaube, diesen Fall hier wollte er unbedingt gewinnen.

»Ich möchte mit euch darüber sprechen, was damals an Vickys fünften Geburtstag passiert ist.«

Mum versteifte sich neben mir auf ihrem Stuhl.

»Aber dazu muss ich ein bisschen ausholen.« Er sah mich an. »Als deine Mutter und ich noch zusammen waren, waren wir die meiste Zeit sehr, sehr glücklich. Allerdings gab es auch ein paar Punkte, in denen wir nicht wirklich einer Meinung waren.«

»Aber das ist doch normal, oder?«

»Ja, das stimmt. Bei uns war das immer wiederkehrende Thema deine Großeltern. Ich wollte ihnen Geld geben, damit sie endlich auf eigenen Füße standen. Aber deine Mutter war dagegen. Sie sagte, sie dürften mir nicht auf der Tasche liegen.«

»Aber das war nicht der Grund, warum ihr euch getrennt habt.«

»Nein. Der Grund war, dass meine Eltern sich sicher waren, ihn mit einer anderen Frau gesehen zu haben«, sagte Mum leise.

Dad saß immer noch kerzengerade vor uns. »Ich habe damals versucht, dir zu beteuern, dass ich nie etwas mit einer anderen Frau hatte. Leider hat mir damals der entscheidende Beweis gefehlt. Wir haben uns so schlimm gestritten.« Sein Blick flackerte für einen Moment. »Und dann haben wir einfach aufgehört zu sprechen.«

»Ich wollte kein Wort mehr darüber verlieren. Nie, nie wieder«, flüsterte Mum. »Wegen Vicky.«

Dad nickte. »Aber deine Eltern haben es trotzdem getan. Vor ein paar Tagen.«

»Was sie nicht hätten tun sollen!«

»Der Meinung bin ich nicht«, sagte Dad. »Im Gegenteil, ich bin sogar sehr froh darüber. Denn sie haben dafür gesorgt, das ich etwas gemacht habe, was ich schon viel früher hätte tun sollen. Ich hätte nie aufhören dürfen, dir zu beweisen, dass sie unrecht hatten. Niemals.«

Dad sah mittlerweile nur noch Mum an, mich hatte er völlig vergessen. Aber trotzdem hing ich an seinen Lippen. Ich hatte eine Gänsehaut am ganzen Körper, und mein Herz klopfte furchtbar schnell.

»Tatsächlich war es unsere Tochter, die ein wichtiges Puzzleteil gefunden hat. Hör dir das an«, sagte er und legte sein Handy vor uns auf den Tisch.

Und spielte dann das Sprachmemo ab, das ich ihm neulich geschickt hatte. Mit dem Gespräch meiner Großeltern. Und obwohl ich ja noch wusste, was sie gesagt hatten, saugte ich jedes ihrer Worte noch einmal in mich auf. Es ging um das Kleid von Frau Körber, ein rosafarbenes Schlauchkleid.

»*Und diese Karina Dingsbums hatte ein leuchtend rosafarbenes Schlauchkleid an. Migräneverdächtig. Es biss sich furchtbar mit der gelben Markise und den Tischdecken im Restaurant.*«

Dad schaltete das Smartphone aus und sah Mum weiterhin an. »Ich habe hier ein paar Bilder«, fuhr er fort und holte einen braunen Umschlag hervor. »Die wurden an Vickys fünftem Geburtstag gemacht.«

»Die sind aus unserem Fotoalbum! Die jemand herausgerissen hat!«, rief ich, als ich die Aufnahmen erkannte.

»Genau, Polly hat sie mir netterweise zur Verfügung gestellt.« Er schob uns einen Stapel über den Tisch, und ich fing an, darin herumzublättern. Mum rührte sich nicht, starrte aber wie gebannt auf die Fotos.

»Wir haben hier praktisch den ganzen Tag in Bildern dokumentiert«, begann mein Vater. »Vom Geburtstagsfrühstück über das Mittagessen und den Nachmittag im Wildtierpark. Ich bin nicht überall mit drauf, weil ich ja den Termin hatte und nachmittags noch im Büro war. Aber auf vielen.«

»Und du trägst keinen dunklen Anzug!«, platze ich heraus.

»Stimmt. Ich hatte an diesem Tag eine beige Hose an mit einem weißen Hemd. Das ich zwischendurch einmal gewechselt habe, weil es so ein heißer Tag war, aber es war den ganzen Tag weiß.«

Mum rutschte auf ihrem Stuhl ein Stück tiefer.

»Das ist noch nicht der ultimative Beweis, das ist mir klar. Aber ich hoffe, dass dich die nächsten Bilder überzeugen werden.«

Er schob uns einen weiteren Stapel Fotos hin und ein paar Zettel.

»Deine Eltern haben mich bei *Toni's* gesehen, angeblich nachmittags um drei. Das stimmte aber nie. Ich war gegen halb eins dort. Leider gab es keinen Beleg mit Uhrzeit, weil wir eingeladen worden waren und Toni das Essen nicht quittiert hat. Allerdings gab es durchaus den Küchenbon über meine Spaghetti mit Jacobsmuscheln. Und die Lasagne von Frau Körber. Der, äh, Kollege, den ich beauftragt habe, die Wahrheit herauszufinden, hatte den Bon damals ausfindig gemacht und mir übergeben. Er beweist, dass wir tatsächlich bei *Toni's* gegessen haben.«

Ich war verwirrt. Worauf wollte Dad hinaus? Dieser Bon bestätigte doch die Geschichte meiner Großeltern nur. Das war ja genau das Problem gewesen.

Dad schob Mum und mir einen Zeitungsausschnitt vor die Nase und noch mehr Bilder.

»Das sind Aufnahmen von *Toni's Restaurant* von vor fünfzehn Jahren, dann vor ziemlich genau zehn Jahren um deinen

Geburtstag herum und noch ein paar neuere aus den letzten Jahren. Was fällt euch daran auf?«

Mum und ich antworteten nicht. Wir starrten beide wie gebannt auf die Bilder, brachten aber kein Wort heraus.

»Es sieht immer gleich aus«, sagte Dad. »Die Markise war seit eh und je rot. Und die Tischdecken kariert. Hier und hier ganz deutlich zu sehen. Und ich hab Toni angerufen – das Farbkonzept ist seit Jahrzehnten das Markenzeichen seines Restaurants und wurde nie geändert.«

In meinem Gehirn fing es an zu rattern. »Aber Oma hat gesagt, sie waren gelb.«

Hoffnung war in Dads Augen aufgeflammt. »Ganz genau. Das hat sie gesagt. Und sie hat es extra noch mal betont.«

»Dann haben sich die beiden geirrt?«

Dad zuckte mit den Schultern. »Ich weiß es nicht. Laut meinen Recherchen gab es vor zehn Jahren in unserem Ort meines Wissens kein Restaurant mit gelber Markise.«

Eine komische Stille breitete sich über uns und dem fremden Garten aus, und ich konnte mein Herz in meinem Kopf klopfen hören.

Dad griff noch einmal in seine Tasche. »Aber ich hab noch ein letztes Detail gefunden. Ich habe mit Frau Körber Kontakt aufgenommen. Sie lebt nicht länger in Neuseeland, sondern seit einigen Jahren im Süden, wo sie glücklich verheiratet ist und drei Kinder hat. Inzwischen schämt sie sich für das, was sie damals angedeutet hat, und wollte mir unbedingt helfen. Sie hat tatsächlich etwas ausfindig gemacht, und damit komme ich zu meinem letzten Beweisstück. Das nun wirklich eindeutig ist.«

Er zog ein Foto heraus, das eine blonde Frau mit Pferdeschwanz zeigt, die in Sportkleidung über eine Hürde hechtete. »An jenem Tag war sie nachmittags auf einem Fest des Sportvereins. Im Archiv des Vereins befanden sich Bilder vom Hürdenlauf. Ich war dort und habe sie mir besorgt. Und schaut mal bitte, was ihr hier unten auf dem Foto seht.«

Ich starrte auf die leicht verblasste Fotografie. Unten rechts standen in kleinen Ziffern Datum und Uhrzeit. Und das war tatsächlich der ultimative Beweis. Denn das Foto war an meinem fünften Geburtstag um 15.06 Uhr geknipst.

Meine Hände zitterten, als ich das Bild an Mum weitergab, die wie gebannt draufstarrte.

»So, jetzt wisst ihr alles.« Dad räusperte sich und straffte noch mal die Schultern. Offensichtlich setzte er an zum Schlussplädoyer. »Meg. Ich weiß nicht, wen oder was deine Eltern damals an Vickys Geburtstag gesehen haben, aber ich war es auf jeden Fall nicht. Und ich hoffe sehr, dass du mir glaubst.« Er atmete laut aus. »Ich habe damals nichts getan, was euch verletzt, und würde es auch in Zukunft niemals tun. Dazu liebe ich dich und Vicky viel zu sehr.«

In meinem Hals bildete sich ein dicker Kloß, und ich musste plötzlich ganz oft schlucken.

Dad ging vor meiner Mum in die Hocke und nahm ihre Hände in seine. »So lange habe ich auf eine Chance gewartet, meine Unschuld zu beweisen. Ich will meine Familie zurück. Ich will Vicky wieder jeden Tag sehen, will alles in ihrem Leben mitbekommen, nicht nur alle paar Tage.«

Jetzt küsste er Mums Hände, und ich konnte sehen, wie sie

am ganzen Körper zitterte, während mir die Tränen über die Wangen liefen.

»Aber vor allem will ich *dich* wieder zurück, Meg«, flüsterte er. »Komm zu mir zurück.«

17

»Damit ich es noch einmal richtig zusammenfasse – deine Eltern haben sich vor zehn Jahren getrennt, weil deine Großeltern deinen Dad zusammen mit einer Frau gesehen haben. Die er geküsst haben soll, an deinem fünften Geburtstag. Dabei haben deine Großeltern sich aber einfach nur getäuscht?« Pauline starrte mich mit aufgerissenen Augen an. »Das Ganze war nichts als EIN DUMMES MISSVERSTÄNDNIS?«

Mir kamen schon wieder die Tränen, als sie das so sagte. Aber es war so tragisch, dass ich nicht cool bleiben konnte.

Dabei hatte ich am Abend vorher schon ordentlich geheult, direkt auf der Glockengießer'schen Veranda, gemeinsam mit Mum, und später zu Hause auch, weil ich so durcheinander war. Und in der Nacht noch mal, weil ich irgendwann hörte, dass Mum in ihrem Zimmer nebenan auch wieder weinte.

Glücklicherweise war Pauline heute Morgen sofort zu mir gerast, als ich sie angerufen hatte. Nun saß sie zerknittert und mit vom Schlaf noch wuscheligen Haaren auf meinem Bett und strich mir beruhigend über den Rücken, während ich mich in ein zerfleddertes Taschentuch schnäuzte.

»Was geschieht jetzt?«, fragte Pauline leise, und ich konnte nur mit den Schultern zucken.

»Keine Ahnung.«

»Und was sagt deine Mum?«

Ich hielt Pauline wortlos das Handy hin. Mum war heute ganz früh aus dem Haus verschwunden, nachdem sie das Frühstück für Ben und seine Familie vorbereitet hatte. Aber wir hatten uns geschrieben.

> Wie geht's dir, Mum? Wann kommst du nach Hause? Können wir reden? Kuss, Vicky

> Bin bei Mimi. Gib mir noch ein bisschen Zeit, mein Schatz, ja? Wir reden heute Abend, versprochen!

> Okay. Hab dich lieb!

> Ich dich auch!

»Dann habt ihr vermutlich deine Großeltern noch nicht auf die Sache angesprochen«, fragte Pauline.

»Nein, haben wir nicht. Und ganz ehrlich, ich bin froh, wenn die auf ihrer bekloppten Schlagerreise sind. Nachdem, was sie angerichtet haben, möchte ich sie für meinen Teil nämlich gerne mit irgendwas bewerfen – mit verfaulten Bananen oder so.«

Mein Handy begann zu vibrieren, und Pauline reichte es mir. Allerdings ließ ich es nach einem Blick aufs Display sofort unter der Bettdecke verschwinden.

»Warum gehst du nicht ran?«

»Weil er vorgestern eng umschlungen mit ihr getanzt hat, vielleicht?« Ich konnte noch nicht mal seinen Namen aussprechen. »Und weil er auf ihre berechnende Einlage beim Volleyball hereingefallen ist? Von wegen Bänderverletzung. Und weil er sie offensichtlich immer noch toll findet.«

Pauline schaute mich zweifelnd an. »Aber gerade dieser Tanz – meinst du, Konstantin wollte das wirklich? Schließlich bist du seine Freundin und nicht Lara. Ich könnte mir schon vorstellen, dass sie ihn da vielleicht … *bedrängt* hat?«

»Er ist einen Meter zweiundachtzig groß, in der Rudermannschaft und kann sich ganz prima wehren, wenn er von einem Mädchen *bedrängt* wird.«

Pauline seufzte. »Vielleicht war doch alles nur ein Missverständnis?«

Bei diesem Wort musste ich sofort wieder an meine Eltern denken. »Missverständnisse sollten verboten werden«, murmelte ich. »Ich rufe ihn nachher zurück. Sag mal«, lenkte ich ab, weil mich das Thema wirklich langsam fertig machte, »gibt's wenigstens *heute* was Neues von Nikolas?«

Paulines Blick verfinsterte sich. »Nein. Wenn er nicht arbeitet, unternimmt er anscheinend gerade nicht viel.« Sie biss sich auf die Unterlippe, und ich wusste in dem Moment genau, was sie eigentlich noch sagen wollte, sich aber verkniff. Dass sie die Gelegenheit verlor, Nikolas zu sehen, wenn Konstantin und ich uns stritten.

Ich lehnte den Kopf an ihre Schulter. »Alles wird gut, Pauline, oder?«, sagte ich etwas verzweifelt. Und meine belesene Freundin ergänzte mit fester Stimme: »Ja. Und wenn es nicht gut ist, ist es noch nicht das Ende.«

Was mich daran erinnerte, dass ich noch keine Tasse zu diesem Spruch hatte.

Pauline machte mir diesen Tag, der so schlimm begonnen hatte, etwas leichter. Obwohl sie nach unserem Gespräch wieder nach Hause musste, fühlte ich mich so gut, dass ich Hunger bekam.

Der plötzliche Zimtschneckengeruch haute mich beinahe um, als ich gerade mein Zimmer verließ. Und anstatt in unserer Küche, wohin ich eigentlich unterwegs war, landete ich mal wieder in der Parallelwelt. Besser gesagt, in der Garageneinfahrt des Hauses meiner Paralleleltern.

Allerdings kam ich im ersten Augenblick gar nicht dazu, mich weiter umzusehen, denn in eben jenem Moment ertönte in ohrenbetäubender Lautstärke der Glockengong von Big Ben – mein Klingelton, wenn Mum mich anrief.

Im Nachhinein weiß ich tatsächlich nicht, was ich mir dabei gedacht hatte, einfach an Parallel-Vics Telefon zu gehen. Offenbar hatte mir aber die glühend heiße Augustsonne schon in den wenigen Sekunden, die ich hier draußen stand, das Hirn weggeschmort – denn ich nahm den Anruf an, ohne vorher überhaupt aufs Display zu sehen.

Ein schwerer Fehler, wie sich bald herausstellen würde.

»Hallo?«, meldete ich mich – und dann ging es schon los.

Denn logischerweise war am anderen Ende der Leitung *nicht* Mum.

Sondern ein, äh, sehr aufgebrachter Herr.

»Ah, bequemt sich die Dame endlich mal ans Telefon, ja? Hier ist Schmatzke vom Samstagsblatt. Kannst du mir sagen, was heute für ein Tag ist?«

Was für eine merkwürdige Frage. »Äh ... Dienstag?«

»Richtig. Dienstag. Und wann sollte deiner Meinung nach das Samstagsblatt gelesen werden?«

»Na ja, also, meine Mum liest so was erst viel später, weil es sie nicht sonderlich interessiert, nur die Beilage mit den Sonderangeboten, die nimmt sie immer gleich raus, und meine Tante Polly schaut sich nur das Horoskop an und schneidet sich manchmal das Sudoku –«

»AM SAMSTAG! Das Samstagsblatt muss samstags verteilt werden und nicht dienstags, kapische?«

Puh, der Typ war aber ganz schön anstrengend. Ich musste das Handy ein Stück von meinem Ohr weghalten. Und so richtig viel konnte ich mit dem, was er da kreischte, auch nicht anfangen.

Ich ging noch ein paar Schritte zurück, um mich aus der Gluthitze in den Schatten des Garagendachs zu flüchten. Der Typ am Telefon schwadronierte währenddessen immer weiter über die Wochentage und deren Reihenfolge, aber ich hörte nur mit halbem Ohr zu. Ich war bisher ja noch nicht mal dazu gekommen, mich genauer umzusehen. Ich hatte, wie gesagt, nur mitbekommen, dass ich in der Einfahrt zur Garage stand.

Und ein Blick die Straße hinunter zeigte mir, dass ich – beziehungsweise Vic – weit und breit die Einzige war, die es wagte, bei dieser Hitze das Haus zu verlassen. Was sie dazu wohl geritten hatte? Wollte sie als Grillhuhn enden?

Doch als ich mich umdrehte, um die nächstbeste Tür nach drinnen zu suchen, stieß ich mit voller Wucht gegen etwas, das am Boden lag.

Ein riesiger Haufen Zeitungen, fein säuberlich in Plastikfolie eingeschweißt. Und plötzlich ergab das, was der Typ da die ganze Zeit am Telefon sagte, einen Sinn.

»Mädchen, wenn du nicht innerhalb der nächsten Stunde die Zeitungen verteilst, kannst du dir einen anderen Ferienjob suchen. Ist das klar?«, schnarrte es auch schon aus dem Lautsprecher, und ich zuckte unwillkürlich zusammen.

»Klar, verstanden«, murmelte ich und wünschte mir verzweifelt, ich hätte das Telefon ignoriert. Jetzt konnte ich nämlich keinesfalls so tun, als ginge mich das alles hier nichts an. (Na ja, im Prinzip könnte ich das schon. Aber sollte jemand meinetwegen seinen Job verlieren? Auch wenn es quasie ich selbst war?)

Der nörgelnde Typ legte endlich auf, und ich starrte noch eine Weile missmutig auf das Handy von Parallel-Vic, ehe ich es wieder in die Tasche der Shorts steckte.

»Warum muss ich nur immer alles ausbaden?«, murmelte ich und wischte mir die Schweißperlen von der Stirn.

Es waren nämlich richtig viele Samstagsblätter. Sechs große Pakete, aufgestapelt vor der Garage. Und daneben stand –

»Och nö, oder? Ein Bollerwagen. Geht's noch uncooler?«

Normalerweise bin ich ja nicht so zimperlich und mache mich gerne mal zum Deppen (meistens kann ich sogar darüber lachen), aber das hier fand ich echt nicht so prickelnd.

Der Leiterwagen hatte außerdem schon sehr viel bessere Tage gesehen – das Holz war grau und stellenweise schon splitterig und verwittert, die ehemals weißen Reifen auch, und seitlich war ein Schild angebracht, auf dem stand: ICH WOLLT, ICH WÄR EIN HUHN – FRISCHE EIER DIREKT VON IHREM BAUERN.

Nichtsdestotrotz wusste ich, was nun von mir erwartet wurde. Vor allem, als ich auf dem Zeitungsstapel noch ein Cuttermesser entdeckte. Offensichtlich hatte Parallel-Vic gerade die Folien aufschneiden und die Zeitungen auf den Bollerwagen laden wollen, um sie zu verteilen.

Ich stöhnte. Musste ich ausgerechnet *jetzt* hier landen? Bei fünftausend Grad im Schatten in der Mittagszeit?

»Zimtschnecken, bitte kommen!«, sagte ich – zu niemand Bestimmten. Na ja, vielleicht zum Universum, aber das schien wie alle halbwegs intelligenten Lebensformen gerade Siesta zu halten. Und ich blieb natürlich genau da, wo ich war.

Nur von Minute zu Minute verschwitzter.

Sicherheitshalber holte ich noch mal das Smartphone aus der Tasche und checkte den Kalender. Da stand für heute Nachmittag tatsächlich nur:

Samstagsblatt austragen! Lebenswichtig, da sonst Ferienjob weg!!!

Und noch ein paar Totenköpfe und Blitze und so was dahinter. Vic wollte mir offenbar klarmachen, dass ich es auf keinen Fall in ihrem Namen verbocken durfte.

Tja, hätte sie mal selbst am Samstag die Dinger verteilt, wäre das alles überflüssig.

Aber es nutzte ja alles nichts – das Kind war schon in den Brunnen gefallen, die Zeitungen waren hier, ich auch. Claire an meiner Stelle hätte ihrem Chaos anrichtenden Parallel-Ich wahrscheinlich einen Vogel gezeigt, aber ich konnte nun einmal nicht aus meiner Haut.

Es war gar nicht so einfach, die Zeitungen aus den Folien

zu befreien und in den Bollerwagen umzupacken, ohne den schmalen Schattenstreifen, den das Garagendach warf, zu verlassen. Ich balancierte zwar die ganze Zeit wie eine trampelige Ballerina immer nur auf einem schmalen Stückchen Asphalt hin und her, um ja keine Sonne abzubekommen, aber das klappte nicht wirklich. Bald kam ich mir wie einer dieser Klebestreifen vor, die immer in Kuhställen von der Decke hängen und an denen die Fliegen kleben bleiben sollen. Nur dass es bei mir Zeitungspapier war, das an meinen schweißnassen Armen hängen blieb.

Nach einer Viertelstunde hatte ich es aber dann doch geschafft. Der Bollerwagen war vollgepackt, und die Folien lagen in einem wilden Haufen zu meiner Rechten.

Doch gerade, als ich nach dem Zettel griff, der an den Käseblättchen hing und auf dem verzeichnet war, in welche Straßen ich sie bringen sollte, passierte es.

»Vicky?«

Das war Konstantins Stimme, gepaart mit den schleifenden Bremsgeräuschen seines Skateboards.

Ich schloss meine Augen, wie ein kleines Kind, das glaubt, dass es dadurch verschwindet.

»Alles klar bei dir?«

»Wie sieht es denn aus?«, fauchte ich und blinzelte.

Es gelang mir noch nicht mal bei dieser einfachen Frage, höflich zu bleiben. Dabei dachte ich eigentlich, ich wäre cool und nicht kindisch und … ach, Mist.

Konstantin zog fragend eine Augenbraue nach oben (das konnte ich gerade so sehen, weil er eine Sonnenbrille trug).

»Du siehst irgendwie bedruckt aus«, grinste er.

Bedruckt? Äh? Was sollte denn das schon wieder? Ich folgte seinem Blick, und dann sah ich die Bescherung. Beim Auspacken der Zeitungen hatte sich die Druckerschwärze abgelöst und auf meinem rechten Oberarm ein unerwünschtes Tattoo hinterlassen, das besagte:

!gnuthcalhcS renegie sua neraWtsruW dnu -hcsielF

O Mann. Ich war ab jetzt ein Werbeaufsteller für eine Metzgerei – zum Glück wenigstens in Spiegelschrift.

Der Text, der über meinem Ellenbogen stand, war allerdings trotzdem recht aussagekräftig.

M tim regrÄ remmI

»Das sollte bestimmt heißen: *Immer Ärger mit den Männern!*«, sagte ich zu Konstantin, der mein Malheur gerade offensichtlich ziemlich lustig fand.

»Am besten finde ich aber den Text hier auf deiner Wade: nebeilrev & nefurnA«. Er lachte. »Das war wohl aus den Kontaktanzeigen!«

»Vielleicht sollte ich selbst eine aufgeben«, entfuhr mir. Es klang bitterer als beabsichtigt.

»Wie soll ich das denn verstehen?« Das Grinsen aus seinem Gesicht war sofort wie weggewischt, und für den Bruchteil einer Sekunde tat mir leid, was ich da von mir gegeben hatte. Aber dann tauchte vor meinem inneren Auge wieder das Bild von ihm und Lara auf, wie sie eng umschlungen getanzt hatten.

Und ich verschränkte zornig die Arme vor meiner Brust, um zu verstecken, dass meine Hände angefangen hatten zu zittern.

»Vergiss es. Ich muss jetzt hier diese Zeitungen austragen, sonst verliert Parallel-Vic ihren Job.«

»Das ist jetzt nicht dein Ernst, oder?«

»Doch, natürlich. In dieser Welt bin *ich* die Gute, schon vergessen?«

»Das ist doch Zeitverschwendung, Vicky! Wahrscheinlich springen wir in ein paar Minuten sowieso wieder zurück, dann kann sie das auch selbst machen.«

»Und wenn nicht, verliert sie ihren Job!«

Mir ging es jetzt gar nicht mehr um Vic, sondern vielmehr darum, Recht zu behalten und das Gegenteil von dem zu tun, was Konstantin sagte. Kindisch, okay … aber es fühlte sich einfach gut an.

Konstantin murmelte etwas Unverständliches, doch ich ließ mich von ihm nicht beirren. Ich schnappte mir den Griff des hässlichen Karrens und zog ihn aus der Einfahrt auf den Gehweg. Auf der Banderole an den Zeitungspaketen hatte gestanden, dass ich im Kastanienweg anfangen musste, und der war um die Ecke.

Konstantin machte keine Anstalten, mir zu helfen, als ich immer wieder stehen blieb und mit schwitzigen Händen die Zeitungen in die Briefkästen stopfte und dann weiterzog.

Allerdings rollte er die ganze Zeit mit seinem Skateboard neben mir her und machte dabei ein genervtes Gesicht.

»Warum bist du eigentlich so komisch?«, fragte er, als ich an einer Straßenecke anhielt und mit einer Hand die Augen beschattete, um besser sehen zu können, in welche Richtung ich musste.

»Kannst du dir das nicht vielleicht denken?« Ich zerrte meinen Wagen weiter und versuchte, die Fassung zu bewahren. Was mir innerlich allerdings ganz und gar nicht gelang.

»Ich bin kein Hellseher«, antwortete Konstantin. »Und warum gehst du eigentlich nicht an dein Handy, wenn ich anrufe?«

Ich hatte überhaupt keine Lust, mich vor ihm zu rechtfertigen. Aber wahrscheinlich blieb mir nichts anderes übrig, als ihn einfach mal direkt zu konfrontieren.

»Warum hast du mich beim Nachtflohmarkt versetzt, nur um mit Lara zu tanzen, als ob du mit ihr zusammengewachsen wärst?«, schoss ich deshalb zurück.

Die leichte Röte, die sich augenblicklich über Konstantins Wangen zog, gab mir beinahe den Rest. Ich war kurz davor, ihm vor Wut das Skateboard unter den Füßen wegzutreten.

»Ach so, das«, murmelte er. »Lass mich das erklären. Ich musste mit ihr tanzen.«

Ich nickte verständnisvoll. »Klar. Vermutlich, weil sie dich sonst zu Boden geworfen hätte. Oder, noch schlimmer, sich selbst.«

»Nein, Vicky, ehrlich, so ist das nicht. Ich kann dir das jetzt nicht erklären, du musst mir einfach vertrauen. Wirklich, da ist nichts –«

»Ich würde dir ja gerne vertrauen, wenn ich nicht dabei zusehen müsste, wie deine Ex sich dir ständig an den Hals schmeißt und du das auch noch gut zu finden scheinst!«

Konstantin stieß einen Fluch aus und starrte auf den Boden.

»So ist das gar nicht, Lara, sie hat … also, sie –«

»Verschon mich, ja? Dieses Thema ist für mich durch. Und außerdem – bei Mimis Hochzeit vor ein paar Monaten hast du überhaupt nicht getanzt, obwohl Claire wahrscheinlich alles dafür gegeben hätte.«

»Ich wollte damals nicht mit Claire tanzen.«

»Aber jetzt mit Lara offensichtlich schon!«

Konstantin zischte irgendetwas Unverständliches und drehte sich erbost um. Ja, vielleicht hatte ich es etwas überspitzt dargestellt, aber ich war tierisch sauer.

»Dafür bist *du* die ganze Zeit mit diesem Surfer rumgezogen!«

Ich schnappte nach Luft. »Das stimmt überhaupt nicht!«

»Natürlich stimmt das! Er steht ganz offensichtlich auf dich, und du findest es anscheinend gut, dass er ständig bei dir rumhängt.«

»Erstens tut er das nicht, und zweitens geht es hier nicht um mich. Aber wenn wir schon dabei sind – wenn *du* bei mir wärst, würde er sich das sicher nicht trauen. Ich hab beim Flohmarkt eine halbe Ewigkeit auf dich gewartet, nachdem wir telefoniert haben. Nach zwei Stunden ist mir dann leider doch der Hintern eingeschlafen, und ich bin aufgestanden und ein bisschen herumgehumpelt. Mit meiner *echten* Verletzung, für die Lara verantwortlich ist. Um dich zu suchen. Aber glaub mir, dich ausgerechnet dann mit Lara eng umschlungen auf der Tanzfläche zu sehen, hat mir den Rest gegeben.«

Eine Schweißperle kullerte mir ins Auge, und ich wischte sie hastig mit einer Hand weg. Konstantin sollte nicht denken, dass ich seinetwegen weinte. So weit war ich noch nicht. Und so lange ich weiterhin so wütend war, bestand diesbezüglich auch keine Gefahr. »Ben wollte übrigens auch mit mir tanzen. Aber ich hab abgelehnt. Weil *du* mein Freund bist und ich nur mit *dir* tanzen möchte, und sonst mit niemandem!«

Damit ließ ich ihn erst mal stehen, schnappte mir ein paar Zeitungen aus der Tasche und stapfte zur Eingangstür des Mehrfamilienhauses links von uns. Konstantins Blick in meinem Rücken konnte ich deutlich spüren, aber ich drehte mich nicht um.

Ich war einfach nur sauer. Und furchtbar enttäuscht von ihm. Und ich hatte, ehrlich gesagt, keine Ahnung, ob wir uns wieder versöhnen würden oder nicht – denn er schien tatsächlich viel mehr Interesse an seiner Exfreundin zu haben, als er zugeben mochte. Und obwohl ich so sehr in Konstantin verliebt war und praktisch alles für ihn tun würde – mein Stolz würde es nicht zulassen, bei den beiden das fünfte Rad am Wagen zu spielen.

Als ich wieder zurück zum Bollerwagen ging, überlegte ich deswegen fieberhaft, was ich jetzt tun sollte. Ihn wegschicken? Oder seine »Entschuldigung« anhören, wenn es denn eine gab?

Nein, so wie er mich anstarrte, wollte er sich nicht mal entschuldigen.

Sondern mir eher den Hals umdrehen.

Fast atmete ich auf, als in diesem Moment eine Welle von Zimtschneckengeruch über uns fegte und uns wieder nach Hause brachte.

Wobei – nicht so wirklich nach Hause.

Denn als ich mich nach meiner Rückkehr umsah, traf mich beinahe der Schlag.

Unsere beiden anderen Ichs hatten in unserer Abwesenheit mal wieder einen Ausflug unternommen.

Und der toppte leider alles, was sie sich bisher geleistet hatten.

18.

»Siehst du, ich wusste es!«, rief Konstantin mir ins Ohr, der wieder direkt neben mir gelandet war und offensichtlich keine Rücksicht auf mein linkes Trommelfell nehmen wollte.

»Schrei doch nicht so«, meckerte ich zurück und stützte mich geistesgegenwärtig mit einer Hand an der Tischkante vor mir ab, weil ich plötzlich ziemlich wacklig auf den Beinen war.

Konstantin allerdings war nicht zu bremsen. »Ich wusste, dass das noch einmal passieren würde. Hast du eine Ahnung, wo wir hier sind?«

Ja, die hatte ich. Leider.

Die vollgestopften Regale und vor allem der Plunder darin konnten nur einem einzigen Menschen auf der Welt gehören.

Ich seufzte. »Wir sind in Tante Pollys Keller.«

Konstantin warf mir erneut einen dieser Ich-hab's-dir-doch-gesagt-Blicke zu, und ich starrte finster zurück. Dooferweise konnte ich das nicht lange durchhalten, denn ich musste ganz plötzlich husten.

»Was zur Hölle –« Mehr brachte ich leider nicht heraus, denn in meinem Hals steckte offenbar der Rest eines Bonbons, der nicht vor und nicht zurück wollte.

Konstantin musste mir erst ein paarmal fest auf den Rücken klopfen, ehe ich wieder einigermaßen zu Atem kam.

»Was machen die nur die ganze Zeit? Warum dieses systematische Verwüsten? Schau dir mal an, wie es hier aussieht. Und – uääh – hast du auch so einen komischen Geschmack im Mund?«

Komischer Geschmack war dabei noch die Untertreibung des Jahrhunderts. Mein Gaumen fühlte sich komplett pelzig an, und gleichzeitig auch wund. So als ob ich …

»Die haben Bonbons gelutscht. Viele, viele Bonbons«, murmelte ich.

Das Durcheinander auf dem Tisch vor uns bestätigte meine Aussage. Etwa zwanzig unterschiedliche Gläser standen geöffnet vor uns – Tante Pollys heimliche Schätze, wie sie sie immer nannte. Sie hatte eine Phase gehabt, in der sie die zuckrigen Dinger wie am Fließband selbst herstellte – Anisbonbons, Glühweinkugeln, Korianderzucker oder, ganz furchtbar, ihre absolut ungenießbaren Nelkendrops.

Nachdem das Interesse an diesem merkwürdigen Hobby irgendwann nachgelassen hatte, wanderten zwar immer mal wieder ein paar zum Verkauf in ihren Laden, den Großteil allerdings durfte niemand essen, und er landete in ihrem Keller – keine Ahnung, wieso. Denn wegwerfen wollte sie auch kein einziges Glas, sie behauptete immer lachend, dass die Dinger von großem wissenschaftlichen Interesse wären.

Nun, von *meinem* Interesse allerdings nicht. Ich wollte mir am liebsten sofort die Zähne putzen. Hoffentlich bekam ich keinen Zuckerschock. Außerdem wollte ich nicht wissen, wie alt die Dinger wirklich waren. Sicher schon Jahre, die Gläser waren nämlich schon ganz trüb und verstaubt.

»Warum haben die beiden ausgerechnet die Bonbons gegessen?«, überlegte ich laut. Diese neuerliche Wendung ließ mich meinen Streit mit Konstantin zur Seite schieben. »Wenn sie Hunger hatten, hätten sie sich doch was in der Bäckerei nebenan holen können. Oder von Frank. Bei ihm gibt's doch dauernd irgendwas.«

»Sag ich ja die ganze Zeit.« Konstantin baute sich vor mir auf und nahm meine Hand in seine.

Automatisch zog ich meine Hand wieder zurück. Auch wenn mir das sehr schwerfiel, denn er fühlte sich einfach viel zu gut an, zu vertraut. »Du hast recht. Hier stimmt irgendwas nicht.«

»Und deine Familie hat ganz eindeutig etwas damit zu tun. Vor allem Tante Polly. Ich vermute inzwischen, unsere Parallelversionen wissen viel mehr als wir.«

»Worüber?«

»Über die Sprünge. Das, was die da treiben, ist doch kein Zufall. Die suchen ganz systematisch etwas.«

»Zwischen all den Süßigkeiten?«

Konstantin schüttelte den Kopf. »Was wäre, wenn –«

»WAS ZUR HÖLLE MACHT IHR ZWEI HIER UNTEN?«

Erschrocken zuckten Konstantin und ich zusammen, wobei ich mit meinem lädierten Knie schmerzhaft an einen alten Hocker stieß und einen lauten Fluch unterdrücken musste.

Unverkennbar Tante Pollys Stimme.

Und dem Poltern auf der Kellertreppe nach würde sie uns gleich mit der sprichwörtlichen Hand im Bonbonglas erwischen.

Keine zwei Sekunden später hatte sie die Tür aufgerissen und stand wie ein Racheengel da. (Ein Rachengel mit einem Faible für die wilden Siebziger. In einem gelb-orange-grün gemusterten Kleid, bei dessen Anblick mir gleich wieder schwindelig wurde.)

»Das glaub ich jetzt einfach nicht!«, stieß sie hervor, als sie zuerst uns anfunkelte und dann ihren Blick über das Süßigkeitenchaos auf dem Tisch vor uns schweifen ließ.

»Wie oft habt ich dir gesagt, dass du hier auf gar keinen Fall etwas anfassen darfst?«, schrie sie mich an. Ich starrte sie an. Dass sie sich so aufführte, war sehr ungewöhnlich für sie, denn das tat sie sonst nie, höchstens manchmal mit meinem Opa.

Neben mir entfuhr Konstantin ein Husten, und Tante Pollys Blick schoss zu ihm. »Und jetzt erzählt mir bloß nicht, dass ihr meine Süßigkeiten probiert habt.«

Jetzt fühlte ich mich richtig, richtig schlecht. Ich wusste, wie ernst Tante Polly es mit ihren wenigen Verboten meinte. Mein Parallel-Ich wusste das aber anscheinend nicht. Oder es war ihm egal.

»Wir, äh – uns war so heiß, und hier unten ist es so schön kühl, und wir hatten Durst, aber nichts zu trinken dabei, und da dachten wir, dass wir vielleicht einfach ein Bonbon gegen den faden Geschmack –«, fing Konstantin an, und ich hätte ihm am liebsten die Hand auf den Mund gepresst.

Aber es war schon zu spät.

Meine Tante bekam so einen roten Kopf, dass ich Angst hatte, er würde platzen. Gleichzeitig allerdings sah sie uns so komisch an, dass ich eine Gänsehaut bekam. »Geht's euch gut?«, presste sie dann unerwartet ängstlich hervor.

Ich knibbelte immer noch angespannt an meinen Fingern herum. »Es tut uns ehrlich leid, Tante Polly, wir haben irgend-

wie nicht nachgedacht. Ich weiß ja, was du mir immer einge-
bläut hast, aber, äh, Konstantin wollte mal gerne gucken, und
die Tür stand auf, also, na ja, sie war angelehnt, und dann –«

»Vicky, worüber haben wir heute beim Frühstück gesprochen?«, unterbrach sie mich und funkelte mich an.

»Beim Frühstück?«

»Ja. Heute Morgen. Worüber haben wir geredet?«

Ich war für einen Moment total perplex. Allerdings ließ ihr
Blick keinen Raum für Diskussionen, so dass ich mein Gehirn
nach einer Antwort durchforstete. »Wir haben nicht zusammen gefrühstückt. Mum ist doch zu Mimi gefahren, und ich
hab nichts runtergebracht.«

Tante Polly nickte langsam.

»Und warum genau seid ihr zu mir gekommen?«

»Wir, äh …«

Was sollte ich jetzt bitte schön antworten?

Ich habe keine Ahnung, weil ich es eigentlich gar nicht war,
die zu dir wollte, sondern mein anderes Ich, das nicht mehr alle
Nadeln auf der Tanne hat und dazu noch unzurechnungsfähiger
ist als meine Großeltern?

Plötzlich polterte es wieder auf der Treppe. Als Frank den
Kopf durch die Tür steckte, wäre ich ihm am liebsten um den
Hals gefallen aus Dank für die Unterbrechung des Verhörs.

»Hier seid ihr alle! Vielleicht sollte ich überlegen, im Keller
zu arbeiten, hier ist es mindestens zehn Grad kühler als oben.
Polly, kannst du mal bitte kommen? Gerade wird die Gastro-
spülmaschine angeliefert, und die machen gleich die Einwei-
sung.«

»Bin schon da«, sagte Tante Polly, löste aber ihren strengen Blick nicht von mir. »Und ihr kommt mit, verstanden?«

»Verstanden«, murmelte ich und warf Konstantin einen ängstlichen Blick zu. Tatsächlich wollte er gerade noch etwas sagen, aber ich knuffte ihn fest in die Seite, und er klappte den Mund wieder zu.

In Tante Pollys derzeitiger Verfassung war es nicht klug, Widerworte zu geben. Das wusste ich aus eigener Erfahrung. Und wir selbst fischten immer noch viel zu sehr im Trüben, als dass wir uns meiner Tante hätten stellen können.

Konstantin sah das allerdings anders. »Vicky! Das war doch die perfekte Gelegenheit!«, sagte er, als ich ihn fünf Minuten später am Arm aus Tante Pollys Laden hinaus auf den Gehweg schob. Danke, Spülmaschinenmonteur! »Sie weiß etwas! Nur wir beide tappen komplett im Dunkeln!« Na ja, bildlich gesprochen vielleicht, denn hier draußen blendete plötzlich die Sonne so sehr, dass mir nach wenigen Sekunden die Augen anfingen zu tränen.

»Wir hätten sie einfach fragen sollen!«, meckerte er weiter, während wir hastig über die Gemeindewiese liefen, um uns schnellstmöglich unter den Schatten der großen Kastanien an der gegenüberliegenden Seite zu retten.

»Ach, und was genau wolltest du fragen? *Du, Polly, uns passiert manchmal etwas Komisches, wir springen ab und zu in Parallelwelten, aber hey, es ist echt cool – sag mal, hast du das auch schon mal gemacht?«*

»Ich hätte nicht unbedingt diesen Wortlaut gewählt.«

»Und was hättest *du* sagen wollen?«

Inzwischen waren wir auf der anderen Seite der Wiese angekommen, und ich ließ mich erschöpft auf eine Bank fallen. Konstantin stand vor mir und fuhr sich mit beiden Händen durch die Haare, bis sie wirr vom Kopf abstanden.

»Ich hätte ihr erzählt, was uns gerade passiert. Und sie gefragt, ob es in ihrer wissenschaftlichen Laufbahn so was schon mal gegeben hat.«

»Einfach so.«

»Na klar. Warum um den heißen Brei herumreden? Ich meine, Fakt ist, unsere Parallelversionen sind uns ein ganzes Stück voraus. Überleg doch mal, weshalb die uns ständig mit diesen bescheuerten Kalendern quälen! Die wollen uns beschäftigen! Und davon abhalten, in ihrer Welt herumzustöbern.«

»Mag ja sein. Aber trotzdem tun sie es *heimlich*!«, warf ich ein. »Glaubst du nicht, dass sie sofort zu Tante Polly laufen und mit ihr reden würden, wenn sie der Meinung wären, dass das des Rätsels Lösung wäre? Dann könnten sie sich doch die ganze heimliche Sucherei sparen!«

Konstantin starrte mich an. Dann nickte er langsam. »Da hast du auch wieder recht. Aber sie *wissen* etwas. Vielleicht hat die Parallel-Polly in ihrer eigenen Welt ja etwas damit zu tun, und sie wollen nachsehen, ob das hier auch so ist. Oder – jemand aus ihrer Welt hat ihnen verboten, mit jemandem von uns zu sprechen.«

»So oder so, wir dürfen unter keinen Umständen mit *unserer* Polly darüber sprechen! Nicht, bis wir nicht hundertprozentig sicher sind! Vielleicht hält sie uns für verrückt, oder sie erzählt es Mum, und die macht sich dann furchtbare Sorgen um mich, wo sie doch gerade selbst so viel um die Ohren hat, mit meinem Dad und dem Bürgermeister und so, oder sie schickt mich zu einem Psychologen, und der weist mich dann direkt in eine geschlossene Anstalt ein, wo ich wenigstens dieser verdammten Lara nicht mehr …«

Konstantin ging vor mir in die Hocke und legte die Hände auf meine Knie. »Tief durchatmen, Vicky.«

Ich stöhnte und vergrub für einen Moment das Gesicht in meinen Händen. »Das ist alles so verdammt kompliziert. Ich wünschte wirklich, dass ich nicht springen würde. Mir wird das alles langsam viel zu viel.« Und damit meinte ich nicht nur die Sprünge.

Ich ertrug es nicht, wenn wir uns stritten. Ich wollte, dass zwischen uns alles wieder in Ordnung kam. Und ich hasste Lara aus tiefstem Herzen.

Als ob Konstantin meine Gedanken lesen konnte, strich er mir mit einer Hand vorsichtig über den Kopf. »Lass uns nicht mehr streiten, Vicky, bitte. Ich hasse das.«

»Glaubst du, ich mache das freiwillig? Ich bin einfach verwirrt, und verletzt, und … unsicher. Ich meine, wärst du denn nicht irritiert, wenn ich so viel Zeit mit meinem Ex verbringen würde – also, wenn ich einen hätte?«

Konstantins Kiefer spannte sich an, als ob er fest die Zähne zusammenbiss. »Ich bin zutiefst dankbar, dass du keinen hast.«

»So?«

»Ich glaube, ich würde vor Eifersucht durchdrehen«, murmelte er.

Und damit war es um mich geschehen. Innerhalb von einer

Sekunde war ich von der Bank aufgesprungen, direkt in Konstantins Arme. Ich umklammerte ihn so fest, als ob er mein ganz persönlicher Rettungsring wäre. Nun ja, eigentlich war er das auch. Nie im Leben würde ich das Ganze ohne ihn überstehen, so viel war mal klar.

Und wenn ich den festen Griff seiner Arme, die er um mich geschlungen hatte, richtig interpretierte, dann ging es ihm nicht viel anders.

»Ich hab dich so vermisst, Zimtschnecke«, murmelte er an meinem Haaransatz, und ich bekam am ganzen Körper eine Gänsehaut.

»Ich dich auch«, murmelte ich an seiner Brust. Ganz klar ein Lieblingsort von mir. »Schick Lara einfach nach Hause, ja? Wir streiten uns nur ihretwegen, und ich kann einfach nicht mehr.«

Ich spürte, wie er hart schluckte. »Es dauert nicht mehr lange. Nur noch ein paar Tage, dann sind wir sie los. Versprochen.«

Ich nickte schwach. Und obwohl ich es eigentlich vermeiden wollte, weiter über die doofe Kuh zu sprechen, purzelten die Worte nur so aus mir heraus. »Neben ihr fühle ich mich immer wie ein Shetlandpony neben einem Araber.«

Konstantins Stimme klang empört. »Wirst du wohl aufhören, dich selbst kleinzumachen? Das ist totaler Schwachsinn.«

Unglücklich zuckte ich mit den Schultern. »Aber ich kann nicht anders. Sie sieht nun mal aus wie eine Disney-Prinzessin. Und schließlich warst du mal mit ihr zusammen. Irgendwas muss dir ja an ihr gefallen haben.«

»Weißt du was?«, flüsterte er. »Ehrlich gesagt, kann ich mich daran überhaupt nicht mehr erinnern. Schon gar nicht, seit ich dich kennengelernt habe. Du hast meine Welt auf den Kopf gestellt. Sogar ganz ohne Parallelweltsprünge. Die sind nur die Sahne obendrauf.«

Mir verschlug es die Sprache, als er das sagte.

Und als er mich dann noch küsste, als ob er das eben Gesagte noch unterstreichen wollte (was ihm damit tausendprozentig gelang), war ich Wackelpudding in seinen Händen. Meine Beine waren jedenfalls so schwach, dass ich mich allein deshalb an ihn klammern musste, um nicht umzufallen, und Konstantin kicherte immer wieder zwischen seinen Küssen, ließ mich aber nicht los.

Noch nie hatte ich mich sicherer gefühlt – oder besser, in letzter Zeit.

Bis – ja, bis sein doofes Handy anfing zu klingeln.

Und wer immer dran war, hatte kein Problem damit, es zwanzig Mal läuten zu lassen.

»Vielleicht sind es ja meine Eltern«, sagte Konstantin irgendwann hoffnungsvoll und holte sein Telefon aus der Hosentasche.

Aber es waren natürlich *nicht* seine Eltern. Das konnte ich an seinem Gesichtsausdruck sehen. Und daran, wie er sofort versuchte, sein Handy wieder verschwinden zu lassen.

»Gib es mir«, sagte ich.

Fragend zog er eine Augenbraue nach oben. »Wieso?«

»Weil sie stört und das verstehen soll.«

Ohne zu zögern, gab mir Konstantin sein Smartphone.

Lara ruft an. War klar. Doofe Nuss.

Ich atmete tief durch und nahm den Anruf an.

»Hallo, Lara? Hier ist Vicky. Wie geht's deinem Fuß? Ach, wie magisch. Konstantin? Tja, der – äh, der ist gerade mit etwas extrem Wichtigem beschäftigt. Ja. Nein, das kann er nicht verschieben. Tschüssi!«

Ich versuchte, meine Miene möglichst unbewegt zu lassen, als ich Konstantin das Telefon zurückgab.

»Autsch«, sagte er, grinste aber über beide Ohren. Dann beugte er sich zu mir und küsste mich. »Es fühlt sich super an, wenn du so um mich kämpfst.«

Ich lächelte, als er gleich wieder seine Lippen auf meine legte.

Ja, es fühlte sich wirklich super an. Und vielleicht hätte ich einfach schon viel früher damit anfangen sollen.

19

Als ich nach Hause kam, war Mum immer noch bei Mimi. Dafür hatten meine Großeltern es zwischenzeitlich geschafft, unseren kompletten Flur dermaßen mit Gepäckstücken voll-zustellen, dass ich kaum noch in die Küche kam. »Bloß keine Rücksicht auf die Mitbewohner nehmen«, mur-melte ich und schob mich mühsam an drei großen Koffern und diversen kleineren Reisetaschen vorbei, die entlang der Treppe aufgereiht waren. Aus der Dachwohnung der beiden drang laut ein mir unbekannter Schlagersong, so dass ich ihn sogar noch in der Küche hören konnte.

Ich sehnte mich nach Ruhe, aber das war ein frommer Wunsch. Na ja, dann würde ich mir wenigstens einen Tee machen. Gerade, als ich die Dose mit dem Darjeeling aus dem Schrank geholt hatte, klingelte mein Handy.

Es war Dad. »Hey, Darling, wie geht es dir?«

»Ach, mein Knie ist schon viel besser.«

»Das meine ich nicht, Vicky. Wie geht's dir nach gestern Abend?« Er räusperte sich. »Nach dem, was ich euch gezeigt und erzählt habe?«

Ein dicker Kloß saß plötzlich in meinem Hals. Aber ich wür-de nicht wieder anfangen zu weinen. Damit war jetzt ein für alle Mal Schluss, und Dad sollte sich keine Sorgen um mich machen müssen. Deswegen wartete ich ein paar Sekunden mit meiner Antwort, bis ich meine Stimme einigermaßen fest klingen lassen konnte. »Mir geht's gut. Obwohl das echt ganz schön viel zu verdauen war. Ich meine, erst gibt es jahrelang dieses Familiengeheimnis, das alle schweigen lässt wie ein Grab, und dann kommt heraus, dass alles nur ein Missverständnis war …«

»Ja, das ist wirklich sehr, sehr traurig«, sagte Dad leise. »Und wie geht es deiner Mum?«

»Nicht gut. Sie hat viel geweint und ist jetzt bei Mimi.«

Am anderen Ende der Leitung wurde es still, und ich konnte mir genau den bekümmerten Ausdruck auf Dads Gesicht ausmalen. Und weil ich nicht wollte, dass er sich quälte, fügte ich schnell hinzu: »Aber sie kommt bald wieder, und dann reden wir, hat sie gesagt.«

»Gut. Redet in Ruhe. Und ihr könnt mich jederzeit anrufen. Tag und Nacht, Vicky, hörst du?«

»Ich weiß, Dad. Danke. Du bist der Beste.«

Er seufzte leise. »Ich hoffe sehr, dass deine Mutter auch irgendwann wieder so denken kann, Darling.«

Praktisch im gleichen Moment, in dem wir das Gespräch beendet hatten, kam Mum nach Hause. Ich sprang von der Eckbank auf und fiel ihr um den Hals, kaum dass sie einen Fuß in die Küche gesetzt hatte.

»Ach, mein Schatz, entschuldige, dass ich dich allein gelassen habe«, sagte sie und drückte mich fest an sich.

»Schon okay. Ich hatte Pauline da«, murmelte ich in ihrer Halsbeuge und ließ mich eine Weile von ihr halten. Manchmal war tatsächlich alles, was man brauchte, seine Mama.

Als sie sich nach einer halben Ewigkeit langsam losmachte,

musterte ich sie. Dafür, dass sie am vorigen Abend und die ganze Nacht so aufgelöst gewesen war, sah sie gut aus. Die Augen waren nicht mehr rot vom Weinen, und auch sonst machte sie einen recht stabilen Eindruck, als sie zum Küchenschrank ging, um sich eine Tasse für den Tee zu holen.

»Geht's dir wieder besser? Was hat denn Mimi zu der ganzen Sache gesagt?«

»Sie hat mir sofort Konrads Jagdgewehr angeboten. Für Oma und Opa.«

»Öh, na ja, willst du denn nicht mit ihnen reden? Also, ehe du sie umbringst, meine ich?«

»Nein!«, sagte Mum entschieden, als sie sich wieder neben mich setzte. »Ich will weder mit ihnen reden noch sie sehen oder hören. Ehrlich gesagt, möchte ich im Moment noch nicht einmal mehr mit ihnen unter einem Dach wohnen!« Ihr Blick ging zornig Richtung Decke. Das Schlagergeplärre war wirklich kaum zum Aushalten. »Ich zähle praktisch die Sekunden, bis sie morgen endlich das Haus verlassen.«

»Aber ich würde trotzdem gerne hören, was sie zu sagen haben. Ich meine, sie haben sich die Sache mit Dad ja sicher nicht ausgedacht, oder? Oder hatten sie damals einen Grund, euch böswillig auseinanderzubringen?«

Mum seufzte. »Nein. Sie haben mit ihm ja ihre beste Einnahmequelle verloren. Er war nicht begeistert davon, dass sie so schlecht mit ihrem Geld umgehen können, aber er hat ihnen immer wieder ausgeholfen.«

»Umso wichtiger wäre es doch dann, noch mal ihre Seite der Geschichte zu hören.«

»Wenn du meinst«, stöhnte sie und strich mir eine Haarsträhne aus dem Gesicht. »Aber lass uns wenigstens bis morgen warten. Vorher ertrag ich das nicht.«

»Na schön. Dann morgen beim Familienfrühstück. Aber was passiert jetzt mit Dad?«

»Ich weiß es nicht, Vicky. Ich bin gerade ziemlich verwirrt und habe so viele Fragen, aber ich bin noch nicht ganz so weit, mit ihm zu reden. Und da ist dann noch der Bürgermeister –«

»Mum?«

Sie nahm einen Schluck aus ihrer Tasse. »Hm?«

»Ich kann den Bürgermeister nicht ausstehen.« So, jetzt war es raus. Aber noch länger konnte ich mit meiner Meinung nicht hinter dem Berg halten. Vor allem nicht wegen meinem Dad. War ja eh klar, auf wessen Seite ich stand.

Mum wusste das auch, so wie sie jetzt nickte. »Mimi mag ihn auch nicht besonders. Aber das ist nicht so einfach.«

»Wieso? Mach Schluss, zackzack, und fertig.«

Sie hob eine Augenbraue. »Aha. Und was ist mit Konstantin? Willst du da auch einfach zackzack Schluss machen, und fertig?«

Ich schluckte. »Nein. Aber Konstantin ist ja auch nicht der Bürgermeister. Wir haben uns wieder vertragen«, murmelte ich, und Mum lächelte.

»Wie schön! Ich wusste, dass ihr zwei das hinbekommt.« Sie gab mir einen Kuss auf die Wange. »Pass auf, für den Rest des Tages nehmen wir uns frei. Ben und seine Familie übernachten heute bei ihren Freunden, um die brauchen wir uns nicht zu kümmern, und um Oma und Opa sowieso nicht. Oder hast du was mit Konstantin vor?«

»Nein«, antwortete ich, auch wenn ich ihn praktisch jetzt schon vermisste. Aber ich brauchte die Zeit mit meiner Mum. Und sie mit mir.

»Eisessen und Kino?«, fragte ich.

Sie nickte und lächelte. »Aber ein Actionfilm. Für einen Liebesfilm ist mein Nervenkostüm noch zu dünn.«

Dem konnte ich nur beipflichten.

Unser Nervenkostüm war auch am nächsten Morgen nicht wiederhergestellt, was aber nur zum Teil an den zurückliegenden Ereignissen lag, aber vor allem an meinen Großeltern.

Wir hatten uns extra den Wecker gestellt, damit wir Oma und Opa in Ruhe ausquetschen konnten, ehe wir sie zum Bahnhof fahren mussten. Allerdings saßen wir mit dem Frühstück erst mal ziemlich alleine da.

»Die sind doch schon längst wach! Wollen die nix essen?« Ich sah auf die Uhr.

»Dem Lärm da oben nach zu urteilen sind die gar nicht ins Bett gegangen! Hört sich an, als ob sie aus ihrer Wohnung Kleinholz machen«, sagte Mum düster und setzte noch mal Wasser auf, weil wir die erste Kanne Tee mittlerweile alleine ausgetrunken hatten.

Nervös knibbelte ich an dem braunen Papierumschlag vor mir auf dem Küchentisch herum. Dads komplette Beweisführung für seine Unschuld. »Ich geh mal nachsehen.«

Ich rannte nach oben und erstarrte an der Tür. Das Chaos im Flur hätte selbst unseren Parallel-Ichs Ehre gemacht.

»Ich find meinen Reisepass nicht«, jammerte Oma. Ihre Haare standen zu Berge, und sie hatte noch nicht mal ihr Möchtegern-Afrika-Outfit übergestreift. »Ich musste noch mal alles auspacken.«

Ich stöhnte auf. Opa stand hilflos in der Ecke. »Okay, ich helfe dir.« Ich stürzte mich auf die Koffer und fing an, systematisch die Sachen durchzusehen.

»Wo seid ihr denn nur!« Meine Mutter klang fast schon panisch, als sie zehn Minuten später nach oben kam. »Es ist bald Zeit, zum Bahnhof aufzubrechen! Nicht auszudenken, wenn ihr euren Zug verpasst.«

Nein, damit hatte sie recht. Das war nicht auszudenken. Wir brauchten diesen Urlaub nämlich. Besonders Mum und ich.

Wir fanden ihn erst in letzter Sekunde. Der verdammte Reisepass steckte in einem Loch im Innenfutter des Koffers.

Mum und ich arbeiteten Hand in Hand. Noch nie war das Gepäck für sechs Wochen so rasant in Koffer und Taschen verpackt worden. Noch nie so schnell der Kofferraum gefüllt. Und noch nie war Mum so schnell zum Bahnhof gerast.

»Komm schon, Meg, überhol den mal, das ist ja nicht zum Aushalten!«, rief Oma. »Oder willst du, dass wir unsere Reise verpassen?«

Mum rollte nur mit den Augen und fuhr verbissen weiter, und genauso verbissen ging ich meiner Mission nach, die ich über all dem Chaos nicht vergessen hatte. Ich zog den Umschlag hervor.

»Hier, Oma, pass auf, das hat Dad uns gegeben, das sind Bilder von meinem fünften Geburtstag. Darüber müssen wir noch reden, die Fotos beweisen eindeutig, dass er –«

»Herrgott, Meg, hup doch mal, der Typ da vorne fährt ja wie ein Fahrschüler!«

»Aber Oma, die Bilder –«

»Vicky, still jetzt! Siehst du nicht, dass wir uns hier konzentrieren müssen?«

Nein, sah ich nicht. Nur Mum musste sich konzentrieren, keinen Unfall zu bauen, wenn meine Oma ihr so ins Ohr schrie.

Tatsächlich war es schier unmöglich, auf der Fahrt auch nur ein einziges vernünftiges Wort mit Oma zu wechseln. Meine letzte Hoffnung war deswegen der Bahnhof, den wir natürlich rechtzeitig erreichten – meine Großeltern konnten sogar noch auf das Bezahlklo gehen, ehe wir uns zum Bahnsteig aufmachen mussten.

»Oma, jetzt musst du mir –«

»Da vorne ist schon unser Zug! Dietrich, wo ist denn Wagen vierundzwanzig?«

Hilfesuchend schaute ich zu Mum, die den total überfüllten Kofferwagen fuhr, aber die guckte nur gequält und zuckte mit den Schultern.

Und da geschah es.

Mein Gehirn setzte für ein paar Sekunden aus.

Beziehungsweise konnte ich es mir nicht anders erklären, warum ich plötzlich meiner Mutter den bepackten Gepäckwagen abnahm, Schwung holte und damit volles Karacho auf meine Oma zufuhr.

Die wiederum quietschte erschrocken auf und wich ein paar Schritte zurück, bis sie mit dem Rücken an eine gusseiserne Säule stieß, die das Vordach über dem Bahnsteig trug.

»Vicky, was zur Hölle machst du da?«, rief sie empört, aber ich kam gerade erst in Fahrt und rammte meiner Großmutter den Kofferwagen so fest an den Bauch, dass sie eingeklemmt war.

Sie kam nicht mehr vor und nicht mehr zurück.

»Vicky, ich warne dich, hör auf mit dem Unsinn! Wenn ich deinetwegen den Zug verpasse, dann gnade dir Gott!«

Auf dem Bahnsteig drehten sich schon die Leute zu uns herum, tuschelten und kicherten. Und wenn ich es aus dem Augenwinkel richtig sah, machte sogar einer Fotos.

Was mir aber total egal war.

Meine Mission war in Gefahr.

Und außerdem war ich langsam verzweifelt.

»Wenn du mir jetzt nicht endlich ein paar Antworten gibst, wirst du nicht in diesen Zug steigen!«, rief ich aufgebracht, fixierte die Bremse am Wagen (damit Oma sich nicht alleine aus ihrer misslichen Lage befreien konnte) und zog den braunen Umschlag aus der Tasche.

»Der Zug fährt in fünf Minuten ab!«, jammerte jetzt Opa neben mir, doch als er einen Blick auf mein Gesicht erhaschte, hob er beschwichtigend die Hände.

Sollte er ruhig Angst vor mir haben.

Ich zog die Fotos hervor und hielt sie Oma unter die Nase.

»Hier. Schau mal. Mein fünfter Geburtstag. Dad ist praktisch auf jedem Bild zu sehen. Er trug eine beige Leinenhose und ein weißes Hemd, und nicht, wie ihr gesagt habt, einen dunklen Anzug mit pastellfarbenem Hemd. Und hier« – ich wedelte mit den diversen Fotos des Restaurants vor ihrer Nase herum –, »*Toni's* hatte immer schon eine rote Markise und rotweißkarierte Tischdecken. Vor fünfzehn Jahren, vor zehn Jahren und heute. Hier, siehst du? Und dazu gibt es noch ein Bild von Frau Körber, die um 15.06 Uhr auf dem Sportplatz einen Hindernislauf absolvierte. Das sind die Fakten. Und jetzt bin ich gespannt, wie ihr beweisen könnt, dass eure Geschichte wahr ist!«

Oma und Opa guckten sich kurz an, und praktisch gleichzeitig bissen sie sich auf ihre Unterlippen.

»Ich warte.«

Ihr Schweigen brachte mich vollends zur Weißglut, während Mum neben mir immer blasser wurde.

»WAS IST EUER BEWEIS?«, schrie ich jetzt, und ein paar von den schmuddeligen Tauben, die neben uns herumgepickt hatten, flogen erschrocken auf.

Mittlerweile musste uns wirklich jeder auf diesem blöden Bahnsteig hören, aber das war mir total egal.

Das hier war einfach zu wichtig.

»Es gibt eigentlich keinen«, nuschelte Opa mir ins Ohr.

»Wie bitte?«, fragte ich ungläubig.

»Wir haben keinen Beweis«, sagte jetzt meine Oma und reckte empört ihr Kinn nach oben. »Wir sind nämlich eine Familie. Und wenn wir für alles, was wir sagen, einen Fotobeweis brauchen, nur damit ihr uns glaubt, wäre das ziemlich armselig. Außerdem haben wir das Tattoo gesehen.«

»Behauptet ihr!«, fauchte ich. »Aber hier geht es nicht um irgendwelche Behauptungen, sondern um die Beziehung meiner Eltern. Ist euch bewusst, dass ihr eine Ehe zerstört habt, nur weil ihr *geglaubt* habt, etwas gesehen zu haben?«

»Na ja, wir hatten an dem Tag ein bisschen was getrunken«, nuschelte Opa und schaute ängstlich auf den Schaffner, der geschäftig neben dem Zug auf- und abging.

»Ihr habt WAS?«

»Dietrich!«, schnauzte jetzt auch noch meine Oma, und mir wurde augenblicklich schwindelig. Und das *nüchtern*.

Aber Opa setzte noch einen drauf. »Aber es war nur ein winziger Schluck zypriotischer Ouzo.« Er ließ den Kopf hängen. »Gar nicht viel.«

Plötzlich wich jede Kraft aus meinem Körper, und ich ließ sogar den Gepäckwagen los.

Oma nutzte die Gelegenheit, um sich zu befreien und ihre Koffer zu schnappen.

»Dietrich, ich hab dir doch gesagt, dass du das mit dem Ouzo niemals erzählen darfst!«, zischte sie, während sie ihn unsanft in den Zug schob und die Koffer hinterherwuchtete.

»Ihr seid an dem Tag betrunken gewesen? Heißt das, es kann genauso sein, dass ihr euch geirrt habt?«

»Also wirklich, Vicky, mach doch aus einer Mücken keinen Elefanten. Die zwei Gläser …«

»Wir hatten einen ganz klaren Kopf«, bestätigte Opa, aber seine Miene sagte genau das Gegenteil. Pure Schuld stand ihm ins Gesicht geschrieben.

»Ihr habt eigentlich keine Ahnung, was damals passiert ist«, sagte jetzt Mum, die immer noch wie versteinert neben mir stand.

»Damals dachte ich, dass ich genau das gesehen habe, was ich dir erzählt habe, Meg!«, rief Oma und schmiss die letzten beiden Reisetaschen in den Zug. »Aber jetzt kann ich es einfach nicht mehr so genau sagen. So schlimm ist das doch auch nicht, wir sind schließlich nicht mehr die Jüngsten. Außerdem dachten wir, dass du und Kenneth sowieso schon Probleme hattet, sonst hättet ihr euch doch nicht wegen so einer Lappalie getrennt.«

»Eine Lappalie nennst du das?« Jetzt kreischte Mum richtig, und zwar noch lauter als die Bremsen des Regionalzugs, der am gegenüberliegenden Gleis gerade einfuhr. »EINE LAPPA-LIE? Ihr habt die letzten zehn Jahre meines Lebens zerstört wegen einer Sache, derer ihr euch aber überhaupt nicht sicher wart oder seid!!!«

Aber meine Großeltern hörten Mum schon gar nicht mehr. Mit einem Satz waren beide in den Zug gehüpft, die Türen schlossen sich, und auf den dunkel getönten Scheiben konnten wir nur noch unsere eigenen Spiegelbilder sehen. Ein kurzer Pfiff vom Schaffner, dann eine Lautsprecherdurchsage, und schon setzte sich der Zug in Bewegung.

Wie vom Donner gerührt standen Mum und ich auf dem Bahnsteig und sahen dem Zug nach, der langsam aus dem Bahnhof fuhr.

Mum regte sich als Erstes wieder. »Das ist so typisch. Da muss man ihnen fast gewalttätig die Wahrheit aus der Nase ziehen, und dann lassen sie uns beide mitten im Scherbenhaufen stehen, den sie verursacht haben.«

»Aber wenigstens haben wir jetzt erst mal sechs Wochen Ruhe«, murmelte ich und nahm Mums Hand.

»Sechs Wochen, in denen ich mir überlegen werde, wie unser Leben weitergehen soll«, sagte sie.

»Es wird anders weitergehen als jetzt?«

Mum nickte. »Definitiv, Vicky. Definitiv.«

Ich schluckte.

Definitiv anders war etwas Gutes.

Oder?

*** WhatsApp-Chat Zimtfreunde ***

Pauline:
Können wir uns mal wieder treffen? Muss mit euch reden.

Am Nachmittag zu mir?

Pauline:
Also, eigentlich meinte ich euch alle drei. Ich habe das Gefühl, dass in letzter Zeit so viel passiert ist, dass wir das unbedingt mal wieder durchsprechen müssen ...

Klar!

Konstantin:
Okay. Wann und wo?

Pauline:
So gegen fünf auf der Gemeindewiese? Ich kann was zu essen organisieren.

Picknick klingt gut, ich schau mal, ob beim Tee-Büfett noch etwas abfällt.

Pauline:
Kommst du auch, Nikolas?

Pauline:
Nikolas?

Nikolas:
Bin dabei.

20.

Paulines Vorschlag war perfekt. Wir brauchten wirklich Zeit, um in Ruhe über die Springerei und die Taten unserer Parallel-Ichs zu sprechen. Und wir brauchten einen Plan. Vielleicht konnten wir ja Pauline und Nikolas dazu bringen, uns von jetzt an auf Schritt und Tritt zu begleiten. Dann würden sie zwangsläufig beim nächsten Sprung neben unseren Parallel-Ichs landen und konnten sie beaufsichtigen. Oder besser noch ausquetschen. Abgesehen davon wäre das Picknick eine prima Gelegenheit, um Nikolas und Pauline endlich näher zusammenzubringen. Nichts schweißte mehr zusammen als diese Parallelsprungsache, das hatte ich schließlich gerade mit Konstantin erlebt.

Mum war, glaube ich, erleichtert, dass ich trotz des unglaublichen Geständnisses meiner Großeltern so weit stabil war, dass ich etwas unternehmen wollte. Als ich mich um kurz vor fünf Uhr auf den Weg machte, nahm sie mich fest in die Arme und murmelte: »Ich bin zu Hause, wenn du mich brauchst, ja? Mimi kommt, und vielleicht übernachtet sie hier. Wenn das okay ist für dich, meine ich.«

Ich musste kichern. Mum war manchmal echt wie ich – sie brauchte ihre beste Freundin genauso sehr wie ich Pauline.

»Klar, kein Problem. Aber kannst du mir einen Gefallen tun?« Ich guckte mich um, ob uns auch niemand belauschte, und senkte meine Stimme. »Falls Ben dich nachher fragt, wo ich bin – verrate es ihm bitte nicht, ja? Den kann ich heute echt nicht brauchen.«

Mum zwinkerte mir zu. »Verstanden. Keine Verwicklungen. Aber was das betrifft, hast du es ja bald überstanden – morgen reist er ab.«

»Ach, echt? Das ist ja schade!«, sagte ich, und Mum verdrehte grinsend die Augen.

Auch wenn ich Ben eigentlich mochte, hatte ich dennoch genug von Verwicklungen. Und ich hätte nichts dagegen gehabt, wenn er Lara gleich mitnehmen würde.

Ich kam fast pünktlich an der Gemeindewiese an. Schon von weitem sah ich Pauline, die neben Sigismund ihre blau karierte Picknickdecke ausbreitete. Genau an der Stelle, an der ich bei unserem allerersten Date so überglücklich mit Konstantin beim Open-Air-Kino gesessen hatte.

Zwar war das erst ein paar Wochen her, aber es fühlte sich an wie eine halbe Ewigkeit. Es war so viel passiert in der Zwischenzeit – manchmal dachte ich, das ich inzwischen ein komplett anderer Mensch geworden war.

Durch die anhaltende Hitze und nach dem Nachtflohmarkt glich die Gemeindewiese eher einer Sandbahn als einer Grünfläche. Bei jedem Schritt wirbelten meine Sandalen Staub auf, so dass meine Füße nach kurzer Zeit total weiß und schmutzig waren.

Aber den anderen Leuten hier ging es auch nicht besser. Tatsächlich sah ich sogar ganz viele barfuß laufen – zum Beispiel die Gruppe Jugendlicher, die auf der anderen Seite der Wiese eine Runde Boule spielten.

Moment mal, war das nicht –

Eine Gestalt löste sich aus der Gruppe und kam zu mir herüber.»Hey, Vicky! Wie geht's denn deinem Knie? Sah ja echt übel aus neulich.«

Ich blieb stehen und kniff die Augen zusammen gegen die tiefer stehende Sonne.

»Hallo, Claire. Echt lieb von dir, dass du dich sorgst.«

»Aber immer«, sagte sie, und da mussten wir beide kichern.

Claire strich sich ihre blondierten Haare aus dem Gesicht. Obwohl sie wie immer geschminkt war, hatte sie ausnahmsweise mal nicht zu dick aufgetragen, und auch sonst wirkte sie ungewöhnlich lässig. Ein hellblaues T-Shirt, Jeansshorts und nackte, verstaubte Füße. Und was das Beste war – sie schien sich nicht das Geringste daraus zu machen, heute nicht so perfekt auszusehen, wie ihre Eltern es von ihr erwarteten.

»Lust auf eine Partie Boule? Chiara und Charlotte haben zwei linke Hände, was das betrifft. Wobei, eigentlich nur Chiara, aber Charlotte muss dauernd David anhimmeln, so dass ich hier noch ein bisschen Unterstützung brauchen könnte.«

Tatsächlich, auf der Holzbank nicht weit von uns saßen die drei, Charlotte und David ganz eng nebeneinander. Sie hatten gerade den Kopf über einem Smartphone zusammengesteckt. Chiara dagegen saß ein Stück entfernt und guckte etwas verloren.

»Meinst du, es wird was mit David und Charlotte?«, fragte ich, und Claire zuckte mit den Schultern.

»Ich glaube, sie ist das einzige weibliche Wesen auf Erden, das sich für seine Computer interessiert. Die Chancen stehen also prima.«

»Und was ist mit dir?«

»Was soll mit mir sein? Ich stehe definitiv nicht auf Computergeschwafel, falls du das meinst.«

»Jetzt stell dich nicht blöd – gibt es niemanden, der dein Herz zum Hüpfen bringt?«

Claire zog die Augenbrauen zusammen und musterte mich von oben bis unten. »Wie bist du denn heute drauf, Amor Hinkebein, oder was?«

»Ich frag ja nur«, kicherte ich. »Aber ich muss los, Pauline und die anderen warten.« Enttäuscht winkte Claire mir hinterher, als ich meinen Weg über die Gemeindewiese fortsetzte. Allerdings nicht, ohne vorher heimlich eine Nachricht an Leonard in mein Handy zu tippen:

> Komm zur Gemeindewiese, Claire braucht Unterstützung beim Boule-Spielen. Aber sei lieb zu ihr ☺

Na ja, vielleicht war ich ja wirklich ein kleiner Amor Hinkebein. Zumindest heute.

Pauline hatte in der Zwischenzeit ein beinahe perfektes Picknick aufgebaut, als ich mich auf ihre Decke fallen ließ. Sie hatte eine Kühltasche mit Getränken dabei, kleingeschnippeltes Obst und eine Packung Kekse. Mums Gebäck passte perfekt dazu,

und als die Jungs kamen, stürzten sie sich mit so großem Heiß-
hunger auf die Sachen, als ob sie drei Tage nichts mehr zu essen
bekommen hatten.

»Hey, wir sind auch noch da!«, sagte ich zu Nikolas, der sich
gerade eine Handvoll Himbeeren in den Mund schob.

»Tut mir leid, aber ich brauche was Ordentliches im Magen,
wenn wir über diese abgedrehten Sachen sprechen.«

Konstantin nickte zustimmend und inhalierte praktisch ein
Croissant. Endlich benahm er sich mal wieder normal – also,
im Sinne von normaler *Freund*. Heute war er genau der, in den
ich mich so verliebt hatte. Mit Begrüßungsküsschen geben,
Hand halten und allem Drum und Dran.

Und mit der Wissensgier nach unseren Sprüngen. Kaum
hatte er nämlich was im Magen, legte er schon los.

»Also, lasst uns mal direkt mit Vickys Familie anfangen. Irgendwas muss bei den Kings passiert sein, als Vicky ungefähr
zwölf war. Denn damals haben die Sprünge angefangen.«

Pauline rollte mit den Augen. »Das haben wir schon längst
alles durchgekaut. Ich habe bereits vor Jahren eine Liste mit allen Aktivitäten in der siebten Klasse gemacht.« Sie griff in ihre
Tasche und zog eine Kladde hervor.

»Und?«, fragte Konstantin gespannt. »Was hast du über sie
rausgefunden?«

»Hallo, sie selbst ist übrigens auch da!«, sagte ich, aber die
beiden hörten mich gar nicht. Sehr nett.

»Das ist ja das Frustrierende«, fuhr Pauline fort. »Außer, dass
Vicky kurzzeitig in Leon aus unserer Parallelklasse verknallt
war, ist in der Zeit absolut nichts Besonderes passiert.«

»Pauline!!!«, rief ich und merkte, wie ich knallrot anlief. Musste sie das jetzt herausposaunen?

»Ach, sorry, sollte ja niemand wissen. Na ja, jetzt hast du ja Konstantin«, sagte Pauline und widmete sich wieder ihren Aufzeichnungen. »Ist also egal.«

»Ist es nicht!« Ich meine, letztendlich war es das schon, aber es erinnerte mich daran, dass Leon, der glücklicherweise inzwischen in eine andere Schule ging, irgendwann versucht hatte, mir (und praktisch jedem anderen Mädchen auf unserer Schule) den BH aufzumachen, wenn man ihm nur den Rücken zudrehte.

Konstantin war zum Glück schon weiter. »Ich tippe auf Tante Polly!«

Pauline zog eine Augenbraue nach oben. »Da waren wir auch schon etliche Male. Insbesondere, als Polly nach dem Brand im Krankenhaus war.«

Das stimmte. Tante Polly hatte mir im Krankenhaus ziemlich merkwürdige Fragen gestellt. Ob es öfter vorkam, dass ich nicht ganz bei mir wäre. Doch später hatte sie nichts mehr von unserem Gespräch gewusst. Oder hatte sie nur so getan?

»Aber ihr Haus war der letzte Ort, an dem unsere Parallel-Ichs gesucht haben!«, sagte Konstantin. »Hätten die beiden vermutet, dass sie doch bei dir im B&B weitersuchen müssten, hätten sie sich nicht die Mühe gemacht. Kein normaler Mensch geht rein zufällig auf einer wackeligen Treppe in den Keller einer wildfremden Tante und futtert dort irgendwelche staubigen Bonbons auf!«

»Vielleicht sind eure beiden Parallel-Ichs auch einfach nur Zuckerjunkies!«

»Und können wie Spürhunde Pollys Zuckersammlung durch die halbe Stadt riechen? So ein Blödsinn!«

»Leute, das bringt doch alles nichts!«, unterbrach Nikolas die beiden laut, und ich seufzte.

»Du hast ja so recht! Danke, Nikolas.«

Der grinste mich nur an und zuckte mit den Achseln. »Gern geschehen. Ganz ehrlich, wir kommen hier keinen Schritt weiter – ihr werdet niemals erfahren, was da wirklich los ist, wenn ihr immer alles geheim haltet. Wenn Polly in dieser Welt euch nicht weiterhilft, versucht es doch einfach dort. Ihr springt in so viele verschiedene Welten, dass es wahrscheinlich total egal ist, wenn eine Garnitur Parallelausgaben von euch Bescheid weiß. Ich meine, wenn ihr hinterher dann in wieder eine andere Welt springt, wird es sowieso niemand erfahren!«

»Wir sind eine Garnitur? So wie Gartenmöbel?«, fragte Konstantin, aber Nikolas rollte nur mit den Augen, wobei er Pauline für einen kurzen Moment sehr ähnlich sah.

»Ihr wisst schon, was ich meine.«

Ich nickte nur. Ja, ich wusste es genau. Und sein Vorschlag war wirklich das Beste, was wir im Moment tun konnten.

»Du hast recht. Wir müssen mit jemandem reden.«

Ich sah Konstantin an, und er nickte ebenfalls. »Okay. Lass uns mit Parallel-Polly anfangen.«

»Wisst ihr, wo sie in dieser Parallelwelt wohnt? Oder wo sie arbeitet?« Pauline hatte wieder ihren Stift gezückt und kritzelte wie versessen alles mit, was wir sagten.

»Wir haben sie bisher nur einmal kurz getroffen – an meinem Geburtstag. Sie hatte auf jeden Fall Frank dabei.«

»Okay, Vicky, dann checkst du dein Handy nach ihrer Adresse, sobald du wieder dort bist. Sie steht bestimmt in deinen Kontakten.«

»Geht klar«, murmelte ich und warf Konstantin einen Blick zu. Der hatte in der Zwischenzeit meine Hand genommen und spielte sichtlich zufrieden mit meinen Fingern.

»Sieht so aus, als ob wir endlich einen Plan haben!«, grinste er.

»Ja, sieht so aus.«

Und obwohl unsere Diskussion offenbar auch genau Paulines Geschmack getroffen hatte (abgedrehte Geschichten über Parallelweltsprünge, die Suche nach einer möglichst wissenschaftlichen Erklärung und ein diesmal wirklich vielversprechender Plan, an echte Informationen zu kommen), wurde sie plötzlich hibbelig und röchelte ziemlich merkwürdig herum.

Da, sie räusperte sich schon wieder! Ich wollte sie gerade warnen, nicht mal daran zu *denken*, ausgerechnet jetzt krank zu werden, als sie krächzte:

»Da wir das geklärt hätten, müsste ich kurz mit Nikolas sprechen.«

Schnell klappte ich meinen Mund wieder zu. Und auch Konstantin neben mir setzte sich ein bisschen gerader hin und schaute gespannt zwischen den beiden hin und her.

»Worüber willst du denn sprechen?«, fragte Nikolas. Er saß ihr im Schneidersitz gegenüber und sah sie herausfordernd an. Auf den ersten Blick war er die Ruhe selbst, aber seine beinahe schwarzen Augen funkelten verdächtig.

O Pauline, das wird er dir nicht leicht machen!

»Na ja, also, ich wollte – also, vor allem wollte ich alleine mit dir sprechen«, sagte sie jetzt etwas lauter und warf mir einen flehenden Blick zu.

Alles klar. Verstanden.

»Komm, Konstantin, wir gehen uns ein Eis holen und –«

»Wegen mir müsst ihr nicht gehen. Es können alle hören, was Pauline zu sagen hat, ich habe nix zu verbergen!«, sagte Nikolas und fixierte sie herausfordernd.

Konstantin machte leider überhaupt nicht den Eindruck, als ob er kapiert hätte, dass wir beide hier überflüssig waren. Stattdessen angelte er nach seiner Wasserflasche und setzte sie an den Mund, ohne den Blick von unseren Freunden zu wenden.

»Na schön!« Pauline faltete die Hände nervös in ihrem Schoß.

Und atmete tief ein.

Und aus.

Und dann legte sie los. »Ich wollte mich bei dir entschuldigen, Nikolas. Weil ich so – wie hast du es immer bezeichnet? Weil ich so *garstig* zu dir war. Das wollte ich eigentlich gar nicht. Aber du hast mich so provoziert und damit meine dunkelste Seite zum Vorschein gebracht, so dass ich nicht anders konnte.«

Nikolas Mundwinkel zuckten. »Ah, eine Entschuldigung, gepaart mit einem – Moment mal, war das überhaupt ein Kompliment? Das mit der dunkelsten Seite?«

Ich konnte genau sehen, wie Pauline die Hitze in die Wangen schoss, und sie tat mir schrecklich leid. Allerdings konnte ich auch nicht viel für sie tun – außer, mich mit Konstantin zu verdünnisieren. Ich zerrte an ihm.

Pauline knetete ihre Finger. »Nein, ich meine nicht … also, dafür, dass ich so garstig bin, kannst du ja nix, du bist eben so direkt und unmöglich, dass man manchmal gar nicht anders kann als zurückzuschießen, und das passiert dann einfach so, ich weiß auch nicht –«

»Also doch kein Kompliment«, unterbrach Nikolas sie und ließ sie nicht aus den Augen, so dass sie noch röter wurde. Es schien ihm tatsächlich Spaß zu machen!

»Es sollte aber ein Kompliment *sein*!«, jammerte Pauline jetzt und strich sich verzweifelt ein paar blonde Haarsträhnen aus dem Gesicht. »Ach, ich glaube, ich kann das einfach nicht. Ich wollte wirklich nett sein zu dir und mich heute entschuldigen und dir sagen, dass ich das alles gar nicht so gemeint hab, aber anscheinend kann ich es wirklich nicht, also, das Nettsein, meine ich. Vielleicht stimmt irgendwas nicht mit mir. Vergiss es einfach, ja?«, sagte sie und presste die Lippen aufeinander.

Konstantin rührte sich nicht vom Fleck. Und ich hatte irgendwie auch keine Kraft mehr, an ihm zu zerren, jetzt, wo es gerade spannend wurde. Oder eher superspannend! Ich wollte eigentlich kein Wort verpassen.

Pauline und Nikolas sahen sich sowieso gerade so tief in die Augen, dass sie uns vermutlich gar nicht mehr bemerkten.

»Nein, ich werde es *nicht* vergessen«, sagte Nikolas. »Und ich nehme deine Entschuldigung an.«

»Ehrlich?«, piepste Pauline.

»Ehrlich.« Sonst sagte Nikolas nichts, sondern ließ meine beste Freundin einfach nicht aus den Augen.

Keine Ahnung, was er jetzt vorhatte.

Pauline schien genauso unsicher zu sein. »Und was passiert jetzt? Können wir wieder, äh, Freunde sein?«

»Nein.«

Sie schluckte. »Aber warum nicht?«

Ja, genau, warum nicht?

»Weil wir einfach keine Freunde sein können. Weil wir nämlich viel mehr sind.«

Pauline kapierte leider gar nichts, und auch das Lächeln, das in Nikolas Mundwinkeln zuckte, schien sie nicht zu sehen. »Was sind wir dann? Und jetzt sag bloß nicht, dass wir wie Bruder und Schwester sind! Ich hab zwar keine Geschwister, und ich glaube, Geschwister streiten sich auch oft, also, ich meine, so richtig oft, vielleicht ist das ja genetisch bedingt, da wäre eine Studie mal spannend. Na jedenfalls, wir streiten ja auch dauernd, aber irgendwie ist es doch nicht dasselbe, ich meine, es fühlt sich, glaube ich, anders an, wenn man miteinander verwandt –«

»Pauline?«

»Hm?«

»Ich werde dich jetzt küssen.«

»Was?«

»Ich. Werde. Dich. Jetzt. Küssen.«

»Aber du kannst mich nicht küssen, ich meine, *ich* kann *dich* nicht küssen, ich hab das nämlich noch nie gemacht, ich wüsste überhaupt nicht, wie das geht und wie ich meinen Kopf … und, äh, wohin ich mit meinen –«

»Ruhe jetzt!«, sagte Nikolas und lächelte diabolisch. »Setz dich bitte genau hierher.« Er deutete mit dem Zeigefinger auf den freien Platz auf der Decke neben sich.

Pauline runzelte die Stirn, und wäre mein Knie nicht so steif gewesen, wäre ich vermutlich aufgesprungen und hätte sie direkt in Nikolas' Arme geschubst.

So krabbelte sie unbeholfen ein Stück zu ihm und setzte sich nach viel Hin- und Hergekruschel verkrampft auf die Stelle, auf die er gerade gezeigt hatte.

»Und jetzt mach die Augen zu.«

»Aber –«

»Mach's einfach, Pauline!«

Der arme Nikolas würde Nerven wie Stahlseile brauchen.

Pauline war es allerdings wert. Das konnte ich ihm jederzeit bestätigen, wenn er selbst es mal vergessen sollte.

Doch so wie er gerade meine beste Freundin ansah, würde er sehr, sehr, sehr viel aushalten – und zwar freiwillig.

Pauline hatte mittlerweile die Augen geschlossen.

Und Nikolas?

Der drehte sich jetzt zu Konstantin und mir um und wedelte mit seiner Hand.

Verzieht euch!, formte er mit seinen Lippen, und ich war ein klitzekleines bisschen enttäuscht, als sich Konstantin neben mir tatsächlich bewegte und mir auf die Beine half.

Verdammt. Gerade jetzt. Aber gut … Gemeinsam gingen wir über die Gemeindewiese in Richtung Eisdiele.

Allerdings – so ganz konnte ich es mir doch nicht verkneifen. Als wir die Wiese etwa zur Hälfte überquert hatten, drehte ich mich noch einmal ganz kurz um.

Und musste beinahe weinen vor Rührung.

Nikolas streichelte Pauline mit einer Hand über die Wange.

Und dann küsste er sie.

Und so wie das von hier aus aussah, war Pauline ein Naturtalent darin, ihn zurückzuküssen.

Donnerstag, 4. August

10.00 Uhr: Alte Schulsachen ausmisten (auch im Bettkasten nachsehen!)

11.00 Uhr: Schuhe putzen (Lederschuhe bitte mit farblosem Lederfett einreiben, in der Kommode im Flur unterste Schublade)

12.00 Uhr: Für Mum und Dad Muffins backen (Überraschung! Rezept in Mums gelbem Backbuch, alle Zutaten im Vorratsschrank, drittes Fach von unten)

13.00 Uhr: Zu Mum ins Hotel fahren und sie mit Muffins überraschen (Adresse im Handy)

14.30 Uhr: Zu Dad in die Kanzlei fahren und ihn mit Muffins überraschen (Adresse im Handy)

16.00 Uhr: Auf dem Heimweg beim Supermarkt vorbei und für Mum einkaufen (Liste geben lassen & Geld)

17.30 Uhr: Mit Mum das Abendessen vorbereiten

18.00 Uhr: Familienabend, Mum und Dad fragen, was sie machen möchten

21.

Der Kalendereintrag war der eindeutige Beweis dafür, dass Konstantin recht hatte.

Diese Termine in Parallel-Vics Kalender waren so lächerlich, dass sogar *mir* inzwischen auffiel, wie sie versuchte, uns zu manipulieren. Beziehungsweise, wie sie mich einfach nur beschäftigt halten wollte – denn jeder einzelne Termin war offensichtlich nur für mich bestimmt, ganz sicher nicht für Vic selbst.

Selbstverständlich hatte ich sofort bei meinem nächsten Sprung Vics Handy gezückt – die kurz vor unserem Platztausch offenbar tiefenentspannt auf einem weichen Liegestuhl im Garten lag und ein Buch gelesen hatte.

Während mir zu Hause der Kopf schwirrte wegen meiner Eltern und Großeltern, meinen Verletzungen und der Springerei und Lara und überhaupt, schien sie hier das blühende Leben zu genießen. Da konnte man mal sehen, wie groß die Unterschiede zwischen den Welten doch sein konnten – wenn auch erst auf den zweiten Blick.

Aber so sehr ich mich danach sehnte – ich konnte mich im Gegensatz zu Vic nicht entspannen. Unsere Mission war eindeutig – nämlich Parallel-Polly zu finden und zur Rede zu stellen.

Deswegen sprang ich sofort auf und schlüpfte in Vics Sandalen, als die Nachricht von Konstantin auf dem Handydisplay erschien:

> Wo bist du?

> Zu Hause.

> Bin in 5 Min da!

Ich kam Konstantin schon an der Haustür entgegen, als er sein Fahrrad vor die Garage pfefferte.

»In Vics Handy ist eine Telefonnummer von Tante Polly unter *Uni Arbeit* gespeichert. Sieht so aus, als wäre sie in dieser Welt nicht vom Institut geflogen.«

»Dann nichts wie hin. Mit dem Rad dauert das aber zu lange. Bus?«

Ich nickte. Reden konnten wir nachher noch, aber jetzt musste es schnell gehen. Gemeinsam rannten wir die Straße hinunter, als ob der Teufel hinter uns her wäre. Vermutlich dachten die Leute, an denen wir vorbeikamen, dass wir gerade eine Bank ausgeraubt hatten oder so, aber das war mir schnuppe. Hauptsache, wir erwischten den blöden Bus, der da vorne schon um die Ecke fuhr.

»Schnell, über die Straße, es kommt grad nix«, rief Konstantin, und Seite an Seite schossen wir über die Fahrbahn und spurteten die letzten Meter zur Haltestelle.

»Geschafft!«, keuchte ich, als ich tatsächlich noch vor meinem Freund in den Bus sprang, der gerade die Türen geöffnet hatte. »Ohne kaputtes Knie bin ich gar nicht mal so schlecht.«

»Du bist auch mit kaputtem Knie nicht schlecht. Und bevor du jetzt gleich wieder das Gesicht verziehst – das sollte ein

Kompliment sein.« Er zwinkerte mir zu. »Schau, da hinten ist noch alles frei«, sagte er und schob mich mit der Hand in meinem Rücken sanft den schmalen Mittelgang entlang.

Immer noch außer Atem ließ ich mich dankbar auf einen Sitz fallen, und Konstantin rutschte direkt neben mich. »Und jetzt hoffen wir, dass wir noch eine Weile hier bleiben dürfen und nicht sofort zurückspringen«, sagte er.

»Was glaubst du, was die anderen beiden gerade machen?« Konstantin wischte sich den Schweiß von der Stirn. »Ich schätze, die versuchen es wieder bei deiner Tante. Lungern auf der Baustelle rum oder probieren es noch mal mit dem Keller.«

Ich seufzte. »Hoffentlich weiß Tante Polly hier etwas. Sonst verzweifele ich langsam.«

»Ach komm, Vicky. Das stehen wir gemeinsam durch.« Konstantin nahm meine Hand und hauchte einen Kuss auf den Handrücken.

»Vorsicht, ich bin ganz schwitzig.«

»Das macht mir nix.« Er schluckte. »Wir haben uns schon eine halbe Ewigkeit nicht mehr in Ruhe geküsst, weißt du das?«

Ich nickte.

Natürlich wusste ich das.

Weshalb wohl sonst starrte ich die ganze Zeit auf seinen Mund – und anscheinend war das Erlaubnis genug, dass er sich zu mir beugte und seine Lippen sanft auf meine drückte.

Sofort flatterten eine Million Schmetterlinge in meinem Bauch auf – und ich hatte beinahe vergessen, wie toll sich das anfühlt. So toll, dass wir beinahe die Haltestelle verpassten, an der das Institut von Parallel-Polly lag. Gerade noch rechtzeitig lösten wir uns voneinander und stolperten aus dem Bus, ehe unsere Mission wegen akuter Verliebtheit komplett in die Hose ging.

Die Haltestelle lag praktisch direkt vor dem Unigebäude. Mit klopfendem Herzen sah ich zum Haupteingang und fragte mich zum ersten Mal, ob das hier eine gute Idee war.

»Nicht zweifeln«, murmelte da Konstantin in mein Ohr, der offensichtlich genau wusste, was ich dachte. »Wir tun das Richtige!«

Und damit zog er mich die letzten Meter aus der heißen Nachmittagssonne in den Schatten von Parallel-Pollys Lehrstuhl.

Die Eingangshalle war düster und roch ziemlich komisch – so ähnlich, wie wenn es in unserer Schulmensa Königsberger Klopse gab. Konstantin neben mir kräuselte die Nase.

Leider hatte ich nicht den geringsten Schimmer, in welche Richtung wir gehen mussten, um ins Labor meiner Parallel-Tante zu kommen, aber zum Glück gab es an der Wand ein paar Wegweiser. Was dringend nötig war, denn das Foyer und die daran anschließenden Gänge waren menschenleer. Semesterferien.

Wir liefen ein paar Flure entlang, immer dem Schild *Biochemisches Institut* hinterher, wobei wir ständig nach links und rechts schauten, um nicht an unserem Ziel vorbeizuschießen.

Und da war sie plötzlich. Die unauffällige blaue Tür – mit Tante Pollys Namensschild drauf.

Für ein paar Sekunden standen Konstantin und ich bloß da

und starrten uns an – und ich war mir sicher, dass er sich dieser denkwürdigen Situation genauso bewusst war wie ich.

»Pauline würde vermutlich einen Mord dafür begehen, jetzt an unserer Stelle zu sein«, murmelte er.

»Vorausgesetzt, wir werden fündig«, erwiderte ich.

Konstantin fuhr sich noch einmal mit der Hand durch die kurzen Haare (die ich ständig anstarren musste, weil ich mich nicht entscheiden konnte, ob sie mir kurz besser gefielen oder lang wie zu Hause) und nickte. »Das werden wir. Ich bin ganz sicher. Bist du bereit?«

»Nö. Aber das hilft ja jetzt auch nichts.«

Und mit fest ineinander verschränkten Händen betraten wir Parallel-Pollys Labor.

Das Labor war gar kein Labor, wie ich es mir ursprünglich vorgestellt hatte, sondern ein stinknormales Büro. Das war das Erste, was mir auffiel. Es war klein und schlicht und hatte zwei Fenster. Zwei Arbeitstische quollen über vor Papieren, Aktenordnern und sonstigem Kram.

Das Zweite, das mir auffiel, war das Hundegekläffe.

Ein kleiner weißer Hund schoss zwischen den Tischen auf uns zu und kam schlitternd vor unseren Füßen zum Stehen. Und bellte dabei die ganze Zeit in einer ohrenbetäubenden Lautstärke.

»Valentino, sitz! Kommst du her! Wenn du dich nicht benehmen kannst, können wir dich leider nicht mehr mitnehmen.«

Irgendetwas in meinem Unterbewusstsein fing an zu arbeiten.

Hier kam mir etwas ziemlich bekannt vor. Diesen Hund – den hatte ich schon einmal gesehen.

Allerdings kam ich nicht dazu, weiter darüber nachzudenken, denn eine Tür, die offenbar in ein Nebenzimmer führte, öffnete sich, und heraus kam Tante Polly.

Also, Parallel-Polly. In einem weißen Laborkittel, die dunklen Haare zu einem wilden Knoten auf dem Kopf getürmt – und ansonsten eine exakte Kopie meiner echten Tante. Als sie Konstantin und mich sah, blieb sie abrupt im Türrahmen stehen.

»Vic?«

Vor lauter Nervosität brachte ich kein Wort über die Lippen und konnte nur leicht den Kopf schütteln. Konstantin hatte sich dagegen etwas schneller wieder gefasst. »Könnten wir uns kurz mit Ihnen unterhalten?«

Parallel-Polly nickte langsam, während sie uns nicht aus den Augen ließ. Ihre Wangen waren plötzlich gerötet, und sie fing an zu schwitzen.

Und da wusste ich es.

Dass SIE es wusste.

»Natürlich. Natürlich. Ehrlich gesagt, habe ich euch schon erwartet. Frank! FRANK!!!«, brüllte sie dann über ihre Schulter. »Sie sind da!«

»Volltreffer«, murmelte mir Konstantin ins Ohr, als wir vorsichtig näher kamen. Parallel-Polly hatte ihren Blick endlich von uns losgerissen und räumte jetzt eilig einen ihrer Arbeitstische frei und zerrte ein paar Stühle heran.

»Kommt, setzt euch. Wollt ihr was trinken?«

»Äh, wir –«

»Wir haben vielleicht nicht viel Zeit«, antwortete Konstantin stattdessen, und ich nickte.

»Ich weiß, ich weiß«, sagte Polly und zerrte trotzdem eine Flasche Sprudel und ein paar Gläser aus einem der Wandschränke. Vielleicht wollte sie sich auch einfach beschäftigen. Sie schien ähnlich aufgeregt zu sein wie wir.

Konstantin und ich ließen uns auf die angebotenen Stühle fallen, als Frank, der Traummann vermutlich aller Pollys in allen Welten, hereingestürmt kam und uns breit anlächelte. Er hatte in der Zwischenzeit den Hund auf den Arm genommen, der wie verrückt hechelte und mit dem Schwanz wedelte, so dass es aussah, als ob er Schüttelfrost hatte.

Aber ehrlich gesagt, ging es mir in diesem Moment nicht viel besser. Ich zitterte vor Aufregung und klammerte mich so fest an Konstantin, dass er leise aufstöhnte. Aber er ließ mich trotzdem nicht los.

»Also schön. Vicky, oder?«, sagte Tante Polly, als sie sich neben Frank setzte, und ich nickte.

»Erst mal willkommen! Du bist sicher noch ganz durcheinander von dieser ganzen Sache.«

»Welcher Sache?«, fragte ich unsicher und hoffte, dass sie dasselbe meinte wie ich.

»Dass du gar nicht hierher gehörst«, sagte Tante Polly vorsichtig. »Dass du in einer Parallelwelt zu Hause bist und nur für kurze Zeit hierher springst.«

Ich stieß die Luft aus, die ich offensichtlich angehalten hatte. Ich war wirklich froh, dass Polly das Kind zuerst beim Namen genannt hatte.

Neben mir flüsterte Konstantin triumphierend: »Ha! Ich wusste es, dass sie etwas weiß«, und ich musste kichern.

»Ich glaube, das kann ich mir jetzt immer von dir anhören, oder?«

»Darauf kannst du wetten!«

»Ach, ihr könnt euch gar nicht vorstellen, was das gerade für ein Gefühl mir mich ist. Für uns!« Polly schien hin- und hergerissen zu sein zwischen Aufregung und Entsetzen. »Ich meine, du kommst aus der Ursprungswelt! Oder besser gesagt aus der Welt, in der alles erst so richtig angefangen hat. O Vicky, ich habe das Ganze ja selbst nur ein einziges Mal erlebt, aber ich erinnere mich noch ganz genau an deinen Geburtstag –«

»Polly! Wir sollten uns auf das Wichtigste konzentrieren.« Frank war (bis auf einen etwas eigentümlich aussehenden Kinnbart, der mir neulich an Vics Geburtstagsfeier gar nicht aufgefallen war) das perfekte Abbild seines anderen Ichs bei uns zu Hause. Er tippte auf seine Uhr. »Du weißt, das Weltgefüge!«

»Richtig, du meine Güte, ich kann ja kaum noch einen klaren Gedanken fassen. Also, passt auf – meine Nichte Vic aus dieser Welt hat mir zum Glück schnell Bescheid gesagt, als das mit der Springerei losging. Ich hatte ihr von einem meiner früheren Experimente erzählt, so dass sie im Bild war, was passierte. Sie ist total begeistert, nun ja, aber auch leider etwas, äh, ehrgeizig, was das betrifft. Als ich ihr nämlich erklärte, dass das nur eine Phase sei, die ganz schnell vorbei sein könnte, weil niemand sagen kann, wie oft du in genau diese Welt springst, wollte sie unbedingt, dass ich ihr etwas gebe, um die Sprünge zu verlängern. Aber das wäre eine Katastrophe«, sagte sie und wechselte einen Blick mit Frank, der ihr aufmunternd zunickte.

»Schon damals habe ich einen riesigen Fehler gemacht, der sich auf keinen Fall wiederholen darf. Glücklicherweise hat Frank mich rechtzeitig aufgehalten. In falschen Händen können die Parallelsprünge zu einer gefährlichen Waffe werden und die gesamte Welt gefährden. Stell dir nur mal vor, die Kettenreaktion, wenn plötzlich mehrere Leute springen und kreuz und quer untereinander die Welten tauschen – nicht auszudenken, welche Konsequenzen das haben könnte! Das Weltgefüge würde empfindlich gestört, was zur Folge haben könnte, dass sich möglicherweise Welten überlappen könnten – und was DANN passiert, wollen wir uns alle lieber nicht ausmalen. Deswegen habe ich damals auch die Forschung eingestellt und meine Unterlagen vernichtet.«

Ich verstand nur Bahnhof, doch Parallel-Polly schien gerade erst in Fahrt zu kommen.

»Ich bereue heute noch, was ich damals in meinem jugendlichen Überschwang getan habe. Und dass ich sie in eurer Welt gelassen habe, aber wenigstens sind sie gut versteckt, wobei ...«

»Polly!« Frank sah sie ernst an. »Ich verstehe, dass du aufgeregt bist, aber du *musst* dich zusammennehmen!«

Sie rieb sich die Schläfen. »Okay, okay, das Wichtigste: Wie lange genau springst du jetzt eigentlich schon?«

»Seit ich zwölf bin. So in etwa«, antwortete ich.

Polly und Frank nickten wissend, ehe meine Tante aufsprang und begann, in einem Aktenschrank zu ihrer Linken herumzukramen.

»Und ich seit etwa fünf Wochen«, sagte Konstantin.

Plötzlich wurde es mucksmäuschenstill im Raum.

Konstantin sah mich unsicher an. »Hab ich was Falsches gesagt?«, fragte er, und ich konnte hören, wie Parallel-Polly entsetzt nach Luft schnappte.

»Du springst AUCH? Du bist ... nicht von hier?«

»Äh, ja, ich springe auch. Seit ein paar Wochen.«

Panisch wechselte sie mit Frank einen Blick, der plötzlich ganz aufrecht auf seinem Stuhl saß.

»O Gott, o Gott, das ist ja schlimmer, als ich gedacht habe. Ihr habt sie gefunden, du meine Güte! Wo, um Himmels willen?«

»Was haben wir gefunden?«

»Na, die Drops!«

Konstantin kratzte sich sichtlich unwohl am Kopf. »Ich hab keine Drops gefunden. Also, nur neulich da im Keller bei Vickys echter Tante, nachdem wir zurückgesprungen waren, in diesen schmierigen alten Gläsern, die da standen, aber sonst ...«

»Schmierige alte Gläser? Nein, es war doch ein kleine Dose mit so ungefähr zehn, fünfzehn Bonbons.«

Ich starrte Polly an und langsam, ganz langsam, bekam ich eine Ahnung. Vor ein paar Wochen hatte Konstantin bei einem atemberaubenden Stunteinsatz in unserem Wohnzimmer, wo es um die Rettung eines Beos ging, der von einem verrückten Gast mitgebracht worden war, eine Lampe umgerissen. Und zwischen den Scherben war eine Bonbondose aufgetaucht, die wir nicht weiter beachtet hatten, weil wir dachten, sie gehörte Oma oder Opa. Konstantin hatte sie eingesteckt, wenn ich mich richtig erinnerte.

»War diese Dose etwa silbern?«, fragte ich.

Tante Polly nickte hektisch. »Genau! Wo habt ihr sie? Hört zu, ihr müsst unter allem Umständen verhindern, dass Vic die in die Finger bekommt, hörst du? Das Weltgefüge steht auf dem –«

Spiel, wollte sie wohl sagen. Aber wir hörten es nicht mehr. Denn im nächsten Augenblick saßen wir nicht mehr bei Polly und Frank im Labor, sondern zu Hause in unserer Welt.

Das war ja echt mal wieder typisch!

»Gerade, wo es spannend wurde!«, jammerte Konstantin und raufte sich frustriert die Haare, Doch ich packte ihn am Arm und zischte: »Pscht!«

Im Gegensatz zu ihm hatte ich nämlich gerade kapiert, wo in unserer Welt wir gelandet waren.

»Na, habt ihr euch endlich wieder vertragen?«, fragte da auch schon Claire, die wie aus dem Nichts neben uns aufgetaucht war.

Na gut, nicht wie aus dem Nichts – schließlich saßen wir auf der Liegewiese am Badesee, nur eine Handtuchbreite von unseren Freunden entfernt.

Nachdem weder Konstantin noch ich einen flotten Spruch als Antwort auf den Lippen hatten, fügte Claire hinzu: »Meine Eltern haben wenigstens den Anstand, außer Hörweite zu gehen, wenn sie sich so streiten.«

»Tatsächlich? Und was haben wir gesagt?«, fragte Konstantin und zog eine Augenbraue nach oben.

Claire drehte sich eine ihrer blonden Haarsträhnen um den Finger und kniff die Augen zusammen. »Das weißt du selbst am allerbesten.« Dann wandte sie sich mir zu. »Lass dich bloß nicht von ihm unterkriegen, auch wenn er größer und stärker ist als du, Vicky. Mental ist er nämlich leider immer noch –«

»Jetzt reicht's aber!«, sagte Konstantin, und ich musste grinsen.

Claire zuckte nur mit den Achseln. »Wie ihr meint. Ist eure Sache.« Sie stand auf und zupfte sich ihren roten Bikini zurecht. »Ich geh dann mal ins Wasser. Wobei es da vor lauter Liebesglück kaum auszuhalten ist.«

Ich folgte ihrem Blick und entdeckte Pauline, die Hand in Hand mit Nikolas am Ufer saß und ihren Kopf gegen seine Schultern gelehnt hatte. Hach. Ich spürte, wie sich ein wohliges Glücksgefühl in mir breit machte.

Konstantin stupste mich an. »Was hältst du davon, dass unsere beiden Ichs ausnahmsweise mal nicht irgendwelche Kellerräume auseinandergenommen, sondern sich nur gestritten haben?«

»Wahrscheinlich genau *darüber*. Du wolltest plündern, ich wollte lieber schwimmen gehen.«

»Bestimmt wollte *ich* schwimmen gehen.«

»Ach ja? Meinst du, dein anderes Ich ist der Vernünftigere von den beiden?«

Konstantin grinste übers ganze Gesicht. »Na klaro«, sagte er, beugte sich zu mir und hauchte mir einen Kuss auf die Lippen.

Doch ich hatte noch eine ganz andere Frage. Eine entscheidende, wenn ich richtig lag. »Wo hast du sie?«

»Wen?«

»Na, die Bonbons!«

»Welche Bonbons?«

»Herrje, Konstantin! Tante Polly meinte die, die du neulich bei uns zu Hause gefunden hast, nach der Jagd auf Röschens Beo. Oder hast du sonst in letzter Zeit irgendwelche geheimnisvollen Drops gesehen?«

Konstantin fluchte leise.

»Natürlich! Die waren unter diesem mörderhässlichen Lampenfuß, der kaputtgegangen ist. Der mit den Zitronen.«

»Genau, das müssen sie sein!«

»Du meinst … Bonbons haben meine Parallelweltsprünge ausgelöst? Einfach nur Bonbons?«

Ich bezweifelte, dass es einfach nur harmlose Bonbons waren.

Konstantin war schon einen Schritt weiter. »Wenn ich mich richtig erinnere, schmeckten sie nach Zimt …«, sagte er nachdenklich.

Er schnippte mit den Fingern. »Weißt du noch, in der Wohnung bei deiner Oma? Da haben unsere Parallel-Ichs auch nach Bonbons gesucht!«, sagte er aufgeregt. »Und später in Pollys Keller. Sie suchen nach den Bonbons, weil sie die Parallelsprünge auslösen! Aber sie haben nicht die richtigen gefunden.«

Ich starrte Konstantin an. »Wie viele hast du davon gegessen?«

Er zuckte mit den Schultern. »Ich weiß es nicht mehr genau. Bestimmt ein paar.«

Ich schluckte. Konnte man von den Dingern eine Überdosis bekommen? »Waren denn noch welche übrig?«

»Glaub schon. Wir sehen nach. Die müssen noch irgendwo in meinem Zimmer liegen.«

»Gut. Lass uns sofort los, ja? Ich hab zwar nur die Hälfte kapiert von dem, was sie gesagt hat, aber das Wort *Weltgefüge* macht mich doch ein bisschen nervös.«

Konstantin nickte, beugte sich dann blitzschnell zu mir und nahm mich in die Arme, so dass wir Nase an Nase auf dem Handtuch saßen.

»Aber zuerst versöhnen wir uns.«

Mein Herz begann, wie wild zu klopfen. »Wir haben doch gar nicht gestritten. Das waren doch die anderen beiden.«

Doch Konstantin grinste nur. »Na und?«.

Und dann küsste er mich.

Tja, und ganz ehrlich – warum hätte ich da widersprechen sollen?

Hey, Vicky, am Sonntag sind meine Eltern nicht da. Lust auf private Poolparty? Du musst dir auch nicht die Fußnägel lackieren.

Sorry, Claire, bin den ganzen Sonntag bei meiner Tante, Neueröffnungsparty im Café. Komm doch auch, das wird sicher lustig! Frank will ungefähr zwanzig neue Rezepte ausprobieren!

Nee, schon okay, ich will nicht stören.

Du störst nicht. Und ich würde mich wirklich freuen, wenn du kommst! Tante Polly hat mir extra gesagt, dass ich meine Freunde einladen darf.

Claire?

Seit wann bezeichnest du uns als Freunde?

Seit einer Weile. Aber ich werde ganz schnell wieder damit aufhören, wenn du weiter so doofe Fragen stellst.

Schon gut, schon gut ... wir sehen uns im Café!

22.

Nachdem wir uns am See noch versöhnt hatten, machten wir uns direkt auf den Weg zu Konstantin nach Hause. Wo wir Hand in Hand die Holztreppe in sein Zimmer hinaufrannten und er zwei Sekunden später besagte silberne Dose mit einem triumphierenden »Ha!« aus einer seiner Sporttaschen kramte.

»Dann haben die beiden Nervensägen also *danach* gesucht«, sagte er und balancierte die Dose auf seiner Hand wie ein seltenes Schmuckstück. Zugegeben, ich guckte das Ding vermutlich nicht weniger ehrfürchtig an als er.

»Und Gott sei Dank haben sie es nicht gefunden«, sagte ich. »Aber was machen wir jetzt damit? Wo sollen wir die restlichen Drops verstecken, damit sie wirklich überhaupt niemand findet?«

»Du meinst, wir sollen sie im Garten vergraben oder so?«

»Bei unserem Glück findet sie dann ein Hund oder ein Eichhörnchen oder –« Ich stockte. Und schlug mir dann mit der flachen Hand vor die Stirn. »Jetzt weiß ich es!«

»Was? Ein Versteck?«

»Nein! Woher ich diesen Hund kenne. Der bei Parallel-Polly im Büro!«

Konstantin sah mich nur fragend an.

»Ich habe den Hund schon mal gesehen«, sprudelte es aus mir heraus. »Vor einer Weile, als Tante Polly noch ihren alten

Laden hatte, kurz vor dem Brand. Und dann noch mal auf der Cloppenburg'schen Party. Es war *sein* Hund. Parallel-Franks Hund! Was, wenn der so wie ich gesprungen ist? Vielleicht hat der ja ein paar Bonbons gefressen, bemerkt oder unbemerkt.«

»Hm, möglich. Aber was bedeutet das jetzt?«

»Dass Parallel-Polly tatsächlich der Dreh- und Angelpunkt ist.« Ich seufzte und ließ mich auf Konstantins Bett plumpsen. »Wir müssen abwarten, bis wir wieder springen. Um endlich Antworten zu bekommen.«

»Und bis dahin bleiben wir einfach hier und rühren uns nicht vom Fleck«, beschloss Konstantin.

»Nichts lieber, als das!«, sagte ich aus tiefstem Herzen und ließ mich von ihm wieder in die Arme nehmen.

Seit Ben und seine Familie morgens aus dem *B&B* abgereist waren (nicht ohne dass Ben mir noch einmal lächelnd und augenzwinkernd versicherte, ich wäre das umwerfendste Mädchen, das er je gesehen hätte, und wäre den Verlust des Surfcamps mehr als Wert gewesen), war es bei uns zu Hause wieder ruhig und friedlich.

So friedlich, dass Mum die neugewonnene himmlische Ruhe verlängerte, indem sie sogar einem Gast absagte, der kurzfristig an diesem Tag anreisen wollte.

»Ich brauche einfach eine Pause, Vicky. Wenigstens ein paar Tage lang möchte ich im Garten sitzen und nichts tun. Höchstens ein bisschen nachdenken.«

Ich konnte sie so gut verstehen – mir ging es nämlich ganz

genauso. In letzter Zeit hatte ich manchmal tatsächlich Angst, mein Kopf würde explodieren, wenn er noch mehr Neuigkeiten zu verkraften hätte.

Die Parallel-Polly-Geschichte zum Beispiel ließ meinen Kopf schwirren, so dass mir ganz schwindelig war.

Wir wussten nun, dass es an irgendwelchen doofen Bonbons lag, dass Konstantin in Parallelwelten gesprungen war. Aber was war mit mir? Ich sprang schließlich schon viel länger und hatte nie die Bonbons aus der silbernen Dose gegessen. Und welche Rolle spielte meine Tante Polly bei dem Ganzen? Wusste sie das, was ihr Parallelwelt-Ich wusste? War sie deswegen so sauer wegen der Bonbongläser im Keller gewesen?

So oder so schienen die Dinger echte Bomben zu sein. Und ich war froh, dass wir ein Vic- und Konsti-sicheres Versteck gefunden hatten. (Ich hielt es für unwahrscheinlich, dass Vic die Drops in der Keramikdose in meinem Zimmer vermuten würde, die mit *Milchzähne* beschriftet war.)

Nachdem wir das erledigt hatten, war es, als ob eine Last von unseren Schultern gefallen war. Und mit dem Wissen, dass wir bei unserem nächsten Sprung sofort wieder zu Parallel-Polly gehen konnten, um noch mehr Details über unsere »Gabe« zu hören, entspannten wir uns.

Wir verbrachten praktisch den gesamten folgenden Tag auf unserer Hollywoodschaukel. Und küssten uns. Und aßen Eis. Und redeten über die Parallelwelten. Eigentlich hätte ich Pauline ja auch gerne dabei gehabt, um sie auf den neuesten Stand zu bringen, aber die hatte zum ersten Mal in ihrem Leben etwas viel, viel Besseres zu tun:

Sie und Nikolas waren offenbar so verliebt, dass weder Konstantin noch ich etwas von unseren besten Freunden hörten oder sahen. Und zum ersten Mal in meinem Leben fand ich es ganz prima, dass Pauline mich vergessen zu haben schien. Tatsächlich war ich an diesem Tag sogar *so* glücklich und ausgeglichen, dass es mir noch nicht einmal etwas ausmachte, als Konstantin sich am späten Nachmittag verabschiedete, weil er nach Hause zu seinen Eltern musste. Und zu Lara. Sie und ihre Familie würden nämlich in zwei Tagen nach Hause fahren (meine Gebete wurden tatsächlich erhört!), und bis dahin waren noch diverse gemeinsame Familienaktivitäten geplant. Dass Konstantin dazu so gar keine Lust hatte, beruhigte mich umso mehr.

Am Abend hatten Mum und ich uns verabredet – zu einem langen Filmabend bei uns im Garten. Wir hatten den Beginn der großelternfreie Zeit noch gar nicht richtig gefeiert. Sie hatte zwei Liegen in die lauschigste und am weitesten vom Haus liegende Ecke gezerrt, uns ein paar Brote geschmiert und auf ihrem iPad einen Filmklassiker gestartet.

»Warum sitzen wir denn hier hinten? Und – *Endstation Sehnsucht*? Entspricht das etwa deinem aktuellen Gefühlszustand?«, fragte ich, als wir uns in der kühleren Abenddämmerung nebeneinanderkuschelten. Die ersten Sterne leuchteten am Himmel, eine kleine Fledermaus huschte über uns hinweg, und weil wir so dicht zwischen den Büschen saßen, kam es mir plötzlich so vor, als wären wir ganz woanders.

»Hier hinten ist der WLAN-Empfang der Nachbarn am allerbesten.«

Ich warf ihr einen strengen Blick zu.

»Hey, ich hab gefragt. Ich bin doch nicht Opa. Und was meinen Gefühlszustand betrifft – ehrlich gesagt, weiß ich das gerade nicht«, antwortete sie. »Aber ich dachte, dass Marlon Brando – der *junge* Marlon Brando – nie schaden kann.«

»Wir könnten auch einen Film mit Hugh Grant anschauen, oder mit Colin Firth. Vielleicht würde dir das ja helfen, dir ein bisschen klarer zu werden. Über Dad«, versuchte ich es wenig subtil, aber Mum winkte sofort ab.

»Wir könnten sogar eine Dokumentation über die fortschrittliche Wasserversorgung im alten Rom laufen lassen – ich müsste sowieso die ganze Zeit an ihn denken.«

»Das ist ein gutes Zeichen«, sagte ich und drückte ihre Hand.

»Ich denke schon«, lächelte sie und gab mir einen Kuss auf den Kopf.

Und dann guckten wir *Endstation Sehnsucht.*

Beziehungsweise – *ich* guckte.

Mum hatte nämlich nach etwa zehn Minuten ihr Handy herausgezogen und tauschte seitdem praktisch ununterbrochen Nachrichten aus.

Mit Dad.

Dummerweise hielt sie ihr Smartphone so dicht vor ihre Nase, dass ich nicht heimlich mitlesen konnte – und ich starb beinahe vor Neugier. Aber Mums entspanntes Gesicht und das leise Lächeln, das hin und wieder ihre Mundwinkel umspielte, waren mir eigentlich genug, so dass ich mich auf die Liege fläzte und mich vom Film berieseln ließ.

Ich konnte mich nicht daran erinnern, wann ich das letzte Mal so glücklich war.

Aber wie das mit dem Glück nun mal so ist – es hielt nicht lange an.

Genau genommen hielt es nur bis zu der Stelle, als Marlon Brando und Vivien Leigh alias Stanley und Blanche sich das erste Mal in den Haaren hatten.

Dann waren sowohl meine als auch Mums Entspannung innerhalb von einer Sekunde dahin, als wir von unserem abgelegenen Liegeplatz plötzlich eine dunkle Gestalt durch unseren Garten schleichen sahen.

»Wer ist das?«, wisperte Mum, die den Eindringling in der gleichen Sekunde wie ich gesehen und sich vor Schreck kerzengerade aufgerichtet hatte.

»Ein Einbrecher?«, flüsterte ich zurück und deutete auf den Lichtkegel, den eine Taschenlampe warf.

Mum schüttelte den Kopf. »Dafür ist er viel zu langsam und auffällig, außerdem guckt er sich gar nicht um, ob er beobachtet wird. Der schaut nur aufs Haus.«

»Was hat der nur vor? Jeder unserer Bekannten würde klingeln oder das Gartenlicht anmachen, die kennen sich ja alle aus.« Ich stieß Mum den Ellbogen in die Seite: »Schau mal, ich glaube, da ist *noch* jemand!«

Tatsächlich kam hinter dem Mann eine Frau gelaufen. Sie trug einen langen weißen Rock, der sich überdeutlich gegen die immer dunkler werdende Nacht abhob. Und jetzt wurde mir klar, mit wem wir es zu tun hatten.

»Das glaub ich einfach nicht!«, flüsterte Mum, die mal wieder genau das Gleiche dachte wie ich. »Das ist der Bürgermeister. Und hinter ihm –«

»Frau Thiele. Die Bibliothekarin«, ergänzte ich.

Mum gab einen leisen Fluch von sich. »Was suchen die hier nur?«

»Keine Ahnung. Komm, wir schleichen uns näher ran!« Praktisch gleichzeitig standen wir von unseren Liegen auf und huschten ein paar Schritte Richtung Haus, immer im Schutz der dichten Lorbeerbüsche und Forsythien, die hier im hinteren Teil des Gartens wuchsen.

Der Bürgermeister war scheinbar einmal komplett um das Haus herumgegangen und stand jetzt neben Frau Thiele auf der linken Seite der Veranda und deutete auf etwas.

»Kannst du verstehen, was sie sagen?«, flüsterte ich, doch Mum neben mir schüttelte den Kopf und bedeutete mir mit einer Handbewegung, ihr zu folgen.

In den Rhododendren, die der Veranda am nächsten lagen, gingen wir in die Hocke. Von hier hatten wir den perfekten Blick und waren endlich in Hörweite. Was sich klar lohnte.

»Sind Sie sicher, dass es das richtige Fenster ist?«, wisperte Frau Thiele und sah sich unsicher um. Die Arme war schon immer etwas kurzsichtig, weigerte sich allerdings vehement, eine Brille zu tragen. Das wusste ich von Tante Polly, die mit ihr zur Schule gegangen war. Vermutlich hatte sie keinen blassen Schimmer, bei wem sie da im Garten stand.

»Natürlich bin ich das, schließlich ist sie meine Lebenspartnerin!«, flüsterte der Bürgermeister nicht ganz so leise zurück, und mir entfuhr ein leises Keuchen.

»*Lebenspartnerin?*«, flüsterte ich entsetzt.

»Pschschscht!«, machte Mum, und ich konnte trotz der Dunkelheit ahnen, dass ihre Wangen ein paar Nuancen röter geworden waren.

Ein paar Sekunden später hörte man ein leises Klacken.

»Das müsste reichen, jetzt ist sie auf jeden Fall wach. Los geht's!«, sagte der Bürgermeister und räusperte sich.

»Meine liebe Meg«, fing er an, und zwar ziemlich laut. Neben mir sank meine Mum mit den Knien ins Gras, als ob sie gerade einen kleinen Schwächeanfall erlitt.

»Meine liebe Meg, wir sind nun bald zwei Monate zusammen, und es gibt etwas, das ich unbedingt loswerden muss.«

Leises Rascheln. Dann noch ein Räuspern, diesmal sehr viel lauter.

Und dann legte er los.

»*Ein Blick von deinen Augen in die meinen,*
Ein Kuss von deinem Mund auf meinem Munde,
Wer davon hat, wie ich, gewisse Kunde,
Mag dem was anders wohl, äh, also –«

»Erfreulich scheinen?«, flüsterte da Frau Thiele, und der Bürgermeister polterte weiter: »Genau, *erfreulich scheinen?*«

Sah ich das richtig, dass unsere Bibliothekarin gerade die Liebeserklärung des Bürgermeisters an meine Mum soufflierte?

Mum saß immer noch wie versteinert neben mir und starrte entsetzt auf die Szene vor uns.

»Goethe«, murmelte sie nur. »Er zitiert Goethe.«

Verdammt. Es war zu dunkel, um das zu filmen. Oder doch nicht? Ich richtete mein Handy auf die dunklen Gestalten vor uns. Probieren konnte ich es allemal. »Cyrano de Bürgermeister, erster Akt, erste Szene. Und Action!«, kicherte ich leise und fing mir dafür von Mum einen verzweifelten Blick ein.

Dabei kam der Bürgermeister gerade erst in Fahrt.

»Entfernt von dir, entfremdet von den Meinen,
Führ ich stets die Gedanken in die Runde,
Und immer treffen sie auf jene Stunde,
Die einzige; da fang ich an zu weinen.
Die Träne trocknet wieder unversehens:
Er liebt ja, denk ich, her in diese Stille,
Und solltest du nicht in die Ferne reichen?«

Pause.

Beinahe hätte ich angefangen zu klatschen, denn das war ja ein ganz schön langes Stück, das er da auswendig gelernt hatte. Jetzt allerdings hing er wohl, was ich aus den hektischen Blicken zu Frau Thiele und Fuchtelbewegungen mit seiner rechten Hand schloss. Ich zoomte mit dem Handy etwas näher ran. Dieses Video würde unbezahlbar werden.

Prompt fing die Thiele wieder an zu flüstern, und der Bürgermeister plapperte nach:

»Vernimm das Lispeln dieses Liebewehens!«

»*Das Lispeln dieses Liebeswehens?*«, hauchte Mum atemlos und sah mich an. Ich musste die Hand auf meinen Mund pressen, um nicht laut loszuprusten. Das mit dem Gedicht war ja vielleicht ganz romantisch (na ja, zumindest für Retrofreunde), aber falls der Bürgermeister tatsächlich dachte, dass Mum so etwas gefiel, dann war er – nun ja – im falschen Garten.

»*Mein einzig Glück auf Erden ist dein Wille,*
Dein freundlicher, zu mir; gib mir ein Zeichen!«

Stille senkte sich über den Garten. Ich hielt den Atem an.

»GIB MIR EIN ZEICHEN!!!«, rief er jetzt noch einmal deutlich lauter und fuhr sich dann mit einer Hand durch seine gegelten Haare.

Mum saß immer noch reglos neben mir und gab sich nicht zu erkennen. Hätte ich an ihrer Stelle auch nicht getan. Stattdessen vielleicht ein Loch gegraben, um darin zu versinken.

Frau Thiele zog sich diskret ein paar Schritte hinter die Veranda zurück.

»Meg?«, säuselte der Bürgermeister.

Und diesen Moment wählte Mums Handy, um zu klingeln. Und zwar mit der Melodie von *Complicated*.

»O verdammt, verdammt, verdammt …«, murmelte Mum und fummelte hektisch ihr Telefon aus der Hosentasche.

»Seit wann hast du denn Avril Lavigne als Klingelton?«

»Noch nicht lange. Ach Mist, jetzt haben sie uns gesehen!«

»Meg, bist du das?«, fragte da der Bürgermeister und kam ein paar Schritte auf den Rhododendron zu.

Mum warf mir einen letzten Blick zu, ehe sie tief durchatmete, sich hinter dem Gebüsch aufrichtete und ihre Bluse glattstrich.

»Hallo, Laslo. Hallo, Frau Thiele. So eine Überraschung! Wie schön, dass ihr mal vorbeischaut. Möchtet ihr einen Schluck Eistee?«

Ich kam ebenfalls wieder auf die Beine, noch etwas wackelig vom langen Hocken, und bemühte mich, Mum zu folgen, die so tat, als ob das hier alles überhaupt nicht passiert wäre (kein schlechter Schachzug, wie ich fand). Da sprang mit einem Mal die Terrassenbeleuchtung an, und wir alle fingen an, wie Maulwürfe im grellen Licht zu blinzeln.

Eine schrille Stimme rief:»Meg? Meg, ist etwas passiert?«

Zwei Sekunden später kam unsere Nachbarin Frau Hufnagel um die Ecke gestürmt, in einer bunt geblümten Kleiderschürze und einem Haarnetz über ihren lilagrauen Locken. Ihren Rollator hatte sie zu Hause gelassen, offenkundig kam sie auch problemlos ohne klar.

»Ich habe eine laute Männerstimme von hier hinten gehört, das wollte ich mal nachsehen, ob alles in Ordnung ist, Schätzchen.«

Mum seufzte leise.»Ist es, Erna. Alles in Ordnung.«

Frau Hufnagel machte trotzdem nicht die geringsten Anstalten, sich wieder zu verdrücken.

»Oh, hallo Bürgermeister!«, rief sie entzückt.»Und Frau Thiele, was machen Sie denn hier?«

Die arme Frau Thiele stand hilflos vor uns und zupfte sich nervös am Rock herum. Sie war von Haus aus extrem schüch-

tern, und dass sie neben ihrem Engagement als Bürgermeis-
ter-Textsouffleuse jetzt noch persönlich angesprochen wurde,
überforderte sie sichtlich.

»Ich, äh, also, ich –«

»Aber wenn Sie schon mal da sind, darf ich Ihnen dann
gleich die Bücher mitgeben, die ich neulich aus der Bücherei
mitgenommen hatte? Dann muss ich morgen nicht extra hin-
laufen, ich habe diese schlimme Hüfte, wissen Sie? Das eine
Buch, das mit dem dunkelhaarigen Cowboy vorne drauf, hat
mir ganz gut gefallen, aber das andere, das sie mir so wärms-
tens empfohlen hatten, wo der Pirat mit der Tochter des Barons
auf dem Schiff, also, Sie wissen schon –«

»Ich nehme sie mit, gar kein Problem!«, unterbrach Frau
Thiele sie, raffte ihren langen Rock und eilte mit eingezogenen
Schultern zu Frau Hufnagel hinüber. Offenbar konnte sie es
kaum abwarten, die Szenerie im King'schen Garten zu verlassen – was ich nur zu gut verstehen konnte.

Der Bürgermeister, Mum und ich sahen ihr nach, bis sie mit
unserer Nachbarin um die Hausecke verschwunden war.

»Sie hatte schon immer eine Schwäche für Goethe«, murmelte Mum und schaute auf ihre nackten Füße, die im langen
Gras versanken.

Tja, und eine Schwäche für den Bürgermeister. Wer sonst
machte schon so einen Blödsinn mit?

»Wer hat eine Schwäche für Goethe?«, fragte da jemand, und
ich schnappte nach Luft, als ich sah, wer da plötzlich in unserem Garten aufgetaucht war.

»Kenneth?«, fragte Mum und ich zeitgleich mit ihr: »Dad?«

Was der Bürgermeister sagte, konnte ich leider nicht verstehen, aber ich bezweifelte, dass er besonders enthusiastisch war. Normalerweise verdünnisierte er sich ja, wenn Dad auftauchte. Heute allerdings machte er leider nicht den Eindruck, als ob er sich verkrümeln wollte.

Im Gegenteil.

Kerzengerade richtete er sich auf und zupfte den Kragen seines weißen Hemds zurecht. »Meg, ich muss dringend mit dir sprechen.«

»Klar, äh, was gibt's?«, fragte Mum und schaute unsicher zwischen Dad und ihrem lyrischen Verehrer hin und her.

Letzterer fixierte Dad für einen kurzen Moment aus leicht zusammengekniffenen Augen. Kein Zweifel, es war ihm alles andere als recht, dass ausgerechnet er jetzt hier aufgetaucht war – allerdings war da auch noch was anderes in seinem Blick.

Berechnung?

»Sollen wir euch lieber alleine lassen?«, fragte jetzt mein Dad, der immer noch neben den Stufen stand, die zur Veranda nach oben führten, und sich lässig am Geländer abstützte.

»Nein, nein, ist schon in Ordnung. Ich habe keine Geheimnisse«, lächelte der Bürgermeister und zog eine kleine Schachtel aus seiner Sakkotasche.

Ein kleines, rotes Samtpaket.

Das er meiner Mum feierlich überreichte.

»Meine liebe Meg, den wollte ich dir schenken. Eigentlich schon, seit wir uns kennengelernt haben. Aber manchmal braucht man einfach eine Weile, bis man in die Gänge kommt, oder nicht?« Er lachte, als ob er einen besonders lustigen Witz gemacht hatte, aber niemand von uns fand ihn auch nur ansatzweise komisch.

Mum fasste sich mit einer Hand an den Hals, als ob ihr schlecht geworden war. Und mir war plötzlich auch ganz flau.

»Mach doch auf!«, drängte der Bürgermeister.

Mums inneren Zwiespalt konnte man praktisch greifen. Aber obwohl ich ihr ansehen konnte, dass sie lieber in ein Nest voller Vogelspinnen als in dieses Kästchen gesehen hätte, nahm sie es an sich und öffnete es.

Und schnappte nach Luft.

»Laslo, das ist … also, das ist –«

»Mein Autoschlüssel«, ergänzte der Bürgermeister. »Der Zweitschlüssel, um genau zu sein. Von meinem Cabrio. Du kannst ihn jederzeit nehmen, wenn du möchtest.« Dabei sah er meinen Dad an, als wollte er noch hinzufügen: *Ätsch, und jetzt kommst du!*

Dad machte weiterhin sein abgebrühtes Anwaltsgesicht, aber eine Winzigkeit hatte sich verändert. Als sich meine Mum nämlich zu uns umdrehte – besser gesagt, zu Dad –, schienen sich die beiden zu unterhalten.

Nur mit Blicken.

Und das war der Moment, in dem es dem Bürgermeister dämmerte, dass er sich seiner Sache vielleicht zu sicher gewesen war.

Und als er so dastand, zwischen Mum und Dad hin- und herblickte und ganz langsam seine Felle davonschwimmen sah, tat er mir tatsächlich ein bisschen leid. Und zwar deshalb, weil ich endlich begriff, dass meine Mum ihm wirklich etwas bedeutete. Auch wenn er zugegeben eine ziemlich merkwürdige

Art und Weise hatte, das zu zeigen. Aber nichtsdestotrotz war ein Zweitschlüssel für den Sportwagen von Laslo Müllerbeck-Albarese mindestens so viel wert wie für manch anderen ein Verlobungsring.

Und so, wie meine Mum gerade guckte, wusste sie das auch.

»Laslo, ich … ich weiß gar nicht, was ich sagen soll.«

Sag einfach NEIN!, wollte ich am liebsten schreien, aber ich war wie gelähmt. Hilfesuchend sah ich zu meinem Vater, der immer noch neben unserer Veranda stand und den Bürgermeister musterte. Ach, immer dieses blöde Anwalts-Pokerface!

Der Bürgermeister räusperte sich. »Nimm den Schlüssel, Meg. Er sei dein. Genau wie mein Herz es schon lange ist.«

Uuuäääh. Der soufflierte Goethe von vorhin war die eine Sache, aber echte Liebesbezeugungen, die ihm niemand ins Ohr flüsterte, waren tausend Mal schlimmer. Denn die meinte er wahrscheinlich so.

»Laslo, lass uns mal ein paar Schritte gehen«, sagte da meine Mum, ehe sie sich Dad und mir zuwandte. »Und ihr beiden bleibt hier, ja? Ich bin bald wieder zurück.«

Dad nickte und ich mit ihm. Was hätten wir auch sonst tun sollen?

Während Mum mit dem Bürgermeister um das Haus herumging und hinter den Rosenbüschen verschwand, stieg Dad die Stufen zur Veranda hinauf und setzte sich. Und jetzt erst bemerkte ich, dass sein Pokerface wirklich nur Poker gewesen war. Seine Finger zitterten.

»Ich hol dir etwas zu trinken, ja?« Etwas anderes fiel mir nicht ein.

Ich schnappte mir den Eistee aus der Küche, setzte mich zu meinem Dad und griff nach seiner Hand.

Es dauerte keine Viertelstunde.

Dreizehn Minuten und sechsundfünfzig Sekunden, um genau zu sein. Dad und ich zählten sie einzeln. Dann kam Mum wieder zu uns in den Garten, und sie lächelte, als sie uns sah. Äh, nein. Sie lächelte, als sie *Dad* sah.

»Das hätte ich schon viel früher machen sollen. Es tut mir leid, dass du das mitbekommen musstest.«

»Manche lernen es leider nur auf die harte Tour«, antwortete Dad und ließ meine Mum nicht aus den Augen, als sie sich zu uns auf die Verandastufen fallen ließ.

Ich spürte, wie mein Mund offen stehen blieb. »Du hast mit ihm Schluss gemacht?«

Mum warf Dad einen Blick zu. »Ja«, sagte sie nur.

Und dann konnte ich nicht anders. Ich bemühte mich so sehr, cool zu bleiben, aber es haute einfach nicht hin. Ehe ich überhaupt darüber nachdachte, war ich schon aufgesprungen und meiner Mutter laut juchzend um den Hals gefallen.

»Danke, danke, danke!«, sagte ich immer wieder, und Mum tätschelte mir den Rücken.

»Wie froh bin ich, dass du meine Entscheidung diesmal unterstützt«, sagte sie.

Ich grinste über ganze Gesicht, als ich mich von ihr losmachte. Und dann sah ich sie an, meine beiden Eltern, wie sie zusammen auf unserer Veranda saßen, nebeneinander, nur im

Schein des kleinen Windlichts, das ich mit dem Eistee noch auf die Stufen gestellt hatte.

Und wie sie sich diesen ganz besonderen Blick zuwarfen.

Vor Freude hätte ich auf der Stelle in Tränen ausbrechen können, aber ich versuchte, mich zusammenzureißen.

»Und was passiert jetzt?«, fragte ich.

»Jetzt gehst du rein und lässt deinen Vater und mich alleine«, antwortete Mum, und mein Dad nickte mir zu.

»Nichts lieber als das!«, jubelte ich, drehte mich um und ging halb humpelnd, halb springend zurück ins Haus.

Wo ich mir dann doch noch eine Träne aus dem Augenwinkel wischen musste.

Aber Freudentränen konnte man eigentlich nie genug vergießen. Oder?

Vicky, du musst unbedingt ins Freibad kommen!

Hallo, Claire, danke, mir geht's gut. Nein, eigentlich super. Meine Eltern haben sich gestern Abend ausgesprochen, und ich glaube, das könnte wieder was werden mit den beiden. Und wie geht's dir?

Geht so, Konstantin ist hier, du musst kommen!

Claire, das ist ja lieb, dass du an mich denkst, aber Konstantin und ich sind eigenständige Menschen. Wir müssen nicht jede Sekunde des Tages zusammenhängen. Wir sind für morgen verabredet.

Er ist mit Lara da!

Ich weiß.

Ich dachte, das solltest du dir ansehen.

Danke, ich kann mir vorstellen, wie das aussieht.

Ich glaube nicht.

Claire, was soll das? Langsam beunruhigst du mich.

Komm her, Vicky. Bitte.

Bitte? Was ist los, Claire???

Ich tue nur das, was Freunde in solchen Situationen tun.

Okay, okay. Bin unterwegs.

23.

Als ich mich durch das rappelvolle Freibad schob, wünschte ich, ich wäre zu Hause geblieben. Aber Claire hatte es so spannend gemacht mit ihren Andeutungen, dass meine Neugier (und das komische Gefühl in meiner Magengegend) gesiegt hatte.

Die Liegewiese war wie jeden Tag der letzten Wochen fast bis auf den letzten Platz besetzt, aber inzwischen hatte ich Übung gewonnen, mich durch die Menschenmassen zu schlängeln.

Claire erwartete mich wie versprochen auf ihrem Handtuch unter der Baumgruppe, wo sich sonst unsere Clique immer traf. Allerdings war sie heute alleine.

»Nun bin ich gespannt, was so unheimlich wichtig sein soll, dass ich meine schöne ruhige Liege im Garten aufgegeben habe. Wo sind denn alle? Ich dachte, Konstantin und die anderen wären auch hier?«

Claire stand auf und zupfte ihren Bikini zurecht, während sie mich erstaunlich freundlich ansah.

»Von anderen hab ich nichts gesagt. Nur Konstantin und Lara sind da. Und genau *das* sollst du dir ansehen.«

Irgendetwas an ihrem Ton ließ mich aufhorchen.

Kein Spott, kein Zynismus.

Und, was mich am meisten irritierte (außer ihren komischen Nachrichten vorhin): Dieser Blick von ihr ... war das nur Aufrichtigkeit? Oder etwa – Mitleid???

»Claire! Was ist los?«

Sie biss sich auf die Unterlippe. »Komm mit. Aber denk dran: Ich bin nur der Überbringer der Nachricht. Ich kann nichts dafür!«

Trotz der Mittagshitze stellten sich meine Nackenhaare auf. »Du machst mir langsam wirklich Angst!«

Aber Claire lächelte nur gequält und nahm meine Hand, um mich in Richtung der Schwimmerbecken zu ziehen.

Erst als wir an dem schmalen gepflasterten Weg angekommen waren, der das große Freischwimmerbecken vom Sprungbecken trennte, ließ sie mich los.

»Da vorne sind sie«, sagte sie und deutete unauffällig auf die hinterste Bahn im Becken.

Ich musste die Augen gegen die Sonne zusammenkneifen, um überhaupt etwas erkennen zu können. Denn da waren ungefähr eine Million Menschen. Aber schließlich sah ich sie, ganz in der Ecke, bis zu den Schultern im Wasser.

Konstantin.

Und Lara, die ihre Arme um seinen Hals geschlungen hatte.

Von einer Sekunde auf die andere schien sich eine Hand um mein Herz zu legen und fest zuzudrücken.

»Das ist –«, setzte ich an, doch ich brachte kein weiteres Wort über die Lippen.

»Das ist nicht schön«, ergänzte Claire leise, und das Mitgefühl in ihrer Stimme gab mir beinahe den Rest.

Ich musste hier weg. Nur machte mein Körper dabei nicht mit, denn meine Füße waren mit dem Beton unter mir verschmolzen.

»Schau mal, sie kommen aus dem Wasser und in unsere Richtung«, murmelte Claire, und ich nickte. Der leuchtend orangefarbene Bikini von Lara war nicht zu übersehen – und wie eng sie sich an Konstantin drückte, auch nicht.

Claire trat unruhig von einen Fuß auf den anderen. »Wenn wir hier stehen bleiben, sehen sie uns.«

Ich atmete tief durch. »Das sollen sie auch.«

Claire sah mich fragend von der Seite an, aber ich hatte einen Entschluss gefasst.

Vielleicht was es wie bei Mum auch bei mir einfach Zeit, gewisse Dinge zu erledigen. Und jetzt schien mir genauso gut wie jeder anderer Zeitpunkt. Denn schlimmer konnte es kaum noch werden.

Konstantin war bis auf zwei Meter heran, ehe er mich entdeckte. Er zuckte erschrocken zusammen, während er genau wie ich wie angewurzelt stehen blieb. Woraufhin Lara stolperte und sich noch fester an ihn klammerte, diesmal um seine Taille.

»Vicky«, fing Konstantin an, aber Laras Augen blitzten, als sie ihn unterbrach:

»Ach, Vicky, du auch hier? Willst du versuchen, Konstantin noch einmal umzustimmen? Tja, damit wirst du keinen Erfolg haben, tut mir leid.«

Ihr Blick sagte mir auch, wie sehr es ihr leidtat.

Nämlich nicht die Bohne.

Trotzdem wusste ich noch nicht einmal genau, wovon sie sprach.

»Lara, lass doch«, murmelte Konstantin und versuchte, sie ein wenig von sich wegzuschieben. Was zur Folge hatte, dass sie sich nur fester an ihn klammerte, wie eines von diesen kleinen Äffchen, und ihre Wange an seine Brust legte. Um mich noch mehr zu verletzen.

»Es ist natürlich blöd, dass es nicht mit euch beiden geklappt hat«, säuselte sie weiter, »aber man liebt nun mal, wen man liebt. Und wir werden das schon schaffen«, sagte sie und hauchte Konstantin einen Kuss auf die Schulter.

Übelkeit stieg in mir auf.

»Was schaffen?«, fragte jetzt Claire, die genauso entgeistert auf die beiden starrte, wie ich mich gerade fühlte.

»Na, das mit der Fernbeziehung natürlich.«

Ich schluckte. Träumte ich, oder hatte ich es wirklich nicht mitbekommen, dass Konstantin sich von mir getrennt hatte und wieder mit Lara zusammengekommen war?

Oder hatte sein Parallel-Ich die ganze Sache verursacht, während Konstantin und ich in dieser anderen Welt waren? Aber bis gestern Nachmittag war doch alles noch vollkommen in Ordnung gewesen!

Ich sah ihn an und versuchte, irgendwie mit ihm zu kommunzieren, so wie Mum und Dad es gestern getan hatten. Um herauszufinden, ob ich irgendetwas nicht mitbekommen hatte.

Aber Fehlanzeige. Außer, dass er ein paarmal mit den Augen zwinkerte und mit dem Kopf so komisch hin und her zuckte, vermutlich weil ihm eine Schweißperle ins Auge gelangt war, gab es weder ein Zeichen von Reue oder sonst irgendwas.

Tja, und da wusste ich, dass ich verloren hatte. Wobei ich allerdings vorher keine Ahnung von einem Kampf gehabt hatte. Oder zumindest in den letzten Tagen nicht mehr.

Plötzlich war ich einfach nur unendlich müde.

»Na gut, dann – viel Spaß bei eurer Fernbeziehung«, murmelte ich, ehe ich mich umdrehte und einfach nur noch nach Hause wollte.

»Vicky, warte!«, hörte ich Konstantin noch hinter mir rufen, aber ich wollte nicht mehr mit ihm reden.

Eigentlich *nie* mehr.

Es tat einfach viel zu weh.

Leider holte er mich doch ein, als ich schon auf Höhe der Pommesbude in der Nähe des Ausgangs war, und hielt mich am Arm fest, den ich allerdings sofort aus seinem Griff losriss.

Dass er mich jetzt auch noch berührte, konnte ich nun wirklich nicht ertragen.

Trotzdem blieb ich stehen und biss mir auf die Zunge, um nicht sofort loszuheulen.

»Vicky, das mit Lara ist nicht so, wie es scheint. Also, ich meine, ich weiß, dass es vielleicht komisch aussieht …«

»Komisch?« Ich wirbelte zu ihm herum. »Komisch sieht es aus, wenn ich eins von Tante Pollys Kleidern anziehe. Oder zu Karneval ein Hummerkostüm trage. Lara und du, ihr seht alles andere als *komisch* aus.«

Erstaunlich unbeholfen fuhr er sich durch die Haare. »Na ja, ich meine, das ist alles nicht echt. Ich bin eigentlich gar nicht mit Lara zusammen, das wünscht sie sich nur.«

»Das da eben sah aber gerade sehr echt aus.«

Er klappte den Mund auf, doch ich hielt meine Hand hoch, um ihn zum Schweigen zu bringen.

»Vielleicht hätten wir es von Anfang an sein lassen sollen.«

Er starrte mich an. »Was lassen?«

»Das mit uns. Möglicherweise sind wir beide einfach nicht füreinander bestimmt. Wie in diesen Filmen, bei denen Mum immer Rotz und Wasser heult. Vielleicht liebe ich dich auch einfach *zu* sehr, wer weiß? Denn jedes Mal, wenn wir uns streiten, bricht mir beinahe das Herz. Ganz zu schweigen von dem, was da heute mit Lara passiert ist. Ich kann nicht mehr, Konstantin. Du hast einmal zu oft mit mir und meinem Herzen gespielt. Ich verkrafte das nicht länger.«

Konstantin stand wie vom Donner gerührt da. Offensichtlich hatte ich ausnahmsweise mal Worte gefunden, die bei ihm angekommen waren.

»Vicky, nicht … ich bitte dich … morgen fährt sie nach Hause, und dann erkläre ich dir alles! Du musst mir vertrauen, bitte!«

»Nein. Kein *bitte*. Mir hat das heute gereicht. Mach's gut, Konstantin.«

Und damit drehte ich mich um. Ich musste ganz dringend weg, denn ich hatte Angst, dass ich mich gleich würde übergeben müssen aus Kummer.

Und dabei brauchte ich nun wirklich keine Zeugen.

Diesmal kam Konstantin mir nicht mehr nach, als ich durch die vielen Leute drängelte, die am Kiosk anstanden, aber ich konnte spüren, dass er mir nachsah.

Und es brachte mich beinahe um.

Irgendjemand hatte mal gesagt (oder geschrieben? Ich weiß es nicht mehr), dass Freud und Leid sehr, sehr nahe zusammenlägen.

Als ich mir die Tränen vom Gesicht wischte, während ich zum Ausgang lief, wusste ich genau, was gemeint war.

Meine Freude gestern über die Situation mit meinen Eltern war so groß gewesen – aber mein Kummer heute wegen Konstantin war größer.

So viel größer als alles, was ich mir jemals hätte vorstellen können.

24.

Im Nachhinein weiß ich überhaupt nicht mehr, wie ich den Abend und den nächsten Tag bis zu Tante Pollys Eröffnungs-feier durchgestanden habe. Ich weiß nur, dass ich an einem solchen Tiefpunkt angekommen war, dass ich es am nächsten Vormittag nicht mehr zu Hause aushielt. Weil mich jede Ecke des *B&B*s an Konstantin erinnerte. Und nach einer fast kom-plett durchheulten Nacht war das einfach zu viel.

Als ich mich am Morgen aus meinem Zimmer schleppte, war ich am Ende meiner Kräfte. Ich fühlte mich, als ob man mich mit Zement ausgegossen hatte, konnte kaum Arme und Beine heben, und mein Magen war ein einziger, dicker Klum-pen. Nie hätte ich gedacht, dass Liebeskummer sich so schlimm anfühlen könnte.

»Ich verliebe mich nie wieder«, sagte ich beim Frühstück zu Mum, die nach Leibeskräften versuchte, mich zu trösten.

Erfolglos.

»Man kann es sich nicht aussuchen, wem man sein Herz schenkt«, sagte sie schließlich und gab mir gleich drei Scones auf den Teller, von denen ich wusste, dass ich sie nicht würde anrühren können.

»Ich werde es jedenfalls nicht mehr verschenken. Ich hätte es von Anfang an so machen sollen wie Pauline – die wollte nie einen Freund und hatte völlig recht damit.«

»Aber auch Pauline hat sich verliebt«, sagte Mum leise.

Ich seufzte. »Ja. Und hoffentlich läuft es bei ihr besser als bei mir. Sollte Nikolas ihr jemals so etwas antun wie Konstantin mir, muss ich ihn leider umbringen.«

Mum nickte verständnisvoll, während sie uns Tee nachschenkte. »Das ist sowieso klar.«

Pauline hatte ich noch nichts von dem Vorfall im Freibad erzählt. Nicht, weil ich es ihr vorenthalten wollte, sondern weil ich schlichtweg nicht dazu in der Lage war. Es hatte schon gereicht, dass ich Mum alles erzählen musste, weil ich ihr nach meiner Rückkehr aus dem Freibad heulend in die Arme gelaufen war. Außerdem brachte ich es nicht übers Herz, Pauline in ihrem Glück zu stören.

Auf meiner Suche nach Trost und einem Ort, den ich nicht sofort mit Konstantin verband, landete ich in Tante Pollys und Franks neuem Café. Wir waren nie gemeinsam auf der Baustelle gewesen (außer neulich im Keller nach unserem Rücksprung in den Süßigkeitenalbtraum), und deswegen flüchtete ich mich dorthin.

»Vicky, du musst uns wirklich nicht helfen, wenn du dich nicht gut fühlst«, sagte Tante Polly. In der Sekunde, in der ich durch ihre Tür kam, hatte sie mir angesehen, dass etwas nicht stimmte.

»Im Gegenteil. Wenn ich euch helfe, muss ich vielleicht nicht über Konstantin nachdenken.«

»Ach, Schatz, so schlimm?«, fragte sie und strich mir über den Rücken.

»Schlimmer«, murmelte ich, und ich befürchtete schon, dass

Tante Polly mich jetzt in den Arm nehmen und ich dann – zum wiederholten Mal heute – total zusammenbrechen würde.

Aber das tat sie zum Glück nicht.

Sie zog nur eine Augenbraue fragend nach oben, ehe sie sagte: »Na gut, dann kannst du mir mit den Tischen helfen. Für das Fest machen wir eine lange Tafel, damit wir alle zusammensitzen können. Wie klingt das?«

»Prima«, sagte ich und setzte ein gequältes Lächeln auf.

Und solange ich sowohl Konstantin als auch Lara heute (und in den nächsten hundert Jahren) weder sehen noch hören musste, war das auch noch nicht einmal komplett gelogen. (Sicherheitshalber hatte ich mein Handy zu Hause auf dem Nachttisch liegen lassen. Damit ich bloß nicht in Versuchung geriet, ständig nachzusehen, ob er sich vielleicht gemeldet hatte. Denn ich war stark und brauchte ihn nicht! Tja, und die Sonne geht im Westen auf. Und die Erde ist eine Scheibe. Und Lara eigentlich total nett … herrje!)

Ich wollte ja nicht daran glauben – aber Tante Polly hatte überraschenderweise ein Händchen für die Einrichtung ihres neuen Cafés bewiesen. Zwar hatte sie einen völlig anderen Stil als meine Mum, und auf den ersten Blick wirkte das Interieur zusammengewürfelt – aber das Gesamtbild war ziemlich klasse.

Der wuchtige hölzerne Tresen, auf dem Tante Polly in ihrem alten Geschäft gerne mal die ein oder andere skurrile Erfindung gebaut hatte, war komplett verschwunden. Ohne das Monstrum wirkte der Raum plötzlich riesig.

»Wir lassen die Tische, wie sie sind – ohne Decken, nur die bunten Blumen und die Etageren!«, sagte Tante Polly und schob schon mal ein paar Stühle aus dem Weg. »Und hier in die Mitte stellen wir die lange Tafel auf. So für zwanzig oder besser fünfundzwanzig Leute. Der Rest wird locker außenrum gestellt. Aber bitte so, dass es noch zu den Lampen passt. Ach ja, und da hinten auf das kleine Sideboard kommt dann die Musikanlage. Ich will später noch tanzen.«

»Das sieht super aus! Ich hab das Gefühl, ich wäre irgendwo ganz woanders. In irgendeinem hippen Café in einer Großstadt oder so«, sagte ich.

Tante Polly nickte. »Ganz ehrlich, Vicky – mir geht es genauso. Jeden Morgen, wenn ich aus meiner Wohnung hier herunterkomme, muss ich mich erst mal kneifen, weil ich es nicht glauben kann. Meine Oberarme sind schon ganz blau, da, schau mal!«

»Arme Polly«, sagte da Frank hinter uns, der mit einem Tablett voller winzig kleiner Florentiner aufgetaucht war. »Aber du wirst dich schon daran gewöhnen. Und wer weiß, vielleicht lasse ich dich auch irgendwann mal in die Küche. Um deine eigenen Spezialitäten zu entwickeln«, sagte er, als er die Leckereien auf der neuen, tiefblauen Theke abstellte, die links vom Eingang stand.

Ich musste an Parallel-Polly denken, an ihre Bonbons und die wirren Erklärungen dazu. Und die Frage, was meine echte Tante damit zu tun hatte. Aber wollte ich das eigentlich wissen? Die Parallelsprünge waren etwas, das Konstantin und mir gehört hatten. Gemeinsam hatten wir erforschen wollen, was es damit auf sich hatte. Aber jetzt – jetzt war ich allein. Und die Lust, irgendetwas herauszufinden, war komplett verflogen.

»Übertreib mal nicht«, sagte Polly jetzt. »Ich habe schon viele durchaus interessante Sachen kreiert.« Ihr Lächeln auf den Lippen verriet, wie verliebt sie in ihn war und wie glücklich.

»Aber warte nur, was ich gleich noch aus dem Ofen hole«, sagte Frank und zwinkerte mir zu. »Wenn du das probiert hast, willst du nie wieder was anderes.«

Tante Polly sah ihm schmachtend nach, als er zurück in die Küche ging.

»Der Mann könnte mir gebackene Radiergummis vorsetzen, und ich würde sie mit Genuss essen. Wo waren wir stehengeblieben? Ach ja, bei der Musik. Holger von der Reinigung kommt, der legt nachher ein bisschen auf und – Vicky, ist alles in Ordnung?«

Nein. Nichts war in Ordnung.

Ich konnte mich gerade noch an einer Stuhllehne festklammern, weil mir plötzlich so furchtbar komisch war.

Dabei war ich so, so stolz, dass ich dermaßen gut durchgehalten hatte!

Also, bis zu diesem Moment.

Bis der bescheuerte Zimtgeruch wiederkam.

»O nein, nicht heute, bitte, bitte nicht!«, rief ich und kniff die Augen zusammen. Ich wollte nicht springen, denn das machte alles nur noch komplizierter, und vermutlich würde ich dort sofort Konstantin treffen, der vielleicht immer noch mit mir reden wollte, ich aber nicht mit ihm, und dann mussten wir zu Tante Polly …

Ich wimmerte, und plötzlich begann mein Knie sogar wieder zu pochen.

Aber irgendwie – passierte nix.

Kein Schwindel und auch keine plötzliche Luftveränderung, weil ich in Parallel-Vics Körper geschlüpft war und die gerade wer-weiß-wo steckte.

Als ich die Augen wieder einen Spalt breit öffnete, um zu sehen, dass – na ja – eben *nix* passiert war, war ich noch immer im Café.

»Vicky! Was ist denn los? Geht's dir nicht gut?« Tante Polly legte mir eine Hand auf den Arm, und ihre Augen verengten sich. »Oder hat das etwas mit den Zimtschnecken zu tun, die Frank gerade aus dem Ofen geholt hat?«

»Oh. Frische Zimtschnecken«, wiederholte ich dumpf und rieb mir über die Stirn. »Die riechen, äh, super. Mir geht's prima, ich hatte nur ganz kurz, na ja, Kreislauf oder so.«

Ich konnte an ihrer Miene sehen, dass sie mir kein Wort glaubte. »Wir beide unterhalten uns jetzt mal. Sofort.«

Mit einem mulmigen Gefühl sah ich meine Tante an. Ich hatte gar nicht gemerkt, dass ich auf einen Stuhl gefallen war und sie vor mir kniete. Und mich ansah wie ein Uhu, der gerade ein leckeres kleines Mäuschen zum Mittagessen entdeckt hatte.

»Tun wir das?«, fiepte ich.

Ehe ich etwas erwidern (oder mich wehren) konnte, hatte Tante Polly mich an den Händen vom Stuhl gezogen und einen Arm um mich gelegt.

»Wir gehen jetzt kurz rauf, damit wir ungestört reden können. Frank, wir sind gleich wieder da!«, rief sie da auch schon in Richtung Vorratsraum, in dem man ihn herumkramen hörte, und schob mich mit sich zur Tür im Nebenzimmer und die Treppe nach oben in ihre Wohnung.

In ihrer Küche angekommen, bugsierte sie mich auf einen Stuhl und setzte sich mir gegenüber. Dann verschränkte sie die Hände vor der Brust und holte ein paarmal tief Luft. Ganz so, als ob sie eine Rede vorbereitet hatte und trotzdem aufgeregt war, sie zu halten.

»Warum bist du vorhin so erschrocken, als du die Zimtschnecken gerochen hast?«, fragte sie aus heiterem Himmel, und von einer Sekunde auf die andere fing mein Herz an zu galoppieren.

»Ich bin doch nicht, äh, wegen der Zimtschnecken erschrocken«, stotterte ich.

»Na schön, dann machen wir es anders rum. Wie lange schon passiert es dir, dass du aus deinem Körper springst und woanders wieder landest?«

Ich schloss kurz die Augen. Wunderte ich mich wirklich, dass sie das jetzt sagte? Nachdem, was uns Parallel-Polly in der anderen Welt erzählt hatte?

»Du hast mich schon verstanden. Ich hab seit ein paar Tagen die Gewissheit, dass da etwas mit dir los ist. Und vielleicht kann ich dir helfen. Das geht aber nur, wenn du mit mir sprichst!« Jetzt erkannte ich, dass ihr strenger Gesichtsausdruck in Wirklichkeit Sorge war. Und in diesem Augenblick schmolz mein Widerstand wie die kleinen Schokotröpfchen, die Frank vorhin über unsere heiße Schokolade gestreut hatte.

»Seit ich zwölf bin«, nuschelte ich.

»Wie bitte?«, fragte Tante Polly, und ich wiederholte etwas lauter:

»Mit zwölf, da war es zum ersten Mal.«

Tante Polly atmete tief durch. Dann nahm sie meine Hände, die ich auf dem Tisch ineinander verkrampft hatte, und streichelte sanft darüber.

»Und jetzt erzähl mir alles. Und ich verspreche dir, dass ich dir alles glauben werde, was du mir sagst.«

Trotz der Wärme, die durch das geöffnete Fenster von Tante Pollys Küche strömte, sammelte sich kalter Schweiß auf meiner Stirn, und ich begann zu zittern.

War es wirklich so einfach? Es war das eine, mit einer Parallel-Polly zu sprechen, die ich vielleicht nur ein paarmal in meinem Leben sah – aber das hier war *meine* Polly. Die echte! Die Schwester meiner Mutter, vor der ich jahrelang das Geheimnis geheim gehalten hatte.

Aber auf der anderen Seite war ich an meine Grenzen gekommen. Ich brauchte so dringend jemanden zum Reden wie nie zuvor.

Also holte ich tief Luft.

Und dann erzählte ich ihr alles.

Wie es angefangen hatte, und wie die Sprünge vor kurzem immer häufiger geworden waren, und wie kompliziert das alles mit der Parallelwelt war, und dass ich manchmal überhaupt nicht wusste, wer oder wo ich gerade war. Und wie bescheuert sich meine anderen Ichs verhielten. Zumindest teilweise.

Aber dann wurden wir unterbrochen.

Der Zimtgeruch war erst ganz schwach, doch dann …

»O nein, Tante Polly, ich springe –«

Ich konnte noch sehen, wie meine Tante die Augen aufriss, ehe sie plötzlich komplett aus meinem Sichtfeld verschwand.

RUMMS.

Der Parallelweltsprung riss mich von einer Sekunde auf die nächste aus meinem Körper und verfrachtete mich in die Welt von Parallel-Vic.

Ganz ehrlich – langsam hatte ich echt die Nase voll!

Wenigstens hatte ich in der anderen Welt sofort einen Plan: Nichts wie zu Parallel-Polly! Zum Glück war es Sonntag, was bedeutete, dass sie wahrscheinlich zu Hause war. Hoffte ich. An ihr Handy ging sie leider nicht. In dieser Beziehung war sie wie meine Polly – sie hatte das Ding immer und überall dabei, aber wenn es denn mal klingelte, hörte sie es nie.

Mit dem Fahrrad war es von Parallel-Vics Haus zu Polly nur ein paar Minuten (mit zwei gesunden Knien ein Kinderspiel), und ich hatte Glück. Die Haustür war nicht abgesperrt (wie immer, wenn sie zu Hause war), so dass ich direkt die Treppe nach oben in ihre Wohnung rennen konnte.

Völlig fertig stürmte ich den Flur entlang und fand sie schließlich in der Küche.

»Tante Polly weiß es!«, platzte ich heraus, und Parallel-Polly fiel vor Schreck beinahe vom Küchenstuhl. Die Zeitung, die sie gerade gelesen hatte, flatterte raschelnd zu Boden.

»Vicky? Bist du das? Du liebe Güte, jetzt hätte ich beinahe einen Herzinfarkt bekommen!«

»Ja, ich bin's. Also, die aus der anderen Welt. Hör zu, meine Polly weiß alles, sie hat mich zur Rede gestellt, vielleicht hätte ich es doch lieber für mich behalten sollen, aber ich war so fertig, und sie hat mir zugehört und –«

»Beruhige dich, Vicky!«, unterbrach sie mich und stand auf, um mir die Hände um die Schultern zu legen. »Es ist doch logisch, dass sie davon weiß.« Sie ließ den Kopf sinken. »Denn ich hab damit angefangen, verstehst du? Ich bin gesprungen – allerdings nur ein einziges Mal. In deine Welt. Das war an deinem fünften Geburtstag. Logischerweise hat damals *deine* Polly mit mir den Platz getauscht. Deswegen weiß sie davon.«

»Das, äh – ergibt einen Sinn«, sagte ich, weil ich mir plötzlich ein bisschen blöd vorkam.

Jetzt, wo ich es hörte, war es ja auch total logisch.

»Pass auf – ich versuche, es dir so einfach wie möglich zusammenzufassen. Damals habe ich mich an der Uni mit der Multiversumstheorie beschäftigt. Zusammen mit Frank, der bereits eine Professur hatte. Und mir ist durch einen aberwitzigen Zufall tatsächlich der Durchbruch gelungen. Es ist ein sehr komplizierter Vorgang, den ich dir erspare, aber um es kurz zu machen: Ich hab damals einen biochemischen Botenstoff entdeckt, der die Weltensprünge ermöglichen sollte.«

Sie knetete ihre Hände. »Frank beschwor mich damals, vorsichtig zu sein, aber ich konnte es nicht abwarten. Ich habe den Botenstoff heimlich in eine Bonbonmasse gebunden – mit Zimt als Aromaträger, um den Geschmack erträglich zu machen – und es ausprobiert. An mir selbst natürlich. Ich sorgte dafür, dass Frank in meiner Nähe war, als ich den Bonbon nahm. Und – es funktionierte! Von jetzt auf gleich landete ich bei mir zu Hause – allerdings war es nicht wirklich mein Zuhause, sondern leicht verändert. Während deine Polly damals ins Labor versetzt wurde.«

Ich nickte langsam, während ich ihre Worte aufsog.

»Deine Polly muss den Schock ihres Lebens bekommen haben. Aber laut Frank ist sie ziemlich ruhig geblieben. Er hat nicht gleich geschaltet, wen er da wirklich vor sich hatte, doch als er begriffen hat, konnte er ihr ein paar Details erklären. Sie hat ihn die ganze Zeit mehr oder weniger nur angestarrt.«

Ich schlug mir mit der flachen Hand auf die Stirn. »Der Traummann!«

»Wie bitte?«

»Frank! Tante Polly hat ihr Leben lang behauptet, sie wüsste ganz genau, wie ihr Traummann aussehen würde. Sie müsste ihn nur finden. Wir dachten immer, sie halluziniert, aber dabei hatte sie ihn schon einmal in der Parallelwelt getroffen! In dieser Welt hier! Deswegen wusste sie, dass sie für ihn bestimmt ist.«

Parallel-Polly starrte mich überrascht an. »Ja, waren die beiden denn in eurer Welt nicht auch zusammen? Sie müssten sich doch auch an der Uni getroffen haben.«

»Meine Polly hat zwar studiert, aber sie ist nach ihrer Doktorarbeit von der Uni geflogen. Wegen irgendwelcher gefährlicher Experimente. Und Frank hat sie bei uns auch erst vor ein paar Wochen kennengelernt – aus purem Zufall!«

Ich fasste die Geschichte für meine Parallel-Tante in wenigen Worten zusammen, aber schloss sofort die Frage an, die mir auf den Nägeln brannte: »Wenn du gesprungen bist, wie hänge ich da mit drin?«

Polly rang die Hände. »Ich habe damals alles falsch gemacht, so viel steht fest. Ich war jung und wollte mit dem Kopf durch die Wand. Zu allererst habe ich die vermaledeiten Zimtdrops in eurer Welt noch einmal hergestellt. Das Rezept hatte ich im Kopf, und im Keller meines zweiten Ichs fand ich doch tatsächlich alle Inhaltsstoffe – ich vermute mal, deine echte Tante hatte zu der Zeit ganz ähnliche Projekte im Sinn wie ich, aber wen wundert's? Soweit ich weiß, hat sie ja einige tolle Dinge erfunden, oder?«

»Ja, kann sein«, antwortete ich, wobei ich lieber nicht an den Sommersprossenaufheller dachte oder den Akupunkturroboter.

»Wie dem auch sei, ich wollte mein anderes Ich auf den gleichen Wissensstand bringen, auf dem ich damals war. Ich hatte die vage Vorstellung, dass wir mit gegenseitigen Sprüngen den Durchbruch schaffen konnten. Etwas, das die Welt noch nie gesehen hatte – der ultimative Beweis für das existierende Multiversum.«

Mit einem Bonbon durchs Multiversum? Ich merkte, wie so etwas wie Hysterie in mir aufkeimte. Das konnte doch alles nicht wahr sein! Anderseits – es handelte sich um meine Tante Polly, in dieser Welt wie in meiner. Und der war alles zuzutrauen.

»Und was ist dann passiert?« Ich versuchte, mich auf die Fakten zu konzentrieren.

»Ich bin auf deine Geburtstagsparty gegangen. Ich wollte sehen, wie sehr die beiden Welten sich überlappten. Die silberne Bonbondose und eine rasch gekritzelte Karte mit allen Erläuterungen und Formeln habe ich in die Tasche gesteckt, damit mein Parallel-Ich bei ihrem Rücksprung alles in der Tasche fand. Aber leider hatte ich nicht mit dir gerechnet.«

Ich starrte sie an. »Mit mir?«

»Du warst ein kleiner Satansbraten als Kind. Und hast prompt auf der Suche nach deinem Geschenk meine Tasche durchwühlt. Du wolltest unbedingt die Bonbons haben, was ich natürlich sofort verboten habe. Und dann kamen auch noch deine Oma und dein Opa und nervten mich, ich solle dir doch die paar Süßigkeiten gönnen.« Polly rollte mit den Augen. »So viel zur Überlappung der Welten. Sie sind hier genauso. Jedenfalls, als ich mich wieder zu dir umdrehte, war die Karte mit der Formel aus meiner Handtasche verschwunden, und du hast friedlich mit deinem Puppenhaus gespielt. Bis zu meinem Rücksprung hab ich nach der Karte gesucht, aber sie nicht gefunden.«

»Das heißt, das Rezept ist irgendwo noch in meiner Welt?«

»Keine Ahnung. Vermutlich hat es jemand auf der Party weggeworfen. Oder ist dir eine Karte unter die Finger gekommen, auf der steht: *Die Antwort auf alles liegt in der Bonbondose*? Das hatte ich nämlich noch auf die Rückseite des Rezepts geschrieben.« Sie seufzte. »Auf keinen Fall hätte ich die Formel überhaupt aufschreiben sollen. Ein Riesenfehler. Ach, einer von vielen.«

Das konnte doch nicht sein, oder? Vor meinem inneren Auge sah ich genau diese Karte vor mir. Die hing nämlich seit ungefähr neun Jahren über meinem Bett. Verbastelt in meiner Erinnerungscollage. Jeder, der schon mal in meinem Zimmer war, hatte sie gesehen. Aber so, wie Parallel-Polly gerade guckte, würde sie es vermutlich nicht verkraften, wenn ich das nun zugab.

Von plötzlicher Unruhe getrieben, sprang ich vom Stuhl auf und ging nervös in Pollys Küche hin und her, während ich in Gedanken noch einmal ihren Bericht durchging.

»Und warum springe ich dann, wenn du mir die Bonbons verboten hast?«

»Ich hab in meiner Not schließlich die ganze Dose versteckt, weil du immer wieder ankamst. Aber irgendwann vorher musst du doch welche gemopst haben. Und zwar nicht wenige. Hättest du nur einen einzigen gelutscht, wärst du auch nur einmal gesprungen. Aber jeder Zimtdrops mehr lässt die Anzahl der Weltensprünge exponentiell steigen. Und so oft, wie du springst, musst du mindestens zehn Stück gegessen haben.«

Ich biss mir auf die Unterlippe. »Ich kann mich nicht daran erinnern.«

»Du warst ja erst fünf. Und die Teile sahen aus wie ganz normale Bonbons und schmeckten auch so.« Sie rieb sich mit einer Hand unwohl über ihren Magen.

»Jedenfalls war die Party eine einzige Katastrophe. Deine Oma und dein Opa hingen ständig an mir und nervten herum, ob ich ihnen Geld leihen könnte, sie hätten sich etwas übernommen, der letzte Griechenlandurlaub wäre doch teurer gewesen als gedacht. Und dann haben sie auch noch eine Flasche Ouzo geköpft! An deinem fünften Geburtstag!«

Mein fünfter Geburtstag. Ich wurde plötzlich innerlich ganz ruhig. Das konnte kein Zufall sein, oder? Langsam, ganz langsam begannen Puzzleteile sich in meinem Hirn zu verschieben.

Tante Polly, die mit einem Mal wusste, wie ihr Traummann aussah. Oma und Opa, die steif und fest behaupteten, meinen Dad in flagranti auf der Terrasse eines Restaurants mit gelben Markisen gesehen zu haben. Markisen, wie das Restaurant in dieser Welt hier, in dem Konstantin und ich neulich eine Cola getrunken hatten. *Tino's*!

»Haben Oma und Opa zufällig auch die Bonbons gefunden?«, keuchte ich. »Sind sie auch gesprungen?«

Tante Polly starrte mich verblüfft an. Doch dann änderte sich ihre Miene. Plötzlich sah sie schuldbewusst aus. »Woher weißt du denn das?«, flüsterte sie. »Ich weiß, es war unverantwortlich, und die Wissenschaftlerin in mir schämt sich heute noch, aber ich konnte einfach nicht anders. Ich hab ihnen jeweils einen Bonbon gegeben. Die waren dermaßen unmöglich, das kannst du dir gar nicht vorstellen.«

»Und sie sind gesprungen?« Es war eigentlich keine Frage mehr.

Parallel-Polly lächelte bekümmert. »Ja, sind sie, direkt, nachdem sie sie gegessen haben. Aber sie waren nur kurz weg, für etwa eine halbe Stunde oder so. Bei ihrer Rückkehr waren sie verwirrt – und wütend. Leider weiß ich nicht, warum, ich bin kurz darauf wieder zurückgesprungen.«

Und plötzlich ergab alles einen Sinn. Als die Gewissheit mich wie ein Fausthieb ins Gesicht traf, sackten mir diesmal wirklich die Beine weg, und ich sank auf den Boden. Ich hatte meinen Großeltern unrecht getan. Sie hatten nicht gelogen. Sie hatten Dad wirklich mit einer anderen gesehen. Allerdings in einer anderen Welt!

»Vicky, ist alles in Ordnung? Geht's dir nicht gut? Möchtest du was trinken? O Gott, das ist zu viel für dich …«

Parallel-Polly schob mich ein Stück über den Linoleumboden, so dass ich mich mit dem Rücken an den Schrank lehnen konnte, und holte mir dann ein Glas Wasser.

»Du hast Oma und Opa in eine Parallelwelt geschickt«, stammelte ich. »Was sie vermutlich nicht mal kapiert haben, wenn sie den halben Ouzo intus hatten. Aber dort haben sie meinen Dad mit einer anderen Frau gesehen. Küssend. Was sie nach ihrem Rücksprung sofort meiner Mum gesagt haben. Und dann –« Meine Unterlippe begann zu zittern, obwohl ich doch zu sehr versuchte, mich zusammenzureißen. Aber diese ganzen unglücklichen Fügungen, die meine Eltern betrafen, waren jetzt langsam wirklich zu viel. »Und dann haben Mum und Dad sich deswegen so gestritten, dass sie sich letztendlich getrennt haben.«

Mit einem lauten Klirren fiel Polly das Glas aus der Hand.

»Das kann nicht wahr sein! Bitte sag, dass das nicht wahr ist! O nein …«, hörte ich sie stammeln und spürte im gleichen Augenblick, wie mir die Tränen die Wangen hinunterliefen.

Aber ich konnte noch nicht einmal mehr die Hand heben, um sie wegzuwischen.

Die Zimtschnecken waren nämlich wieder da.

Und brachten mich zurück nach Hause.

25.

Leider hatte ich keine Sekunde Zeit, in Ruhe zu verarbeiten, was Parallel-Polly mir gerade gesagt hatte. Denn nach meinem Rücksprung fand ich mich in einer der beiden Toiletten wieder, die zum neuen Café gehörten, auf dem geschlossenen Klodeckel sitzend.

»Ach, auf einmal kannst du dich verstecken, wenn du in meiner Welt bist, was? Du blöde Kuh«, sagte ich zu Vic, die mich ja leider Gottes nicht hören konnte, sondern eben auf Tante Pollys Küchenboden gelandet war und sich vermutlich fragte, warum Polly sich gerade unendliche Vorwürfe machte.

Plötzlich hämmerte irgendjemand von außen wie verrückt gegen die verschlossene Tür.

»Vicky, bist du da drin?«

Ich stöhnte.

Auch das noch.

Konstantin.

Den konnte ich jetzt wirklich nicht gebrauchen, ich war ja so schon wieder kurz vor dem Zusammenklappen. Und nach der Episode gerade mit Polly war mein Gemütszustand so stabil wie ein Grashalm im Wind.

»Ich muss dringend mit dir reden!« Er klopfte noch mal an die Tür.

»Ich aber nicht mit dir! Geh weg!«

»Nein, das werde ich nicht! Ich warte hier so lange, bis du rauskommst.«

»Ich komm nicht mehr raus. Nie wieder.«

Vor der Tür hörte ich leises Gemurmel und dann eine andere Stimme. »Vicky, ich bin's, Polly. Du musst rauskommen, hörst du? Wir müssen reden!«

»Nicht, solange Konstantin da ist!«

»Ach herrje, Kinder, müsst ihr euch unbedingt *heute* streiten?«

»Ja!«, rief ich durch die Tür, während ich auf der anderen Seite zeitgleich ein dumpfes »Nein!« von Konstantin hörte.

Der war aber ganz schön hartnäckig.

»Ach, verdammt, jetzt kommen schon die ersten Gäste! Vicky, bitte, wir müssen reden! Ich hab Konstantin weggeschickt!« Ich hörte sie noch etwas murmeln und dann etwas, das wie »Husch! Husch! Fort mit dir!« klang.

Nervös biss ich auf meinen Fingernägeln herum.

»Ist er weg?«

»Ja. Zumindest weg von der Tür. Jetzt komm schon raus!«

Zögernd sperrte ich die Tür auf und steckte meinen Kopf hinaus in den kleinen Flur hinter dem Gastraum. Vor mir stand nur Tante Polly – Konstantin hatte sich offenbar wirklich getrollt.

»Der Junge verhält sich ein bisschen wie ein alter Kaugummi, den du dir in den Schuh eingetreten hast. Wird nicht so einfach werden, den wieder loszubekommen.«

»So ein dämlicher Vergleich«, fauchte ich. »Konstantin ist doch kein alter Kaugummi. Sondern ein, ein … doofer Vollidiot! Außerdem wollte er *mich* loswerden und nicht umgekehrt, sonst hätte er sich nicht so dämlich verhalten.«

Tante Polly seufzte. »Da war Kaugummi doch irgendwie noch netter. Wie war es denn gerade? *Dort*, du weißt schon. Dein anderes Ich hat schon wieder versucht, in den Keller zu kommen, aber ich hab sie noch rechtzeitig erwischt. Möchte mal wissen, was sie da sucht.«

»Das kann ich dir sagen: Die sucht Zimtdrops. Die, die Parallel-Polly hergestellt hat, als sie an meinem fünften Geburtstag mit dir den Platz getauscht hat. Und die ich aus Versehen in die Finger bekommen habe.«

Sie riss die Augen auf. »Es waren tatsächlich Bonbons? Ich bin damals nach meinem Sprung auf eine ähnliche Idee gekommen, nachdem ich bei meinem Sprung im Labor dort so viele davon gesehen hatte, und hab versucht, Botenstoffe einzubinden, aber es hat nie richtig funktioniert …«

Mir ging ein Licht auf. Die zahlreichen Bonbongläser im Keller! Das mussten Versuchsreihen gewesen sein. Deswegen waren sie auch unter Androhung größter Strafen für mich verboten gewesen! Kein Wunder, dass meine Parallelversion sich im Keller herumgetrieben hatte. Sie wollte mehr von den Weltenspringerbonbons.

»Polly, was versteckst du dich hier vor den Klos, wir haben dich schon überall gesucht!« Wie aus dem Nichts war Frau Ludwig vor uns aufgetaucht und strahlte uns an. »Du musst mir alles zeigen, komm!«, sagte sie und zog meine Tante am Ärmel mit sich. »Hach, was bin ich froh, dass ihr das Café eröffnet, jetzt können mein Mann und ich endlich etwas kürzer treten.«

Gedankenverloren tappte ich hinter den beiden her und wischte meine schwitzigen Hände an meinen gestreiften Shorts ab. Wahrscheinlich sah ich aus wie eine Vogelscheuche, die man einmal durch den Windkanal geschickt hatte. Ich konnte förmlich spüren, wie mir die Haare vom Kopf standen (vom vielen Haareraufen, keine Frage) und sich dabei trotzdem einkringelten, weil ich so schwitzte.

Ich bekam erst einen klaren Kopf, als ich den Hauptraum betreten hatte. Und ihn sah.

Konstantin stand ziemlich verloren mitten im Raum und schaute mich erwartungsvoll an. Die Hände hatte er hinter dem Kopf verschränkt, als ob er sich gerade ebenfalls die Haare gerauft hatte. Wobei ich mal gerne gewusst hätte, warum ausgerechnet er so aufgewühlt sein sollte.

Vielleicht hätte ich trotzdem ein kleines bisschen nett zurückgeschaut – wenn nicht in genau diesem Augenblick die Tür aufgeflogen und Lara hereingerauscht wäre.

Und zwar wie eine Gewittergöttin.

Sofort machte ich auf dem Absatz kehrt und floh wieder in Richtung Toiletten.

Allerdings kam ich nicht weit.

Schon wieder Zimtschneckenalarm!

Ach, es war heute einfach zum Verzweifeln!!!

Ich sprang zwar wieder in Parallel-Pollys Wohnung, aber zum Glück saß ich nicht mehr auf dem Fußboden, sondern wieder auf einem von Pollys harten Küchenstühlen.

»Ich bin zurück!«, rief ich und unterbrach damit ihren Redeschwall, den offenbar gerade mein anderes Ich über sich ergehen lassen musste.

Polly hielt sofort inne und sah mich aus zusammengekniffenen Augen an. »Was haben wir zuletzt gesprochen, bevor du vorhin zurückgesprungen bist?«

Ah, ein Test.

Sehr schlau.

»Ich habe dir von Mum und Dads Trennung erzählt. Und daraufhin hast du das Wasserglas fallen lassen, das du mir bringen wolltest.«

Aufatmend lehnte sich Parallel-Polly in ihrem Stuhl zurück. »Dem Himmel sei Dank! Dein anderes Ich ist nämlich gerade ganz schön anstrengend. Quetscht mich aus wie eine Zitrone, dabei habe ich ihr schon alles gesagt, was ich weiß.«

Plötzlich wurde ihr Gesichtsausdruck sehr ernst.

»Ach, Vicky, es tut mir so schrecklich leid wegen deiner Eltern! Ich kann dir gar nicht sagen, wie sehr!«, flüsterte sie, und ihre Augen schimmerten verdächtig. »Frank hatte schon im Vorfeld gesehen, mit welcher Gefahr ich da spielte. Ich hatte riskiert, das Weltgefüge komplett auf den Kopf zu stellen – ach, was heißt *riskiert*, es ist ja geschehen! Dass ich das Leben in anderen Parallelwelten so beeinflusse, dass andere Versionen von uns erst auf die Idee mit den Weltensprüngen kommen und dann eine Kettenreaktion verursachen …« Sie stöhnte und rieb sich müde über die Augen. »Und dennoch hab ich deinen Großeltern einen Bonbon gegeben.«

»Du konntest ja nicht ahnen, was die beiden in der Parallelwelt sehen würden.« Ich versuchte wirklich, ihr nicht die Schuld dafür zu geben. Wenn ich eines gelernt hatte in den letzten Monaten, dann, dass manche Dinge einfach passieren – ob man es wollte oder nicht. »Außerdem sieht es ganz so aus, als ob Mum und Dad sich wieder versöhnen.« Bei dem Gedanken stahl sich ein Lächeln auf meine Lippen, ehe ich fragte: »Erklär mir noch mal genau, wie die Zimtdrops funktionieren. Damit ich endlich alles verstehe und es zu Hause Pauline erzählen kann.«

Und damit du mich ein bisschen von Konstantin und diesem blöden Selena-Gomez-Verschnitt ablenkst.

»Na schön. Also, diesen Biobotenstoff – frag mich nicht, wie er heißt, denn das darf ich dir wirklich nicht verraten –, diesen Botenstoff habe ich so modifiziert, dass ich ihn in einer Zuckerlösung aufbereiten konnte. Zimt ist lediglich ein Aromastoff, hat aber offenbar zur Folge, dass es nach Zimt riecht, wenn die Sprünge losgehen.«

»Aber warum bin ich erst mit zwölf gesprungen? Warum nicht schon viel früher, direkt nachdem ich die Bonbons gegessen hatte? Und wieso haben die Sprünge am Anfang nur Sekunden gedauert und sind jetzt richtig lang?«

»Eins nach dem anderen«, sagte Polly. »Die Botenstoffe in den Drops wirken nur in Verbindung mit einer bestimmten Hormonmischung. Und das wird üblicherweise erst zu Beginn der Pubertät ausgeschüttet. Und auch erst dann, wenn die Hormone, nun ja, besonders in Wallung kommen. Beim Verlieben zum Beispiel. Oder beim Küssen. Beim Streiten. Beim Entlieben. Einfach bei allem, bei dem unter anderem Adrenalin und Dopamin ausgeschüttet werden, und das kann sowohl bei positiven als auch negativen Erfahrungen der Fall sein. Irgendetwas davon muss passiert sein, als du zwölf Jahre alt warst. Der Trigger für deinen ersten Sprung.«

Ich biss mir auf die Unterlippe und überlegte. Mit zwölf war ich in der sechsten Klasse, saß in der Schule wie immer neben Pauline und war schon eine Weile im Schwimmclub der Schule. Eigentlich war zu der Zeit nichts Besonderes los gewesen. Außer vielleicht …

Ich stöhnte auf. Pauline hatte es ja neulich erst so unsensibel herausposaunt. »Mit zwölf habe ich mich in Leon aus der Parallelklasse verguckt«, gab ich zu und versuchte nicht an den unerträglichen BH-Fummler zu denken, zu dem er wenig später mutiert war.

Parallel-Polly nickte verständnisvoll. »War das schnell vorbei?«

»Sehr schnell!«, sagte ich.

»Deswegen bist du nur kurz gesprungen. Aber wann ging es so richtig los? Mit regelmäßigen Sprüngen über längeren Zeitspannen?«

»Das war dieses Jahr im Mai. Ich hatte mich ziemlich in David verguckt, aber kurz darauf Konstantin kennengelernt. Und mich dann in ihn verliebt, also, so richtig meine ich. Kurz darauf wollte plötzlich auch David was von mir, und schließlich bin ich mit Konstantin zusammengekommen. Und ich war so glücklich.« Da war er wieder, der Kloß. »Wobei sich das in der letzten Zeit geändert hat.«

»Aber du bist gefühlsmäßig voll involviert.«

»So nüchtern und biologisch ausgedrückt hört es sich harmlos an.«

Parallel-Polly zog die Augenbrauen nach oben. »Ist es wirklich so schlimm?«

Ich biss mir auf die Unterlippe, weil ich Angst hatte, sofort wieder losweinen zu müssen, und nickte nur.

»Ach, mein Schatz«, sagte sie und winkte mich zu sich, und ich ließ mich von ihr ohne nachzudenken in die Arme schließen.

Sie war ihrem anderen Ich so, so ähnlich, dass ich trotz meines Kummers ein wenig lächeln musste. Vorhin noch hatte ich in der kleinen Küche meiner echten Tante gesessen, während sie mir die Hand gehalten hatte, und jetzt tröstete mich diese Parallelversion so mitfühlend, als ob ich ihre echte Nichte wäre. Was ja irgendwie auch stimmte.

»Hat es etwas damit zu tun, dass Konstantin seit Neuestem auch springt?«, fragte sie leise, und ich schüttelte den Kopf, woraufhin sie ihre Umarmung so weit lockerte, dass sie mir ins Gesicht sehen konnte.

»Es hat mit einer blöden Kuh namens Lara zu tun«, sagte ich. »Mit einer bescheuerten, saublöden Ziege mit tollen langen Haaren und noch längeren Beinen. Die zufälligerweise seine Ex ist. Na ja, eigentlich Ex-Ex. Er ist nämlich seit Neuestem wieder mit ihr zusammen.«

»Oh. Das ist ja wirklich, äh –«

»Ja, genau! Ungeheuerlich, oder? Aber ich kann ihn nicht hassen. Das könnte ich nie«, sagte ich und machte mich wieder von Polly los, um unruhig auf und ab zu laufen. »Früher habe ich mich immer gefragt, wie man merkt, ob man nur oberflächlich verknallt ist oder ob man denjenigen wirklich liebt.« Ich drehte mich zu ihr um und stopfte verlegen die Hände in die Hosentaschen. »Jetzt weiß ich es. Das mit Konstantin ist viel mehr als nur verknallt sein, es ist – ach, ich weiß auch nicht, wie ich es sagen soll.«

Parallel-Polly saß wieder am Küchentisch und lächelte mich aufmunternd und voller ehrlichem Interesse an. Sie war so eine gute Zuhörerin – beinahe besser als ihre andere Version zu Hause, die während eines Gesprächs gerne mal zappelig wurde, wenn es ihr zu lange dauerte. Aber hier in dieser Küche, in Gegenwart von dieser Polly fühlte ich mich so wohl, dass die Worte nur so aus mir herauspurzelten.

»Weißt du, ich kenne Konstantin gefühlt gerade mal zehn Minuten. Und es gibt so viele Dinge, die ich nicht über ihn weiß, die ich aber so furchtbar gerne wissen möchte!« Ich drehte mich um, schaute aus dem Fenster zur Gemeindewiese und lehnte meinen Kopf an die kühle Scheibe.

»Zum Beispiel, ob er den Winter genauso gerne mag wie ich. Ob er Ski fährt oder Eishockey spielt, ob er als Kind an das Christkind geglaubt hat und Angst hatte vor dem Nikolaus. Ich möchte wissen, wie er sich seine Zukunft vorstellt, welche Berufe ihm gefallen würden. Will er vielleicht mal studieren oder lieber eine Ausbildung machen? Oder nach dem Abi erst mal in der Welt herumreisen?« Ich seufzte schwer, so dass die Scheibe beschlug, und ich malte gedankenverloren ein Herzchen.

»Aber ganz egal, was Konstantin tut – ich möchte dabei sein, wenn er das macht. Ich möchte so gerne wissen, wie er in einem, zwei oder drei Jahren ist – oder am liebsten in zehn oder zwanzig Jahren. Ich möchte von ihm lernen und mit ihm Dinge erleben, die wir beide spannend finden. Wie den Sprung vom Zehn-Meter-Brett im Freibad neulich. Ich will bei seinen Abenteuern dabei sein, ein Teil von ihm, seine allerbeste Freundin und seine Verbündete. Und noch viel mehr. Ich will die sein, die er liebt, denn *ich* liebe ihn ganz wahnsinnig. Und keine Lara der Welt kann etwas daran ändern.«

Tante Polly gab ein komisches Geräusch von sich, eine Art Quietschen, und ich drehte mich zu ihr um. In einer ziemlich unbeholfenen Geste rieb sie sich verstohlen über die Augen und hüstelte leise. Hatte ich sie mit meiner kleinen Ansprache etwa zu Tränen gerührt? Dabei wollte ich überhaupt nicht rührselig sein. Ich hatte einfach nur die Wahrheit gesagt, das, was mir gerade auf der Seele lag.

Und es tat unendlich gut, es einmal laut ausgesprochen zu haben.

»Keine Sorge, ich erwarte nicht, dass du mir jetzt irgendwelche Beziehungsratschläge gibst«, beruhigte ich sie. »Es ist einfach schön, mit jemanden darüber reden zu können.« Vor allem, wenn man bedachte, dass das Wort *Beziehung* genau genommen gar nicht mehr das beschrieb, was ich mit Konstantin hatte.

Denn ich hatte ja mit ihm Schluss gemacht, oder er mit mir, als er wieder mit Lara zusammengekommen war. Aber das konnte ich beim besten Willen noch nicht laut aussprechen. Das zu tun hätte bedeutet, dass ich aufgegeben habe.

Und so weit war ich noch nicht ganz.

»Tante Polly? Ist alles in Ordnung? Du bist irgendwie so käsig, hast du Probleme mit dem Kreislauf? Oder hab ich was Falsches gesagt?«

»Nein, nein, du, äh – hast nichts Falsches gesagt«, presste Tante Polly hervor, »aber, weißt du …«

Ihr Blick huschte auf die gegenüberliegende Wand zur Tür, und reflexartig wirbelte ich herum, um ihrem Blick zu folgen.

Und erstarrte.

Im Türrahmen stand Konstantin.

Mit schweißnassen Haaren, die ihm in der Stirn klebten, und so schnell atmend, als ob er gerade einen Marathon gerannt war.

Ich musste mich am Fensterbrett festklammern, weil mir vor Schreck die Beine wegzusacken drohten.

»Wie … wie … wie lange bist du schon da?« Ich schluckte. »Was hast du gehört?«

Konstantin holte ein paarmal rasselnd Luft, während er meinen Blick mit seinen grünblauen Augen festhielt.

»Lange genug«, wisperte er schließlich. »Lange genug, um alles zu hören, was ich wissen muss.«

26.

Konstantin kam langsam auf mich zu und flüsterte dabei etwas, das ich allerdings nicht verstehen konnte. In meinen Ohren rauschte es nämlich so laut, als ob ich direkt unter einem Wasserfall stand. Musste wohl am Stress liegen. Mein Körper gab mir offenbar diverse Zeichen dafür, dass er bald sämtliche Systeme herunterfahren würde. Und das konnte ich ihm noch nicht mal verübeln.

Ich war einfach nur fertig.

Trotzdem durfte ich nicht meinen Gefühlen nachgeben und mich in Konstantins Arme werfen – und abgesehen davon war es ja wohl kaum das, was *er* wollte.

Was er allerdings tatsächlich wollte, erfuhr ich mal wieder nicht. Denn gerade, als er vor mir stehen blieb und im Begriff war, die Hand nach mir auszustrecken, nebelte uns der Zimtgeruch ein, und wir landeten wieder in unserer Welt.

Oder besser gesagt: *Er* landete in unserer Welt.

Ich für meinen Teil landete auf dem Hosenboden.

Und zwar direkt zu seinen Füßen.

»Aua!«

»Vicky, alles in Ordnung? Hast du dir weh getan?«

Sofort hatte Konstantin sich über mich gebeugt und hielt mir mit besorgter Miene die Hände hin, um mir aufzuhelfen.

»Lass mal, ich schaff das schon alleine«, murmelte ich, während ich mich so elegant wie eine Seekuh zur Seite rollte und versuchte, auf die Beine zu kommen.

Es überraschte mich diesmal überhaupt nicht, dass wir wieder in Tante Pollys Keller gelandet waren – wo sich unsere Parallelversionen schon neulich durch die verbotenen Bonbonvorräte gefuttert hatten, die allerdings inzwischen verschwunden waren. Stattdessen stand auf dem Tisch in der Mitte des Raums ein hohes, geschliffenes Kristallglas mit passendem Deckel, das ich noch nie hier unten gesehen hatte. Und meine Tante Polly lehnte an der Wand und musterte uns eindringlich.

»Vicky, brauchst du einen Stuhl? Soll ich dir etwas holen? Ich mach mir wirklich Sorgen um dich«, sagte Konstantin.

Ich rappelte mich auf, ohne seine Hand zu nehmen. Was war nur mit ihm los? Erst fing er wieder etwas mit seiner Ex an, und dann war er trotzdem noch so hilfsbereit. Und dabei schaute er mich auch noch so hoffnungsvoll aus seinen wunderschönen Augen an, dass ich irritiert zu Boden sah.

»Seid ihr wieder zurück?«, fragte Tante Polly und guckte zwischen uns beiden hin und her.

»Ja, das sind wir«, sagte ich müde.

Am liebsten hätte ich mich wieder auf den Fußboden sinken lassen. Mein Kopf schwirrte noch von den Erklärungen von Parallel-Polly, dazu noch Konstantin, der mich nicht aus den Augen ließ, und schließlich meine Tante Polly, die offenbar gerade mit meiner Doppelgängerin konferiert hatte.

Und plötzlich richtete sich all meine Enttäuschung und meine Frustration gegen meine Tante. »Warum hast du mir damals nach dem Brand nicht die Wahrheit gesagt? Dann wäre mir viel erspart geblieben«, sagte ich bitter.

»Nach dem Brand?« Polly starrte mich schuldbewusst an. »Äh … ja, der Brand …« Sie räusperte sich. »Da ist leider etwas schiefgegangen. Das Schweißgerät war nicht wirklich der Auslöser, das hab ich nur so hingedreht. In Wirklichkeit hatte ich mit ein paar Chemikalien experimentiert, die den Botenstoff für den Weltensprung triggern sollten.«

»Tante Polly!«

»Ich weiß, das war unverantwortlich.« Sie wischte mit der Hand durch die Luft. »Aber mir ist doch erst vor ein paar Tagen durch dein neugieriges Parallel-Ich klargeworden, welche Tragweite das alles wirklich hat. Dass du tatsächlich springst. Noch dazu mit Konstantin.«

Tja. Noch dazu mit ihm. Ich konnte nicht anders, ich sah zu ihm hinüber. Er hatte den Kopf ein wenig zur Seite geneigt und starrte mich immer noch beinahe verzweifelt an.

»Wenn ihr beiden mal aufhören könntet, euch anzuschmachten«, warf Tante Polly ein.

»Ich schmachte nicht!«, sagte ich aufgebracht. »Nicht mehr, seit die doofe Pocahontas im Spiel ist!«

Konstantin ging wie ein eingesperrter Tiger im Keller hin und her. »Du kapierst es nicht, Vicky! Ich wollte doch überhaupt nichts mit Lara anfangen«, rief er so laut, dass Tante Polly und ich erschrocken zusammenfuhren. »Aber dieser dämliche Parallel-Konstantin muss irgendwas gemacht haben, was Laras Aufmerksamkeit erregt hat. Und sie hat Lunte gerochen, dass mit uns beiden etwas nicht stimmt! Die ganze Zeit habe

ich versucht, sie abzulenken, so dass sie aufhört, uns nach-
zuschnüffeln, aber es hat nicht geklappt. Leider hat sie irgendwann mal mein Handy durchwühlt und ein paar Notizen auf
meinem Smartphone gefunden, und die Sicherheitsfragen, die
Pauline uns mal gegeben hat. Als Erkennungszeichen, erinnerst
du dich?«

»Ja«, sagte ich langsam. Pauline hatte uns beschworen, ihre
E-Mail zu löschen.

»Ja, ja, ich weiß, ich hab die verdammte Mail nicht rechtzeitig
gelöscht«, sagte er zerknirscht, als könne er meine Gedanken
lesen, und setzte wieder diesen Blick auf.

Der, der mir diese wackeligen Beine bescherte.

»Ich verstehe immer nur *Lara*«, warf Tante Polly ein und
guckte verständnislos von einem zum anderen.

»Meine Ex hat rausgefunden, dass hier irgendwas im Busch
ist. Und jetzt erpresst sie mich – entweder mache ich mit Vicky
Schluss und komme mit ihr zusammen, oder sie verkauft ihre
Geschichte und veröffentlich alles, was sie über die Parallelweltsprünge herausgefunden hat. Und ihr könnt sicher sein,
die dreht das so hin, dass jeder ihr glaubt. Wenigstens weiß sie
nicht, dass die Bonbons der Schlüssel für die Springerei sind.«

Plötzlich flog die Tür zum Kellerraum auf, und wir drei er-
starrten.

Vor uns stand Lara.

Mit gezücktem Handy.

Und einem fiesen Lächeln auf dem Gesicht.

»Aber jetzt weiß ich es. Bitte recht freundlich!«, sagte sie.

Tante Polly, Konstantin und ich waren für den Moment so

perplex, dass keiner von uns reagierte. Erst als Lara auf den Kristallpokal mit den Bonbons auf dem Tisch zusteuerte und den Deckel anhob, regte sich meine Tante.

»Wage es ja nicht, diese Bonbons anzurühren!«, herrschte sie Lara an, was die allerdings nur mit einem gelangweilten Schulterzucken abtat.

»Sie glauben doch wohl selbst nicht, dass ich mir die Gelegenheit entgehen lasse, oder? Jetzt, wo die Weltenspringerbonbons endlich vor mir stehen?«

Und schneller, als wir gucken konnten, hatte sie sich das Glas geschnappt und war zur Tür herausgerannt.

»Hinterher, sofort!«, kreischte Polly, und Konstantin und ich ließen uns das nicht zweimal sagen. O Gott, was waren das für Bonbons? Hatte Polly letztendlich doch Erfolg gehabt?

Aber Lara war leider echt flink. Ehe Konstantin, der am schnellsten von uns war, sie zu fassen bekam, stand sie schon mitten im Café, das inzwischen voll mit Gästen war.

Ihre Beute hatte sie fest an die Brust gedrückt.

Wenn wir doch irgendwie das Ding ganz unauffällig wieder zurückbekommen könnten! Und zwar ohne, dass die versammelte Mannschaft hier was mitbekam.

»Lara darf auf keinen Fall die Bonbons bekommen!«, schrie da allerdings schon Tante Polly in die Runde, und ich seufzte.

So viel zu Diskretion.

»Wieso denn nicht? Das Mädel sieht nicht so aus, als ob sie die nicht gut vertragen könnte«, bemerkte Mimis Mann Konrad, der wie einige andere Gäste auch schon interessiert guckte, was da vor sich ging. Aber Tante Polly schüttelte nur den Kopf und ging auf Lara zu, als ob sie ein verschrecktes Tier wäre (und nicht ein durchgeknallter Teenager).

»Gib mir bitte das Glas wieder«, sagte meine Tante jetzt etwas ruhiger und streckte die Hand aus.

»Niemals! Glauben Sie ernsthaft, ich lasse mir die Gelegenheit entgehen? Nie – he, lassen Sie das!!!«

Aber Tante Polly war schon nach vorne gesprungen und grapschte nach dem Glas.

Lara quietschte überrascht auf, dachte aber nicht daran, ihre Beute loszulassen.

So zogen sie den Kristallpokal zwischen sich hin und her, wie zwei Hunde, die sich um einen Knochen stritten.

Bis plötzlich der Deckel herunterfiel.

Und mit einem lauten Prasseln fiel der Großteil der Drops auf den Holzboden des Cafés.

Aber während wir noch entsetzt guckten, war Lara schon wieder schneller.

Praktisch augenblicklich ging sie in die Knie und sammelte in einer irren Geschwindigkeit die heruntergepurzelten Süßigkeiten wieder auf, ehe sich von uns auch nur einer rühren konnte.

Und dann stand sie wieder vor uns, die Hände fest zusammengepresst.

»Und jetzt schaut alle mal gut zu, was ich jetzt mache.«

»Lieber nicht!«, flüsterte Tante Polly noch, aber es war zu spät.

Wir hatten verloren.

Mit einem beinahe irren Blick hob Lara die Hand und stopfte

sich alle Bonbons, die sie gerade aufgesammelt hatte, in den Mund.

Es knirschte und krachte, als sie hektisch begann, sie zu zerkauen.

Und dann schluckte sie alles runter.

»So«, sagte sie lächelnd, »und ab jetzt sind wir so oder so verbunden. Wir sehen uns dann beim nächsten Parallelweltsprung!« Triumph glitzerte in ihren Augen, und mir wurde schlagartig so schlecht, dass ich die Hand auf meinen Magen legte und hoffte, mich nicht hier vor versammelter Mannschaft übergeben zu müssen.

Aber Konstantin blieb immer noch cool – im Gegensatz zu mir ließ er sich nicht anmerken, was er gerade dachte. Er verschränkte die Hände vor seiner Brust und sagte: »Das wird dir überhaupt nichts nutzen. Ganz egal, wie wir deiner Meinung nach verbunden sind. Ich liebe dich nicht. Das habe ich nie getan. Für mich gibt es nur Vicky.«

Ein Raunen ging durch die Gäste, und ein paar »Hachs!«, und »Ohs!« waren zu hören, und auch leises Gekicher.

Meine Übelkeit war schlagartig verschwunden. Hatte er das wirklich gesagt?

Lara kniff die Augen zusammen und sah mich hasserfüllt an, ehe sie sich wieder an Konstantin wandte.

»Wir werden ja sehen!«, sagte sie, warf ihre langen dunklen Haare über die Schulter und stolzierte schließlich aus dem Café.

Ich befürchtete schon, dass die Bewohner unseres Städtchens ihr jetzt einen Szenenapplaus geben würden, aber ich täuschte mich. Ich hörte eher so Sachen wie: »Das Mädel ist ein bisschen überdreht, oder?«

»Verträgt bestimmt den vielen Zucker nicht, das arme Ding. So wie die aussieht, bekommt sie sicher nie was Süßes zu Hause.«

»Gut, dass sie weg ist. Unsere Vicky passt viel besser zu Konstantin als sie.«

Unter normalen Umständen wäre ich ja in den Boden versunken, aber dass mein Liebesleben gerade von der halben Stadt diskutiert wurde, war mir ausnahmsweise egal. Er hatte sie weggeschickt! Er hatte sie wirklich weggeschickt. Oder war das nur wieder ein Trick?

»Jetzt hat sie echt die Bonbons gegessen, ich fasse es nicht!«, stöhnte Tante Polly und schaute in ihren Glaspokal. »Keine zehn Stück sind mehr übrig, so was Blödes.«

Bruno Fleischmann, der uns am Nächsten stand, fragte: »Was, hat das Mädchen gesagt, sollen diese Drops bewirken? Dass man Zeitsprünge macht, oder wie war das?«

»Sie sagte Parallelweltsprünge«, berichtigte sie der dürre Herr Böhme, der natürlich auch wieder mit seiner Kamera vor Ort war. Er kritzelte irgendwas in sein kleines Notizbuch. Ich hätte ihm am liebsten gegen sein krummes Schienbein getreten vor Wut.

Die Leute um uns herum begannen zu tuscheln, auch wenn ich dabei nicht den Eindruck hatte, dass sie Böhme geschweige denn Lara und ihren theatralischen Auftritt besonders ernst nahmen.

Nur Pauline und Nikolas, die auch schon im Café waren und natürlich die Szene komplett mitbekommen hatten, starrten den Reporter ähnlich entsetzt an wie Konstantin und ich. So lange hatten wir unser Geheimnis für uns behalten, und jetzt das?

Aber Tante Polly blieb total gelassen. »Ach, echt? Weltensprünge? Was hat das Mädchen für eine blühende Phantasie!«

Böhme zog die Augenbrauen zusammen. »An den Bonbons ist also nichts Besonderes?«

»Doch, besonders sind die schon – schließlich habe ich sie in vielen aufwändigen Forschungsrunden selbst entwickelt.«

»Und was bewirken sie denn nun genau?«

In seiner Frage schwang Ungläubigkeit und Arroganz mit, allerdings mit einer überdeutlichen Tendenz zu reiner Neugierde.

»Diese Drops sind Liebeskatalysatoren. In ihnen sind ganz spezielle Verbindungen enthalten, die gepaart mit ein paar geheimen Substanzen ähnlich wie ein Aphrodisiakum wirken«, erklärte Polly bereitwillig. »Allerdings wird hier nicht die Libido angesprochen, sondern ausschließlich die geistige Gefühlsebene – ein totaler Durchbruch in der Forschung, wenn ihr mich fragt! Und das alles biologisch und gesundheitlich völlig unbedenklich, wohlgemerkt! Und glutenfrei!«

Böhme fixierte erst den Kristallpokal und dann meine Tante Polly – für einen fast unerträglich langen Augenblick.

Doch dann packte er seinen Notizblock in seine Hosentasche und fuhr sich mit einer Hand durch seinen Schnauzbart. »Ganz ehrlich, Polly, jetzt hättest du mich fast drangekriegt. Diese Geschichte toppt ja wirklich alles, was du mir in den dreißig Jahren, die wir uns kennen, erzählt hast.«

Er lachte leise in sich hinein, während er sich von ein paar

Leuten mit einem Händedruck verabschiedete, hier und da noch ein paar Worte mit jemandem wechselte und schließlich das Café verließ.

»Er hatte schon immer sehr wenig Sinn für die etwas außergewöhnlichen Dinge«, sagte Tante Polly, als sie ihm nachschaute.

Doch kaum war er aus der Tür, kam jemand anderes ins Café gerauscht.

»Hey, Leute, ist die Party schon vorbei? Ich bin leider ein bisschen spät, aber ich wurde aufgehalten – von dem da«, sagte Claire und deutete mit dem Finger über ihre Schulter auf Leonard, der hinter ihr ins Café kam und lässig winkte.

Suchend sah Claire sich im Raum um – bis ihr Blick am leergefutterten Büfetttisch hängen blieb.

»Wie, es gibt nichts mehr?« Zum ersten Mal, seit ich Claire kannte, schaute sie so entsetzt, weil sie nichts zu essen bekam. Was irgendwie echt süß war.

»Ich hab draußen noch Schokoladenmacarons. Und das Mangosorbet steht im Kühlschrank bereit«, beruhigte sie Frank, aber Claire hörte ihm gar nicht zu, denn sie hatte Tante Polly entdeckt.

Beziehungsweise das, was sie gerade in der Hand hielt.

»Sind das Bonbons? Oh, darf ich eins haben? Meine Mum erlaubt mir nie welche, und ich bin total im Unterzucker.«

Tante Polly konnte gar nicht so schnell gucken, da hatte Claire sich schon zwei Drops aus dem Kristallglas gemopst.

»Hier, da hast du auch eins«, sagte sie zu Leonard. »Weil du mir mein Fahrrad vorhin repariert hast.«

Leonard steckte sich zwar das Bonbon in den Mund, nuschelte dann aber entrüstet: »Und ich dachte, ich bekomme als Dank von dir vielleicht endlich mal einen Kuss.«

»Das hättest du wohl gern!«, gab Claire zurück und schob sich Tante Pollys Drops in den Mund. »Hm, sind die lecker. Manchmal frage ich mich, wie ich überhaupt so groß werden konnte ohne Süßigkeiten.«

Tante Polly sah völlig entspannt zu. War das etwa ein Lächeln, das um ihre Lippen spielte?

»Na ja, es heißt ja, dass man Zucker vor allem fürs Gehirn braucht, oder? Der Rest vom Körper ist ja auch ohne gewachsen«, sagte Leonard, grinste Claire frech an und nahm sie an der Hand, um sie an einen der kleinen Tische zu ziehen.

Fast erwartete ich, dass Claire jetzt wieder zur Superzicke wurde, aber sie lachte einfach nur und folgte ihm.

Mittlerweile war es im Café richtig voll geworden, und bei einigen Nachzüglern war ich ganz froh, dass sie das Drama vorhin rund um Lara nicht mitbekommen hatten – allen voran meine Eltern, die erst jetzt kamen. Warum waren die eigentlich so spät dran? Ah, und da vorne waren auch Chiara und Charlotte. Und David. Mit wem war der wohl hier?

»Die Dinger bringe ich jetzt doch lieber mal in Sicherheit«, sagte Polly und schnappte sich das Glas. »Nicht, dass hier alle gleich *Love is in the Air* singen.« Sie deutete auf Claire und Leonard, die sich mittlerweile – huch! – irgendwie ziemlich tief in die Augen sahen.

Und dann die Köpfe zusammensteckten und flüsterten.

Und sich wieder in die Augen sahen – noch tiefer.

Wahnsinn!

»Dann sind das *wirklich* Liebesdrops? Und keine Zimtdrops zum Parallelweltspringen?«, flüsterte Pauline ungläubig, die dasselbe gesehen hatte wie ich.

Tante Polly nickte. »Bei meiner Weltenspringerforschung gab es jede Menge Abfallprodukte. Auf die Liebeskatalysatoren bin ich schon recht früh gestoßen. Und ich dachte, es könnte nicht schaden, Vicky und Konstantins Parallelversionen damit abzulenken. Hier, wollt ihr auch mal probieren?« Tante Polly hielt uns vieren das geöffnete Glas hin und sah uns der Reihe nach an, ehe sie aber dann doch den Kopf schüttelte und den Deckel wieder schloss. »Wenn ich es mir recht überlege, braucht ihr die gar nicht. So wie ihr euch anschaut. Wer weiß, was die Dinger mit schon verliebten Pärchen anstellen.«

»Da haben Sie völlig recht. Nur nix riskieren«, sagte Nikolas grinsend, zog Pauline an sich und drückte ihr einen Kuss auf den Kopf. Und als Pauline sich so überglücklich von ihm in den Arm nehmen ließ, wurde mir ganz flau im Magen.

Konstantin stand immer noch dicht neben mir, aber er hatte mich bisher nicht berührt. Trotzdem konnte ich spüren, dass er angespannt war – allerdings hatte ich nicht die leiseste Ahnung, warum. Oder wie es jetzt mit uns weitergehen würde.

»Was für ein Abend, oder, Kinder? Aber trotzdem besser als diese langweiligen Partys, wo alle nur rumhocken und beinahe auf ihren Stühlen einschlafen«, sagte Polly, tätschelte mir noch mal die Schulter und durchquerte dann den Raum, wo Frank mit ein paar Leuten zusammenstand und gerade laut über etwas lachte. Als er Polly sah, fingen seine Augen genauso an zu leuchten wie eben die von Nikolas. Von Mums und Dads Blicken ganz zu schweigen, die sich nicht einen Millimeter von der Seite wichen.

»Können wir reden?«, fragte da Konstantin leise neben mir, und ich nickte.

Daraufhin streckte er mir die Hand hin, die ich automatisch nahm, und zog mich in die hinterste Ecke des Cafés, zu einer winzigen Sitznische, zu der man nur durch einen niedrigen Türdurchbruch gelangte. Früher, als Tante Polly hier noch ihren alten Laden gehabt hatte, hatte sie diese Ecke als Lager genutzt und vor der Nische einen Vorhang angebracht, damit man das Durcheinander nicht so sah. Jetzt allerdings gab es hier eine eingebaute Sitzbank mit weich gepolsterter Lehne, ein paar bunte Kissen und einen kleinen, runden Tisch. Die Ecke hier hatte eindeutig Lieblingsplatzpotential, denn man konnte beinahe das komplette Café überblicken, ohne mitten im Getümmel zu sein.

Wir setzten uns nebeneinander, und als Konstantins mit dem Knie versehentlich an meines stieß, kribbelte es in meinem ganzen Körper.

Trotzdem schaffte ich es nicht, ihm in die Augen zu schauen. Mir war es immer noch entsetzlich unangenehm, dass er bei unserem letzten Sprung vorhin mein Liebesgeständnis in Parallel-Pollys Küche mitbekommen hatte. Hoffentlich wollte er mich jetzt nicht aus Mitleid trösten, denn das würde ich nicht ertragen …

»Vicky?«

»Hm?« Ich blinzelte, und guckte dann trotzdem vorsichtig

nach oben. Konstantin hatte sich so zur Seite gedreht, dass eines seiner Beine angewinkelt auf der Bank lag und er mich direkt ansehen konnte.

»Es tut mir leid.«

Ich antwortete nicht. Erst sollte er mir mal genau sagen, was ihm leidtat, ehe ich mich vielleicht (mal wieder) um Kopf und Kragen redete.

Er räusperte sich. »Also, es tut mir leid, was ich dir alles angetan hab. Ich hätte dir so viel früher erklären sollen, was da los war. Also, mit Lara, meine ich. Dass sie mich erpresst hat und so.«

»Ich verstehe es immer noch nicht richtig. Wieso hat sie dich erpresst?«

»Wie gesagt: Sie hat die Nachricht von Parallel-Konstantin gefunden, und dann auch Paulines E-Mail. Und ab da hat sie mir nachspioniert. Auf jeden Fall aber glaube ich, dass sie während einem unserer Sprünge irgendwie mit meinem anderen Ich kommuniziert hat – oder es beobachtet hat, was weiß ich, jedenfalls ahnte sie, dass etwas nicht stimmt. Und als sie gemerkt hat, dass ihre Flirtversuche bei mir nicht ankamen, weil ich nur Augen für dich hatte, schien das ihr letzter Ausweg zu sein. Also, ihr Wissen gegen uns zu verwenden, meine ich.«

Weil ich nur Augen für dich hatte.

Zu gerne hätte ich das alles geglaubt, aber es war so viel passiert, dass mir Konstantins Erklärung noch lange nicht reichte.

»Sie hat dich erpresst, indem sie mit dir geflirtet hat? Also, ganz ehrlich, es sah mir nicht so aus, als ob das für sie so schrecklich war.«

Verzweifelt rieb er sich mit einer Hand über die Brust. »Das ist es ja gerade! Sie hat zu mir gesagt, wenn ich nicht freiwillig wieder mit ihr zusammenkäme, würde sie uns alle auffliegen lassen. Und die ganze Geschichte rund um die Parallelweltspringerei an die Öffentlichkeit bringen. Es war die Hölle«, flüsterte er. »So richtig ging es los beim Nachtflohmarkt. Ich wollte so unbedingt zu dir, und da hat sie mich vor die Wahl gestellt. Ich musste es einfach tun, um unser Geheimnis zu wahren. Und als ich dich dann an der Tanzfläche gesehen habe und Lara mit mir tanzen wollte, bin ich innerlich fast gestorben. Nie im Leben habe ich gedacht, dass unser Tanz für Außenstehende echt aussah. Im Grunde wollte ich die ganze Zeit nur zu dir laufen.«

Ich schauderte, obwohl es hier drinnen wirklich warm war. »Tja, das ist dir gelungen. Also, dass es echt aussah, meine ich.«

»Ja, das hab ich auch gemerkt. Dabei hab ich dir später die ganze Zeit Zeichen geben, dass ich nur so tue als ob!«

Ich zog die Augenbrauen zusammen. »Was denn für Zeichen?«

»Na, ich hab dich doch ständig angezwinkert und so was alles, wenn ich mit Lara unterwegs war und wir dich getroffen haben. Im Freibad, weißt du nicht mehr?«

»Du hast mich angezwinkert? Was ist das denn bitte für ein dämliches Zeichen? Da kommt ja kein Mensch drauf!«

»Ja, das weiß ich jetzt auch«, sagte Konstantin zerknirscht und spielte gedankenverloren mit meinen Fingern. »Das war wirklich blöd. Aber ich dachte, du würdest es mir sicher ansehen, dass etwas nicht stimmt.«

»Ich kann doch keine Gedanken lesen«, sagte ich, und Konstantin nickte nur.

Ich sah hinunter auf unsere Finger, die mittlerweile fest ineinander verknotet auf meinen Knien lagen. »Jetzt hat sie all die Liebeskatalysatorbonbons intus«, sagte ich.

»Ich weiß«, sagte Konstantin grimmig. »Ich werde jedenfalls heute sicherheitshalber bei Nikolas übernachten und erst dann wieder nach Hause fahren, wenn sie mit ihren Eltern abgereist ist. Auf Nimmerwiedersehen, hoffe ich.«

»Aber was machen wir, wenn sie die Parallelweltgeschichte doch nicht vergessen will und uns von zu Hause aus noch in die Pfanne haut? Und ihre Story einfach von dort aus veröffentlicht?«

»Dann kümmern wir uns darum, wenn es so weit ist. Hier und jetzt geht es nämlich erst mal um uns. Nur um uns«, sagte er und hauchte mir zaghaft einen Kuss auf die Hand.

Obwohl die Geste an sich so kitschig war, spürte ich, wie ich weich wurde.

Butterweich.

»Vicky, es tut mir so leid. Bitte gib mir die Chance, alles wiedergutzumachen. Ich kann es nicht ertragen, dich zu verlieren. Ich liebe dich doch so sehr«, flüsterte er, und zum gefühlt hundertsten Mal in diesen Tagen schossen mir die Tränen in die Augen. »Oder stimmt das, was du vorhin zu Parallel-Polly gesagt hast, nicht mehr?«, fragte er.

Verlegen wischte ich mir über die Wangen. »Doch. Das stimmt noch. Jedes Wort.«

Ich konnte förmlich hören, wie Konstantin aufatmete.

Und dann zog er mich in einer blitzschnellen Bewegung in die Arme.

Ich klammerte mich so fest an ihn, als ob er sich jeden Moment in Luft auflösen könnte.

»Okay«, flüsterte ich, und ich konnte Konstantins Lächeln an meiner Wange spüren.

Dann löste er sich von mir.

Aber nur so weit, um mich zu küssen. Auf die Wangen, die Stirn, die Nasenspitze, die Augen und schließlich auf den Mund.

Wenn ich vorher noch Zweifel gehabt hatte – jetzt war ich mir seiner Gefühle sicher.

Ab nun gab es nur noch Konstantin und mich.

Wir beide gegen den Rest der Welt.

Und alle möglichen Parallelwelten.

Und was sonst unser Leben noch für uns bereithalten würde.

27.

Wie der Abend endete? Mit Küssen.

Sehr, sehr vielen Küssen.

Von uns, klar, denn nach Konstantins Liebeserklärung war mein Leben praktisch nicht mehr zu toppen, und ich vergaß die Parallelwelt (wobei ich mir vorher noch eine geistige Notiz machte, mit Pauline eine Mindmap anzufertigen, um endlich durch all die Erklärungen der beiden Pollys durchzusteigen). Ich vergaß das ganze Drumherum. Ich vergaß das Café und die Eröffnung und konzentrierte mich nur noch auf diese Küsse, die meinen Kopf verdrehten.

Und damit schien ich nicht die Einzige zu sein.

Denn wer sich noch küsste an diesem Abend, war ganz erstaunlich. Tatsächlich mutierte das Café zu einer Art Partnerschaftsbörse.

Mit dabei waren auf jeden Fall:

Claire und Leonard (Ha!!! Nennt mich Amor Hinkebein!)

Nikolas und Pauline (Eigentlich nichts Neues, aber trotzdem sooo schön!)

Frau Stokke und Ordnungsamtbarde Bruno Fleischmann (Offenbar hatten sie *Take a Chance on Me* wörtlich genommen.)

Tante Polly und Frank (Die beiden räumten sogar Hand in Hand gegen zwei Uhr nachts die letzten Teller weg, worauf einige zu Bruch gingen.)

Der Bürgermeister und Miss Unbekannt (Ja, bei der Nachricht war ich auch halb in Ohnmacht gefallen. Der hatte sich wirklich schnell getröstet! Mimi hatte ihn auf der Gemeindewiese beobachtet, aber als unsere Klatschtanten aus dem Café stürmten, um Miss Unbekannt zu identifizieren, waren die beiden leider verschwunden gewesen.)

Charlotte und David (Wer hätte gedacht, dass der küssen konnte? Vermutlich hatte er sich vorher eine App dazu programmiert.)

Und noch jemand küsste sich, das sah ich allerdings nicht mit eigenen Augen. Sondern davon sollte ich erst am nächsten Tag von Tante Polly hören.

»Und stell dir vor, sogar deine Eltern hat es getroffen!«, sagte sie, als sie am nächsten Abend bei uns vorbeikam und mich im Garten erwischte, wo ich verträumt auf die Hollywoodschaukel starrte. Ich hatte dort den Tag mit Konstantin verbracht.

Mit … äh … Ihr wisst schon, womit.

Aber jetzt schnappte ich erstaunt nach Luft. »Mum und Dad haben sich GEKÜSST?«

Tante Polly rollte mit den Augen. »Ja, haben sie. Überrascht dich das so?«

»Na ja, nein, eigentlich nicht, aber – ich weiß auch nicht, schließlich sind sie meine Eltern …«

»Na und? Zum Küssen ist man nie zu alt. Außerdem musst du damals ja auch irgendwie entstanden sein, und ganz ehrlich, da muss man schon ein bisschen mehr als küssen –«

»Ja, schon gut! Verstanden! Bitte nicht weiter!«, rief ich, und Tante Polly kicherte.

»Nicht auszudenken, was passiert wäre, wenn ich meine Liebesdrops aufs Büfett gestellt hätte. Dann hätte es vermutlich auch noch Frau Hufnagel oder Frau Thiele erwischt.«

Ich lachte, aber Polly wurde ernst. »Wobei: Nachdem, was dir passiert ist, bin ich wirklich von meiner Experimentierlust geheilt. Ich fühle mich verantwortlich dafür, was mein Parallel-Ich da angerichtet hat. Was, wenn dir dabei etwas passiert?«

»Aber bis jetzt ist doch bei meinen Sprüngen alles gutgegangen«, tröstete ich sie.

Polly seufzte. »Immerhin hast du Konstantin, der dort auf dich aufpassen kann. Ich bin fast erleichtert, dass er die Bonbons gefunden hat und sie bei ihm genauso wie bei dir wirken.«

»Ich auch, Tante Polly. Ich auch. Aber sag mal – meinst du, dass das mit der Springerei jetzt unser Leben lang anhält – für immer?« Diese Frage hatte ich mir tatsächlich gestellt – nachdem Parallel-Polly uns erklärt hatte, dass unsere jugendlichen Hormone praktisch der Auslöser für die Sprünge waren.

Polly allerdings zuckte mit den Achseln. »Ich weiß es nicht. Weil ich keine Ahnung habe, wie ihre Botenstoffe genau funktionieren. Und wie gesagt, ich will es auch gar nicht mehr herausbekommen. Diese Springerei kann so viel Unheil anrichten, nicht auszudenken, was geschehen würde, wenn sie in die falschen Hände käme.«

»Was meinst du, Parallel-Polly verrate ich lieber nicht dein Rezept für die Liebesdrops, wenn ich wieder dort bin, oder?«, versuchte ich einen Scherz, um sie aufzuheitern.

»Wenn du wo noch mal bist?«, fragte in diesem Augenblick meine Mum, die gerade Hand in Hand mit Dad in den Garten spazierte. Und Polly und ich schreckten gleichzeitig hoch. Aber so verliebt, wie die beiden aussahen, waren ihre Gedanken tausendprozentig nicht bei uns.

»Wenn ich nachher bei Konstantin bin, muss ich ihn noch mal nach dem Ufo fragen. Heute Morgen ist nämlich eins in seinem Garten gelandet«, sagte ich.

Mum nickte nur abwesend. »Schön, ja, mach das.«

Tante Polly und ich sahen uns an und fingen gleichzeitig an, erleichtert zu kichern.

Später, als Polly weg war und wir zu dritt im Garten zusammensaßen, erhob sich Dad und räusperte sich.

»Ich möchte mit euch noch einen kleinen Ausflug machen«, sagte er. »Ich hab eine Überraschung.«

»O ja, wollen wir ein Eis essen gehen?«, rief ich. Fast hätte ich *bei Toni's* gesagt, aber dann rief ich mir ins Gedächtnis, dass meine Eltern ja gar nichts von der Parallelweltverwechselung wissen konnten. Und sie sollten es auch niemals erfahren.

Dad lächelte nur und führte uns aus dem Garten. »Kommt einfach mit, ja?« Er hielt meiner Mum die Beifahrertür seines Range Rovers auf. Mum strahlte wie neulich Polly von innen, aber auch von außen. Sie hatte ihr himbeerfarbenes Lieblingskleid an, das phantastisch zu ihren dunklen Haaren passte, und so wie sie neben meinem Hugh-Grant-Dad stand, dachte ich, dass keiner so gut aussehende Eltern hatte wie ich.

Ich kletterte auf die Rückbank. Hier hinten hatte ich noch nie gesessen, aber ich würde mich liebend gern daran gewöhnen! Dad startete den Wagen und lenkte ihn langsam auf die Straße.

Allerdings beschleunigte er nicht.

Sondern steuerte ihn etwa fünfzig Meter weiter wieder in eine Parklücke und stellte den Motor ab.

»Äh – stimmt was nicht mit deinem Auto?«, fragte ich und lehnte mich zwischen die beiden Sitze nach vorne.

»Alles bestens mit dem Wagen. Aber wir sind schon da.«

»Schon da?«, wiederholte Mum und sah verwundert aus dem Fenster.

»Ich will euch etwas zeigen. Kommt mal mit«, sagte er, und ehe Mum oder ich uns rühren konnten, war er ausgestiegen und öffnete uns beiden die Türen.

Verwundert stiegen wir aus und tappten hinter ihm her.

»Das Glockengießer-Haus?«, fragte Mum, als sie sah, wohin Dad uns führte, und er nickte.

Und plötzlich ahnte ich, was Dad vorhatte – und mein Puls schoss auf Hundertachtzig, mindestens, als wir meinem Vater durch das Gartentor folgten und dann die Stufen hinauf zur Haustür. Das letzte Mal war ich hier gewesen, als Dad uns die Beweise für seine Unschuld vorgelegt hatte. Heute allerdings würde er noch einen draufsetzen, dessen war ich mir sicher.

Meine Mum allerdings kapierte immer noch nicht, was hier los war, und ich musste mir die Hand fest auf den Mund pressen, als Dad die Haustür aufschloss und uns in das kühle Haus führte.

Andächtig ging Mum ein paar Schritte den großzügigen Flur entlang und sah in die angrenzenden Zimmer. »Das ist ja kaum wiederzuerkennen! Das alte Parkett, wie wunderschön es wieder hergerichtet ist, und da, die Wand zwischen Küche und Esszimmer wurde herausgebrochen, was für ein toller Raum das jetzt ist! Oh, und schau mal, Vicky, der riesige Erker hier im Wohnzimmer. Also, wenn das meiner wäre, ich würde eine Leseecke daraus machen.«

Mir entfuhr ein leises Wimmern, und Dad zwinkerte mir kurz zu. Er wusste ganz genau, dass ich schon verstanden hatte, was genau seine Überraschung war.

Aber offenbar liebte er es, Mum auf die Folter zu spannen.

»Den gleichen Gedanken hatte ich auch, als ich es gesehen habe«, sagte er nur.

»Oh, und diese alte Holztreppe! Die ist noch viel schöner als die im *B&B*!« Mit leuchtenden Augen kam sie zurück in den Flur und streichelte den butterweichen Holzhandlauf der Treppe.

»Geh ruhig hinauf und sieh dich um«, sagte Dad, und Mum streifte sich ruckzuck die Schuhe von den Füßen und tapste barfuß nach oben.

»Du bist verrückt«, flüsterte ich ihm zu, als Mum außer Hörweite war.

»Nur verrückt nach euch«, raunte Dad, legte den Arm um meine Schulter und zog mich an sich. Vom Obergeschoss hörte man Mum immer wieder leise juchzen.

»Kenneth, das Haus ist so toll geworden! Hast du den Architekten für die neuen Käufer organisiert? Die Familie kann sich wirklich glücklich schätzen. Danke, dass wir es vorher sehen durften!«

Sie kam wieder die Treppe nach unten, diesmal ganz langsam, als ob sie jeden Schritt auf den tollen Holzstufen auskosten wollte.

»Bitte schön. Aber das ist nicht die Überraschung.«

Mum sah ihn verwundert an. »Nicht? Was denn dann?

»Vielleicht wollte ich dich damit überraschen, wer hier einzieht?«

Mum starrte ihn an. »Kennen wir die Familie etwa? Sind es Freunde von uns? Sag bloß nicht, Konrad und Mimi!«

»Nein, nicht Konrad und Mimi«, sagte Dad, und ich konnte ihm ansehen, dass es sogar ihm jetzt schwerfiel, eine ernste Miene zu bewahren.

Ich jedenfalls drehte beinahe durch, und ich konnte nicht mehr an mich halten.

»Mum!«, rief ich ungeduldig, »denk doch mal nach!«

Mum schaute meinen Vater unschlüssig an.

Und dann weiteten sich ihre Augen, nur ein ganz kleines bisschen – aber ich wusste, dass sie endlich verstanden hatte.

»Kenneth«, flüsterte sie, und Tränen begannen in ihren Augen zu schimmern.

»Das Haus ist für uns«, sagte mein Dad leise und nickte. »Für uns drei. Das heißt, wenn ihr das möchtet.«

»Du hast es gekauft?«

»Schon als Frau Glockengießer ins Altersheim ging. Ich wollte in eurer Nähe sein. Also – was denkt ihr?«, fragte er und sah uns hoffnungsvoll an.

»Also, ich … ich … ich denke, es ist –«

»Perfekt«, beendete ich den Satz für Mum. »Es ist einfach perfekt, Dad!«

Betreff: Mindmap
Von: Pauline (Pauline.Superhirn@gmail.com)
An: Vicky
Datum: 09.August, 18.23

Hi, Vicky. Hab unsere Mind-Map eingescannt und dann das Original vernichtet, wie besprochen. Bitte abspeichern, aber unter passwortgeschützter Datei, ja? Liebe Grüße, Pauline.

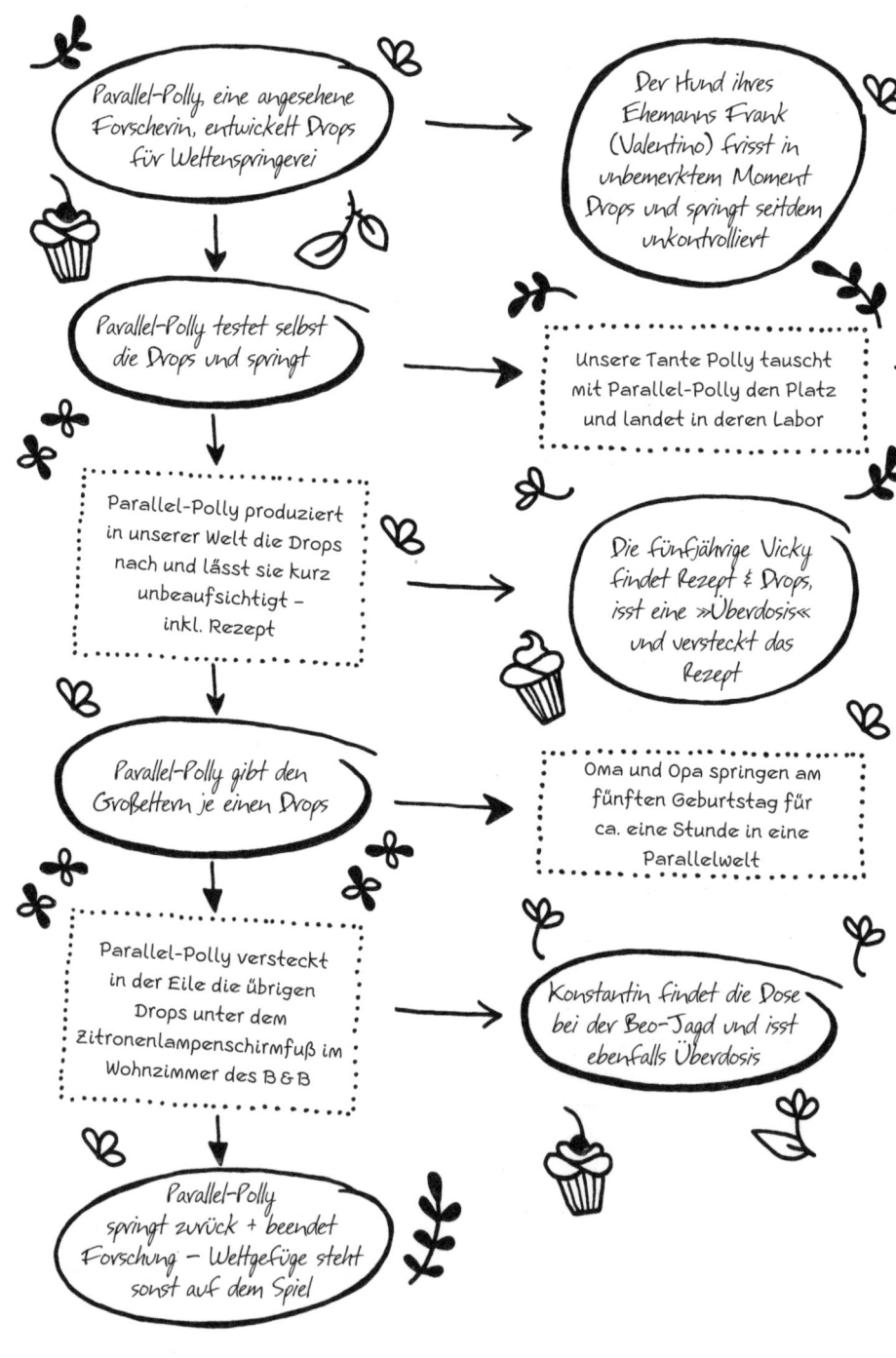

Parallel-Polly, eine angesehene Forscherin, entwickelt Drops für Weltenspringerei

Der Hund ihres Ehemanns Frank (Valentino) frisst in unbemerktem Moment Drops und springt seitdem unkontrolliert

Parallel-Polly testet selbst die Drops und springt

Unsere Tante Polly tauscht mit Parallel-Polly den Platz und landet in deren Labor

Parallel-Polly produziert in unserer Welt die Drops nach und lässt sie kurz unbeaufsichtigt – inkl. Rezept

Die fünfjährige Vicky findet Rezept & Drops, isst eine »Überdosis« und versteckt das Rezept

Parallel-Polly gibt den Großeltern je einen Drops

Oma und Opa springen am fünften Geburtstag für ca. eine Stunde in eine Parallelwelt

Parallel-Polly versteckt in der Eile die übrigen Drops unter dem Zitronenlampenschirmfuß im Wohnzimmer des B & B

Konstantin findet die Dose bei der Beo-Jagd und isst ebenfalls Überdosis

Parallel-Polly springt zurück + beendet Forschung – Weltgefüge steht sonst auf dem Spiel

Vicky sieht den Hund zum ersten Mal bei ihrer echten Tante Polly, dann in der PW auf der Cloppenburg'schen Party

Unsere Polly trifft dort Frank (wissenschaftlicher Partner und Ehemann von Parallel-Polly) und verliebt sich in ihn

Tante Polly sucht in ihrer eigenen Welt verzweifelt nach Frank, ihrem Traummann

Vicky trifft ihn in Ludwigs Bäckerei beim Praktikum (dieser Frank hat von Wissenschaftler auf Konditor umgesattelt)

Vicky verbastelt später das Rezept in ihrer Erinnerungscollage, die sie in ihr Zimmer hängt (Die Antwort auf alles liegt in der Bonbondose)

Vicky springt ab der Pubertät in Parallelwelten

Dort sehen sie, wie Vickys Dad eine andere Frau küsst

Sie verstehen nicht, dass sie in einer Parallelwelt waren, und erzählen Meg von dem Betrug

Vickys Eltern trennen sich

Konstantin springt seitdem auch in Parallelwelten

*: Wirkungsweise der Drops:
Biobotenstoff zusammen mit Zimt als Bonbon aufbereitet. Der Biobotenstoff wirkt nur in Verbindung mit einem bestimmten Hormon. Dieses Hormon wird erst dann ausgeschüttet, wenn die Pubertät anfängt – und dient somit als Trigger für den ersten Parallelweltsprung des Probanden; Dosis: ein Zimtdrops: ein Sprung; ab drei Zimtdrops steigt die Häufigkeit der Parallelweltsprünge exponentiell an; bei einer Überdosis sind die Sprünge gar nicht mehr kontrollierbar

🔊 »Hallo, hier sind Vic und Konstantin. Wir wollten uns noch mal melden, na ja, es ist ja so viel passiert, und Tante Polly hat uns erklärt, dass es ganz schnell vorbei sein kann mit unseren Sprüngen, wenn ihr wieder in eine andere Welt springt, also ...«

»Wieso habt ihr uns keinen Tipp gegeben?«

»Konstantin, nicht —«

»Ist doch wahr, wir hätten so viel erleben können, wenn die anderen beiden nicht so korrekt wären. Ich kann mir nämlich nicht vorstellen, dass die Sache mit dem Weltgefüge so schlimm ist, wie deine Tante sagt. Stell dir nur mal vor, was wir alles hätten machen können, wenn WIR auch aktive Springer geworden wären. Die beiden hätten nur die doofen Bonbons rausrücken müssen, aber nein ...«

»Also, was Konstantin und ich euch sagen wollen, ist, dass wir, also —«

»Dass wir enttäuscht sind! Und zwar von euch!«

»Genau. Weil nämlich endlich mal was Aufregendes passiert, und dann soll es schon bald zu Ende sein? Das ist nicht fair.«

»Genau, und weil es so unfair ist, werden wir auch nicht aufgeben.

Wir springen sicher noch ein paarmal zu euch, und dann werden wir sie schon finden!«

»Konstantin, nicht, sonst verstecken sie sie noch besser – Oh, Mist, riechst du das auch?«

»Ja, verd—«

Epilog – drei Tage später

Hätte mir jemand zu Beginn der Sommerferien erzählt, was mich in den folgenden Wochen erwarten würde, hätte ich ihm vermutlich einen Vogel gezeigt. Oder mich in meinem Zimmer eingesperrt und auf den baldigen Schulanfang gehofft.

Aber so habe ich die wahrscheinlich intensivste, spannendste und aufreibendste Zeit hinter mir, die man sich vorstellen kann.

Das Geheimnis um die Parallelweltspringerei ist gelöst – ist das zu fassen? Pauline schwebt immer noch in Glückseligkeit, weil jetzt wirklich alle Puzzleteile zusammengesetzt sind. Auch wenn sie weiß, dass sie nichts verraten darf, ist ihr Forscherherz offensichtlich voll und ganz zufrieden. (Wahrscheinlich hilft dabei auch die Tatsache, dass sie so heftig in Nikolas verliebt ist und er in sie – was der Oberknaller ist, wenn ihr mich fragt.)

Und dann noch Claire und Leonard, und Charlotte und David! (Ich hatte Claire gleich am Morgen nach der Eröffnungsparty eine Nachricht geschickt und ihr zu ihrer Wahl gratuliert, aber sie hat mir nur ein Smiley zurückgeschickt, das die Zunge herausstreckt. Darüber würde ich mit ihr noch mal reden müssen. Und über die Details – ich brannte darauf, Einzelheiten zu erfahren!)

Der Knaller war allerdings Lara, die tatsächlich am Tag nach ihrem Megaauftritt mit ihren Eltern abgereist ist. Konstantin und ich haben uns dennoch schreckliche Sorgen gemacht, ob sie ihre Geschichte aus lauter Wut erst recht an die Öffentlichkeit bringen würde, aber dann stellte sich heraus, dass Lara anderes zu tun hatte.

Offenbar hatte sie am letzten Abend ihres Aufenthalts jemanden in unserer Stadt getroffen, in den sie sich sofort Hals über Kopf verliebt hätte. Sagte jedenfalls Laras Mutter am Telefon zu Konstantins Mutter. Und dieser Jemand war nicht Konstantin, sondern ein fünfundzwanzig Jahre älterer Mann, der einen italienischen Nachnamen hatte. Leute – die Unbekannte, die den Bürgermeister geküsst hatte, war Lara gewesen!!!

Polly erklärte das mit der Überdosis an Liebeskatalysatorpillen, die sie kurz vorher genommen hatte. Und der Bürgermeister kam offenbar ohne aus.

Vermutlich bekommt bald Lara seinen Autoschlüssel, und sie fahren glücklich und zufrieden das doofe Cabrio bis ans Ende ihrer Tage. Und weil ich selbst Glück und Zufriedenheit im Überfluss habe, gönne ich es ihnen großzügig.

Wobei ich das alles noch nicht richtig fassen kann. Wir werden in naher Zukunft wieder als Familie zusammenwohnen! Auch wenn Dad sagt, dass er uns alle Zeit der Welt geben wird. Ich glaube, er hat Angst, dass Mum es sich noch einmal anders überlegt. Aber das wird definitiv nicht passieren, das habe ich im Gefühl.

Ich jedenfalls wollte den Rest meiner Sommerferien nutzen, um mein Zimmer auszumisten. Schon mal vorsorglich für den Umzug. Und um mich mit meinen Freunden zu treffen.

»Da hast du aber noch ein bisschen Arbeit vor dir«, sagte Pauline, als sie am Mittag in mein Zimmer kam und bis auf ein paar Bücher, die ich schon in einen Karton gestapelt hatte, noch alles an seinem Platz war.

»Wir wollen nichts überstürzen«, sagte ich, als sie sich zwischen Nikolas und Konstantin setzte, die bereits im Schneidersitz auf meinem Fußboden hockten. »Erst einmal sollen meine Großeltern nach Hause kommen. Und heute Abend geht es sowieso um etwas viel Wichtigeres.«

Die anderen nickten.

Wir saßen zu viert in meinem alten Zimmer, auf dem Fußboden – zwischen uns nur die kleine silberne Dose, in die ich die zwischenzeitlich versteckten Zimtdrops wieder gepackt hatte.

Tatsächlich wurde mir in diesem Augenblick ein bisschen feierlich zumute.

»Ich habe fast das Gefühl, wir sollten jetzt irgendwas Tiefgründiges sagen oder so«, meinte Pauline und starrte genau wie wir anderen auf die Zimtdrops.

»Lutschen oder nicht lutschen, das ist hier die Frage!«, sagte Nikolas daraufhin mit todernstem Gesicht, und ich musste kichern.

»Nein, im Ernst, sollten wir nicht vielleicht doch deiner Tante sagen, dass wir sie haben? Sie in, na ja – verantwortungsvolle Hände geben und so?«, fragte er.

»Nein!«, rief Pauline entsetzt. »Jedenfalls noch nicht. Wir müssen uns erst darüber klar werden, was wir wollen. Wenn wir die Drops nämlich erst einmal aus der Hand gegeben haben, sehen wie sie nie wieder.«

»Das glaub ich auch. Aber welche Möglichkeiten haben wir denn?«, fragte Konstantin.

»Na, ganz einfach«, sagte Pauline. »Ich esse sie, springe auch und kann endlich richtig forschen!«

»Moment mal!«, ging Nikolas dazwischen. »Ich wäre für: Wir beide teilen sie unter uns auf und springen gemeinsam. So wie Vicky und Konstantin.«

»Dafür reichen sie nicht. Es sind nur noch vier Stück in der Dose. Wenn jeder von uns zwei essen würde, würden wir nur ein, vielleicht zweimal springen. Das ist zu wenig.«

»Mir nicht.«

Konstantin und ich tauschten einen Blick.

»Wir könnten sie auch einfach vernichten«, schlug ich vor. »Ihr wisst schließlich, was Tante Polly aus der Parallelwelt erzählt hat. Das Weltgefüge könnte total durcheinanderkommen, wenn wir nicht gewissenhaft damit umgehen. Was immer das bedeutet – aber etwas Positives ist es sicher nicht.«

»Sie mir zu geben, *wäre* gewissenhaft«, murmelte Pauline und verschränkte leicht beleidigt die Arme vor der Brust.

Konstantin überhörte sie geflissentlich. »Auf jeden Fall müssen wir dafür sorgen, dass unsere beiden Parallelausgaben sie nicht bekommen«, sagte er und nickte mir zustimmend zu.

»Und was schlagt ihr vor?«

»Wir verstecken sie wieder. Bis wir wissen, was wir tun. Und zwar jetzt sofort, denn ich für meinen Teil will danach gleich noch mal ins Freibad. Vom Zehner springen. Damit ich dabei bald so cool aussehe wie meine Freundin«, sagte Konstantin.

»Bin dabei!«, sagte Nikolas und sprang auf.

Pauline sah alles andere als glücklich aus, als er ihr auf die Beine half und sie zur Zimmertür dirigierte. »Wir treffen uns dort, ja? Wir haben vorher nämlich noch was zu erledigen.«

Als er das sagte, wurde Pauline knallrot im Gesicht.

»Aha. Was habt ihr denn zu erledigen?«, fragte ich neugierig, und Nikolas lächelte zufrieden.

»Wir gehen mit meinen Eltern essen.«

Konstantin pfiff leise durch die Zähne, und Paulines Wangen hatten in der Zwischenzeit die Farbe einer überreifen Chilischote angenommen.

»*Essen gehen* im Sinne von – Deinen-Eltern-Vorstellen?«

Nikolas nickte zufrieden, winkte uns dann noch mal zu und zog Pauline hinter sich her nach draußen.

»Ich dachte, er dürfte seinen Eltern nur ein Mädchen vorstellen, das er vorhat zu heiraten«, sagte ich.

»Das dachte ich auch«, sagte Konstantin und guckte hinter seinem besten Freund her.

»Na, wenn das nicht romantisch ist, weiß ich auch nicht«, seufzte ich und ließ mich von Konstantin in die Arme nehmen und an sich drücken. Das tat er übrigens sehr oft, seit wir uns wieder versöhnt hatten, und ich liebte es.

»Nach unserem Gespräch eben finde ich es noch richtiger, dass wir den beiden nichts von dem Rezept erzählt haben«, murmelte er nach einer Weile an meinem Scheitel.

Ich löste mich ein Stück von ihm und legte den Kopf in den Nacken, um ihn ansehen zu können. »Du meinst, dass ich es die ganzen Jahre hier direkt vor meiner Nase hatte und wir es erst jetzt entdeckt haben?«

»Genau. Pauline will es hundertprozentig für ihre wissenschaftlichen Forschungen haben, aber ich bin der Meinung deiner Paralleltante. Es darf nicht in die falschen Hände geraten. Eigentlich darf es in überhaupt keine Hände geraten.«

»Dann sollen wir es zerstören?«

»Nein, vorerst nicht. Nur sicher aufbewahren.« Für einen kurzen Moment ließ er mich los, um die Bonbondose aufzuheben. Und dann löste er die leicht zerknickte Postkarte von meiner Collage ab, die immer noch über meinem Bett hing.

»*Die Antwort auf alles liegt in der Bonbondose*«, las er vor. Dann drehte er die Karte um. Auf der Rückseite war in Parallel-Pollys krakeliger Schrift eine total komplizierte Formel gekritzelt, mit diversen Anmerkungen und Pfeilen und Sternchen – mir sagte das alles überhaupt nichts, ich war in Chemie eine Niete, aber Pauline oder jemand anders mit entsprechendem Wissen könnte die Zimtdrops bestimmt ohne Probleme nachproduzieren.

Konstantin gab sie mir in die Hand. »Ich gehe jetzt schon mal raus zu meinem Fahrrad. Du versteckst Karte und Drops, holst deine Badesachen, und dann geht's los.«

Ich stellte mich auf die Zehenspitzen und gab ihm einen Kuss auf den Mund. »Geht klar.«

Als ich ein paar Minuten später hinaus in die Sonne trat und meinem Freund dabei zusah, wie er mir mein Rad aus dem Ständer befreite und die Luft in den Reifen prüfte, hätte ich vor Glück platzen können.

»Kann's losgehen?«, fragte er, und ich nickte glücklich.

Es konnte losgehen.

Ich war zu allen Abenteuern bereit, solange Konstantin nur dabei war.

Und wir *hatten* jede Menge Abenteuer vor uns.

Zum Beispiel Zehn-Meter-Brett-Sprünge.

Oder Zimtsprünge.

Hoffentlich bis in alle Ewigkeit.

～ *Ende Teil Drei* ～

Liebe Leserinnen und Leser,

endlich ist das Rätsel um die Parallelweltsprünge gelüftet! Das war auf jeden Fall eine riesige Überraschung für Vicky – für euch auch?

Ich danke euch so sehr, dass ihr Vicky, ihre Freunde und Familie genau wie ich in euer Herz geschlossen habt. Ohne euch, eure positiven Rückmeldungen und den Zuspruch hätte ich mich an meinem Schreibtisch sicher oft einsam gefühlt. So aber war es ein tolles Abenteuer, und ich bin ein bisschen traurig, dass es nun vorbei ist.

Aber was meint ihr – ist das wirklich das Ende der Geschichte? Ich denke ja, Vicky und Konstantin haben noch jede Menge Abenteuer vor sich, schließlich gibt es noch unzählige Parallelwelten zu entdecken! Und ich habe tatsächlich die beiden so liebgewonnen, dass ich einfach nicht aufhören konnte, über sie zu schreiben.

Deswegen gibt es noch einen kleinen Nachfolgeband zur ›ZIMT‹-Trilogie. In ›Zimt & verwünscht‹, dem kurzen Sequel dieser Reihe, findet ihr ein neues, spannendes Abenteuer der beiden.

Wir lesen uns!

Eure Dagmar Bach

Danksagung

An dieser Stelle muss ich ein kleines Geheimnis verraten:

Die ›ZIMT‹-Trilogie ist in ihren Anfängen – genauer gesagt, fast bis zur Veröffentlichung des ersten Bandes – im Geheimen entstanden. Lange Zeit habe ich fast niemandem erzählt, dass ich überhaupt schreibe.

Umso glücklicher bin ich, dass mich jetzt so viele gute Seelen während des Arbeitsprozesses begleitet haben. Ein Buch (oder, wie in meinem Fall, drei Bücher) in relativ kurzer Zeit zu schreiben ist manchmal harte Arbeit. Ohne Unterstützung meines engsten Umfelds hätte ich das sicher nicht geschafft. Ich danke daher:

Meiner Familie – meinen Eltern und meiner Schwester. Für wirklich alles!

Meinen Freundinnen und Freunden – allen voran Mira, Anna, Christine, Kerstin, Liane, Michi und Moni. Und Tina und Tanja.

Ricarda, für die nachmittäglichen Spielstunden und sonstige Unterstützung – in allen Bereichen!

Elisabeth. Weil du genau so bist, wie du bist.

Und ganz besonders danke ich Martin. Für deine Akzeptanz, Geduld und dein Arbeitsreiche-Abende-am-Küchentisch-Aushalten … und den ganzen großen Rest!

Und dann gibt es noch ganz viele Menschen, die die ›ZIMT‹-

Trilogie überhaupt erst zu dem gemacht haben, was sie ist. Danke an:

Den Fischer Verlag. Das KJB-Team begleitet mich nun seit zwei Jahren, und ich kann mir keinen besseren Freund und Partner bei diesem großen Abenteuer vorstellen (Vicky übrigens auch nicht). Ganz besonders danke ich Ulrike Metzger und Eva Kutter – für ihre Begeisterung, ihren Einsatz und ihre Entscheidung, mich überhaupt als Debütantin so vertrauensvoll aufzunehmen.

Den Marketing- und Vertriebsteams rund um Viola Diehl und Esther Hoffmann, denen ich so viel zu verdanken habe.

Christiane Grosholz und der Herstellungsabteilung. Dafür, dass sie aus den schnöden Manuskriptseiten so wunderschön gestaltete Bücher gemacht haben.

Antje, Sybille, Stefanie, Leonie und alle anderen aus dem Team!

Lena Lindenbauer vom Argon Verlag, deren liebe Nachrichten immer genau zur rechten Zeit kommen, und Christiane Marx, die Vicky im Hörbuch ihre tolle Stimme leiht.

Inka Vigh, die Vicky ein Gesicht gegeben hat. Danke für die unglaublich schönen Cover!

Und am allermeisten danke ich Christiane Düring, meiner Agentin und Begleiterin der ersten Stunde. Ohne dich würde es diese Bücher überhaupt nicht geben.

Wunschlos (glücklich) verliebt!

Kennst du das, wenn deine beste Freundin fest an dich glaubt? Meine behauptet sogar, ich könne Wünsche erfüllen! Wie eine Fee! Stimmt aber nicht, den jedes Mal, wenn ich es versuche, endet die Sache im allergrößten Chaos. Deswegen lass ich in Zukunft besser die Finger davon. Außerdem kommt bei dieser verflixten Sache mit den Wünschen mein Vorsatz fürs neue Schuljahr viel zu kurz: Ich will mich nämlich endlich richtig verlieben. Das ist mein Herzenswunsch, und ich werde alles daran setzen, ihn mir zu erfüllen ...

Mit dem ersten Band der neuen magischen Trilogie von Bestsellerautorin Dagmar Bach geht das Glück los! Fortsetzung folgt!

Dagmar Bach
Glück und los!
Lina und die Sache mit den
Wünschen
Band 1
400 Seiten, gebunden

Weitere Informationen zum Kinder- und Jugendbuchprogramm der S. Fischer Verlage finden sich auf *www.fischerverlage.de*

AZ 7373-4145/1